GOLDMANN

Buch

Es ist Winter in der Kleinstadt Grant, irgendwo im tiefsten Wisconsin. Der nahe See ist fast meterdick zugefroren, ein eisiger Schneesturm nach dem anderen fegt über das Land, und die Kojoten kommen auf der Suche nach Nahrung aus den Wäldern. In einem einsamen Landhaus am See wohnt Claudia LaCourt mit ihrem Mann Frank und ihrer Tochter Lisa. Als sie eines Nachts über den Hof in die Scheune geht, um Feuerholz zu holen, hat sie das Gefühl, beobachtet zu werden. Eine halbe Stunde später sind die LaCourts tot, und ihr Haus steht in Flammen. Die Ortspolizei bittet den für seine Kaltschnäuzigkeit und Professionalität weithin bekannten Polizisten Lucas Davenport um Hilfe. Zusammen mit der Ärztin Weather Karkinnen, die vor Ort die Obduktion vorgenommen hat, macht sich Davenport an die Aufklärung des Falles. Ihre Nachforschungen führen sie auf die Spur eines mysteriösen »Eismannes«, der sich schon bald als ebenso kaltblütiger wie hochintelligenter Gegenspieler erweist.

John Sandfords fünfter Roman um den Polizisten Lucas Davenport: ein Thriller der Spitzenklasse über die Gewalt der Natur und die dunklen Seiten der menschlichen Seele, rasant, kompromißlos, realistisch.

Autor

Schneller und härter als John Sandford schreibt kaum ein zeitgenössischer Thriller-Autor. Seine Romane um den Polizisten Lucas Davenport finden sich regelmäßig auf den amerikanischen Bestsellerlisten. »Ein großes Buch, schockierend und packend von der ersten bis zur letzten Seite«, schrieb Stephen King über sein Debut *Die Schule des Todes*, und der *Boston Globe* befand zu *Der indianische Schatten:* »Sandfords Stil ist sparsam, bitter und hart, das Tempo gnadenlos. Ein heute schon klassisches Beispiel des Genres.« Der mit dem Pulitzerpreis ausgezeichnete Journalist lebt in Minneapolis.

John Sandford im Goldmann Verlag:

Die Schule des Todes. Roman (41031)
Die Spur des Narren. Roman (41515)
Der indianische Schatten. Roman (41504)
Blinde Spiegel. Roman (41352)
Stumme Opfer. Roman (41533)
Königin der Nacht. Roman (41120)

John Sandford

EisNacht

Roman

Aus dem Amerikanischen von
Elke vom Scheidt und Joachim Körber

GOLDMANN VERLAG

Deutsche Erstveröffentlichung

Die Originalausgabe erschien 1993 unter dem Titel
»Winter Prey« bei G. P. Putman's Sons, New York

Umwelthinweis:
Alle bedruckten Materialien dieses Taschenbuches
sind chlorfrei und umweltschonend.
Das Papier enthält Recyclinganteile.

Der Goldmann Verlag
ist ein Unternehmen der Verlagsgruppe Bertelsmann

Umschlaggestaltung: Design Team München
Umschlagfoto: Bilderberg/Grames
Satz: Uhl + Massopust, Aalen
Druck: Presse-Druck, Augsburg
Verlagsnummer: 42549
SN · Redaktion: Regina Winter
Herstellung: Heidrun Nawrot
Made in Germany
ISBN 3-442-42549-2

3 5 7 9 10 8 6 4 2

1

Der Wind pfiff über den gefrorenen Lauf des Shasta Creek, zwischen den schwarzen Mauern aus Fichten hindurch. Die dünnen, nackten Erlen und die geschmeidigen jungen Birken bogen sich. Nadelspitze Kristalle jagten durch die Luft und schliffen wie Sandpapier Arabesken in den treibenden Schnee.

Der Eismann folgte dem Flußlauf zum See hinunter; er richtete sich sowohl nach seinem Gefühl als auch nach der Zeit und nach bekannten Wegmarken. Als das Leuchtzifferblatt seiner Taucherarmbanduhr zeigte, daß sechs Minuten vergangen waren, begann er, nach der toten Fichte Ausschau zu halten. Zwanzig Sekunden später wurde ihr vom Wind gegerbter Stamm vom Scheinwerferlicht des Schneemobils eingefangen und glitt dann wieder davon wie ein geisterhafter Anhalter.

Jetzt. Sechshundert Meter, Kompaß auf 360...

Zeit Zeit Zeit...

Fast wäre er gegen die westliche Uferböschung des Sees gefahren, die vom Haus her abfiel, Weiß auf Weiß, und sich plötzlich vor ihm erhob. Er zog eine Kurve, verlangsamte die Fahrt und folgte dem Verlauf des Seeufers. Das künstliche Blau eines Hoflichts wurde durch den fallenden Schnee sichtbar, und er zog den Schlitten am Ufer hoch und stellte den Motor ab.

Der Eismann schob das Visier des Helms hoch und blieb lauschend sitzen. Er hörte nichts als den auf seinen Anzug und Helm rieselnden Schnee, das Ticken des abkühlenden Motors, seinen eigenen Atem und den Wind. Er trug eine wollene Schneemütze mit Löchern für Augen und Mund. Der Schnee blieb in der weichen Wolle hängen, und nach einem Augenblick begann Schmelzwasser durch die Augenöffnungen und über seine Wangen zu laufen. Er war dem Wetter und der Fahrt entsprechend gekleidet: Der Schneeanzug hielt Wind und Nässe ab, die Beinlinge steckten in schweren Stiefeln, die Ärmel endeten in dicken Fäustlingen, und der Anzugkragen war direkt mit dem schwarzen Helm verbunden. Er war buchstäblich in Wolle und Nylon verpackt, und doch drang die Kälte durch die Nähte und dünneren Stellen und nahm ihm den Atem...

Ein Paar Schneeteller war hinter seinem Sitz auf dem Gepäckträger befestigt, zusammen mit einem in Zeitungspapier gehüllten Messer. Er drehte sich im Sattel zur Seite, holte eine Miniatur-Taschenlampe aus seinem Parka und richtete ihren Lichtstrahl auf den Gepäckständer. Seine Fäustlinge waren zu dick, um damit arbeiten zu können; er streifte sie ab und ließ sie an den Ärmelklammern hängen.

Der eisige Wind traf seine nackten Finger, als er die Schneeteller vom Gepäckträger löste. Er ließ sie zu Boden fallen, trat in die Bindungen, ließ sie zuschnappen und zog rasch die Fäustlinge wieder an. Seine Hände waren der Kälte kaum eine Minute ausgesetzt gewesen, und doch fühlten sie sich schon steif an.

Die Handschuhe wieder an den Händen, stand er auf und prüfte den Schnee. Die oberste Schicht war weich, aber die bittere Kälte hatte den Untergrund hart gefroren. Er sank fast nicht ein. Gut.

Wieder läuteten die Glocken in seinem Kopf: *Zeit.*

Er hielt inne, um ruhig zu werden. Das ganze komplizierte Uhrwerk seiner Seele war in Gefahr. Er hatte schon einmal getötet, aber das war fast zufällig passiert. Er hatte rings um die Leiche ein Selbstmordszenarium improvisieren müssen.

Und es hatte beinahe funktioniert.

Gut genug funktioniert, um die Gefahr auszuschließen, daß sie ihn fassen würden. Diese Erfahrung hatte ihn verändert, ihm einen Geschmack von Blut, einen Geschmack von *wirklicher* Macht gegeben.

Der Eismann warf den Kopf zurück wie ein Hund, der Witterung aufnimmt. Das Haus lag hundert Fuß weiter oben am Hang. Er konnte es nicht sehen; bis auf den entfernten Schein der Hoflampe lag es in tiefer Dunkelheit. Er nahm das Messer vom Gepäckträger und begann, den Abhang hinaufzusteigen. Das Messer war ein schlichtes Instrument, aber perfekt für einen Überfall aus dem Hinterhalt in einer Schneenacht, falls die Gelegenheit sich bieten sollte...

Bei Sturm, vor allem nachts, schien Claudia LaCourts Haus an den Rand der Welt zu rutschen. Während der Schnee immer dichter fiel, wurden die Lichter, die über den zugefrorenen See schienen, schwächer und verschwanden dann eins nach dem anderen.

Gleichzeitig rückte der Wald heran, Fichten und Tannen drängten näher und neigten sich mit einem unerträglichen Gewicht über das Haus. Der Lebensbaum raschelte gegen die Fenster, und die nackten Birkenäste kratzten am Dachgesims. Zusammen hörten sie sich an, als nähere sich etwas Böses, ein Tier mit Klauen und spitzen Zähnen, das an den Schindelwänden klapperte und festen Halt suchte. Ein Tier, das imstande wäre, das Haus zu zertrümmern.

Wenn sie allein oder mit Lisa zu Hause war, spielte Claudia ihre alten Langspielplatten von Tammy Wynette oder sah sich Spielshows im Fernsehen an. Doch der Sturm drang immer durch, dröhnend und kreischend. Oder irgendwo riß eine Leitung: Die Lampen flackerten und gingen aus, die Musik verstummte, jeder hielt den Atem an... und da war der Sturm mit seinen Pranken. Kerzenlicht machte alles nur schlimmer, und Sturmlaternen halfen auch nicht viel. Das

Böse, das sich die Phantasie bei einem nächtlichen Blizzard ausmalte, war nur mit den Segnungen der modernen Wissenschaft zu bekämpfen: Satellitenfernsehen, Radio, CDs, Telefone, Computerspiele, Bohrmaschinen. Dinge, die Maschinenlärm machten. Dinge, die die düsteren Klauen vertrieben, die an dem Haus zerrten.

Claudia stand am Spülbecken, wusch Kaffeetassen ab und stellte sie auf das Ablaufbrett. Ihr Gesicht wurde vom Fenster wie von einem Spiegel reflektiert, aber mit dunkleren Augen, dunkleren Umrissen, wie bei einer alten Daguerreotypie.

Von außen hätte sie ausgesehen wie eine Madonna auf einem Gemälde, das einzige Anzeichen von Licht und Leben in dem Schneesturm; doch sie selbst sah sich nie als Heilige. Sie war eine Mutter mit noch immer guter Figur, rötlich getöntem Haar, Sinn für Humor und einer Vorliebe für Bier. Sie konnte ein Fischerboot fahren und Softball spielen, und ein- oder zweimal im Winter, wenn Lisa bei Freunden übernachtete, fuhren sie und Frank nach Grant und nahmen ein Zimmer im Holiday Inn, wo die Schränke neben dem Bett von oben bis unten verspiegelt waren und sie sich nächtelang liebten.

Claudia schabte den letzten Rest verbrannter Kruste aus der Kuchenform, spülte sie ab und stellte sie auf das Abtropfbrett.

Ein Zweig kratzte an der Fensterscheibe; sie schaute hinaus, doch ohne Furcht. Sie summte vor sich hin, ein altes Lied aus Schulzeiten. Wenigstens waren sie und Lisa heute nacht nicht allein. Frank war da. Eben kam er die Treppe herauf, ebenfalls leise summend. Das geschah oft, daß sie gleichzeitig dasselbe taten.

»Hm«, sagte er, und sie drehte sich um. Das schütter werdende schwarze Haar fiel über seine dunklen Augen. Er sieht wie ein Cowboy aus, dachte sie, mit seinen hohen Wangenknochen und den in abgetragenen Stiefeln steckenden Jeans. Er trug eine fleckige Arbeitsschürze über dem T-Shirt und hielt einen Pinsel mit blutrotem Lack in der Hand.

»Hm was?« fragte Claudia. Sie waren beide zum zweiten Mal verheiratet, beide ein wenig angeschlagen, und sie mochten sich sehr.

»Ich hab' gerade mit dem Bücherschrank angefangen, und da fiel mir ein, daß ich den Holzofen fast habe ausgehen lassen«, sagte er reumütig. »Ich brauche noch eine Stunde, bis ich mit dem Bücherschrank fertig bin. Bei dem Lack kann ich wirklich nicht aufhören.«

»Verdammt, Frank...« Sie verdrehte die Augen.

»Tut mir leid...« Das klang auf jungenhaft charmante Weise bedauernd.

»Was ist mit dem Sheriff?« fragte sie. Themawechsel. »Wirst du's wirklich machen?«

»Ich seh' ihn morgen«, sagte er. Er wandte den Kopf ab und wich ihrem Blick aus.

»Das bringt nichts als Schwierigkeiten«, sagte sie. Sie hatten schon über das Thema gestritten. Sie trat vom Spülbekken zurück und beugte sich nach hinten, um durch den Flur zu Lisas Zimmer hinüberschauen zu können. Ihre Tür war geschlossen, und gedämpft klang die Musik von *Guns N'Roses* herüber. Claudias Stimme wurde schärfer und klang besorgt. »Wenn du bloß den Mund halten würdest... Es ist nicht *deine* Verantwortung, Frank. Du hast Harper davon *erzählt*. Jim war *sein* Junge. Falls es Jim ist.«

»Es ist Jim, das ist eindeutig. Und ich hab' dir gesagt, was Harper getan hat.« Frank schloß den Mund zu einem schmalen, strengen Spalt. Claudia kannte diesen Ausdruck, sie wußte, daß er es sich nicht anders überlegen würde. Wie dieser Soundso in *High Noon*. Gary Cooper.

»Ich wollte, ich hätte das Bild nie gesehen«, sagte sie und senkte den Kopf. Mit der rechten Hand rieb sie sich die Schläfe. Lisa hatte sie zu sich in ihr Zimmer geholt, um es ihr zu geben. Sie wollte nicht, daß Frank es sah.

»Wir können es nicht einfach auf sich beruhen lassen«, beharrte Frank. »Das hab' ich Harper gesagt.«

»Es wird Ärger geben, Frank«, sagte Claudia.

»Damit kann die Justiz fertigwerden. Es hat nichts mit uns zu tun«, sagte er. Nach einem Moment fragte er: »Kümmerst du dich um den Ofen?«

»Ja, ja. Das mach' ich schon.«

Claudia sah aus dem Fenster zu der Quecksilberdampflampe unten bei der Garage. Der Schnee schien von einem Punkt direkt unter der Lampe zu kommen, als werde er durch einen Tunnel auf das Fenster auf ihre Augen zugeblasen. Kleine Kugeln, wie Vogelmist. »Sieht aus, als würde es nachlassen.«

»Es hätte überhaupt nicht schneien sollen«, sagte Frank. »Arschlöcher.«

Er meinte die Wetterleute im Fernsehen. Sie hatten gesagt, in Ojibway County würde es klar und kalt sein, und nun schneite es wie verrückt.

»Überleg dir, ob du es nicht doch bleiben läßt.« Jetzt klang ihre Stimme flehend. »Denk noch einmal darüber nach.«

»Ich werd's mir überlegen«, sagte er. Dann drehte er sich um und ging zurück in den Keller.

Er würde es sich überlegen, aber er würde seine Meinung nicht ändern. Claudia, die an das Bild dachte, zog ein Sweatshirt an und ging hinaus in den Vorraum. Frank hatte seine Autohandschuhe naß werden lassen und über das Ofenrohr gelegt; der Raum roch nach trockener Wolle. Sie zog ihren Parka und eine Mütze an, nahm ihre Handschuhe, schaltete vom Vorraum aus das Garagenlicht an und trat hinaus in den Sturm.

Das Bild. Die Personen hätten alle möglichen Leute sein können, aus Los Angeles oder Miami, wo sie solche Sachen machten. Aber das waren sie nicht.

Sie waren aus Lincoln County. Der Druck war schlecht, und das Papier war so billig, daß es einem fast in den Fingern zerfiel. Aber es war der Harper-Junge, das stimmte. Wenn man genau hinsah, erkannte man den Fingerstummel an der linken Hand, mit der er in eine Holzsäge geraten war; und man erkannte den Ohrring. Er saß nackt auf einer Couch, einen dumpfen Ausdruck im Gesicht. Es war das Gesicht eines Heranwachsenden, aber sie konnte noch immer den Schatten des kleinen Jungen sehen, den sie gekannt hatte und der in der Tankstelle seines Vaters arbeitete...

Im Vordergrund des Bildes sah man den Torso eines erwachsenen Mannes, dick, mit behaarter Brust. Claudia erinnerte sich nur allzugut daran. Sie war vertraut genug mit Männern und deren Körpern, aber dieses Bild hatte etwas an sich, etwas so Übles... die Augen des Jungen waren wie schwarze Punkte. Als sie genau hingesehen hatte, war es ihr vorgekommen, als habe bei der Zeitschrift jemand mit einem Filzstift die Pupillen geschwärzt.

Sie erschauerte bei dem Gedanken und eilte den schneeverwehten Pfad entlang, den sie zur Garage und zum Holzschuppen hinüber zwischen den Schneewänden geschaufelt hatten. Zehn Zentimeter Neuschnee lagen bereits von neuem auf dem Weg; sie würde ihn morgen früh wieder freischaufeln müssen.

Der Pfad endete an der Garagentür. Sie drückte die Tür auf, trat ein, schaltete das Licht ein und stampfte mit den Füßen auf, um den Schnee abzutreten. Die Garage war gut isoliert und wurde mit einem Holzofen beheizt. Vier dicke Scheite Eiche brannten langsam und gaben genug Wärme, um die Innentemperatur auch in den kältesten Nächten über dem Gefrierpunkt zu halten. Warm genug jedenfalls, um die Autos anzulassen. Hier draußen in Chequamegon konnte es lebenswichtig sein, daß die Autos ansprangen.

Der Ofen war noch heiß. Das Holz war zu Kohle verbrannt, aber Frank hatte den Ofen am Vorabend geleert – wenigstens das brauchte sie nicht zu tun. Sie drehte sich um, zu dem Holzstoß neben der Tür. Genug für die Nacht, aber nicht mehr. Sie warf ein paar dünne Scheite harziges Fichtenholz auf die Glut, um Flammen zu erzeugen, und legte dann vier dicke Stücke Eichenholz darauf. Das sollte reichen.

Sie warf einen Blick zu der Stelle, wo noch mehr Holz hätte sein sollen, seufzte und beschloß, daß sie ebensogut jetzt gleich ein paar neue Scheite holen könnte – damit sie bis zum Morgen auftauten. Sie ging wieder nach draußen, zog die Tür hinter sich zu und stapfte zur Seite der Garage, wo in einem Anbau das Holz lagerte. Sie nahm vier dicke Eichenscheite, trottete zurück zur Garagentür, stieß sie mit dem Fuß auf und ließ die Scheite neben dem Ofen zu Boden fallen. Noch ein Gang, dachte sie; den Rest konnte Frank morgen machen.

Sie ging wieder hinaus, trat in die Dunkelheit des Holzschuppens und nahm zwei weitere Eichenscheite.

Und spürte, wie sich die Härchen in ihrem Nacken sträubten.

Sie war nicht allein...

Claudia ließ das Eichenholz fallen und fuhr sich mit einer behandschuhten Hand an die Kehle. Im Schuppen war es dunkel. Sie konnte es spüren, aber nicht sehen, sie hörte, wie ihr Herz pochte und wie draußen der Schnee leise rieselte. Sonst nichts, aber dennoch...

Sie wich zurück. Nichts, nur Schnee und der blaue Lichtschein der Hoflampe. Als sie den Pfad mit dem verwehten Schnee erreicht hatte, hielt sie inne, lauschte in die Dunkelheit... und dann rannte sie.

Zurück zum Haus. Noch immer hatte sie das Gefühl, jemand sei hinter ihr, strecke aus nächster Nähe die Hand nach ihr aus. Sie krallte sich an den Türgriff, drückte ihn nieder, stieß mit dem Handballen die Tür auf und trat in die Wärme und Helligkeit des Vorraums.

»Claudia?«

Sie schrie.

Frank stand da, den Pinsel in der Hand, und starrte sie mit aufgerissenen Augen verwundert an. »Was ist denn?«

»Mein Gott«, sagte sie. Sie zog den Reißverschluß des Schneeanzugs auf, mühte sich mit dem Mützenverschluß ab und stammelte: »Mein Gott, Frank, da draußen bei der Garage ist jemand.«

»Was?« Er runzelte die Stirn, ging zum Küchenfenster und schaute hinaus. »Hast du ihn gesehen?«

»Nein, aber ich schwöre bei Gott, Frank, da draußen ist jemand, ich habe ihn *gespürt«*, sagte sie, faßte nach seinem Arm und schaute neben ihm aus dem Fenster. »Ruf die Polizei an.«

»Ich sehe nichts«, meinte Frank. Er ging durch die Küche, beugte sich über die Spüle und schaute hinaus in Richtung Hoflicht.

»Man *kann* nichts sehen«, sagte Claudia. Sie schob den Türriegel vor und trat dann in die Küche. »Frank, ich schwöre dir, da draußen ist jemand...«

»Also gut«, sagte er. Er nahm sie ernst. »Ich gehe nachsehen...«

»Warum rufen wir nicht an...?«

»Ich gehe nachsehen«, sagte er wieder. »Sie würden bei diesem Sturm keinen Polizisten hier rausschicken. Nicht, wenn du nicht mal jemanden gesehen hast.«

Er hatte recht. Claudia folgte ihm in den Vorraum und hörte sich stammeln: »Ich hab im Ofen Holz nachgelegt, und dann bin ich nach draußen gegangen, um ein paar Scheite für morgen früh hereinzuholen...« *Das bin doch nicht ich,* dachte sie.

Frank setzte sich auf die Bank im Vorraum, zog die Stiefel aus, stieg in den Schneeanzug und dann in die Stiefel; er verschnürte sie, zog den Reißverschluß des Anzugs zu und nahm seine Handschuhe. »Bin gleich wieder da«, sagte er. Es klang entnervt, aber er kannte sie. Sie war nicht der Typ, der leicht in Panik geriet.

»Ich komme mit«, stieß sie hervor.

»Nein, du wartest hier«, sagte er.

»Frank, nimm die Pistole mit.« Sie rannte zur Kommode und zog die Schublade auf. Ganz hinten, hinter einer falschen Rückwand, lag eine geladene 357er Smith and Wesson. »Vielleicht ist es Harper. Vielleicht...«

»Himmel«, sagte er und schüttelte den Kopf. Er grinste sie reumütig an, zog die Handschuhe an und ging aus der Tür.

Draußen auf der Vortreppe stach ihm der Schnee wie mit Nadeln ins Gesicht. Er wandte sich halb um. Solange er nicht direkt in den Wind schaute, hielt ihn der Schneeanzug warm. Aber er konnte nicht viel sehen und hörte nichts als das Pfeifen des Windes an seiner Nylonkapuze. Mit abgewandtem Kopf ging er die Stufen hinunter und trat auf den schneeverwehten Weg zur Garage.

Der Eismann war da, neben dem Holzstoß, die Schulter an die Ecke des Schuppens gedrückt, den Rücken dem Wind zugewandt. Er war auf dem Grundstück gewesen, als Claudia herauskam. Er hatte versucht, sie zu erreichen, aber nicht gewagt, seine Taschenlampe zu benutzen. Im Dunkeln hatte er sich im Gebüsch verfangen, und er hatte stehenbleiben müssen. Als sie wieder ins Haus rannte, hätte er fast kehrtgemacht, um zu seinem Schneemobil zurückzukehren. Die Gelegenheit war verpaßt, hatte er gedacht. Irgend etwas hatte sie gewarnt. Und die Zeit drängte. Er sah auf seine Uhr. Er hatte eine halbe Stunde, nicht mehr.

Doch nach einem Augenblick des Nachdenkens hatte er methodisch seine Schneeteller aus dem Gebüsch befreit und war weiter auf den dunklen Schatten der Garage zugegangen. Er mußte die LaCourts zusammen erwischen, in der Küche, wo er sich um beide gleichzeitig kümmern konnte. Sie würden bewaffnet sein, also mußte er schnell handeln.

Der Eismann trug einen Colt Anaconda unter dem Arm. Er hatte ihn einem Mann abgenommen, der gar nicht gemerkt hatte, daß er ihm gestohlen wurde... Das hatte er oft getan, in den alten Zeiten. Hatte sich eine Menge gutes Zeug besorgt. Der Colt Anaconda war ein Schatz, jede Rundung und jede Einbuchtung war genau durchkonstruiert und bis ins letzte ausgeklügelt...

Das Messer dagegen war in seiner Einfachheit fast elegant. Es war selbstgemacht, mit rohem Holzgriff und sah ein bißchen wie eine Machete aus, aber mit dünnerer Klinge und eckiger Spitze. Früher war es zum Hacken von Maisstengeln benutzt worden. Die Klinge hatte eine Patina von Rost, aber er hatte die Kanten geschliffen, und die neue Schneide war silbrig und glatt und scharf genug, um sich damit zu rasieren.

Das Messer konnte töten, aber dazu hatte er es nicht mitgebracht. Es erzeugte einfach Angst. Wenn er sie bedrohen mußte, um das Bild zu bekommen, wenn er dem Mädchen etwas antun mußte, ohne es gleich zu töten, dann war das Messer genau richtig.

Der Eismann stand hoch auf dem Schnee und fühlte sich wie ein Riese, weil sein Kopf fast den Dachgiebel der Garage erreichte, während er an ihr entlangging. Er sah Frank ans Fenster treten und hinausschauen und blieb stehen. Hatte Claudia ihn vielleicht doch gesehen? Unmöglich. Sie hatte sich umgedreht und war weggelaufen, und er hatte sie kaum sehen können, obwohl in der Garage und im Hof Licht gewesen war. Er selbst hatte in der Dunkelheit gestanden, ganz in Schwarz gekleidet. Unmöglich.

Der Eismann schwitzte von dem kurzen Anstieg den Hügel hinauf und dem Kampf mit dem Gebüsch. Er löste die Bindungen seiner Schneeteller, blieb aber darin stehen. Er mußte vorsichtig sein, wenn er den Pfad hinabstieg. Er blickte auf seine Uhr. *Zeit. Zeit. Zeit...*

Er zog den Reißverschluß seines Parka auf, streifte den Handschuh ab und langte unter die Jacke nach dem Colt. Gerade als er auf den Pfad hinabsteigen wollte, öffnete sich die Tür, und ein Streifen Licht fiel über die Vortreppe. Der

Eismann wich zurück, schleifte die Schneeteller mit seinen Stiefeln nach und suchte, an die Wellblechwand der Garage gedrückt, im Dunkel hinter dem Schuppen Schutz.

Franks Silhouette zeichnete sich im Licht der geöffneten Tür ab, und gleich darauf kam er den Hohlweg zur Garage entlang. Er hatte eine Taschenlampe in der Hand und ließ ihren Lichtkegel über die Seitenwand der Garage wandern. Der Eismann zog sich ganz zurück, als das Licht über die Wand strich, wartete noch ein paar Sekunden, bis Frank außer Sicht sein mußte, und spähte dann um den Schuppen herum. Frank hatte die Garagentür erreicht, öffnete sie. Der Eismann schlich zur Ecke der Garage, den Colt in der linken Hand, das Messer in der rechten, und die eisige Kälte stach seine nackten Hände wie glühende Nadeln.

Frank schaltete das Garagenlicht an und trat ein. Wenig später ging das Licht wieder aus. Frank kam heraus, zog die Tür hinter sich zu und rüttelte am Türknauf, um sicherzugehen, daß sie fest geschlossen war. Dann folgte er dem Pfad weiter, ließ das Licht der Taschenlampe langsam über den Hof hinüber zum Gastank gleiten. Trat noch einen Schritt vor.

Der Eismann wartete schon. Das Messer blitzte auf, fuhr nieder. Frank sah es kommen, gerade noch rechtzeitig, um zurückzuzucken, aber zu spät, um ihm noch auszuweichen. Die Schneide durchschlug Franks Parkamütze und seine Schädeldecke; die Wucht des Aufpralls durchzuckte den Arm des Eismanns. Es war ein vertrautes Gefühl, als hätte er das Messer in einen Zaunpfahl gerammt.

Die Schneide kam wieder frei, als Frank zusammenbrach. Er war schon im Fallen tot, aber aus seinem Körper drang ein Geräusch wie das einer Schlange, auf die man getreten war, ein scharfes Zischen, und dann färbte das Blut den Schnee rot.

Für einen kurzen Augenblick war der Sturm verstummt, als hielte die Natur den Atem an. Gleichzeitig hatte es offenbar aufgehört zu schneien, und etwas bewegte sich am Saum des Waldes, am Rande des Gesichtsfelds des Eismanns. Etwas war da draußen ... Der Eismann erschauerte. Er sah sich um, aber jetzt war alles wieder ruhig, und der Sturm und der Schneefall hatten ebenso schnell wieder eingesetzt wie sie aufgehört hatten.

Der Eismann ging den Pfad entlang, näherte sich dem Haus. Claudias Gesicht erschien am Fenster; er konnte sie durch den Sturm sehen. Er hielt inne, sicher, daß sie ihn ebenfalls gesehen hatte. Doch sie drückte ihr Gesicht nur dichter an die Scheibe und spähte hinaus, und da wurde ihm klar, daß sie ihn noch immer nicht bemerkt hatte. Nach einem Augenblick verschwand sie vom Fenster. Der Eismann schritt wieder auf das Haus zu, stieg die Vortreppe hinauf, so leise er konnte, drehte den Türknauf und stieß die Tür auf.

»Frank?« Claudia war da, sie stand in der Tür zur Küche. Ihre Hand fuhr hoch, und der Eismann sah das Glänzen von Chrom, erkannte es, reagierte, hob die große 44er Magnum.

»Frank?« Claudia schrie. Die 357er hing in ihrer Hand, an ihrer Seite, nicht entsichert, vergessen, ein wertloses Symbol der Selbstverteidigung. Der Eismann nahm Claudia ins Visier. Das hatte er stundenlang geübt, das Anvisieren von Zielen, und er wußte, er hatte sie, spürte die Treffsicherheit in den Knochen, eins mit seinem Ziel.

Der Schuß traf Claudia in die Stirn, und die Welt stand still. Keine Lisa mehr, kein Frank mehr, keine Nächte mit Spiegeln im Holiday Inn mehr, keine Erinnerungen, kein Bedauern. Nichts. Sie prallte nicht zurück wie im Film. Sie stürzte nicht nieder, sondern sank einfach um, mit aufgerissenen Augen und offenem Mund. Der Eismann, der den Colt senkte, war irgendwie enttäuscht. Die große Waffe sollte die Leute niederhämmern, sie umnieten, die große Waffe war eine universale Macht ...

Da ertönte aus dem Hinterzimmer in die Stille nach dem

Schuß hinein die Stimme eines jungen Mädchens: »Mom? Mom? Was war das?«

Der Eismann packte Claudia, schleifte sie in die Küche und ließ sie fallen. Sie lag auf dem Boden wie eine Marionette mit durchgeschnittenen Fäden. Ihre Augen waren offen und blicklos. Er ignorierte sie. Er konzentrierte sich jetzt auf das hintere Zimmer. Er brauchte das Bild. Er hob das Messer und machte sich auf den Weg.

Wieder die Stimme des Mädchens. Diesmal ein wenig furchtsam: »Mom?«

2

Lucas Davenport stieg aus seinem Wagen. Das Licht auf dem Haus der LaCourts war gleißend. In der absolut klaren Luft sah man jeden Riß, jedes Loch, jeden Glassplitter so deutlich wie ein Haar unter einem Mikroskop. Der Geruch von Tod wehte ihn an, und er wandte ihm das Gesicht zu, nahm Witterung auf wie ein steinzeitlicher Jäger.

Das Haus sah mit den scheibenlosen Fensteröffnungen, die in die Schneelandschaft starrten, einem Schädel merkwürdig ähnlich. Die Haustür war von Feueräxten zertrümmert, die Seitentür, die nur noch an einer Angel hing, vom Feuer verzogen und geschwärzt. Die Vinylverkleidung war geschmolzen, verkohlt, verbrannt. Das halbe Dach war weg, und die Mitte der Ruine lag unter freiem Himmel. Überall war rosa Glaswolle, sie hing aus dem Haus, wehte über den Schnee, verfing sich in den nackten Birkenästen wie obszönes, fleischiges Haar. Eis vom Löschwasser, vermischt mit Ruß und Asche, drang allenthalben aus allen Türen und Rissen wie Miniaturgletscher.

Auf einer Seite des Hauses standen drei Reihen tragbarer Scheinwerfer, gespeist von einem alten, benzingetriebenen

Armeegenerator, und tauchten die Szene in grelles, blauweißes Licht. Der Generator übertönte das Schreien der Feuerwehrleute und das Dröhnen der Löschpumpen mit einem wilden Hämmern.

Alles stank.

Nach Benzin und brennendem Isoliermaterial, nach wasserdurchtränktem Gips, verbranntem Fleisch und Dieselabgasen. Das Feuer hatte schnell um sich gegriffen, wütend gebrannt und war dann rasch erloschen. Die Toten waren mehr verkohlt als verbrannt.

Zwanzig Männer durchsuchten das Haus. Einige waren Feuerwehrleute, andere Polizisten, drei oder vier Personen waren in Zivil. Der Schneefall hatte nachgelassen, wenigstens zeitweilig, aber der Wind schnitt scharf wie Rasierklingen in die nackte Haut.

Lucas war groß, hatte einen dunklen Teint und tiefliegende, verblüffend blaue Augen unter einer kräftigen Stirn. Sein Haar war dunkel, leicht angegraut und recht lang; eine Strähne fiel ihm in die Augen, und er strich sie beiseite, während er dastand und das Haus betrachtete.

Zitternd, einem Jagdhund nicht unähnlich...

Sein Gesicht hätte kantig sein sollen und war das normalerweise auch, wenn er zehn Pfund schwerer war. Ein kantiges Gesicht paßte zu seiner übrigen Erscheinung, seinen schweren Schultern und Händen. Doch jetzt war er mager, und die Haut spannte sich über seinen Backenknochen: das Gesicht eines Boxers, der in hartem Training steht. Seit einem Monat hatte er täglich Skier oder Schneeteller angelegt und war durch die Hügel rund um seine Hütte in North Woods gelaufen. Nachmittags arbeitete er auf dem Holzplatz und spaltete mit einem Keil und Holzhammer Eichenscheite.

Wie hypnotisiert ging Lucas auf das verbrannte Haus zu. Er erinnerte sich an ein anderes Haus, in Minneapolis, gleich südlich vom Loop, in einer eisigen Februarnacht. In der unteren Wohnung lebte der Führer einer Gang; eine rivalisierende Gruppe beschloß, ihn auszuräuchern. Im oberen Stock wohnte eine Frau – Shirleen Soundso –, die illegal einen Übernachtungsservice für Kinder aus der Nachbarschaft betrieb. Sechs Kinder schliefen in dieser Etage, als unten die Molotow-Cocktails durch die Fenster flogen. Shirleen warf alle sechs schreienden Kinder aus dem Fenster. Zwei brachen sich die Beine, zwei weitere die Rippen, und ein Nachbar, der sie aufzufangen versuchte, trug einen gebrochenen Arm davon. Die Frau selbst war zu dick, um zu springen, und verbrannte bei dem Versuch, über die einzige Treppe aus dem Haus zu gelangen. Das Haus hatte genauso ausgesehen: nackt wie ein Schädel, Eis vom Löschwasser, und dieser Geruch, dieser beißende Geruch...

Unwillkürlich schüttelte Lucas den Kopf und lächelte. Er hatte gute Beziehungen zur Crack-Gemeinde gehabt und dem Morddezernat die Namen der Bandenmitglieder genannt. Sie saßen noch immer in Stillwater, wo sie für weitere acht Jahre bleiben würden. Binnen zweier Tage hatte er sie so erwischt, daß sie es noch immer nicht glauben konnten...

Und nun dies. Er ging zurück zur offenen Tür seines Wagens, beugte sich hinein, nahm eine Kappe aus schwarzem Kaschmir vom Beifahrersitz und setzte sie auf. Er trug einen blauen Parka über Jeans und einem Strickpullover, Schneestiefel und lange Unterwäsche, wie sie für Arktis-Expeditionen hergestellt wurde. Ein Deputy kam um den Geländewagen herum, der vor Davenports Ford in den Hof eingebogen war. Henry Lacey trug den üblichen braunen Sheriffsparka und Thermohosen.

»Shelly ist da drüben«, sagte Lacey und wies mit dem Daumen auf das Haus. »Kommen Sie, ich mache Sie bekannt... Was sehen Sie sich an, das Haus? Was ist daran komisch?«

»Nichts.«

»Ich dachte, ich hätte Sie lächeln sehen«, sagte Lacey ein wenig verstört.

»Ach was, mir ist bloß kalt«, sagte Lucas ausweichend. Verdammt, auch das noch.

»Ja, also, Shelly...«

»Ja.« Lucas folgte ihm, während er seine dicken Skihandschuhe anzog, noch immer das Haus betrachtend. Es hätte ein eisiger Vorort der Hölle sein können. Er fühlte sich wie zu Hause.

Sheldon Carr stand auf einer Eisplatte in der Einfahrt hinter den Tank- und Pumpwagen der Freiwilligen Feuerwehr. Er trug die gleiche Sheriffs-Winterausstattung wie Lacey, aber in Schwarz anstelle von Khaki und mit dem goldenen Sheriffstern statt der silbernen Marke des Deputys. Ein vereister schwarzer Schlauch schlängelte sich an seinen Füßen vorbei zum See hinunter, wo die Feuerwehrleute sich durch drei Fuß dickes Eis gehackt hatten, um an das Seewasser heranzukommen. Jetzt benutzten sie eine Fackel, um den Schlauch aufzutauen, und die blaue Flamme flackerte am Rand von Carrs Gesichtsfeld.

Carr war benommen. Er hatte getan, was er konnte, und dann hatte er zu funktionieren aufgehört: Er stand einfach in der Einfahrt und sah den Feuerwehrleuten bei der Arbeit zu. Und er fror erbärmlich. Seine Winterkleidung war für dieses Wetter nicht ausreichend. Seine Beine fühlten sich steif an und seine Füße taub, aber er konnte nicht in die Garage gehen, konnte sich nicht losreißen. Er stand da wie ein dunkler Schneemann, leicht übergewichtig, reglos, die Arme ein wenig abgespreizt, und starrte zum Haus empor.

»So ein...« Ein Feuerwehrmann rutschte aus und fiel fluchend hin. Carr mußte sich ungelenk umdrehen, um ihn anzuschauen. Der Feuerwehrmann war mit Asche verschmiert und halb von Eis bedeckt. Als sie versucht hatten, das Feuer zu löschen, hatte der Wind das Wasser in Form von

Schneeregen auf sie zurückgetrieben. Ein paar von den Feuerwehrleuten sahen aus wie kleine, bewegliche Eisberge; sie glitzerten im starken Licht der Scheinwerfer, während sie sich über den Hof arbeiteten. Dieser hier lag auf dem Rükken und schaute zu Carr auf; sein Schnurrbart war weiß von Eis, das Gesicht rot vom Wind und der Anstrengung. Carr bewegte sich, um ihm zu helfen, und streckte die Hand aus, aber der Feuerwehrmann winkte ab. »Ich würde Sie nur umwerfen«, sagte er. Ungeschickt rappelte er sich auf und kämpfte mit einem gefrorenen Löschschlauch. Er versuchte, ihn in einen Lastwagen zu packen, doch der Schlauch wehrte sich wie eine flinke Anaconda. »So eine Scheiße...«

Carr wandte sich wieder dem Haus zu. Ein in Gummi gehüllter Feuerwehrmann half der Ärztin, durch die zertrümmerte Haustür zu klettern. Carr sah zu, wie sie sich allmählich einen Weg zum Kinderzimmer bahnten. Das kleine Mädchen war dort, die Leiche so verkohlt, daß nur Gott wissen konnte, was mit ihr passiert war. Was ihren Eltern zugestoßen war, war ziemlich klar. Claudias Gesicht war teilweise von einem feuerfesten Vorhang geschützt worden, der über sie gefallen war. Ein großes Einschußloch gähnte in ihrer Stirn wie ein ausdrucksloses drittes Auge. Und Frank...

»Irgendwas aus Madison gehört?« rief Carr einem Deputy in einem Jeep zu. Der Deputy ließ den Motor laufen, hatte die Heizung voll aufgedreht und das Fenster gerade so weit geöffnet, um sich verständigen zu können.

»Nichts. Schneit noch immer da unten. Vermutlich warten sie's ab.«

»Abwarten? Abwarten?« Sheldon Carr schrie plötzlich, und seine Augen blitzten. »Rufen Sie die Dreckskerle noch mal an und sagen Sie ihnen, sie sollen gefälligst ihre Ärsche hierher bewegen. Sie haben sicher schon mal von Autos mit Vierradantrieb gehört, nicht? Rufen Sie sie noch mal an...«

»Sofort«, sagte der Deputy schockiert. Er hatte Sheldon Carr nie etwas Stärkeres sagen hören als *verflixt.*

Carr wandte sich ab. Er knirschte mit den Zähnen. Die Kälte hatte er vergessen. *Abwarten?* Henry Lacey kam auf ihn zu, sich vorsichtig über das trügerische Eis tastend, das sich bis in den Hof erstreckte. Ein Mann in einem Parka folgte ihm. Dann standen sie vor ihm. Der Mann nickte und sagte: »Ich bin Davenport.«

Carr nickte. »D-d-danke f-f-fürs Kommen.« Plötzlich brachte er die Worte kaum mehr heraus.

Lacey faßte ihn am Ellbogen. »Waren Sie die ganze Zeit hier draußen?«

Carr nickte benommen, und Lacey schob ihn auf die Garage zu und sagte: »Mein Gott, Shelly, Sie bringen sich um...«

»Ich bin okay«, stieß Carr hervor. Er machte seinen Arm frei und wandte sich an Lucas. »Als ich hörte, daß Sie aus Minneapolis hier sind, dachte ich, Sie wüßten mehr über diese Art Sachen als ich. Dachte, es wäre einen Versuch wert. Ich hoffe, Sie können uns helfen.«

»Henry sagte mir, daß es übel aussieht«, sagte Lucas.

Er grinste bei diesen Worten, ein leicht gemeines Grinsen, wie Carr dachte. Davenport hatte einen abgebrochenen und nie überkronten Zahn, wie man ihn sich vielleicht bei einem Kampf holt. Eine Narbe durchschnitt eine Augenbraue. »Es ist eine...« Carr schüttelte den Kopf und suchte nach Worten. »Es ist eine verflixte Tragödie«, sagte er schließlich.

Lucas schaute ihn an. Er hatte noch nie gehört, daß ein Polizist ein Verbrechen als Tragödie bezeichnete. Er hatte auch noch nie einen Polizisten verflixt sagen hören. Von Carrs Gesicht konnte er nicht viel sehen, aber der Sheriff war ein großer Mann mit ausladendem Bauch. In seinem schwarzen Schneeanzug sah er aus wie der Reifenmann von Michelin in Trauer.

»Wo ist die Spurensicherung?« fragte Lucas.

»Sie haben Schwierigkeiten, aus Madison rauszukommen«, sagte Carr grimmig. Er zeigte zum Himmel. »Der Sturm ...«

»Haben sie keine Wagen mit Vierradantrieb? Die ganze Strecke ist Highway ...«

»Das stellen wir gerade fest«, versetzte Carr barsch. Dann entschuldigte er sich: »Tut mir leid, das ist ein heikles Thema. Inzwischen müßten sie schon auf halbem Weg sein.« Er schaute zum Haus zurück, als könne er dessen Anziehungskraft nicht widerstehen. »Gott helfe uns.«

»Drei Tote?« fragte Lucas.

»Drei Tote«, sagte Carr. »Erschossen, mit einer Art Axt oder so was erschlagen, und die andere ... erschossen oder sonst was, man weiß es nicht. Ein Kind.«

»Sind sie noch im Haus?«

»Kommen Sie«, sagte Carr grimmig. Plötzlich begann er, unkontrollierbar zu zittern; dann nahm er sich mühsam wieder zusammen und entspannte sich. »Wir haben sie zugedeckt. Und da ist noch was ... Teufel, schauen wir uns erst die Leichen an, und dann kümmern wir uns darum.«

»Shelly, sind Sie okay?« fragte Lacey wieder.

»Ja, ja ... ich führe Davenport – Lucas? – ich führe Lucas herum, dann gehe ich rein. Herrgott, diese Kälte ist unglaublich.«

Frank LaCourt lag mit dem Gesicht nach oben auf einem Gehweg, der vom Haus zur Garage führte. Carr ließ einen der Deputies die Plastikplane anheben, die die Leiche bedeckte; Lucas kauerte sich daneben.

»Himmel«, sagte er. Er schaute zu Carr auf, der sich abgewandt hatte. »Was ist mit seinem Gesicht passiert?«

»Ein Hund vielleicht«, sagte Carr und sah von der Seite auf das verstümmelte Gesicht nieder. »Kojoten ... ich weiß nicht.«

»Könnte ein Wolf gewesen sein«, sagte Lacey von hinten.

»Wir hatten ein paar Berichte, ich glaube, es gibt einige, die hier runterkommen.«

»Haben ihn ganz schön zugerichtet«, sagte Lucas.

Carr schaute hinaus auf den Wald, der das Haus umgab. »Das ist der Winter«, sagte er. »Da draußen verhungert alles. Wir füttern einiges Wild, aber die meisten Tiere werden sterben. Tja, die meisten sind schon tot. Es gibt Kojoten, die sich bei den Mülltonnen in der Stadt herumtreiben, bei dem Pizzalokal...«

Lucas zog einen Handschuh aus, nahm eine Taschenlampe aus der Tasche seines Parka und leuchtete das an, was vom Gesicht des Mannes übrig war. LaCourt war ein Indianer, vielleicht fünfundvierzig Jahre alt. Sein Haar war steif von gefrorenem Blut. Ein Tier hatte den größten Teil seiner linken Gesichtshälfte zerfleischt.

»Der Angriff kam von der Seite, spaltete fast seinen Kopf, durch die Kapuze hindurch«, sagte Carr. Lucas nickte, berührte mit einem behandschuhten Finger die Kapuze und betrachtete den durchtrennten Stoff. »Der Arzt sagt, es wäre eine Art Messer oder Hackbeil gewesen«, sagte Carr.

Lucas stand auf. »Henry sprach von Schneetellern...«

»Da drüben«, sagte Lacey und deutete hin.

Lucas richtete die Taschenlampe in den Schatten neben dem Schuppen. Breite Abdrücke waren noch immer im Schnee sichtbar. Sie waren halb zugeweht.

»Wohin führen sie?« fragte Lucas und starrte zu den dunklen Bäumen hinunter.

»Sie kommen vom See herauf durch den Wald und führen dann wieder nach unten«, sagte Carr und zeigte auf einen Abschnitt des dichten Waldes. »Da unten ist eine Schneemobilspur, auf der dauernd Maschinen fahren. Frank hatte selbst ein paar Schlitten, also könnte er die Spur auch selbst hinterlassen haben, das wissen wir nicht.«

»Die Spuren führen genau zu der Stelle, an der er erschlagen wurde«, sagte Lucas.

»Ja – aber wir wissen nicht, ob er auf Schneetellern zum See runtergegangen ist, um nach etwas zu sehen, und dann zurückkam und getötet wurde, oder ob der Mörder kam und ging...«

»Wenn es seine Schneeteller waren, wo sind sie jetzt?«

»Im Vorraum gibt es welche, aber sie wurden von den Löscharbeiten so in Mitleidenschaft gezogen, daß wir nicht wissen, ob sie kurz zuvor benutzt worden sind oder was... keine Möglichkeit, das festzustellen«, sagte Lacey. »Aber sie haben die richtige Form. Bärentatzen. Keine Verlängerungen.«

»Okay.«

»Aber wir haben noch ein Problem«, sagte Carr und schaute widerstrebend auf die Leiche hinunter. »Sehen Sie sich den Schnee an, der auf ihm liegt. Die Feuerwehrleute haben ihn mit der Plane zugedeckt, sobald sie herkamen, aber für mich sieht es so aus, als läge eine dünne Schneeschicht auf ihm...«

»Ja, und?«

Carr starrte die Leiche einen Moment an und senkte dann die Stimme. »Hören Sie, ich erfriere, und es gibt ein paar seltsame Sachen, über die wir reden müssen. Ein Problem. Wollen Sie die anderen Leichen jetzt sehen? Die Frau wurde in die Stirn geschossen, das Mädchen ist verbrannt... Wir könnten auch gleich gehen und alles bereden.«

»Ein kurzer Blick«, bat Lucas.

»Dann kommen Sie«, sagte Carr.

Lacey entfernte sich. »Ich kümmere mich um Verstärkung, Shelly.«

Lucas und Carr tappten über eine Schicht aus farblosem Eis zum Haus und quetschten sich durch die Haustür. Innen hatten sich Wandverkleidungen und Deckenpaneele verzogen und verbogen und waren auf verbrannte Möbel und Teppiche gefallen. Geschirr, Töpfe und Pfannen und Glasscherben bedeckten den Boden; darunter lag eine Gruppe von Sammelfiguren aus Keramik. Bilderrahmen waren überall. Einige waren verbrannt, doch alle paar Schritte schaute ein klares, glückliches Gesicht den Besucher an, strahlend und mit großen Augen. Bessere Zeiten.

Zwei Deputies arbeiteten sich mit Kameras durch das Haus, der eine mit einer Videokamera, deren Kabel durch seinen Kragen in seinen Parka führte, der andere mit einer 35mm-Nikon.

»Mir frieren die Hände ab«, stammelte der Mann mit der Videokamera.

»Gehen Sie runter zur Garage«, sagte Carr. »Sonst holen Sie sich noch was.«

»In meinem Wagen sind ein paar Kannen mit heißem Kaffee und Pappbecher. Der weiße Explorer, der auf dem Parkplatz steht«, sagte Lucas. »Die Türen sind offen.«

»D-danke.«

»Heben Sie was für mich auf«, sagte Carr. Und zu Lucas: »Woher haben Sie den Kaffee?«

»Ich hab' auf dem Weg hierher bei Dow's Corners angehalten und deren Kaffeemaschine geleert. Ich bin sechs Jahre Streife gefahren und muß mir bei Hunderten von solchen Aktionen den Arsch abgefroren haben...«

»Aha. Dow's.« Carr kniff die Augen zusammen und ging im Stillen eine Liste durch. »Sind das noch immer Phil und Vickie?«

»Ja. Kennen Sie sie?«

»Ich kenne jeden am Highway 77, von Hayward in Sawyer County bis zum Highway 13 in Ashland County«, sagte Carr sachlich. »Hier entlang.«

Er ging voran in einen verkohlten Korridor, vorbei an einer Badezimmertür, bis zu einem kleinen Schlafzimmer. Die Wand auf der Seeseite war fort, und Schnee rieselte durch die Trümmer. Die Leiche lag unter einem verbrannten Bettgestell; die Sprungfedern drückten auf die Brust des Mädchens. Einer der tragbaren Scheinwerfer stand direkt draußen vor dem Fenster und warf kaltes, indirektes Licht auf die verkohlten Trümmer, ließ aber das Gesicht des Mädchens in fast, doch nur fast völliger Dunkelheit. Lucas konnte ihre unglaublich weißen Zähne aus den verkohlten Resten lächeln sehen.

Lucas hockte sich nieder, schaltete die Taschenlampe ein, knurrte, schaltete sie wieder aus und stand auf.

»Mir ist schlecht geworden«, sagte Carr. »Ich war bei der Highway-Patrol, bevor ich zum Sheriff gewählt wurde. Ich habe ein paar unglaubliche Autounfälle gesehen. Davon wurde mir nicht schlecht, aber von dem hier schon.«

»Unfälle sind was anderes«, stimmte Lucas zu. Er sah sich im Zimmer um. »Wo ist die andere?«

»Küche«, sagte Carr. Wieder gingen sie durch den Korridor. »Warum hat er das Haus angesteckt?« fragte Carr, diesmal lauter. »Um die Morde zu vertuschen kann's nicht gewesen sein. Er hat Franks Leichnam draußen auf dem Hof liegen gelassen. Wenn er einfach gegangen wäre, hätte es ein oder zwei Tage dauern können, bis jemand gekommen wäre. Wollte er damit prahlen?«

»Vielleicht hat er an Fingerabdrücke gedacht... Was hat LaCourt gemacht?«

»Er arbeitete unten in der Feriensiedlung, im Eagle Casino. War Sicherheitsmann.«

»In Casinos gibt's viel Geld«, sagte Lucas. »Hatte er da unten Schwierigkeiten?«

»Weiß ich nicht«, sagte Carr schlicht.

»Was ist mit seiner Frau?«

»Sie war Aushilfslehrerin.«

»Irgendwelche Eheprobleme oder Exgatten, die herumlaufen?« fragte Lucas.

»Tja, sie waren beide schon mal verheiratet. Ich werde Franks Exfrau überprüfen, aber ich kenne sie, Jean Hansen. Die könnte keiner Fliege was zuleide tun. Und Claudias Exmann ist Jimmy Wilson; der ist vor drei oder vier Wintern nach Phoenix gezogen, aber er würde so etwas auch nicht tun. Ich werd' ihn überprüfen, aber bei keiner der beiden Scheidungen hat es wirklich böses Blut gegeben. Sie mochten sich bloß nicht mehr. Kennen Sie das?«

»Ja, das kenne ich... Was ist mit dem Mädchen? Hatte sie einen Freund?«

»Das werd' ich auch überprüfen«, sagte Carr. »Tja, aber, ich weiß nicht. Sie ist noch ziemlich jung.«

»Es gibt immer mehr Teenager, die ihre Familien und Freunde töten...«

»Ja. Eine Generation von Ratten.«

»Und heranwachsende Burschen bringen manchmal Feuer und Sex durcheinander. Es gibt eine Menge junger Brandstifter. Wenn jemand auf das Mädchen scharf war, müßte man da genauer nachhaken.«

»Sie könnten mit Bob Jones von der Junior High School reden. Er ist der Direktor und auch Schulpsychologe, also weiß er vielleicht was.«

»Hm«, sagte Lucas. Mit dem Ärmel streifte er eine verbrannte Wand; er bürstete ihn mit der Hand ab.

»Ich hoffe, Sie bleiben ein Weilchen hier«, platzte Carr heraus. Ehe Lucas antworten konnte, sagte er: »Kommen Sie, hier entlang.«

Sie bahnten sich einen Weg auf die andere Seite des Hauses, durch das Wohnzimmer und die Hintertür in die Küche. Zwei dick vermummte Gestalten beugten sich über eine dritte Leiche.

Die größere der beiden Gestalten richtete sich auf und nickte Carr zu. Der Mann trug eine russische Mütze mit heruntergeklappten Ohrenschützern und der Marke eines Deputies auf der Vorderseite. Die andere Gestalt, die eine Tasche bei sich hatte, benutzte ein metallenes Werkzeug, um den Kopf des Opfers zu drehen.

»Unglaublich, dieses Wetter«, sagte der Deputy. »Mir ist so sch... eh, so kalt, es ist unglaublich.«

»Scheißkalt, wollten Sie sagen«, sagte die Gestalt, die sich noch immer über die Leiche beugte. Ihre Stimme war leise und kaum moduliert und klang fast gelehrt. »Ich habe wirklich nichts gegen das Wort, vor allem, wenn es so scheißkalt ist.«

»Er hat sich's nicht Ihretwegen verkniffen, sondern meinetwegen«, sagte Carr unverblümt. »Sehen Sie da unten irgendwas, Weather, oder spielen Sie bloß rum?«

Die Frau blickte auf und sagte: »Wir müssen sie nach Milwaukee schaffen, damit die Profis sie sich ansehen. Keine nächtlichen Stümpereien in der Leichenhalle.«

»Können Sie überhaupt etwas sehen?« fragte Lucas.

Die Ärztin schaute auf die Frau unter ihren Händen nieder. »Claudia wurde offensichtlich erschossen, mit einer ziemlich großkalibrigen Waffe. Könnte ein Gewehr gewesen sein. Der Schuß ging glatt durch. Hoffentlich können die Leute von der Spurensicherung die Patrone finden. In ihr ist sie nicht.«

»Was ist mit dem Mädchen?« fragte Lucas.

»Ich brauche eine Autopsie, ehe ich Ihnen etwas Definitives sagen kann. Es gibt Spuren von verkohltem Stoff um ihre Taille und zwischen ihren Beinen, also würde ich sagen, daß sie eine Unterhose und vielleicht sogar, hm, wie nennt man diese Trikothosen, äh ...«

»Trainingshosen«, sagte Carr.

»Ja, so etwas. Und Claudia war mit Sicherheit angezogen, Jeans und lange Unterhosen.«

»Sie wollen damit sagen, daß sie nicht vergewaltigt wurden«, sagte Lucas.

Die Frau nickte und stand auf. Die Kapuze ihres Parka war eng um ihr Gesicht gezogen und ließ nur ein Oval um Augen und Nase frei. »Ich kann es nicht mit Sicherheit feststellen, aber auf den ersten Blick sieht es so aus. Allerdings ist das, was mit dem Mädchen passiert ist, möglicherweise schlimmer gewesen.«

»Schlimmer?« Carr zuckte zurück.

»Ja.« Sie beugte sich vor, öffnete ihre Tasche, und der Deputy sagte: »Das will ich nicht sehen.« Sie richtete sich wieder auf und reichte Carr eine Plastiktüte. Carr starrte den Inhalt an und reichte die Tüte dann Lucas.

»Was ist das?» fragte Carr die Frau.

»Ein Ohr«, sagten sie und Lucas gleichzeitig. Lucas gab ihr den Beutel zurück.

»Ein Ohr? Das kann nicht Ihr Ernst sein«, sagte Carr.

»Vor oder nach ihrem Tod abgeschnitten?« fragte Lucas in sanftem, interessiertem Ton. Carr sah ihn entsetzt an.

»Um das zu beantworten, bräuchte man ein Labor«, erklärte Weather in ebenso professionellem Ton wie Lucas. »Da gibt es ein paar Krusten, die wie Blut aussehen. Ich bin nicht sicher, aber ich würde sagen, daß sie noch lebte, als es abgeschnitten wurde.«

Der Sheriff betrachtete den Beutel in der Hand der Ärztin, drehte sich um, trat zwei Schritte zur Seite, beugte sich vor und würgte; ein Strom von Speichel floß aus seinem Mund. Nach einem Augenblick richtete er sich wieder auf, wischte sich mit dem Rücken des Handschuhs den Mund ab und sagte: »Ich muß hier raus.«

»Und Frank wurde mit einer Axt erledigt«, sagte Lucas.

»Nein, das glaube ich nicht. Nicht mit einer Axt«, sagte die Frau und schüttelte den Kopf. Lucas schaute sie an, konnte aber fast nichts von ihrem Gesicht erkennen. »Eine Machete, eine sehr scharfe Machete. Oder vielleicht etwas noch Dünneres. Vielleicht eine Art, äh, Krummsäbel...«

»Ein *was?*« Der Sheriff starrte sie ungläubig an.

»Ich weiß nicht«, sagte sie abwehrend. »Was immer es war, die Klinge war sehr dünn und scharf. Wie bei einem fünf Pfund schweren Rasiermesser. Es hat den Knochen *durchschnitten* und nicht zertrümmert, wie es bei einer keilförmigen Waffe der Fall gewesen wäre. Aber es hatte auch einiges Gewicht.«

»Sagen Sie das bloß keinem von der Zeitung«, sagte Carr. »Die würden verrückt.«

»Die werden sowieso verrückt«, sagte sie.

»Tja, dann machen Sie sie nicht noch verrückter.«

»Was ist mit dem Gesicht des Mannes?« fragte Lucas. »Mit den Bißwunden?«

»Ein Hund«, sagte sie. »Ein Kojote. Ich habe hier in der Gegend weiß Gott genug Hundebisse gesehen, und danach sieht es aus.«

»Man kann sie nachts jaulen hören, ganze Rudel davon«, sagte der Deputy. »Kojoten.«

»Ja, oben bei mir gibt es auch welche«, sagte Lucas.

»Sind Sie von der Bundespolizei?« fragte die Frau.

»Nein. Früher war ich Polizist in Minneapolis. Ich habe drüben in Sawyer County eine Hütte, und der Sheriff bat mich, herzukommen und mir das anzusehen.«

»Lucas Davenport«, sagte der Sheriff und nickte in seine Richtung. »Lucas, das ist Weather Karkinnen.«

»Ich habe von Ihnen gehört«, sagte die Frau und nickte.

»Weather war Chirurgin unten in Minneapolis, bevor sie wieder hierher zurückkam«, sagte der Sheriff zu Lucas. Dann blickte er die Ärztin an. »Ich hoffe, was Sie über Davenport gehört haben, war gut«, sagte er zu ihr.

Weather schaute zu Lucas auf und legte den Kopf schräg. Jetzt erst konnte er erkennen, daß sie blaue Augen hatte. Ihre Nase schien leicht gebogen zu sein. »Ich erinnere mich, daß er schrecklich viele Leute umgebracht hat«, sagte sie.

Die Ärztin erklärte, ihr sei kalt, und ging voraus zur Haustür. Der Deputy folgte ihr, und Carr stolperte hinterher. Lucas blieb noch und blickte auf die tote Frau nieder. Als er sich umdrehen wollte, um zu gehen, sah er ein Stück vernickeltes Metall unter der Ecke eines verzogenen, geschwärzten Wandbretts. An der Wölbung erkannte er, was es war: der vordere Teil einer Abzugssicherung.

»He«, rief er den anderen nach. »Ist dieser Kameramann noch im Haus?«

Carr rief zurück: »Der mit der Videokamera ist in der Garage, aber der andere ist noch hier.«

»Schicken Sie ihn zurück, wir haben eine Waffe...«

Carr, Weather und der Photograph kamen zurück. Lucas zeigte auf das Metallstück, und der Photograph machte zwei Aufnahmen von dem Bereich. Dann hob Lucas vorsichtig das Wandbrett an. Ein Revolver. Eine vernickelte Smith and Wessen, groß, mit Walnußgriff. Er schob das Brett aus dem Weg und blieb dann stehen, während der Photograph die Waffe im Verhältnis zu der Leiche aufnahm.

»Haben Sie Kreide oder einen Fettstift?« fragte Lucas.

»Ja, und ein Maßband.« Der Photograph griff in die Tasche und zog einen Fettstift heraus.

»Sollte man das nicht für die Spurensicherung aufheben?« fragte er nervös.

»Großes Ding, könnte die Mordwaffe sein«, sagte Lucas. Rasch zeichnete er den Umriß der Waffe auf den Boden und maß dann die Entfernung der Waffe von der Wand, vom Kopf und von einer Hand der toten Frau, während der Fotograf die Zahlen notierte. Als er fertig war, gab Lucas dem Fotografen den Fettstift zurück, sah sich um, nahm einen Holzsplitter auf, schob ihn hinter dem Abzug durch den Griff des Revolvers und hob ihn vom Boden auf. Er schaute die Ärztin an. »Haben Sie noch einen von diesen Plastikbeuteln?«

»Ja.« Sie öffnete ihre Tasche, stützte sie auf ihr Bein, wühlte darin herum und hielt ihm dann einen geöffneten Gefrierbeutel hin. Er ließ die Waffe hineingleiten, den Lauf auf den Boden gerichtet, und durch die Plastikschicht hindurch öffnete er die Kammer und drehte den Zylinder.

»Sechs Patronen, nicht abgefeuert«, sagte er. »Scheiße.«

»Nicht abgefeuert?« fragte Carr.

»Ja. Glaube nicht, daß das die Mordwaffe ist. Der Mörder

würde sie nicht nachladen und dann auf den Boden werfen ... zumindest kann ich mir nicht vorstellen, warum er das tun sollte.«

»Also?« Weather sah ihn fragend an.

»Vielleicht hat die Frau sie herausgeholt. Sie lag etwa einen Fuß von ihrer Hand entfernt. Vielleicht hat sie den Kerl kommen sehen. Vielleicht gab es irgendeinen Streit, und sie wußte, daß sie in Schwierigkeiten war«, sagte Lucas. Er las dem Fotografen die Seriennummer vor, und dieser schrieb sie auf. »Sie könnten versuchen, das heute abend zu klären. Fragen Sie jedenfalls in den örtlichen Waffengeschäften nach.«

»Ich kümmere mich darum«, sagte Carr. Dann: »Ich b-b-brauche einen Kaffee.«

»Ich denke, Sie sind ganz schön unterkühlt, Shelly«, sagte Weather. »Was Sie brauchen, ist eine Badewanne mit heißem Wasser.«

»Ja, ja ...«

Als sie die Vordertreppe hinuntergingen – Lucas mit dem Revolver –, kam ein anderer Deputy die Einfahrt hinauf. »Ich hab' die Planen, Sheriff. Sie sind hinter mir in dem Lastwagen von der Nationalgarde.«

»Gut. Besorgen Sie sich Hilfe, und decken Sie alles ab«, sagte Carr, auf das Haus zeigend. »In der Garage sind Leute.« Zu Lucas gewandt, sagte er. »Ich habe Planen von der Nationalgarde besorgen lassen; wir decken das ganze Haus ab, bis die Leute aus Madison kommen.«

»Gut.« Lucas nickte. »Dazu brauchen Sie wirklich die Spurensicherung. Lassen Sie keinen etwas anfassen. Nicht mal die Leichen.«

In der Garage war es warm. Deputies und Feuerwehrleute standen um den altmodischen Eisenofen herum, der mit Eichenscheiten beheizt wurde. Die Ärztin nahm eine Tasse Kaffee. Der Beamte, der die Videoaufnahmen gemacht hatte, erblickte Carr und Davenport und kam mit einer von Lucas' Thermoskannen herbei.

»Ich hab' welchen aufgehoben«, sagte er.

»Danke, Tommy.« Der Sheriff nickte, nahm mit zitternder Hand einen Becher, reichte ihn Lucas und nahm sich dann selbst einen. »Gehen wir rüber in die Ecke, wo wir reden können«, sagte er. Carr ging um den Kühler von LaCourts altem Chevy-Kombi herum, fort von den Deputies und Feuerwehrleuten, drehte sich um und trank einen Schluck Kaffee. Er sagte: »Wir haben ein Problem...« Dann hielt er inne und fragte: »Sie sind kein Katholik, oder?«

»Dominus vobiscum«, sagte Lucas. »Und?«

»Doch? Ich bin noch nicht lange genug in der Kirche, um mich an das lateinische Zeug erinnern zu können«, sagte Carr. Er schien einen Augenblick darüber nachzudenken, trank von seinem Kaffee und sagte dann: »Ich bin vor ein paar Jahren konvertiert. Ich war Lutheraner, bis ich Pater Phil kennenlernte. Er ist Pfarrer in Grant.«

»Ach ja? Ich interessiere mich nicht mehr sonderlich für die Kirche.«

»Hm. Sie sollten bedenken...«

»Erzählen Sie mir von dem Problem«, sagte Lucas ungeduldig.

»Ich versuch's ja, aber es ist kompliziert«, sagte Carr. »Okay. Wir nehmen an, wer immer diese Leute umgebracht hat, hat auch das Feuer gelegt. Es hat den ganzen Nachmittag geschneit – wir hatten ungefähr zehn Zentimeter Neuschnee. Als die Feuerwehrleute hier ankamen, hörte es gerade auf. Aber auf Franks Leiche lagen vielleicht anderthalb Zentimeter Schnee. Deswegen ließ ich ihn mit der Plane zudecken, damit wir einen genauen Zeitpunkt bestimmen können. Es verging nicht viel Zeit zwischen seinem Tod und dem Feuer, aber doch *etwas*. Das ist wichtig. Einige Zeit. Und jetzt sagen Sie mir, daß das Mädchen vielleicht gefoltert worden ist... Also vielleicht sogar *mehr* Zeit.«

»Okay.« Lucas nickte zustimmend.

»Wer immer das Feuer gelegt hat, hat es mit Benzin gemacht«, sagte Carr. »Man kann es noch immer riechen, und das Haus brannte wie eine Fackel. Vielleicht hat der Mörder das Benzin mitgebracht, vielleicht hat er das von Frank benutzt. Im hinteren Schuppen gibt es ein paar Boote und ein Schneemobil, aber es sind keine Benzinkanister dabei, und hier sind auch keine... Höchstwahrscheinlich ist immer etwas Benzin in den Kanistern.«

»Jedenfalls ging das Haus schnell in Flammen auf«, sagte Lucas.

»Ja. Die Leute auf der anderen Seite des Sees saßen vor dem Fernseher. Sie sagen, die ganze Zeit war draußen nichts als der Schnee. Und dann gab es von einem Augenblick auf den anderen einen Feuerball. Sie haben die Feuerwehr angerufen...«

»Bei der Feuerwache, an der ich vorbeigekommen bin? Unten an der Ecke?«

»Ja. Sie waren dort zu zweit. Sie aßen gerade etwas, und einer von ihnen sah einen schwarzen Jeep vorbeifahren. Ein paar Sekunden später kam der Notruf. Sie dachten, der Jeep gehöre Phil... dem Priester. Pater Philip Bergen, dem Pfarrer von All Souls.«

»Und? War es so?« fragte Lucas.

»Ja. Sie sagten, es habe so ausgesehen, als komme Phil aus der Seestraße. Also rief ich ihn an und fragte ihn, ob er etwas Ungewöhnlichs gesehen hätte. Ein Feuer oder jemanden auf der Straße. Er hat nein gesagt. Dann, ehe ich weiter fragen konnte, sagte er, er sei hier gewesen, bei den LaCourts.«

»Hier?« Lucas zog die Augenbrauen hoch.

»Ja. Hier. Er sagte, als er ging, sei alles in Ordnung gewesen.«

»Aha.« Lucas dachte darüber nach. »Wissen wir sicher, daß die Zeit stimmt?«

»Sie stimmt. Einer der Feuerwehrleute stand mit einem

dieser fertigen Schinkensandwiches an der Mikrowelle. Es dauerte etwa zwei Minuten, das heiß zu machen, und es war fast fertig. Der andere Mann sagte: ›Da fährt Pater Phil; scheußliche Nacht, um draußen zu sein.‹ Dann klingelte die Mikrowelle, der Mann nahm sein Sandwich heraus, und bevor er es auspacken konnte, kam die Meldung.«

»Das ist knapp.«

»Ja. Es war nicht genug Zeit, daß so viel Schnee auf Frank fallen konnte. Nicht, wenn Phil die Wahrheit sagt.«

»Die Zeit ist etwas Eigenartiges«, sagte Lucas. »Vor allem bei Notfällen. Wenn es nicht nur eine Minute war, sondern vielleicht fünf, dann *könnte* dieser Pater Phil...«

»Das hab ich auch gemeint... aber es sieht nicht so aus.« Carr schüttelte den Kopf, ließ den Kaffee in seinem Styroporbecher kreisen, stellte den Becher dann auf die Motorhaube des Chevy und bog seine Finger, um sie etwas zu wärmen. »Ich hab mit den Feuerwehrleuten geredet und bin das Ganze ein paarmal durchgegangen. Die Zeit reicht einfach nicht.«

»Also hat der Priester...«

»Er sagte, er hat das Haus verlassen, ist direkt auf den Highway und dann in die Stadt gefahren. Ich hab ihn gefragt, wie lange er brauchte, von dem Haus hier zum Highway zu kommen, und er sagte, drei oder vier Minuten. Die Entfernung beträgt ungefähr eine Meile, also dürfte das hinkommen, bei dem Schnee und allem.«

»Hm.«

»Aber wenn er etwas damit zu tun hätte, warum sollte er zugeben, hier gewesen zu sein? Das ergibt doch überhaupt keinen Sinn«, sagte der Sheriff.

»Haben Sie ihn damit konfrontiert? Sich mit ihm hingesetzt und alles gründlich durchgesprochen?«

»Nein. Ich hab keine richtige Erfahrung mit Verhören. Ich kann mir einen Jugendlichen schnappen, der ein Auto geklaut oder eine Bierreklame abgerissen hat, ihn in eine der

Arrestzellen setzen und ihm richtig Angst einjagen, aber das da wäre... anders. Mit diesen Sachen kenne ich mich nicht aus. Mit Mord.«

»Haben Sie ihm von dem zeitlichen Zusammenhang erzählt?« fragte Lucas.

»Noch nicht.«

»Gut.«

»Ich war aufgeschmissen«, sagte Carr, wandte sich um und starrte die Garagenwand an. »Als er sagte, er wäre hier gewesen, fiel mir nicht ein, was ich sagen könnte. Also hab ich gesagt: ›Okay, wir kommen auf Sie zurück.‹ Er wollte herkommen, als wir ihm erzählten, daß die Familie tot ist, um ihnen einen letzten Segen zu geben, aber wir sagten, er solle in der Stadt bleiben. Wir wollten nicht, daß er...«

»In seiner Erinnerung beeinflußt wird.«

»Ja.« Carr nickte, nahm den Kaffee, den er auf die Motorhaube gestellt hatte, und trank ihn aus.

»Was ist mit den Feuerwehrleuten? Könnten die irgendwelche Gründe haben, in der Sache zu lügen?«

Carr schüttelte den Kopf. »Ich kenne sie beide, und sie sind nicht sonderlich befreundet. Es dürfte also kaum eine Verschwörung sein.«

»Okay.«

Zwei Feuerwehrmänner kamen durch die Tür. Der erste war in Gummi und Segeltuch gekleidet und von einer dicken Eisschicht bedeckt.

»Sie sehen aus, als ob Sie in den See gefallen wären«, sagte Carr. »Ihnen muß ja eiskalt sein.«

»Es war das Spritzen. Mir ist nicht kalt, aber ich kann mich nicht bewegen«, sagte der Feuerwehrmann. »Steh still«, sagte der zweite Feuerwehrmann. Der erste blieb stehen wie eine dicke Gummivogelscheuche, und der andere begann, mit einem Holzhammer und einem Eismeißel das Eis abzuschlagen.

Sie sahen einen Augenblick zu, wie Splitter von dem Eis

abfielen. Dann sagte Carr: »Noch etwas. Als Pater Phil an der Feuerwache vorbeikam, zog er einen Anhänger mit einem Schneemobil hinter sich her. Er ist ein großes Tier in einem der Schneemobil-Clubs – er ist Präsident oder war es letztes Jahr. Sie hatten heute ein Rennen, quer über den See. Also war er mit seinem Schlitten draußen.«

»Und diese Spuren kamen vom See herauf.«

»Wo sich ohne Schlitten kein Mensch rumtreiben würde.«

»Aha. Sie glauben also, daß der Priester etwas damit zu tun hatte?«

Carr sah besorgt aus. »Nein. Absolut nicht. Ich kenne ihn. Er ist ein Freund von mir. Aber ich werde nicht schlau daraus. Er lügt nicht, nie. Er ist ein moralischer Mensch.«

»Wenn jemand unter Druck steht...«

Carr schüttelte den Kopf. Einmal hatten sie Golf gespielt, erzählte er, ein wirklich harter Zweikampf. Und nach dem siebzehnten Grün standen sie gleichauf. Bergen setzte einen Tee-Schlag in eine Gruppe Kiefern auf der rechten Seite des Fairway, holte ihn großartig wieder heraus und war mit zwei Schlägen wieder auf dem Grün. Er puttete mit zwei Schlägen par ein, während Carr einen Bogie spielte und verlor.

»In der Garderobe rühmte ich vor den anderen Typen seinen Befreiungsschlag, und er schaute immer trauriger und trauriger drein. Als wir zusammen zur Bar gingen, packte er mich und sah aus, als wolle er gleich anfangen zu heulen. Sein zweiter Schlag sei unter einen der Bäume gegangen, sagte er, und er habe ihn mit dem Fuß herausgetreten. Er hatte unbedingt gewinnen wollen... Aber daß er gemogelt hatte, machte ihn fertig. Er konnte nicht damit umgehen. So einer ist er. Er würde keinen Pfennig stehlen und auch keinen Schlag im Golf. Er ist absolut geradeheraus und unfähig, sich anders zu verhalten.«

Der Feuerwehrmann mit Hammer und Meißel legte die Werkzeuge auf den Boden, packte die Vorderseite des Gummimantels seines Kollegen und riß sie auf.

»Das reicht«, sagte der zweite Mann. »Jetzt komme ich schon zurecht.« Er sah Carr an: »Macht Spaß, das Leben im Freien, was?«

Die Ärztin zwängte sich zwischen der Mauer und der Haube des Kombiwagens durch, gefolgt von einem großen Mann in einem schweren Arktis-Parka. Die Ärztin hatte helles Haar mit grauen Strähnen, das praktisch und kurz geschnitten war. Sie war klein, aber athletisch, mit breiten Schultern, einer etwas zu großen und leicht gebogenen Nase, die nach links wies. Ihre Wangenknochen waren ausgeprägt, ihre Augen dunkel, ihr Mund breit und ausdrucksvoll. Sie wirkte eine Spur aggressiv und hatte den vage orientalischen Einschlag, den Slawen oft aufweisen. Sie war nicht hübsch, aber auffallend attraktiv. »Ist das Gespräch geheim?« fragte sie. Sie trug einen Becher Kaffee.

»Nein, eigentlich nicht«, sagte Carr und sah Lucas an. Er bewegte leicht den Kopf nach hinten, was bedeuten sollte: *Sagen Sie nichts über den Priester.*

Der große Mann sagte: »Shelly, ich habe alle an der Straße aufgesucht. Niemand hat etwas gesehen, was damit zu tun hat, aber drei Leute fehlen uns noch. Ich versuche jetzt, sie aufzutreiben.«

»Danke, Gene«, sagte Carr, und der Mann drehte sich um und ging zur Tür. Zu Lucas sagte Carr: »Mein Cheffahnder.«

Lucas nickte und sah Weather an. »Vermutlich gab es keinen Grund, die Körpertemperaturen zu messen.«

Die Ärztin schüttelte den Kopf, trank noch einen Schluck Kaffee. Lucas bemerkte, daß sie keine Ringe trug. »Nicht bei den beiden Frauen. Das Feuer, das Wasser, das Eis und der Schnee haben längst alles durcheinandergebracht. Aber Frank war ziemlich eingemummt, und seine Temperatur habe ich gemessen. Achtzehn Grad. Er war noch nicht sehr lange tot.«

»Hm«, sagte Carr und schaute Lucas an.

Die Ärztin bemerkte den Blick, schaute von Lucas zu Carr und fragte: »Ist das besonders wichtig?«

»Vielleicht möchten Sie es irgendwo aufschreiben«, sagte Carr.

»Wir stehen vor der Frage, wie lange sie tot waren, als das Feuer ausbrach«, sagte Lucas.

Weather sah ihn eigenartig an. »Maddock, stimmt's?«

»Was?«

»Sie waren derjenige, der diesen Maddock umbrachte, nachdem er all die Frauen aufgeschlitzt hatte. Und sie waren der, der mit diesen indianischen Typen gekämpft hat.«

Lucas nickte. »Ja.« *Die Crows, die in der Dunkelheit aus dem Haus kamen, 45er in den Händen... Warum mußte sie das erwähnen?*

»Ich hatte eine Freundin – sie hat eine New Yorker Polizistin behandelt, die einen Schuß in die Brust bekam. Ich erinnere mich nicht mehr an ihren Namen, aber damals war sie ziemlich berühmt...«

»Lily Rothenburg...« *Verdammt. Sloan auf den Stufen des Hennepin General Hospitals, der mit weißem Gesicht sagte: »Halt dich fest... Lily ist angeschossen worden.« Süße Lily...*

»O ja«, sagte Weather und nickte. »Ich wußte doch, daß es ein Blumenname war. Ist sie wieder in New York?«

»Ja. Sie ist jetzt Captain.«

»Mein Gott, und jetzt ist auch hier so was passiert«, unterbrach Carr entsetzt ihre Plauderei. Er sah Lucas an. »Hören Sie, ich war fünf Jahre auf Streife, ehe ich hier gewählt wurde, und das ist zwanzig Jahre her. Die meisten meiner Jungs kommen aus dem Streifendienst oder von lokalen Polizeiwachen. Wir verstehen wirklich nichts von mehrfachem Mord. Werden Sie uns helfen?«

»Was soll ich tun?« fragte Lucas und schüttelte die Erinnerungen ab.

»Die Ermittlungen leiten. Ich werde Ihnen geben, was ich kann. Acht oder zehn Leute, Hilfe beim Bezirksstaatsanwalt, was immer Sie wollen.«

»Welche Autorität würde ich haben?«

Carr steckte seine Hand in seine Jackentasche und sagte gleichzeitig: »Schwören Sie, die Gesetze des Staates Wisconsin zu respektieren und so weiter und so weiter, so wahr Ihnen Gott helfe?«

»Natürlich.« Lucas nickte.

Carr warf ihm einen Stern zu. »Sie sind Deputy«, sagte er. »Um den Kleinkram können wir uns später kümmern.«

Lucas betrachtete den Stern in seiner Handfläche.

»Versuchen Sie, keinen zu erschießen«, sagte Weather.

3

Die Hände des Eismannes waren eiskalt. Er hantierte zweimal mit dem Büchsenöffner herum, stellte die Büchse dann beiseite und drehte das heiße Wasser am Spülbecken in der Küche auf. Während das Wasser über seine Finger lief, schweiften seine Gedanken ab...

Er hatte das Photo nicht gefunden. Das Mädchen wußte nicht, wo es war, und sie hatte die Wahrheit gesagt: Er hatte ihr fast den Kopf abgeschnitten, bevor sie starb, und die Nase und die Ohren. Sie sagte, ihre Mutter habe es genommen, und schließlich glaubte er ihr. Doch da war Claudia schon tot. Zu spät, um sie zu fragen, wo sie es aufbewahrt hatte.

Also hatte er das Mädchen getötet und das Haus in Brand gesteckt. Die Polizei wußte nicht, daß es ein Foto gab, und das Foto selbst war auf dünnem Zeitungspapier. Nach dem Feuer und all dem Wasser wäre es ein Wunder, wenn es noch vorhanden wäre.

Trotzdem. Er hatte nicht *gesehen,* daß es vernichtet worden war. Falls das Foto gefunden werden würde, wäre er erledigt.

Jetzt stand er da, die Finger unter heißem Wasser. Langsam färbten sie sich von weiß zu rosa und wurden wieder beweglich. Für einen Moment schloß er die Augen, überwältigt von dem Gefühl, noch zu vieles nicht erledigt zu haben. Und die Zeit verrann. Eine Stimme in seinem Hinterkopf sagte: Lauf jetzt. *Die Zeit verrinnt...*

Aber er war nie weggelaufen. Nicht, als seine Eltern ihn geschlagen hatten. Nicht, als die Kinder in der Schule ihn ausgeschlossen hatten. Statt dessen hatte er gelernt, als erster zuzuschlagen, aber hinterrücks, und seine Aggressionen zu verstecken: schon damals kalt wie Eis. Heuchelei war sein Stil: *Ich hab's nicht genommen, er hat's mir gegeben. Wir haben bloß gespielt, er ist gefallen, er ist eine Heulsuse, ich hab ihm doch gar nichts tun wollen...*

In der zehnten Klasse hatte er eine wichtige Lektion gelernt. Es gab andere Schüler, die genau wie er bereit waren, Gewalt anzuwenden, und in der zehnten Klasse ging es dabei schon roher zu, gab es schwere Blessuren. Mal wurde bei den wöchentlichen Kämpfen nach Schulschluß eine Nase gebrochen und eine Schulter gebrochen. Was aber noch schlimmer war: Man konnte die Gewalttätigkeit nicht vertuschen. Es war nicht zu leugnen, daß es einen Kampf gegeben hatte, nicht bei solchen Verletzungen.

Und jemand war verletzt worden. Er hieß Darryl Wynan. Zäher Bursche. Suchte sich den Eismann aus einem dieser Gründe aus, die nur Leute kennen, die auf Schlägereien aus sind; tatsächlich hatte er es schon kommen sehen. Er hatte einen Stein in der Tasche, einen glatten Kieselstein von der Größe eines Golfballs, und zwar für den Tag, an dem es zum Kampf kommen würde.

Wynan erwischte ihn neben dem Football-Platz, drei oder vier seiner Anhänger im Kielwasser, die ihre Bücher trugen und entzückt aussahen. Ein Kampf, ein Kampf...

Der Kampf dauerte fünf Sekunden. Wynan kam in der Haltung eines erfahrenen Faustkämpfers auf ihn zu, mit angelegten Ellbogen. Der Eismann warf Wynan den Stein an die Stirn. Da seine Hand keinen halben Meter entfernt war, als er zielte, konnte er sie nicht verfehlen.

Wynan ging mit einem Schädelbruch zu Boden. Er wäre beinahe gestorben.

Und der Eismann erklärte den Polizisten: *Ich hatte Angst, er kam mit seiner ganzen Bande auf mich zu, er schlägt immer Kinder zusammen, also hab ich den Stein aufgehoben und geworfen...*

Seine Mutter hatte ihn im Polizeirevier abgeholt (da war sein Vater schon fort, auf Nimmerwiedersehen). Im Auto ging seine Mutter auf ihn los: *Warte nur, bis wir zu Hause sind*, sagte sie. *Warte nur.*

Und der Eismann hatte ihr im Wagen mit einem Finger gedroht und gesagt: *Wenn du mich je wieder anrührst, verdammt, dann warte ich, bis du schläfst, nehme einen Hammer und schlage dir den Schädel ein. Wenn du mich je wieder anfaßt, dann gehst du besser nie mehr schlafen.*

Sie glaubte ihm. Und das war auch gut so. Sie lebte noch.

Er drehte den Wasserhahn zu und trocknete sich an einem Geschirrtuch die Hände ab. *Ich muß nachdenken. So viel zu tun.* Er vergaß die Suppendose, setzte sich in seinen Fernsehsessel und starrte den leeren Bildschirm an.

Er hatte das Foto nie so gesehen, wie es reproduziert worden war, obwohl er die ursprüngliche Polaroid-Aufnahme kannte. Es war dumm gewesen, daß er den Jungen das Bild hatte behalten lassen. Und als der Junge es abgeschickt hatte...

»Wir werden berühmt sein«, sagte der Junge.

»Was?« Sie rauchten Zigaretten im hinteren Schlafzimmer des Wohnmobils. Der Junge lehnte in einem Stapel

Kissen, und der Eismann hatte beide Füße am Boden und die Ellbogen auf die Knie gestützt.

Der Junge rollte herum, schaute unter das Bett und holte etwas hervor, das wie eine Zeitung aussah. Er warf sie dem Eismann zu. Es gab Dutzende von Bildern, Jungen und Männer...

»Was hast du gemacht?« fragte der Eismann; aber in seinem Innersten wußte er es, und Wut ließ seine Brust anschwellen.

»Das Bild eingeschickt. Weißt du, das von dir und mir auf der Couch...«

»Du verdammter...«

Der Eismann stürzte sich auf ihn; der Junge kicherte, wehrte sich kaum. Er verstand nicht. Der Eismann saß rittlings auf seiner Brust, drückte dem Jungen die Daumen in die Kehle... und dann begriff Jimmy Harper. Seine Augen verdrehten sich nach oben, sein Mund ging auf, und der Eismann...

Tat was? Er erinnerte sich, wie er zurückgewichen war und den Jungen betrachtet hatte. Himmel. Er hatte ihn umgebracht.

Der Eismann sprang auf. Er durchlebte alles noch einmal, auch die Suche nach einem Platz, wo er die Leiche loswerden konnte. Er dachte daran, sie in einen Sumpf zu werfen. Er dachte daran, den Jungen nachträglich mit einem Gewehr zu erschießen und die Waffe zurückzulassen, damit es aussah wie ein Jagdunfall... Aber Jim ging nicht auf die Jagd. Sein Vater würde es wissen, und sein Vater war verrückt. Dann erinnerte er sich, daß der Junge über etwas geredet hatte, was er in irgendeiner Illustrierten gelesen hatte, über Leute, die sich mit Handtüchern würgten, über den Kick, den man dabei hatte, besser als Kokain...

Der Eismann, sicher zu Hause, brummte nachdenklich. Alles so schwierig... Er hatte versucht, das Foto aufzuspüren, aber die Zeitschrift gab keinen Hinweis darauf, wo sich die Redaktion befinden mochte. Nur ein Postfach in Milwaukee. Er wußte nicht, wie er sie aufspüren sollte, ohne sein Gesicht zu zeigen. Nach einer Weile hatte er sich beruhigt. Die Chance, daß das Foto gedruckt wurde, war gering, und selbst wenn es gedruckt wurde, war die Wahrscheinlichkeit, daß jemand aus der Gegend es sehen würde, noch geringer.

Und dann, als er das Foto fast vergessen hatte, hatte er den Anruf von Jim Harpers verrücktem Vater bekommen. Die LaCourts hatten ein Foto…

Und vergiß *die Ärztin* nicht.

Ja. Weather.

Wenn das Foto auftauchte, würde ihn außer der Ärztin keiner auf Anhieb erkennen. Auch ohne die Ärztin würden sie ihn vielleicht am Schluß identifizieren, aber er würde wissen, daß sie nach ihm suchten, und das würde ihm Zeit geben…

Er stand auf, zog seinen Schneeanzug an, schlüpfte in seine Schneestiefel, schnürte sie fest zu und grub dann in der Kommode nach der 44er. Sie war da, in ein öliges Tuch gehüllt, auf dem Boden, zusammen mit seinen anderen Waffen. Er nahm sie heraus, um sie heute zum zweitenmal zu benutzen. Die Waffe lag schwer in seiner Hand, solide, ausgeklügelt, wirksam.

Stück für Stück bedachte er alles:

Weather Karkinnen fuhr einen roten Jeep, den einzigen roten Jeep vor dem Haus der LaCourts. Sie würde die Seestraße zum Highway 77 nehmen müssen und dann die sechs Meilen lange, schmale, schneebedeckte Straße in die Stadt. Sie würde langsam vorankommen… wenn sie noch im Haus der LaCourts war.

Weathers Arbeit war beendet. Die Leichen waren zugedeckt und würden an Ort und Stelle liegen bleiben, bis die Leute von der Spurensicherung aus Madison kamen. Sie hatte ihre Pflicht erfüllt. Dieses Jahr war sie als Leichenbeschauerin des Bezirks an der Reihe, ein unangenehmer Job, in dem sich die Ärzte der Stadt abwechselten. Sie hatte alle notwendigen Aufzeichnungen über den Mord gemacht. Sie würde sie in einen formellen Bericht an den Bezirksstaatsanwalt übertragen und dem medizinischen Sachverständigen aus Milwaukee den Rest überlassen.

Nichts hielt sie mehr. Doch sie stand im Schuppen, trank Kaffee, hörte den Polizisten zu – selbst den Polizisten, die zu ihr kamen, um sie in ihrer milden skandinavischen Art aufzuziehen – und hatte keine rechte Lust, sofort aufzubrechen.

Sie hätte auch nichts dagegen gehabt, noch einmal mit Davenport zu reden. Wohin war er gegangen? Sie reckte den Kopf und sah sich um. Er mußte draußen sein.

Sie setzte ihre Kapuze auf, zog sie fest zusammen und streifte dann ihre Handschuhe über. Draußen sah es ordentlicher aus. Der größte Teil der Feuerwehrausrüstung war verschwunden, und die wenigen Nachbarn, die zum Haus gekommen waren, hatte man verscheucht. Es stank noch immer. Sie rümpfte die Nase und sah sich um. Ein Deputy schleppte eine Rolle dickes Seil zum Haus hoch, und sie fragte: »Haben Sie, eh, Shelly oder diesen Mann aus Minneapolis gesehen?«

»Ich glaube, Shelly ist zum Haus gegangen, und der andere ist mit ein paar Leuten runter zum See, um sich die Schneemobil-Spur anzusehen, und sie reden mit Schneemobil-Fahrern.«

»Danke.«

Sie schaute zum See hinunter und dachte daran, hinzugehen. Aber der Schnee war tief, und sie fror schon wieder. Außerdem, was könnte sie dort beitragen?

Sie ging zur Garage zurück, um noch einen Becher Kaffee zu trinken, und stellte fest, daß es keinen mehr gab. Davenports Thermosflaschen waren leer.

Davenport. Himmel, auf einmal benahm sie sich wie ein Schulmädchen. Nicht, daß sie nicht ein bißchen... Freundschaft hätte gebrauchen können. Sie dachte an ihre letzte Beziehung zurück. Wie lange war das her, ein Jahr? Sie rechnete nach. Gott, nein, mehr als zwei Jahre, fast drei. Er war verheiratet gewesen, allerdings, wie er es charmant ausgedrückt hatte, *nicht sehr,* und die ganze Sache war von Anfang an zum Scheitern verurteilt. Im Bett hatte er eine nette Art gehabt, aber er sah ein bißchen zu gerne fern. Sie konnte ihn sich leicht als langsam kompostierenden Klumpen irgendwo auf einer Couch vorstellen...

Weather seufzte. Kein Kaffee. Sie zog die Handschuhe an, ging wieder nach draußen und trottete zu ihrem Jeep. Der Aufbruch widerstrebte ihr noch immer. Heute abend war dies der wichtigste Ort im ganzen Bezirk. Er war das Zentrum der Dinge...

Doch sie spürte die Kälte immer mehr. Trotz der Stiefel fühlten ihre Zehen sich eisig an. Draußen auf dem See schienen die Scheinwerfer einer Gruppe von Schneemobilen in Richtung Haus. Sie waren vom Feuer und von der Polizei angezogen und inzwischen zweifellos von den Gerüchten über die Ermordung der LaCourts. Grant war eine kleine Stadt, in der nicht viel passierte.

Der Eismann glitt über den See. Ein halbes Dutzend Schlitten hatten sich auf dem Eis in der Nähe des LaCourt-Hauses versammelt, die Fahrer beobachteten die Polizisten bei der Arbeit. Zwei weitere fuhren am Seeufer entlang in Richtung Haus. Wenn es etwas wärmer gewesen wäre, ein paar Grade näher am Nullpunkt, dann hätten Hunderte von Schlitten auf dem See gestanden, und weitere wären unterwegs gewesen.

Auf halbem Weg verließ er die Fahrspur, schnitt eine neue Spur in den weichen Schnee und hielt an. Das Haus der LaCourts war eine halbe Meile entfernt, aber alles ringsum war in strahlende Helligkeit getaucht. Durch ein Taschenfernglas konnte er Weathers Jeep sehen, der noch in der Einfahrt stand.

Er knurrte, steckte das Glas in eine Seitentasche, wo es kalt bleiben würde, und kletterte behutsam vom Schlitten, um den Schnee zu prüfen. Er sank dreißig Zentimeter tief ein, ehe die Harschschicht sein Gewicht trug. Gut. Mit dem Fuß scharrte er ein Loch und ließ sich darin nieder, im Windschatten des Schneemobils. Selbst ein Wind, der mit fünf Meilen in der Stunde blies, war an einem Abend wie diesem mörderisch.

Von seinem Loch aus konnte er das Rattern des Garagentors und die gelegentlichen Rufe der arbeitenden Männer hören, die anscheinend eine Art Plane über das Haus breiteten. Ihre fernen Stimmen waren wie hörbare Konfettiblättchen, scharf isolierte Rufe und Schreie in der Nacht. Dann verschob sich seine Aufmerksamkeit, und zum ersten Mal hörte er die anderen Stimmen. Sie waren die ganze Zeit dagewesen wie ein griechischer Chor. Langsam drehte er sich um, bis er die Dunkelheit der Schlucht vor sich hatte. Das Geräusch klang unheimlich, hörte sich nach Verhungern an. Kein Schrei wie von einer Katze, sondern fast wie das Mädchen, als er ihr mit dem Messer zugesetzt hatte, ein hoher, wimmernder, jammernder Ton.

Kojoten.

Sie sangen zusammen, Blutlieder nach dem Sturm.

Er erschauerte, und das lag nicht an der Kälte.

Doch die Kälte hatte ihn fast mattgesetzt, als er zwanzig Minuten später die kleine Gestalt allein zu dem roten Jeep gehen sah. Ja. Weather.

Als sie in ihren Wagen stieg, klopfte er den Schnee von seinem Anzug, warf ein Bein über den Schlitten und ließ ihn an. Er sah zu, wie sie die Scheinwerfer einschaltete und rückwärts ausparkte. Sie hatte einen weiteren Weg als er, daher blieb er sitzen und schaute, bis er sicher war, daß sie links abbog und losfuhr. Sie konnte noch immer bei der Feuerwache anhalten, aber da gab es nicht viel zu sehen.

Er bog wieder in die Spur ein, folgte ihr für eine Viertelmeile und steuerte dann von neuem nach rechts in den Neuschnee. Da drüben lag Stackpole's Ferienpark; er war im Winter geschlossen, aber durch eine Außenlampe gekennzeichnet. Er konnte am Strand des Parks den See verlassen, der Einfahrt bis zum Highway folgen und dort auf sie warten.

Er hatte sich den Überfall bildlich vorgestellt. Sie würde auf dem verschneiten Highway langsam fahren, und er würde mit dem Schlitten seitlich an den Jeep heransteuern. Aus sechs oder zehn Fuß Entfernung konnte er sie kaum verfehlen: Die 44er Magnum würde durch das Fenster gehen wie durch Toilettenpapier. Weather würde sofort von der Straße abkommen, und er würde neben ihr herfahren und die Waffe auf sie leerschießen. Selbst wenn ihn jemand sah, war der Schlitten dort draußen im Schnee das perfekte Fluchtfahrzeug. Keiner konnte ihm folgen, der keine Schneekufen hatte. Und da draußen war sein Schlitten buchstäblich anonym.

Der schneebedeckte Strand kam rasch näher, und er bremste, spürte, wie die Maschine holperte, steuerte sie langsam über den Rasen am Strand des Ferienparks und durch die Gänge zwischen den Holzhütten. Die Einfahrt war nach dem letzten Schneesturm geräumt worden, nach diesem aber noch nicht, und über die Schneehaufen hinweg rollte er hindurch. Unmittelbar vor dem Highway, wo ein blauer Windschutz aus Tannenholz den Schlitten verbarg, hielt er an. Er fühlte sich wie ein Polizist auf einem Motorrad, der hinter einer Reklametafel auf Temposünder wartet.

Warten. Wo war sie?

Aus dem Augenwinkel sah er, daß sich zu seiner Linken etwas bewegte, plötzlich, aber flüchtig, und sein Kopf fuhr herum. Nichts. *Aber da war etwas gewesen*... Da. Ein Hund, ein kleiner deutscher Schäferhund im Licht der Außenlaterne. Nein. Kein Schäferhund, sondern ein Kojote, der ihn aus dem Gebüsch beobachtete. Dann noch einer. Er hörte ein Schnappen und ein Knurren. Das taten sie sonst nie, niemals. Kojoten waren unsichtbar.

Er öffnete den Reißverschluß seines Anzugs, nahm die 44er aus der Innentasche und spähte nervös in das Gebüsch. Sie sind weg, dachte er. Irgendwo...

An der Ecke der Seestraße erschienen Scheinwerfer. Das mußte Weather sein. Er nahm die Pistole in die andere Hand, seine Bremshand. Und zum ersten Mal versuchte er, sich die Details des Angriffs zu überlegen: mit einer Hand auf dem Gashebel und der anderen an der Bremse... da fehlte ihm eine Hand. Nichts, womit er schießen konnte. Er würde improvisieren müssen. Er würde seine Bremshand benutzen müssen. Aber...

Als die Scheinwerfer näher kamen, schob er die Waffe in die Außentasche an seinem Bein. Der Jeep huschte vorbei, und er sah Weather kurz und undeutlich hinter der Scheibe, ohne Parkakapuze und Mütze.

Er ließ den Schlitten an und fuhr ihr nach, indem er durch den flachen Graben auf der linken Seite der Straße glitt. Der Jeep gewann Vorsprung, dann noch etwas mehr. Seine Reifen wirbelten eine Wolke von Eis- und Staubpartikeln auf, die wie Kugeln gegen seinen Anzug und Helm prallten.

Sie fuhr schneller, als er erwartet hatte. Andere Schneemobile waren durch den Graben gefahren, also gab es so etwas wie eine Spur, verdeckt vom Schnee des heutigen Tages; dennoch war es keine richtige Fahrbahn. Er prallte auf einen Hügel mit Sumpfgras und fand sich plötzlich in der Luft wieder, klammerte sich an den Schlitten...

Bei Tageslicht, wenn er etwas sehen konnte, wäre der kurze Flug vielleicht spaßig gewesen, aber jetzt hätte er fast das Gleichgewicht verloren. Er landete mit einem harten

Aufprall, und der Schlitten bockte unter ihm und geriet aus der Spur. Er kämpfte darum, die Richtung zu halten. Er war fünfzig Meter hinter ihr. Er drehte das Gas auf, beschleunigte, ratterte über brüchigen Schnee, die Spitzen kleiner Büsche, unsichtbare Höcker, und seine Zähne klapperten bei der rücksichtslosen Fahrt.

Irgendwann an diesem Abend mußte ein Schneepflug über den Highway gefahren sein und unregelmäßige Wellen von weggepflügtem Schnee auf die Seite geworfen haben, die rechts an ihm vorbeihuschten. Er zog weiter nach links, weg von den Schneehaufen: Sie würden hart und unregelmäßig sein und ihn mit Sicherheit umkippen. Gleich da vorn waren Weathers Rücklichter. Er kam näher heran. Er fuhr schnell, entschieden zu schnell, als daß er noch rechtzeitig würde bremsen können, wenn plötzlich ein Hindernis im Kegel seiner Scheinwerfer auftauchte. Wenn dort ein Baum über den Graben gestürzt war, würde er dagegen prallen...

Gerade hatte er das gedacht, als er die Erhebung kommen sah; kaum erblickte er sie, wußte er, was es war: ein Heuballen, den man auf den Grund des Grabens geworfen hatte, um die Frühlingserosion zu verlangsamen. Der tiefe Schnee machte ihn zu einer perfekten Schanze für Schneemobile, aber er wollte nicht springen... Doch er hatte keine Zeit zum Ausweichen. Er hatte nur Zeit, sich anzuspannen, und dann war er wieder in der Luft.

Er landete mit einem harten Aufprall, wie eine Bombe. Der Schlitten rutschte durch den weicheren Schnee das linke Bankett hinauf. Er zwang ihn nach rechts, verlor die Kontrolle, fuhr auf dem rechten Bankett auf den angehäuften Schnee zu, riß den Lenker nach links und erreichte in einer langen Kurve wieder den Grund.

Geschafft.

Die Nerven des Eismanns waren zum Zerreißen gespannt, und er dachte einen Augenblick daran, aufzugeben;

aber sie war gleich *da vorn,* so nahe. Er biß die Zähne zusammen und beschleunigte wieder. Dreißig Meter. Zwanzig...

Weather schaute in den Seitenspiegel und sah den Scheinwerfer des Schlittens. Er kam schnell näher. Zu schnell. Idiot. Sie lächelte, als sie sich an die Empörung erinnerte, die letztes Jahr den ganzen Bezirk erfaßt hatte. Kreuzungen von Schneemobilbahnen und Landstraßen waren mit rautenförmigen Schildern markiert, auf denen die Silhouette eines Schneemobils abgebildet war. Wie die Zeichen für Wildwechsel, aber ohne Worte. Im Vorjahr hatte jemand mit schwarzer Sprühfarbe »Idiotenwechsel« auf die Hälfte der Schneemobil-Schilder in Ojibway County geschrieben. Er hatte es sorgfältig gemacht, mit einer Schablone, eine Woche lang jede Nacht ein paar Schilder. Die Zeitung war voll davon gewesen...

Davenport...

Ein Bild seines Gesichts, seiner Schultern und Hände erschien vor ihrem geistigen Auge. Er war angeschlagen, auf der Hut, als sei er verletzt worden und brauche Hilfe; gleichzeitig wirkte er unbeugsam und zäh. Sie war ihm gegenüber fast gehemmt gewesen und hatte sich dabei ertappt, daß sie versuchte, sein Interesse zu wecken. Statt dessen hatte sich das meiste, was sie gesagt hatte, an der Grenze zur Beleidigung bewegt. *Versuchen Sie, keinen zu erschießen...*

Gott, hatte sie das wirklich gesagt? Sie biß sich auf die Zunge. Warum? Sie hatte versucht, Eindruck auf ihn zu machen. Als er sich auf sie konzentriert hatte, war es gewesen, als schaue er geradewegs in ihr Inneres. Und das hatte ihr gefallen.

Das auf und ab hüpfende Licht in ihrem Seitenspiegel fiel ihr erneut ins Auge. Der Dummkopf auf dem Schneemobil fuhr noch immer im Graben, war aber fast auf ihrer Höhe. Sie schaute über die Schulter zurück. Wenn sie es recht in Erinnerung hatte, kam gleich die Forest Road. Dort gab es einen Kanal, und der Bursche würde sich zur Road katapultieren, wenn er versuchte, in diesem Tempo über das Bankett zu fahren. Spielte er Wettrennen mit ihr? Vielleicht sollte sie langsamer fahren...

Der Eismann war ganz in die Planung des Mordes vertieft; wenn er Sinn für Humor gehabt hätte, hätte er vielleicht gelacht. Er konnte nicht den Gashebel loslassen und mit ihr Schritt halten. Und wenn er die Bremse losließ... Er fühlte sich einfach nicht sicher, wenn er keinen Kontakt mit der Bremse hatte. Aber ihm blieb keine Wahl. Er nahm die Hand vom Bremshebel, öffnete die mit Klettband verschlossene Taschenklappe, nahm die Pistole fest in die Hand und zog sie heraus. Er war fünf Meter hinter ihr, drei Meter. Sah, wie sie sich nach ihm umdrehte...

Anderthalb Meter hinter ihr, fünf Meter links von ihr, etwas tiefer... der Schnee, den der Jeep aufwirbelte, prasselte auf ihn und prallte von seinem Helm ab. Ihre Bremslichter leuchteten auf, einmal, zweimal, dreimal. Sie bremste in Intervallen. Warum? Kam da etwas? Er konnte vor sich nichts sehen. Er hob die Waffe und stellte fest, daß er nicht auf das Fenster zielen konnte, nicht einmal auf die Fahrerkabine, von ihrem Kopf ganz zu schweigen. Er sah ihre Schläfe, als sie zurückschaute. Noch immer leuchteten ihre Bremslichter auf... Was war das? Was machte sie?

Er kam näher. Seine linke Hand hüpfte wild auf und ab, als er ungeschickt versuchte, sie quer vor dem Körper zu halten; die Fahrt wurde holpriger. Er wollte die Geschwindigkeit unbedingt halten. Die beiden Fahrzeuge rasten mit fünfzig Meilen pro Stunde dahin, dann mit fünfundvierzig, vierzig. Ihre Bremslichter leuchteten.

Endlich zischte er vor sich hin wie ein Reifen, dem die Luft ausgeht, ließ die Pistole auf sein Bein sinken und drehte das Gas zurück. Die ganze Sache war eine schlechte Idee. Während er verlangsamte, schob er die Pistole wieder in die Beintasche und legte die Hand auf die Bremse. Wenn er eine Schrotflinte und Tageslicht gehabt hätte, dann hätte es vielleicht geklappt.

Er schaute zu dem Jeep auf und sah ihr Profil, das blonde Haar... So nahe.

Er verlangsamte, verlangsamte noch mehr. Sie hatte aufgehört, in Intervallen auf die Bremse zu treten. Er drehte sich um, um den Verkehr zu prüfen. Und plötzlich war die Mauer da, direkt vor ihm. Er riß den Schlitten nach rechts, betätigte die Bremse, legte sich in die Kurve und zog die Maschine seitlich am Graben hoch... Ein Brocken gefrorenen Schnees hielt ihn auf, und die Maschine rutschte kreiselnd auf die Straße und blieb stehen.

Er saß in der plötzlichen Stille, atemlos und mit pochendem Herzen. Die Kreuzung der Forest Road mit der Seestraße: Er hatte sie vollkommen vergessen. Wenn er ihr weiter nachgejagt wäre, wäre er gegen die Enden der stählernen Kanalrohre geprallt. Er wäre tot. Er schaute auf das Bankett, und die Kälte drang ihm bis in den Magen. Zu dicht dran. Er schüttelte den Kopf, ließ den Schlitten wieder an und wandte sich heimwärts. Er drehte sich noch einmal um, ehe er losfuhr, und sah ihre Rücklichter hinter einer Kurve verschwinden. Er würde sie noch einmal jagen müssen. Und bald. Diesmal mußte er einen genauen Plan machen. Gründlich nachdenken...

Weather sah, wie das Schneemobil langsamer wurde und zurückfiel. Er mußte ihre Rücklichter gesehen haben. Sie hatte im Licht der Scheinwerfer die Kreuzungsschilder gesehen, und sie hatte hektisch in Intervallen auf die Bremse getreten in der Hoffnung, er werde begreifen.

Er hatte begriffen.

Okay. Sie sah sein Rücklicht erscheinen, ein winziger roter Punkt in der Dunkelheit, und schaltete das Radio ein. Duluth Public Radio spielte Mozarts *Eine kleine Nachtmusik*.

Und jetzt zu Davenport.

Sie mußte einfach noch einmal mit ihm reden. Und dazu war möglicherweise einige Planung erforderlich.

Sie lächelte vor sich hin. *So* hatte sie sich schon eine ganze Weile nicht mehr gefühlt.

4

Lucas folgte Carr den dunklen, verschneiten Highway entlang. Ein Holzlaster, auf dessen Anhänger sechs riesige Stämme festgekettet waren, ratterte an ihnen vorbei und hüllte sie in einen Hurrikan aus losem Schnee. Carr geriet mit den rechten Rädern in den tiefen Schnee am Straßenrand und kam fast nicht mehr heraus. Eine Minute später dröhnte ein Schneepflug mißmutig an ihnen vorbei, dann eine Gruppe von Schneemobilen.

Er beugte sich über das Steuer und spähte in die Dunkelheit. Die Nacht schien ihr Scheinwerferlicht zu fressen. Sie überholten den Schneepflug, und für einen Augenblick lag der Highway offen vor ihnen. Er griff in das Fach unter der Armlehne, fand ein Band und schob es in den Recorder. Die Stimme Joe Cockers ertönte und sang *Black-Eyed Blues.*

Lucas fühlte sich, als erwache er aus einem Opiumtraum; Spinnweben und Staub lösten sich langsam von seinem Gehirn. Im September hatte er Minneapolis verlassen, um sich in seine Hütte in Wisconsin, östlich von Hayward, zurückzuziehen und zu angeln. Er war nicht mehr zurückgefahren. Er war im Norden geblieben und hatte gegen den Winter gekämpft. Der Oktober war kalt gewesen. An Halloween hatte ein Wintersturm aus den südlichen Rockies getobt. Bevor er zu Ende war, lag ein halber Meter Neuschnee, und es gab über anderthalb Meter hohe Schneeverwehungen.

Im November hielt die Kälte an, und zwar mit kleinen Schneeschauern und gelegentlich unangenehmen Böen. Fast jede Woche kamen bis zu zehn Zentimeter Neuschnee dazu. Dann, am Freitag nach Thanksgiving, zog ein weiterer größerer Schneesturm durch und hinterließ noch mehr Schnee. Die Lokalzeitungen nannten ihn Halloween II und berichteten, das halbe Budget für die Schneeräumung sei bereits verbraucht. Vier Wochen vor Winteranfang.

Der Dezember war kalt gewesen, mit gelegentlichen Schneefällen. Dann, am zweiten und dritten Januar, zog ein Blizzard über das Land. Halloween III. Als er zu Ende war, hatten sich weitere anderthalb Meter Schnee angehäuft. Die Schneeverwehungen reichten bis an die Dachgesimse der Hütten am See.

Die Leute sagten: »Ach, Sie hätten damals, im Jahre…, hier sein sollen.« Aber so etwas hatte niemand je erlebt.

Nachdem der Blizzard vorüber war, kam die Kälte.

In der Nacht des dritten Januar fiel das Thermometer auf der Veranda seiner Hütte auf minus vierunddreißig Grad. Überall wurden die Schulen geschlossen, und im Radio hieß es, man solle wenn möglich zu Hause bleiben. In den nächsten Nächten werde es womöglich noch kälter werden.

Fast nichts rührte sich. Ein defekter Holztransporter, ein liegengebliebener Schneepflug, ein paar Schneemobil-Freaks. Im Freien war es gefährlich; so kalt, daß es unheimlich war…

Er hatte gerade auf der Couch vor dem Kamin ein Schläfchen gemacht, als er das Klopfen gehört hatte. Er hatte sich aufgesetzt, doch das Klopfen hatte wieder aufgehört. Er runzelte die Stirn und fragte sich, ob er sich das Geräusch vielleicht nur eingebildet hatte. Er rappelte sich auf, ging zur Kellertreppe und lauschte. Nichts. Er trat ans Küchenfenster. Er sah den Wagen in der Einfahrt, und eine Sekunde später läutete die Glocke an der Vordertür. Aha. Wer immer das war, er hatte an die Garagentür geklopft…

Neugierig ging er zur Tür. Die Temperatur lag weit unter fünfunddreißig Grad minus. Er schaute durch das Glasfenster in der Tür. Ein Polizist, der eine russische Mütze mit heruntergeklappten Ohrwärmern trug.

»Ja?« Er erkannte den Uniformparka nicht.

»Sind Sie Davenport?« Henry Lacey, mit eingezogenen Schultern, stampfte mit den Füßen, weil ihm schon jetzt kalt war. »Hören Sie, wir haben drüben in Ojibway County ein Riesenproblem. Der Sheriff schickt mich, um zu fragen, ob Sie vielleicht kommen und sich das ansehen könnten. Mindestens drei Leute sind ermordet worden...«

»Kommen Sie rein... Wieso wissen Sie von mir?«

Lacey trat ein und sah sich um. Bücher, ein paar Landschaftsaquarelle an den Wänden, Fernseher und Stereoanlage, verlöschende Glut im Kamin, der Geruch von sauber brennendem Fichtenholz. »Der Sheriff hat im *Milwaukee-Journal* diese Geschichte über Sie gelesen und daß Sie hier oben wohnen. Er hat in Minneapolis angerufen, und sie sagten, Sie seien hier oben; also rief er den Sheriff von Sawyer County an und erfuhr Ihre Adresse. Und da bin ich...«

»Scheußliche Nacht«, sagte Lucas.

»Sie kennen noch nicht die Hälfte davon«, sagte Lacey. »Derartig kalt...«

Carrs Rücklichter blinkten auf, leuchteten dann stetig, und er bremste und blieb stehen, wobei er die Warnblinkanlage einschaltete. Lucas holte ihn ein und stoppte ebenfalls. Carr stieg aus und ging um die Vorderseite seines Wagens herum.

Lucas öffnete seine Tür und stieg aus. »Alles okay?«

»Hier ist ein Baum umgestürzt«, schrie Carr zurück.

Lucas ließ den Motor laufen, warf die Tür zu und tappte um Carrs Wagen herum. Die Kälte hatte einen großen Ast von einem Ahornbaum abgespalten, der über den Straßengraben und halb über die rechte Fahrspur gestürzt war. Carr griff nach dem dicksten Zweig, zerrte daran und bewegte ihn ein Stückchen. Lucas packte mit an, und zusammen zogen sie ihn von der Straße.

»Kalt«, sagte Carr, und sie eilten in ihre Wagen zurück. *Weather,* dachte Lucas. Ihr Bild kam ihm in den Sinn, als er hinter Carr weiterfuhr. Vielleicht ist *das* eine wirksame Methode, um warm zu werden, dachte er. Schon seit einer Weile hatte er nichts mehr mit Frauen zu tun gehabt, und er fing an, sie zu vermissen...

Grant erschien als Ansammlung orangefarbener Straßenlampen, gefolgt von einem Schild des Pines Motels, dann einem Hardee's und einer Unocal-Station, einer LP-Tankstelle und einem Videoverleih mit gelber Lichtreklame. Der Sheriff bog an der einzigen Ampel rechts ab, führte ihn durch das drei Blocks lange Geschäftsviertel, dann an einem halb im Schnee begrabenen Stopzeichen nach links und einen niedrigen Hügel hinauf. Zur Linken lag ein Hain von Fichten, der ein Park sein mochte.

Oben auf dem Hügel stand eine Kirche aus weißen Schindeln, umgeben von einem Hain von Rotfichten, mit einem kleinen Friedhof auf der Rückseite. Der Sheriff fuhr an der Kirche vorbei und hielt vor einem kleinen Ziegelbau mit erleuchteten Fenstern.

Im Licht seiner Scheinwerfer sah Lucas ein Schild: PFARRHAUS. Darunter, in kursiven Buchstaben: *Rev. Philip Bergen.* Er hielt hinter Carr am Straßenrand, stellte den Motor ab und stieg aus. Die Luft war so kalt und trocken, daß er das Gefühl hatte, seine Haut werde mit Sandpapier bearbeitet. Wenn er atmete, konnte er spüren, wie sich auf seinem Kinn und unter seiner Nase Eiskristalle bildeten.

»Dieser Holzlaster hätte uns fast geschafft«, sagte Lucas, als Carr aus dem Wagen kletterte. Dampfwölkchen stiegen von ihren Mündern und Nasen auf.

»Verdammter Narr«, sagte Carr. Dann fügte er hinzu: »Auf das hier freue ich mich auch nicht.«

Sie trotteten durch den Schnee über den Gehsteig vor dem Pfarrhaus und dann zur gedeckten Veranda hinauf. Carr drückte auf den Klingelknopf, ließ dann den Kopf sinken und wippte auf den Zehen. Ein Mann kam an die Tür, spähte aus dem Fenster und öffnete dann.

»Shelley, was ist da draußen passiert?« Bergen hielt die Tür auf, schaute Lucas neugierig an und fragte: »Sind sie tot?«

»Eh..., ja. Lassen Sie uns die Stiefel ausziehen und dann reden«, sagte Carr. »Das ist unser neuer Deputy, Lucas Davenport.«

Bergen nickte, sah Lucas an, und auf seiner Stirn bildete sich zwischen den Augen eine Falte. »Erfreut, Sie kennenzulernen.«

Der Priester war an die Fünfzig, ein kantiger, beleibter Mann skandinavischer Herkunft mit blondem Haar und einem stets zweifelnden Ausdruck im blassen Gesicht. Er trug einen wollenen Island-Pullover und schwarze Hosen und ging auf Strümpfen. Seine Stimme klang weich und rund, und Lucas dachte, Bergen sei wohl kein feuriger, sondern eher ein sanfter Prediger.

Lucas und Carr ließen ihre Stiefel im Vorraum zu Boden fallen und gingen auf Strümpfen durch einen kurzen Flur ins Wohnzimmer, vorbei an einem strengen, italienisch wirkenden Kruzifix mit einem Bronze-Jesus. Carr schälte sich aus seinem Schneeanzug, und Lucas warf seinen Parka neben einen einfachen Holzstuhl und setzte sich.

»Also, was ist passiert?« fragte Bergen. Er lehnte sich an den Sims eines Kamins, in dem hinter einer Glastür die Überreste von drei Birkenscheiten schwelten. Ein Druck der Jungfrau Maria war hinter seiner Schulter zu sehen.

»Das da draußen war eigenartig.« Carr ließ seinen Anzug zu Boden fallen und hockte sich auf den Rand eines überladenen Sessels. Er stützte die Ellbogen auf die Knie, verschränkte die Finger und beugte sich dem Priester entgegen.

»Ja?« sagte Bergen und legte die Stirn in Falten.

»Als ich anrief, sagten Sie, bei den LaCourts sei alles in Ordnung gewesen, als Sie gingen.«

»Ja, alles bestens«, meinte Bergen und nickte. Er war sich seiner Sache sicher, unschuldig. »Sie wirkten nicht nervös. Wie wurden Sie überhaupt umgebracht? Ist es möglich, daß einer von ihnen...?« Er beantwortete seine Frage selbst, indem er den Kopf schüttelte: »Nein, nicht die LaCourts.«

»Ein Feuerwehrmann sah Ihren Jeep an der Wache vorbeifahren«, fuhr Carr fort. »Ein paar Sekunden später kam der Feueralarm. Als die Feuerwehrleute das Haus erreichten, vielleicht fünf oder sechs Minuten später, sah es so aus, als seien die LaCourts schon eine Weile tot. Eine halbe Stunde, vielleicht länger.«

»Das ist unmöglich«, sagte Bergen prompt. Er richtete sich auf, schaute von Lucas zu Carr. Seine Augen zeigten einen Schatten von Argwohn. »Shelly... Sie glauben doch nicht, daß *ich* etwas damit zu tun habe?«

»Nein, nein, wir versuchen nur, die Dinge klarzustellen.«

»Was machten die LaCourts denn, als Sie gingen?« fragte Lucas.

Bergen starrte ihn an und sagte dann: »Sie sind dieser Mann vom Morddezernat, der drüben in Sawyer County wohnt. Der Mann, der in Minneapolis gefeuert wurde.«

»Was haben sie gemacht?« wiederholte Lucas.

»Shelly?« Der Priester sah den Sheriff an, der den Blick abwandte.

»Wir müssen das klären, Phil.«

»Mr. Davenport ist ein ›Söldner‹, nicht?« sagte Bergen und sah wieder Lucas an.

»Wir brauchen ihn, Phil«, sagte Carr jetzt in fast flehendem Ton. »Wir haben niemanden sonst, der das machen kann. Und er ist ein guter Katholik.«

»Was haben die LaCourts gemacht?« fragte Lucas zum dritten Mal. Seine Stimme klang jetzt eine Spur schneidend.

Der Priester schürzte die Lippen, bewegte sie vor und zurück, dachte über Lucas und die Frage nach, seufzte dann und sagte: »Als ich ging, war bei ihnen alles in Ordnung. Keinerlei Anzeichen für ein Problem. Ich fuhr direkt hierher zurück und war noch hier, als Shelly anrief.«

»Die Feuerwehrleute sagen, daß ihre Zeitangabe stimmt«, sagte Lucas. »Sie sind sich ganz sicher.«

»Ich bin mir auch sicher«, versetzte Bergen barsch.

»Wie lange waren Sie dort, im Haus?« fragte Lucas.

»Fünfzehn Minuten ungefähr«, sagte Bergen. Er hatte sich umgedreht, um Lucas im Blick zu haben.

»Haben Sie etwas gegessen?«

»Törtchen. Und ich habe ein Glas Milch getrunken«, sagte Bergen.

»Waren die Törtchen heiß?«

»Nein, aber während wir uns unterhielten, hat sie sie glasiert.«

»Als Sie gingen, haben Sie da auf dem Rückweg irgendwo Station gemacht? Oder auch nur angehalten?«

»Nein...«

»Sie gingen also zu Ihrem Jeep, stiegen ein und fuhren so schnell, wie man vernünftigerweise fahren konnte, nach Hause...«

»Tja, vermutlich habe ich ein Weilchen im Jeep herumgefummelt, bevor ich abfuhr, ein oder zwei Minuten«, sagte Bergen. Er wußte, worauf sie hinauswollten, und begann, die Zeit zu dehnen. »Aber ich sah nichts Ungewöhnliches, bevor ich wegfuhr.«

»Lief der Fernseher?« fragte Lucas.

»Hm, nein, ich glaube nicht.«

»Und das Radio?«

»Nein. Wir haben uns unterhalten«, sagte Bergen.

»Lag eine Zeitung auf dem Tisch?«

»Ich weiß es einfach nicht mehr«, sagte Bergen, und seine Stimme wurde lauter. »Was sollen diese Fragen...?«

»Können Sie sich an irgend etwas erinnern, das für diesen Tag eigentümlich wäre, das Sie im Haus der LaCourts gesehen haben und das vielleicht noch da ist, das vielleicht das Feuer überstanden hat? Ein Buch, das auf einem Tisch lag? Irgend etwas?«

»Nun...« Der Priester kratzte sich seitlich an der Nase. »Nein, nichts Besonderes. Ich werde darüber nachdenken, es muß etwas geben.«

»Haben Sie auf die Uhr gesehen, als Sie nach Hause kamen?«

»Nein... Aber ich war noch nicht lange hier, als Shelly anrief.«

Lucas sah Carr an. »Shelly, könnten Sie im Revier anrufen und sich mit jemand beim Haus der LaCourts verbinden lassen. Die sollen dort einmal in die Küche gehen und nachsehen, ob es da eine Schüssel mit Kuchenglasur gibt...«

Er wandte sich wieder zu Bergen. »War die Glasur in einer Schüssel, oder hat sie sie aus einer dieser Büchsen genommen?«

»In einer Schüssel.«

Zu Carr: »Lassen Sie nachsehen, ob es auf dem Tisch eine Schüssel mit Glasur gab oder ob im Spülbecken Formen für Törtchen lagen.«

»Natürlich.«

»Vielleicht hatte sie sie abgespült«, meinte Bergen.

»Allzuviel Zeit hatte sie dazu wohl nicht«, sagte Lucas.

»Benutzen Sie das Telefon im Büro, Shelly«, sagte der Priester zu Carr.

Er und Lucas sahen zu, wie der Sheriff auf Strümpfen durch den Flur tappte. Dann fragte Lucas: »Ist Frank LaCourt mit nach draußen gegangen, als Sie wegfuhren?«

»Nein. Er verabschiedete sich an der Tür. Eigentlich am Küchentisch. Claudia kam mit an die Tür... Haben Sie katholische Schulen besucht?«

»Eine katholische High School«, sagte Lucas.

»Und ist es das, was man Ihnen beigebracht hat? Priester zu verhören?«

»Daß Sie Priester sind, beeindruckt mich überhaupt nicht«, sagte Lucas. »Sie haben all die Skandale in den letzten paar Jahren gesehen. Diese Sachen waren seit Jahren bekannt, und ihr Leute habt sie verheimlicht. In meiner High School gab es ein halbes Dutzend schwule Brüder, und jeder wußte das. Und sie haben mehr als nur ein paar Kinder geprägt.«

Bergen starrte ihn einen Augenblick an, wandte sich dann halb ab und schüttelte den Kopf.

»Hat Frank LaCourt Überkleidung getragen oder ausgesehen, als wolle er gleich ins Freie gehen?« sagte Lucas, die Befragung wieder aufnehmend.

»Nein.«

»Haben Sie dort sonst noch jemanden gesehen?«

»Nein.«

»Stand ein Paar Schneeteller von Frank herum?« fragte Lucas.

»Ich habe keine gesehen.«

»Haben Sie vor der Tür irgendwelche Spuren von Schneetellern gesehen?«

»Nein.« Bergen schüttelte den Kopf. »Nein, habe ich nicht. Aber es hat geschneit...«

»Sind Ihnen auf dem Rückweg irgendwelche Autos begegnet?«

»Nein... Wie weit ist es von der Feuerwache an der Ecke bis zu den LaCourts?«

»Etwas über eine Meile«, sagte Lucas.

Bergen schüttelte den Kopf. »Ich bin ein vorsichtiger Fahrer. Ich habe gesagt, daß es ein oder zwei Minuten dauerte, bis ich an die Ecke kam, aber zwei Minuten würden dreißig Meilen pro Stunde bedeuten. Ich bin keine dreißig gefahren. Wahrscheinlich bin ich viel langsamer gefahren. Und ich hatte meinen Anhänger hinter dem Wagen.«

»Mit dem Schneemobil?«

»Ja, ich war mit dem Club draußen gewesen, den Grant Scramblers, Sie können sich bei ihnen erkundigen.«

Carr kam wieder. »Sie sehen nach«, sagte er. »Sie rufen zurück.«

Lucas sah Carr an. »Wenn man annimmt, jemand wartet darauf, daß Pater Bergen geht, und lauert Frank LaCourt irgendwie draußen auf, bringt ihn auf der Stelle um, tötet dann die beiden anderen, steckt sofort das Haus in Brand und macht sich eiligst davon... Und wenn man ein bißchen zusätzliche Zeit zwischen der Ankunft der Feuerwehrleute und der Entdeckung der Leichen annimmt... Das könnte fast hinkommen.«

Carr sah Bergen an, der abzuwägen schien, was Lucas gesagt hatte. Er hatte Lucas als Feind eingeschätzt, aber nun hatte Lucas die Richtung gewechselt.

»Okay«, meinte Carr und nickte. Zu Bergen gewandt fügte er hinzu: »Ich habe Sie ungern damit belästigt, Phil, aber wir hatten wirklich ein Problem. Vermutlich können wir es aufklären... Als Sie dort waren, worüber haben Sie geredet? Ich meine, es war doch keine Art von Beichte, oder? Ich...«

»Wir haben über den Gottesdienst am Dienstag geredet und über eine Absprache mit den Baptisten. Ich wollte ein paar Grundregeln klarstellen.«

»Aha.« Jetzt sah Carr unbehaglich aus. »Nun ja, das können wir später besprechen...«

»Worum dreht es sich?« fragte Lucas.

»Kirchensachen, eine Streitfrage, die die Gemüter erregt«, sagte Carr.

»Könnte sie jemandem das Leben kosten?«

Bergen war erschrocken. »Du liebe Güte, nein. Vielleicht würde man deswegen nicht zu einer Party eingeladen, aber doch nicht umgebracht!«

Carr sah ihn an und runzelte die Stirn. Am anderen Ende

des Flurs läutete das Telefon, und der Priester sagte: »Ich gehe ran.« Einen Augenblick später kam er mit einem schnurlosen Hörer zurück und reichte ihn Carr. »Für Sie.«

Carr nahm ihn, sagte: »Hier ist der Sheriff«, dann: »Ja.« Er lauschte einen Augenblick und fuhr fort: »Okay, okay, ich komme gleich zu euch raus... Okay.« Er drückte den *Aus*-Knopf und wandte sich an Lucas. »Im Spülbecken stand eine Schüssel, die benutzt worden sein könnte, um eine Glasur anzurühren. Sie war leer, aber es war die richtige Art von Schüssel.«

»Wie ich Ihnen gesagt habe«, sagte Bergen.

»Okay«, sagte Lucas.

»Wenn wir hier fertig sind, fahre ich wieder zu den LaCourts raus«, sagte Carr. Er hob seinen Schneeanzug auf und begann, ihn anzuziehen. »Tut mir leid, daß wir Sie gestört haben, Phil, aber wir mußten Sie fragen.«

»Diese Morde sind... grotesk«, sagte der Pfarrer kopfschüttelnd. »Obszön. Ich werde anfangen, über eine Totenmesse nachzudenken, über etwas, das ich der Gemeinde sagen kann.«

»Das wird noch eine Weile dauern, wir müssen sie zur Autopsie nach Milwaukee schicken«, sagte Carr. »Ich melde mich wieder.«

Als sie draußen waren, fragte Carr: »Kommen Sie mit zu den LaCourts zurück?«

Lucas schüttelte den Kopf. »Nein. Da gibt's für mich nichts zu tun. Ich würde vorschlagen, daß Sie das Gelände absperren. Stellen Sie ein paar Deputies auf, um Neugierige und Kojoten fernzuhalten, und warten Sie auf die Leute aus Madison.«

»Das werd' ich machen. Eigentlich könnte ich das auch von hier aus regeln, aber... Politik.« Er klang entschuldigend. »Ich werde in den nächsten paar Tagen oft da draußen sein müssen.«

Lucas nickte. »In Minneapolis ist es genauso.«

»Was ist mit Phil? Was glauben Sie?«

»Ich weiß nicht«, sagte Lucas. Irgendwo in der Ferne warf jemand eine Motorsäge an. Sie drehten sich beide in Richtung des Geräuschs um, aber man sah nichts außer Garagen- und Hoflichtern. Der Klang der Säge gab dem Gespräch einen drängenden Unterton. »Die Zeit reicht noch immer nicht. Nicht wirklich. Die Sache mit der Schüssel entlastet ihn kaum. Aber wer weiß? Vielleicht ist ein starker Windstoß über das Dach gefegt und hat LaCourt binnen zwei Minuten so mit Schnee bedeckt.«

»Könnte sein«, sagte Carr.

»Diese Sache mit den Baptisten – ist das wichtig?« fragte Lucas.

»Wichtiger, als er es dargestellt hat«, sagte Carr. »Was wissen Sie über die Pfingstkirchler?«

»Überhaupt nichts.«

»Die Pfingstkirchler glauben an direkten Zugang zu Gott. Die katholische Kirche dagegen lehrt, daß nur die Kirche Gottes Wort zuverlässig deutet. Sie traut der Idee eines unmittelbaren Zugangs nicht. Daraus ist in der Vergangenheit zuviel Schlechtes entstanden. Aber einige Katholiken – in letzter Zeit werden es immer mehr – glauben, daß man den Heiligen Geist direkt empfangen kann...«

»Ja?« Lucas stand diesen Dingen recht fern.

»Die Baptisten glauben ihrerseits auch an den direkten Zugang zu Gott. Also haben ein paar von den hiesigen Pfingstkirchlern, Claudia LaCourt zum Beispiel, vorgeschlagen, sich mit den Baptisten zusammenzutun, um gemeinsam den Geist zu empfangen...«

»Hört sich ziemlich ernst an«, sagte Lucas. Die Kälte begann, durch die Ränder seines Parkas zu dringen, und er zog die Schultern ein.

»Aber deswegen würde keiner töten. Es sei denn, es gibt da einen Irren, von dem ich nichts weiß«, sagte Carr. »Phil war aufgebracht, weil Claudia mit den Baptisten geredet hat, aber sie waren Freunde.«

»Was ist mit Frank? War er auch mit Bergen befreundet?«

»Frank war ein Chippewa«, sagte Carr. Er stampfte mit den Füßen auf und schaute in die Richtung der aufreizenden Kettensäge. »Er fand das Christentum amüsant. Aber er und Phil verstanden sich recht gut.«

»Okay.«

»Was werden Sie jetzt machen?« fragte Carr.

»In ein Motel gehen. Ich habe Kleidung für ein paar Tage bei mir. Wir können morgen alles organisieren. Wählen Sie ein paar Leute aus; ich schicke sie dann an die Arbeit. Wir brauchen vier oder fünf. Wir müssen mit den Freunden der LaCourts reden, mit den Kindern in der Schule, mit einigen Leuten draußen im Reservat. Und ich möchte mich mit diesen Feuerwehrleuten unterhalten.«

»Okay. Wir sehen uns dann morgen früh«, sagte Carr. Der Sheriff ging auf seinen Wagen zu und murmelte vor sich hin: »Herrgott, was für ein Durcheinander.«

»He, Sheriff?«

»Ja?« Carr drehte sich um.

»Diese Pfingstkirchler. Ich möchte nicht unhöflich klingen, aber ist das – ist das nicht eigentlich so was wie die Holy Rollers, so eine Art Sekte?«

Nach einem Augenblick nickte Carr und sagte: »So ähnlich.«

»Woher wissen Sie soviel über sie?«

»Ich bin einer von ihnen«, sagte Carr.

5

Bitter kalt brach der Morgen an. Die Wolken hatten sich verzogen, und in niedrigem Winkel fielen rasiermesserscharfe Sonnenstrahlen durch die Rotfichten, die das Motel umgaben. Lucas, steif von einem zu kurzen Bett und einem zu dicken Kopfkissen, zog den Reißverschluß seines Parkas zu, streifte die Handschuhe über und trat nach draußen. Sein Gesicht war weich und warm vom Rasieren; die Luft war eine eisige Ohrfeige.

Der älteste Teil von Grant war auf einem Hügel über dem Highway gegenüber dem Hotel errichtet worden, kleine, graue Häuser, deren Wäscheleinen in den Hintergärten im Schnee verschwanden. Wabernde Spiralen von grauem Holzrauch kringelten sich aus zweihundert Blechkaminen, und der ätzende Geruch von brennender Eichenrinde zog durch die Stadt wie ein schmutziger Tramp.

Lucas war in Minneapolis aufgewachsen und hatte an den städtischen Ufern des Mississippi das Fischen gelernt, im Schatten von Schornsteinen, Stromleitungen und sechsspurigen Brücken, wo sich tote Karpfen die Tümpel mit leeren Ölkanistern und abgefahrenen Reifen teilten. Als er als Erwachsener ernsthaft Geld zu verdienen begann, hatte er sich eine Hütte an einem stillen See in den North Woods von Wisconsin gekauft. Und angefangen, etwas über Kleinstädte zu lernen – über die merkwürdigen Vorzüge und Nachteile, die es hatte, jedermann zu kennen; darüber, mit Leuten zu reden, nach deren Familien Straßen, Seen und ganze Ortschaften benannt waren. Leute, die ihren Lebensunterhalt in den Wäldern verdienten, Touristen führten, Weihnachtsbäume züchteten, mit Netzen fischten und Fallen für Flußkrebse aufstellten, die als Köder dienten.

Nicht Minneapolis, aber es gefiel ihm.

Er gähnte und ging zu seinem Wagen. Er blinzelte in der

Sonne. Der Neuschnee knirschte unter seinen Füßen. Ein freundliches, vertrautes Gewicht zog an seiner linken Seite. Mit dem Parka war ein Taillenhalfter unpraktisch, und so hatte er seine 45er in ein Schulterhalfter gehängt. Die Pistole fühlte sich einfach *richtig* an. Es war schon eine Weile her, seit er eine getragen hatte. Er berührte mit der linken Hand den Reißverschluß des Parka, öffnete ihn ein wenig und grinste dann vor sich hin. Er übte. Nicht, daß er es nötig gehabt hätte.

Ojibway County war nicht Minneapolis. Wenn in Ojibway County jemand hinter ihm her wäre, würde er ein Jagdgewehr oder eine Schrotflinte nehmen, keine von diesen mickrigen 22ern. Und wenn jemand mit einer 30-06er mit Zielfernrohr käme, dann wäre seine 45er ungefähr so nützlich wie eine Steinschleuder. Trotzdem fühlte sie sich gut an. Wieder berührte er mit der linken Hand den Reißverschluß und schob im Geiste die rechte in den Parka.

Der Wagen hatte über Nacht in der brutalen Kälte gestanden, aber das Motel stellte Anschlüsse für Heizgeräte zur Verfügung. Lucas zog die Verlängerungsschnur aus der Steckdose und aus seinem Wagen, warf sie auf den Rücksitz, schaltete den Motor ein und ließ ihn laufen, während er auf eine kostenlose Tasse Kaffee in das Büro des Motels ging.

»Kalt«, sagte er zu dem Besitzer.

»Wenn's noch kälter wird, lege ich doch noch einen Winterschlaf ein«, sagte der Mann. Er hatte am frühen Morgen bereits Schnee geräumt. »Nehmen Sie auch'n Stück Gebäck, wir haben's günstig bekommen.«

»Danke.«

Noch immer strömte kalte Luft aus der Lüftungsklappe des Wagens, als Lucas zurückkehrte, den Kaffee und das Gebäck in einer Hand balancierend. Er schaltete die Lüftung aus und machte sich auf den Weg in die Stadt.

Was die LaCourt-Morde betrifft, gibt es eigentlich nur zwei Möglichkeiten, dachte er. Sie können von einem Fremden begangen worden sein, einem Mörder, der einen Raub begehen wollte und das Haus gewählt hat, weil es isoliert und abgelegen ist. Oder die Morde wurden aus einem bestimmten Grund begangen. Das Feuer legte nahe, daß es einen Grund gab. Ein gewöhnlicher Raubmörder hätte Frank LaCourts Leiche ins Haus geschleppt, die Türen verschlossen, die Lichter ausgeschaltet und wäre verschwunden. Es hätte Tage dauern können, bis die Morde entdeckt wurden. Doch bei dem Feuer konnte er nicht länger als fünfzehn oder zwanzig Minuten fort gewesen sein.

Wenn ein Ortsansässiger Feuer gelegt hatte, bedeutete das, daß es sich entweder um einen psychotischen Brandstifter handelte – wahrscheinlich – oder um jemanden, der etwas zu vertuschen hatte. Etwas, das auf ihn hindeutete. Fingerabdrücke, Samen. Persönliche Aufzeichnungen. Oder war das Feuer vielleicht gelegt worden, um die Ermittlungen auf die falsche Fährte zu lenken?

Die Waffe, die er bei Claudia LaCourt gefunden hatte und die nicht abgefeuert worden war, legte nahe, daß die LaCourts wußten, daß etwas im Gange war, aber nicht neun-neun-eins angerufen hatten. Vielleicht war die Situation irgendwie mehrdeutig ... hm.

Und das Mädchen mit dem fehlenden Ohr war vielleicht verhört worden. Noch ein Hinweis, daß es nicht um einen gewöhnlichen Raubmord ging ...

Das Bild des Ohrs in dem Plastikbeutel fiel ihm wieder ein. Carr hatte sich gekrümmt und gewürgt, weil er ein Mensch war, wie auch die kleine LaCourt ein Mensch gewesen war. Gestern um diese Zeit hatte sie noch gelebt, am Telefon mit ihren Freundinnen geschwatzt, ferngesehen, Kleider anprobiert. Pläne gemacht. Jetzt war sie eine verkohlte Hülle.

Und für Lucas war sie eine Abstraktion: ein Opfer. Machte sie das weniger menschlich? Er lächelte halb bei dieser Selbstbetrachtung; Introspektion versuchte er zu vermeiden. Schlecht für die Gesundheit.

Doch in Wahrheit empfand er nicht viel für Lisa LaCourt. Er hatte zu viele tote Kinder gesehen. Babys in Mülltonnen, von ihren Eltern getötet; geprügelte und verstümmelte Kleinkinder; Dreizehnjährige, die einander – aufgeheizt vom Fernsehen – brutal niederschossen. Nicht daß die Älteren viel besser gewesen wären. Ehefrauen, mit bloßen Händen getötet, Ehemänner, mit Hämmern erschlagen, Homosexuelle, im wilden Eifersuchtswahn in Stücke gehackt. Nach einer gewissen Zeit wurde alles eins...

Andererseits, dachte er, wenn es *Sarah* gewesen wäre... Er preßte die Lippen fest aufeinander. Er konnte seine Tochter nicht mit den Bildern gewaltsamer Todesfälle in Verbindung bringen, die er im Laufe der Jahre gesammelt hatte. Sie paßten einfach nicht zusammen. Aber Sarah war jetzt fast schon ein Schulmädchen, sie würde in die Welt hinausgehen...

Er hatte das Steuerrad so fest umklammert, daß seine Knöchel weiß wurden. Er schüttelte den Gedanken ab und schaute aus dem Fenster. Die Main Street von Grant war eine drei Blocks lange Reihe schäbiger Schaufenster, die dicht an dicht nebeneinander lagen wie in einer Stadt im alten Westen. Anderswo wäre die Kombination der Geschäfte seltsam gewesen, aber für die North Woods war sie typisch: ein Waschsalon mit Buchhandlung und Bar, ein indianischer Souvenirladen, in dem es auch Computer gab, ein Spengler, der auch Satellitenschüsseln verkaufte. Es gab zwei Bäckereien, ein Möbelgeschäft, mehrere Versicherungsagenturen und Immobilienmakler, ein paar Anwälte. Das Bezirksgericht war ein niedriges, verschachteltes Gebäude aus Naturstein und Stahl am Ende der Main. Einige Streifenwagen standen auf einem Parkplatz dahinter, und Lucas stellte seinen Wagen dazu. Ein Kleinbus mit einem Augen-Logo war auf einem Besucherparkplatz vor der Tür abgestellt.

Ein herauskommender Deputy nickte ihm zu, sagte »Morgen« und hielt ihm höflich die Tür auf. Das Vorzimmer des

Sheriffs befand sich hinter einer zweiten Tür, dekoriert mit verblichenen Anti-Drogen-Plakaten und den Gerüchen von altem Nikotin und schlechten Nerven. Eine Reporterin und ein Kameramann lungerten in grünen Kunstledersesseln herum, die mit Brandlöchern von Zigaretten und mit Schlitzen versehen waren, die wie Schnitte von Rasiermessern aussahen. Die Reporterin arbeitete mit einem goldenen Stift und einem kleinen roten Pinsel an ihrem Lippenrot. Sie blickte auf, als Lucas eintrat. Er nickte, sie nickte zurück. In der Wand ihr gegenüber gab es eine Stahltür mit einem Fenster aus kugelsicherem Glas. Lucas ging an das Fenster, sah den leeren Schreibtisch dahinter und drückte auf den Klingelknopf unter dem Fenster.

»Das wird die bloß sauer machen«, sagte die Reporterin. Sie hatte ein spitz zulaufendes Fuchsgesicht mit winzigem Kinn, großen Augen und breiten Backenknochen, als sei sie speziell fürs Fernsehen gezüchtet. Sie preßte die Lippen aufeinander, ließ dann den Taschenspiegel zuschnappen, warf ihn in ihre Tasche und lächelte Lucas reflexhaft zu. Der Kameramann schlief.

»Ja? Woher kommt ihr?« fragte Lucas. Die Reporterin war sehr hübsch mit ihren flinken Augen und ihrer geübten Mimik; sie sah aus wie die moderne amerikanische Ausgabe einer Geisha. Weather könnte nie fürs Fernsehen arbeiten, dachte er. Ihre Gesichtszüge waren zu unverwechselbar. Aber sie könnte durchaus ein Filmstar sein...

»Milwaukee«, sagte sie. »Sind Sie von der *Star-Tribune?*«

»Nee.« Er schüttelte den Kopf und sagte nichts weiter.

»Polizist?« Die Reporterin richtete sich auf.

»Ein interessierter Zuschauer«, sagte Lucas und grinste sie an. »Viele Reporter hier?«

»Vermutlich«, sagte sie, und ein leises Stirnrunzeln erschien auf ihrem Gesicht. »Im Funk habe ich welche vom Lokalfernsehen reden hören, also sind sie hier irgendwo, und man sagt, welche von *Strib* seien gestern abend angekommen. Sicher draußen am See. Sind Sie einer von den Laborleuten aus Madison?«

»Nein«, sagte Lucas.

Eine gehetzte Frau mittleren Alters erschien hinter dem Glasfenster, spähte hindurch und sagte: »Davenport?«

»Ja.« Die Reporterin trug Parfum. Irgend etwas leicht Fruchtiges.

»Ich drücke den Türknopf«, sagte die Frau.

»FBI?« drängte die Reporterin.

»Nein«, sagte er.

Die Frau im Büro drückte auf den Summer, und als Lucas durch die Tür schlüpfte, rief die Reporterin: »Sagen Sie Sheriff Carr, daß wir auf jeden Fall etwas senden werden, ob er mit uns redet oder nicht.«

Carr hatte ein Eckbüro, das auf den Parkplatz, die Bezirksgarage und die lädierte Bronzestatue eines Landsers aus dem Ersten Weltkrieg hinausging. Die beigefarbenen Wände waren mit einem Dutzend Fotos von Carr mit anderen Politikern, drei Medaillen, einem Bachelor-Diplom der University of Wisconsin in River Falls und zwei Drucken von Briefmarkenmotiven mit Fischen geschmückt, wobei die eigentlichen Briefmarken auf die Passepartouts unter den Drucken geklebt waren. Ein Computer und ein Laserdrucker standen auf einem Nebentisch, und ein kompliziertes blaues Telefon mit dreißig Knöpfen beanspruchte eine Ecke eines ausladenden Schreibtischs aus Walnußholz. Carr saß hinter dem Schreibtisch und schaute düster über ein Tonbandgerät hinweg Henry Lacey an.

»Die Reporter sammeln sich«, sagte Lucas und lehnte sich an die Bürotür.

»Wie Schmeißfliegen«, sagte Carr und blickte auf. »Morgen. Kommen Sie rein.«

»Schmeißfliegen übertragen bloß Krankheiten«, sagte Lacey. »Reporter können einen den Job kosten.«

»Soll ich sie Bilder von dem Haus machen lassen?« fragte Carr Lucas. »Sie wollen unbedingt, daß ich sie reinlasse.«

»Warum nicht?« meinte Lucas. Er ließ sich auf einen Besucherstuhl fallen und machte es sich bequem.

Carr kratzte sich am Kopf. »Ich weiß nicht... scheint mir nicht richtig.«

»Ach, ist doch Quatsch«, sagte Lucas. »Das Äußere von einem verbrannten Haus bedeutet keinem was, vor allem nicht den Leuten in Milwaukee. Denken Sie darüber nach.«

»Hm, ja.« Carr widerstrebte noch immer.

»Wenn ich Sie wäre, würde ich einen kleinen Plan von der Örtlichkeit zeichnen und verteilen – wo die Leichen lagen und so weiter«, sagte Lucas. »Das schadet nichts, und die werden finden, daß Sie ein fabelhafter Kerl sind. Sie werden Sie in Ruhe lassen.«

»Das wäre nicht übel«, sagte Carr. Wieder kratzte er sich am Kopf und überlegte.

»Sind die Leute aus Madison gekommen?« fragte Lucas.

»Vor zwei Stunden«, sagte Lacey. »Sie sind draußen beim Haus.«

»Gut.« Lucas nickte. »Wie sieht's da draußen aus?«

»Wie gestern abend. Häßlicher. Unter Franks Kopf war eine gefrorene Blutlache, etwa so groß wie eine Milchkanne. In einer Stunde oder so bringen sie die Leichen weg, aber sie sagen, es würde zwei Wochen dauern, alle Spuren im Haus zu sichern.«

»Wir müssen sie antreiben. Es gibt da irgendwas, was wir brauchen, sonst hätte der Kerl das Haus nicht angezündet«, sagte Lucas gereizt. Zwei Wochen? Unmöglich. Sie brauchten die Informationen *jetzt.* »Sonst noch was Neues?«

»Ja. Wir haben einen Anruf gekriegt«, sagte Carr. Er griff über seinen Schreibtisch und drückte auf einen Knopf am Tonbandgerät. Musik ertönte, die Stimme einer Country-Sängerin, dann die Stimme eines Mannes: *Sagen Sie den verdammten Flachköpfen unten im FNR, daß sie sich von weißen Frauen fernhalten sollten, sonst kriegen sie dasselbe wie LaCourt.*

Lucas schob die Unterlippe vor und schüttelte den Kopf: Das war Blödsinn.

Die Musik wurde lauter, als habe jemand den Mund vom Telefonhörer entfernt, und dann sagte eine neue Stimme: *Gebt ihnen einfach 'ne Sechserpackung Schlitz und schickt sie mit den Niggern nach Chicago runter.*

Wieder ertönte die Musik, dann hörte man ein paar unverständliche Worte, ein bellendes Lachen, ein Klicken und dann nichts mehr.

»Sie riefen über die Nummer neun-eins-eins an, die die Anrufe automatisch zurückverfolgt. Kam aus einer Telefonzelle bei der Legion Hall. Da draußen waren vielleicht fünfzig Leute«, sagte Lacey. »Größtenteils betrunken.«

»So hat sich's angehört, nach Betrunkenen«, stimmte Lucas zu. Zeitverschwendung. »Was ist FNR? Das Reservat?«

»Ja. Forêt Noir«, sagte Carr. Er sprach es Forä Nwar aus. »Es ist bloß so, daß fast jeder in der Stadt noch vor heute nachmittag von dem Anruf wissen wird. Das Mädchen in der Telefonzentrale hat es im ganzen Gerichtsgebäude rumerzählt. Die Typen von der Presse werden herkommen... Wir müssen dem FBI Bescheid sagen. Bürgerrechte von Minderheiten und so.«

»Ach, nein«, stöhnte Lucas und schloß die Augen. »Bloß kein FBI...«

»Nicht zu umgehen«, sagte Carr und schüttelte den Kopf. »Ich werd's versuchen, sie fernzuhalten, aber ich wette, bis zum Wochenende sind sie da.«

»Erzählen Sie ihm von dem Windigo«, sagte Lacey.

»In der Reservation gehen Gerüchte um, die Kälte hätte einen Windigo angezogen«, sagte Carr und sah noch düsterer aus.

»Ich hab davon gehört«, sagte Lucas, »aber ich weiß nicht recht...«

»Kannibalische Geister, die durch die Schneeverwehungen schweifen und Menschen fressen«, sagte Lacey. »Wenn Sie einen sehen, bringen Sie ihn zum Verhör hierher.«

Er und Carr fingen an zu lachen, dann sagte Carr: »Wir werden hysterisch.« An Lucas gewandt fügte er hinzu: »Ich hab überhaupt nicht geschlafen... Ich habe ein paar Leute ausgesucht, die mit Ihnen arbeiten sollen, sechs Personen, die schlauesten, die wir haben. Sie sind unten in der Kantine. Sind Sie soweit?«

»Ja. Also los«, sagte Lucas.

Die Deputies saßen um ein halbes Dutzend wackliger Tische, tranken Kaffee und kauten Schokoladeriegel. Sie nahmen Lucas in Augenschein. Carr zeigte mit dem Finger auf sie und nannte ihre Namen. Fünf von den sechs trugen Uniform. Der sechste, ein älterer Mann, hatte Jeans und einen dicken Pullover an und eine Automatik schräg in seinem Gürtel stecken.

»... Gene Climpt, Ermittler«, sagte Carr und zeigte auf ihn. Climpt nickte. Sein Gesicht war vom Wetter gegerbt wie ein Stück Treibholz aus dem See, sein Blick mißtrauisch und aufmerksam. »Sie haben ihn gestern abend beim Haus kennengelernt.«

Lucas nickte Climpt zu und sah sich dann im Raum um. Die besten Leute des Reviers, hatte Carr gesagt. Mit zwei Ausnahmen waren alle weiß und dicklich. Der eine war ein Indianer, und Climpt, der Ermittler, war dürr wie ein Blitzableiter. »Der Sheriff und ich haben uns gestern abend ein paar Vorgehensweisen überlegt«, begann Lucas. »Heute werden wir anfangen, mit den Leuten zu reden. Ich werde mit den Feuerwehrleuten sprechen, die zuerst beim Haus draußen waren. Wir müssen auch die persönlichen Freunde der LaCourts finden, die Schulfreunde ihrer Tochter und die Leute, die zu der religiösen Gruppe gehören, in der Claudia LaCourt Mitglied war...«

Sie sprachen zwanzig Minuten lang und teilten die vorbereitenden Aufgaben auf. Climpt nahm zwei Deputies mit, um Freunde der LaCourts aufzuspüren, und er würde auch mit den Stammesleuten über irgendwelche Probleme reden, die LaCourt vielleicht bei seiner Arbeit im Casino hatte. Zwei weitere Deputies – Russell Hinks und Dustin Bane, Rusty und Dusty – würden die Schule übernehmen. Der letzte Mann würde in alle Häuser an der Seestraße gehen und fragen, ob jemand vor dem Haus etwas Ungewöhnliches gesehen hatte. Am Vorabend hatte Climpt bereits den Anfang gemacht.

»Ich melde mich im Laufe des Tages und erkundige mich«, sagte Lucas. »Wenn jemand irgendwas findet, ruft mich an. Was auch immer es sei.«

Als die Deputies sich aufmachten und ihre Mäntel und Jacken anzogen, wandte sich Carr an Lucas und sagte: »Da ist noch einiger Papierkram, bevor Sie gehen. Ich möchte Sie legalisieren.«

»Klar.« Er folgte Carr in den Korridor, und als sie außer Hörweite der anderen Deputies waren, fragte er: »Dieser Climpt... Wird er mit mir zusammenarbeiten? Oder wird er Probleme machen?«

»Warum sollte er?« fragte Carr.

»Ich mache einen Job, mit dem er vielleicht gerechnet hatte.«

Carr schüttelte den Kopf. »So ist Gene nicht. Überhaupt nicht.«

Bergen kam in den Flur getrottet, blickte suchend um sich und erblickte Carr. »Shelly...« rief er.

Carr blieb stehen und drehte sich um. Bergen trug Thermohosen und einen dreiviertellangen Parka, eine orangefarbene Jagdmütze, Skifäustlinge und schwere Schneestiefel. Er sah eher wie ein unförmiger Holzfäller aus als wie ein Priester. »Phil, wie geht's?«

»Das müßten Sie eigentlich wissen«, sagte Bergen scharf, zog seine Handschuhe aus und klopfte damit gegen sein Bein, während er durch den Gang kam. »In der ganzen Stadt heißt es: Bergen war's. Bergen hat die LaCourts umgebracht. Heute morgen zur Messe waren nur halb so viele Gemeindemitglieder da wie sonst. Wenn die morgen auch noch kommen, hab ich Glück gehabt.«

»Phil, ich weiß nicht...«, begann Carr.

»Verscheißern Sie mich nicht, Shelly«, sagte Bergen. »Die Gerüchte kommen aus diesem Büro. Ich bin der Hauptverdächtige.«

»Wenn die Gerüchte aus diesem Büro kommen, werde ich ihnen ein Ende machen, weil Sie nicht der Hauptverdächtige sind«, sagte Carr. »Wir haben überhaupt keine Verdächtigen.«

Bergen sah Lucas an. Seine Unterlippe zitterte, und er schüttelte den Kopf. Er wandte sich wieder an Carr: »Sie kommen ein bißchen zu spät, Shelly; und ich sage Ihnen, ich finde mich nicht damit ab. Ich habe einen Ruf, und Sie und Ihr angeheuerter Revolverheld...«, er schaute wieder Lucas an und dann Carr, »...ruinieren ihn. Das nennt man Rufmord!«

Carr faßte ihn am Arm und sagte: »Kommen Sie in mein Büro, Phil.« Zu Lucas sagte er: »Gehen Sie den Flur entlang bis zum Ende und fragen Sie nach Helen Arris.«

Helen Arris war die wuschelköpfige Büroleiterin, eine Frau, die vierzig, fünfzig oder Anfang sechzig sein mochte. Sie kaute Kaugummi und nannte ihn Herzchen und erledigte den Papierkram in fünf Minuten. Als sie damit fertig waren, machte sie mit einer Polaroid eine Aufnahme von ihm, schob das Foto in eine Plastikhülle, steckte sie in ein Verschweißgerät, drückte es zu, wartete zehn Sekunden und reichte ihm dann eine funkelnagelneue Ausweiskarte.

»Seien Sie vorsichtig da draußen«, sagte sie. Lucas kam sich vor wie jemand in einem Fernsehkrimi.

Lucas holte sich aus dem Wagen ein Notizbuch und entschloß sich, zu Fuß zu Grant Hardware, dem Eisenwarengeschäft, zu gehen, einen Block zurück in Richtung Highway. Das würde ein langer Tag werden. Falls sie die Morde aufklärten, dann binnen einer Woche. Und je mehr sie gleich zu Anfang erfuhren, desto besser waren ihre Chancen...

An der Ecke befand sich ein winziger Buch- und Zeitschriftenladen, wo er sich ein *Wall Street Journal* kaufte; dann kam er noch an einem T-Shirt-Geschäft, einer Schuhmacherwerkstatt und einer der Bäckereien vorbei, ehe er in der Mitte des Blocks die Straße überquerte und den Eisenwarenladen erreichte. Im Schaufenster stand ein Schneegebläse neben einem Stapel Videorecorder und kürbisfarbenen Plastikschlitten. Eine Türglocke läutete, als Lucas eintrat, und der Geruch von heißem Kaffee hing in der Luft. Hinter der Theke saß ein Mann auf einem Holzstuhl, las ein *People*-Magazin und trank aus einer großen Porzellantasse Kaffee. Lucas ging zur Theke. Alte Holzdielen knarrten unter seinen Füßen.

»Dick Westrom?«

»Das bin ich«, sagte der Mann hinter der Theke.

»Lucas Davenport. Ich bin...«

»Der Ermittler, ja.« Westrom stand auf und beugte sich über die Theke, um ihm die Hand zu geben. Er war dick, fünfzig Pfund zu schwer für seine Größe, und hatte blondes, grau werdendes Haar und große, wäßrige Kuhaugen, die Lucas nicht ansahen. Er wies mit dem Kopf auf einen zweiten Stuhl am anderen Ende der Theke. »Mein Mädchen holt was zu essen, sonst ist keiner da... wir könnten hier reden, wenn Ihnen das recht ist.«

»Sehr gut«, sagte Lucas. Er zog seine Jacke aus, ging um die Theke herum und setzte sich. »Ich muß wissen, was gestern abend passiert ist, den ganzen Ablauf.«

Westrom hatte Frank LaCourts Leiche gefunden. Er war beinahe darüber gestolpert, als er den Schlauch aus dem Feuerwehrauto ausrollte.

»Sie haben ihn nicht gleich da liegen sehen?« fragte Lucas.

»Nein. Das Licht kam größtenteils von dem Feuer, es flackerte, wissen Sie, und Frank lag unter einer Schneeschicht«, sagte Westrom. Er hatte eine vertrauliche Art zu reden, aus dem Mundwinkel, als verrate er auf einem Gefängnishof Geheimnisse. »Wenn man direkt vor ihm stand, war er leicht zu sehen, aber aus ein, zwei Metern Entfernung... Teufel, da konnte man ihn fast überhaupt nicht erkennen.«

»Und da merkten Sie zum ersten Mal, daß da Tote waren?«

»Nun, ich fürchtete schon, daß drinnen jemand war, der Geruch, wissen Sie. Das fiel uns auf, sobald wir eintrafen, und ich glaube, Duane sagte etwas wie: ›Da sind Tote drin.‹«

Westrom beharrte darauf, daß der Priester Sekunden vor der Meldung an der Feuerwache vorbeigekommen war:

»Hören Sie, ich habe nichts gegen Phil Bergen«, sagte Westrom mit einem Seitenblick. »Shelly Carr versuchte, gestern abend ein paar zusätzliche Minuten aus mir herauszuholen, also weiß ich, worauf *er* aus ist. Aber ich sag Ihnen was: Ich hab ein paar Schinkensandwiches heiß gemacht...«

»Ja?« sagte Lucas in neutralem Ton, um Westrom nicht zu unterbrechen.

»Und Duane sagte: ›Da fährt Pater Phil. Scheußliche Nacht, um draußen zu sein.‹ Duane stand am Fenster, und ich sah Phil vorbeifahren. In dem Moment ertönte der Summer von der Mikrowelle. Ich meine, *genau* in dem Moment, als ich nach den Rücklichtern sah. Ich sagte: ›Tja, er ist ein großes Tier mit einer protzigen Karre, also kann er hingehen, *wo* er will und *wann* er will.‹«

»Hört sich an, als würden Sie ihn nicht mögen«, sagte Lucas. Und Lucas mochte Westrom nicht, dessen Augen ständig hin und her huschten.

»Tja, persönlich mag ich ihn nicht. Aber das spielt keine

Rolle, und er kann tun, was er will«, sagte Westrom. Er schürzte mißbilligend die Lippen. Sein Blick streifte Lucas' Gesicht und wich dann wieder aus. »Jedenfalls, ich nahm die Sandwiches raus, sie sind in so einer Zellophanverpackung, ohne mir die Finger zu verbrennen. Ich sagte: ›Komm, sie sind fertig‹, da läutete das Telefon. Duane nahm den Hörer ab und sagte: ›Oh, Scheiße.‹ Er hat den Code eingegeben, für die Piepser, und gesagt: ›Es ist bei den LaCourts, gehen wir.‹ Ich stand immer noch mit den Sandwiches da. Ich hab sie nie geöffnet. Phil war noch keine zehn Sekunden vorbei. Shelly wollte mich dazu bringen, daß ich sage, es wären ein oder zwei oder drei Minuten gewesen, aber so war es nicht. Es waren nicht mehr als zehn Sekunden, vielleicht auch nur fünf.«

»Aha.« Lucas nickte.

»Fragen Sie Duane«, sagte Westrom. »Er wird es Ihnen bestätigen.«

»Ist Duane ein Freund von Ihnen?«

»Duane? Ach, nein. Ich komme gut mit ihm aus. Aber privat, wissen Sie... verkehren wir nicht miteinander.«

»Wissen Sie irgend etwas, das Pater Bergen gegen die LaCourts haben könnte?«

»Nein. Aber er stand Claudia nahe«, sagte Westrom mit deutlicher Betonung des Wortes *nahe*.

»Wie nahe?« fragte Lucas und legte den Kopf schräg.

Westroms Blick wanderte um Lucas herum, ohne auf etwas zu verweilen. »Claudia hatte einen gewissen Ruf, bevor sie Frank heiratete. Sie ist viel herumgekommen. Außerdem war sie ein hübsches Ding, sie hatte so große...« Westrom legte die gewölbten Hände vor die Brust und ließ sie ein paarmal wippen. »Und Phil... er ist schließlich ein Mann. Priester zu sein und all das ist sicher nicht leicht.«

»Sie meinen, er und Claudia hätten was miteinander gehabt?« fragte Lucas.

Westrom rutschte auf seinem Stuhl nach vorn und sagte in vertraulichem Ton: »Davon weiß ich nichts. Vermutlich hätten wir davon gehört, wenn sie es getan hätten. Aber vielleicht hatten sie früher mal was miteinander. Vielleicht wollte Phil wieder anfangen oder so...« Westroms Nase zuckte.

»Wie viele schwarze Jeeps gibt's in Ojibway County?« fragte Lucas. »Müssen etliche sein.«

»Nein, garantiert nicht, nicht im Winter. Keine Grand Cherokees – solche Autos fahren meistens die Sommergäste. Außer dem von Phil fällt mir keiner ein.« Er sah Lucas neugierig an. »Sind Sie katholisch?«

»Warum?«

»Weil Sie sich anhören, als versuchten Sie, eine Entschuldigung für Phil Bergen zu finden.«

Auf der ersten Seite von Lucas' Notizbuch standen *Westrom* und *Helper.* Er machte einen Strich durch Westrom, ließ den Wagen an und fuhr in Richtung Highway 77 und der Feuerwache.

Bei Tageslicht, im Sonnenschein und frisch geräumten Straßen dauerte die halbstündige Fahrt von gestern abend nur noch zehn Minuten. Von den hochgelegenen Stellen der Straße aus konnte er endlos weit über die schwarzen Fichtenwälder sehen, die durchschnitten wurden vom silbrigen Glanz der zugefrorenen Seen.

Die Feuerwache war ein braunes Holzhaus auf einem Betonsockel in einem Fichtenhain, gleich neben dem Highway. Ein Ende des Gebäudes wurde von drei riesigen Garagentüren für die Löschwagen beherrscht. Das Büro lag am anderen Ende und hatte eine Reihe kleiner Fenster. Lucas parkte in einer der vier geräumten Parkbuchten, ging in das Büro und fand es leer. Eine weitere Tür führte in ein Hinterzimmer, und Lucas schaute hinein.

»Hallo?«

»Ja?« Ein kräftiger blonder Mann saß an einem Arbeitstisch und zerlegte im Schein einer starken Lampe eine Angelrolle. Ein dünner, fast durchsichtiger Bart bedeckte sein aknenarbiges Gesicht. Seine Augen waren blau, sein Blick argwöhnisch. Hinter ihm befand sich eine kleine Kochnische. Am anderen Ende des Zimmers standen eine zusammengebrochene Couch, zwei alte Sessel und zwei hölzerne Küchenstühle vor einem Farbfernseher. An der dritten Wand zogen sich Spinde entlang, von denen jeder den Nachnamen eines Mannes trug. Eine weitere Tür führte in die Garage und eine Treppe in ein Zwischengeschoß.

»Ich suche Duane Helper«, sagte Lucas.

»Das bin ich. Sie müssen Davenport sein«, sagte Helper. Er hatte eine kräftige, dröhnende Stimme, und er stand auf, um Lucas die Hand zu geben. Er trug Jeans mit breiten roten Hosenträgern über einem blauen Arbeitshemd. Seine Hand war dicklich wie sein Körper und mit Schwielen bedeckt. »Aus der Seestraße ist eben eine ganze Karawane von Fernsehleuten gekommen. Der Sheriff hat ihnen erlaubt, Bilder von dem Haus zu machen.«

»Ja, das hatte er vor«, sagte Lucas.

»Wie ich hörte, ist Phil Bergen der Hauptverdächtige.« Er sagte das unverblümt und herausfordernd.

Lucas schüttelte den Kopf. »Wir haben bisher noch keine Verdächtigen.«

»Das hab ich anders gehört«, sagte Helper. Im Fernsehen lief eine Spielshow, und Helper nahm die Fernbedienung zur Hand und schaltete das Gerät aus.

»Dann ist das, was Sie gehört haben, falsch«, erwiderte Lucas scharf. Helper schien Streit zu suchen. Er hatte ein verschlossenes Gesicht und verkniffene Augen; wenn er sich mit den Fingern durch den Bart fuhr, wirkten sie zu kurz für ihre Dicke und sahen aus wie Würstchen. Lucas setzte sich an den runden Tisch ihm gegenüber, und sie gingen den Zeitablauf durch.

»Ich erinnere mich, daß ich den Wagen gesehen habe, aber ich weiß nicht mehr, ob es genau in dem Moment war, in dem die Feuermeldung kam«, sagte Helper. »Ich dachte, ich wäre auf und ab gegangen und hätte aus dem Fenster gesehen, und danach hätten wir über etwas anderes geredet, und ich wäre wieder zum Fenster gegangen, als der Alarm kam. Aber Dick hat es anders in Erinnerung.«

»Wie sicher sind Sie? So oder so?«

Helper rieb sich die Stirn. »Dick hat vermutlich recht. Wir haben darüber geredet, und er war sicher.«

»Wenn Sie zweimal zum Fenster gegangen sind, wieviel Zeit ist dann wohl zwischen den beiden Malen vergangen?« fragte Lucas.

»Tja, ich weiß nicht, vermutlich nur ein oder zwei Minuten.«

»Haben Sie Bergens Jeep tatsächlich aus der Seestraße kommen sehen?«

»Nein, aber das war der Eindruck, den ich hatte. Er fuhr langsam, als er vorbeikam, selbst wenn man die Schneeverhältnisse bedenkt, und beschleunigte dann. Als sei er gerade auf die 77 eingebogen.«

»Okay.« Lucas stand auf und ging zur Treppe hin.

»Was ist da oben?«

»Da oben ist ein Raum mit Schlafkojen. Ich wohne im hinteren Teil. Ich bin hier der einzige berufsmäßige Feuerwehrmann.«

»Haben Sie vierundzwanzig Stunden am Tag Dienst?«

»Tagsüber und am frühen Abend habe ich frei, wenn wir Freiwillige finden, die übernehmen«, sagte Helper. »Aber die meiste Zeit bin ich hier, ja.«

»Aha.« Lucas sah sich im Raum um, den Daumennagel gegen die Schneidezähne gepreßt, und dachte nach. Das Zeitproblem wurde allmählich schwierig. Er schaute Helper an. »Was ist mit Pater Bergen? Kennen Sie ihn?«

»Eigentlich nicht. Ich glaube, ich habe noch keine sechs Worte mit ihm gewechselt. Aber er trinkt. Er hat einen Strafzettel wegen Trunkenheit am Steuer gekriegt, aber ...« Er verstummte und wandte den Blick ab.

»Aber was?« Helper hielt demonstrativ etwas zurück.

»Sheriff Carr ist im Vorstand der Bezirksfeuerwehr«, sagte Helper.

»Ja, und?« Lucas gab sich bewußt ziemlich barsch.

»Er ist ganz dick mit Bergen. Ich weiß, daß Sie von außerhalb sind, aber wenn ich rede und Shelly davon erfährt, könnte mir das schaden.« Helper ließ diese Feststellung in der Luft hängen.

Lucas dachte darüber nach. Vielleicht versuchte Helper, einen Verbündeten zu gewinnen oder einen Keil zwischen ihn und Carr zu treiben. Aber wozu? Höchstwahrscheinlich machte er sich genau aus dem Grund Sorgen, den er genannt hatte: Es ging um seinen Job. Lucas schüttelte den Kopf. »Er erfährt nichts davon, wenn es nicht notwendig ist. Und selbst wenn es notwendig ist, kann ich die Quelle für mich behalten. Wenn ich es für vernünftig halte.«

Helper sah ihn einen Augenblick abschätzend an und schaute dann durch das Fenster auf die Straße. »Also gut. Zunächst über das betrunkene Fahren. Shelly hat das in Ordnung gebracht. Hat es zweimal in Ordnung gebracht, vielleicht noch öfter.«

Er schaute Lucas an. Da kommt noch mehr, dachte Lucas. Helper hatte die Rücknahme der Strafzettel nur zum Test erwähnt. »Was noch?« drängte er.

Helper machte den Mund auf: »Es gibt Gerüchte, daß Pater Bergen... Es heißt, als vorsichtiger Vater sollte man seinen Sohn nicht in seinem Chor singen lassen.«

»Er ist schwul?« Schwul wäre interessant. Kleinstadtschwule standen unter allen möglichen Arten von Druck, vor allem, wenn sie sich versteckten. Und ein Priester...

»Das habe ich jedenfalls gehört«, sagte Helper. Und vorsichtig fügte er hinzu: »Ist bloß Klatsch. Ich hab nie groß darüber nachgedacht. Tatsächlich glaube ich nicht, daß es stimmt. Aber ich weiß nicht. Bei dieser Sache, diesen Morden, dachte ich, daß Sie vermutlich alles hören wollen...«

»Natürlich.« Lucas machte sich eine Notiz.

Sie redeten noch fünf Minuten, dann stapften drei Streifenbeamte herein, die vom Dienst beim Haus der LaCourts kamen. Sie froren und gingen gleich zur Kaffeemaschine. Helper stand auf, um noch eine Kanne zu kochen.

»Irgendwas los unten beim Haus?« fragte Lucas.

»Nicht viel. Die Leute aus Madison kriechen überall herum«, sagte einer der Deputies. Sein Gesicht war rot wie ein rohes Steak.

»Ist der Sheriff unten?«

»Er ist ins Büro zurückgefahren, wollte mit ein paar von den Fernsehleuten reden.«

»Aha, gut.«

Lucas sah Helper an, der mit der Kaffeemaschine beschäftigt war. Kleinstadtfeuerwehrmann. Er hörte vieles, saß jede Woche mit zwanzig oder dreißig verschiedenen freiwilligen Feuerwehrleuten zusammen, und sie hatten nicht viel zu tun...

»Danke«, sagte er. Er nickte Helper zu und ging zur Tür. Als er das Gebäude verließ, hörte er hinter sich das Telefon. Wieder fiel der Wind ihn an, und er stemmte sich dagegen und eilte um seinen Wagen herum. Er suchte gerade nach dem Schlüssel, als Helper den Kopf aus der Tür streckte und rief: »Da ist ein Deputy, der Sie sucht.«

Lucas ging wieder hinein und nahm den Hörer auf. »Ja?«

»Hier ist Rusty, in der Schule. Am besten setzen Sie Ihren Arsch in Bewegung und kommen her...«

Die Grant Junior High School war ein rotes Ziegelrechteck mit einem von Blaufichten umgebenen Rasen davor. Ein Mann im Schneeanzug arbeitete auf dem flachen Dach; er schob den Schnee herunter, das Scharren war in der kalten Luft meilenweit zu hören. Lucas parkte vor der Schule, zog den Reißverschluß seines Parka zu und streifte die Skihandschuhe über. Weiter unten in der Straße zeigte ein Schild an einer Bank Uhrzeit und Temperatur an – neunundzwanzig Grad minus. Die Sonne am südlichen Himmel war so blaß wie eine alte Silbermünze.

Als Lucas hereinkam, wartete Bob Jones vor dem Büro des Direktors. Jones war ein Mann mit rundem Gesicht, einer Halbglatze, rosigen Wangen, kurzem schwarzen Schnurrbärtchen und dem berufsmäßig beschwichtigenden Lächeln des Schulleiters. Er trug einen blauen Anzug und ein weißes Hemd mit steifem Kragen; seine Krawatte hatte patriotische rote, weiße und blaue Schrägstreifen.

»Sehr erfreut«, sagte er, als sie sich die Hände reichten. »Ich habe von Ihnen gehört. Tolle Sachen... Kommen Sie, ich führe Sie zum Konferenzraum. Der Junge heißt John Mueller.« Die Schule hatte breite Flure, die in Anstaltsbeige gestrichen waren, und braune Spinde zwischen Pinnwänden aus Kork. Es roch nach verschwitzten Socken, Papier und den Abfällen aus Bleistiftspitzern.

Jones sagte: »Ich hätte gern, daß Sie mit Johns Vater über diese Sache sprechen. Wenn Sie mit ihm fertig sind. Ich glaube nicht, daß es gesetzliche Probleme gibt, aber wenn Sie mit ihm reden könnten...«

»Natürlich«, sagte Lucas.

Rusty und Dusty saßen am Konferenztisch und tranken Kaffee. Rusty hatte die Füße auf die Tischplatte gelegt. Sie waren beide groß und kräftig, hatten eckige Gesichter, weiße Zähne und raffiniert lässige Haarschnitte; Rusty war ein Chippewa, Dusty hatte die transparente Blässe des reinblütigen Schweden. Rusty nahm eilig die Füße vom Tisch, als Lucas und Jones hereinkamen, und hinterließ auf der Platte eine Pfütze von schmutzigem Wasser.

»Wo ist der Junge?« fragte Lucas.

»Wieder im Matheunterricht«, sagte Dusty.

»Ich werde ihn holen«, erbot sich Jones. Er verschwand im Flur, und man hörte seine Schritte auf dem Fliesenboden.

Dusty wischte mit dem Ellbogen das Wasser von der Tischplatte und schob Lucas eine Akte zu. »Der Junge heißt John Mueller. Wir haben seine Daten. Er ist ein ziemlich guter Schüler. Ruhig. Sein Vater hat eine Präparatorwerkstatt an der Bezirksstraße, seine Mutter arbeitet in Grotek's Bäckerei.«

Lucas setzte sich, schlug den Ordner auf und begann, darin zu blättern. »Was ist mit diesem anderen Kind? Sie sagten am Telefon, daß noch ein Kind ermordet wurde.«

Rusty nickte und übernahm das Reden. »Jim Harper. Er ging hier zur Schule, siebte Klasse. Er wurde vor etwa drei, vier Monaten getötet«, sagte Rusty.

»Am 20. Oktober«, sagte Dusty.

»Was ist das für eine Geschichte?« fragte Lucas.

»Erwürgt. Zuerst dachten sie, es wäre ein Unfall gewesen, aber der Doktor ließ die Leiche nach Milwaukee bringen, und sie stellten fest, daß er erwürgt worden war. Der Täter ist nie gefaßt worden.«

»Der erste Mord an einem Ortsansässigen in vierzehn Jahren«, warf Rusty ein.

»Großer Gott, davon hat mir keiner erzählt«, sagte Lucas.

Dusty zuckte mit den Achseln. »Tja... vermutlich hat keiner dran gedacht. Die Sache ist irgendwie peinlich, wirklich. Wir haben nichts über den Mord, nichts, überhaupt nichts. Das ist jetzt drei Monate her; ich glaube, die Leute würden ihn gern vergessen.«

»Und er ging in diese Schule, er war mit der kleinen LaCourt in derselben Klasse... ich meine, Herrgott...«

Jones kam zurück und schob einen Jungen in den Raum. Der Junge war mager, hatte abstehende Ohren, Haare von der Farbe reifen Weizens, große Augen, eine schmale Nase und einen breiten Mund. Er trug ein Flanellhemd und ausgebleichte Jeans über billigen Turnschuhen. Er sieht aus wie ein Elf, dachte Lucas.

»Hallo John? Ist das richtig?« fragte Lucas, während

Jones wieder aus dem Zimmer ging. »Wie ich höre, kannst du uns was über Lisa erzählen.«

Der Junge nickte, setzte sich Lucas gegenüber und wies mit dem Daumen auf die beiden anderen Deputies. »Ich habe schon mit den beiden geredet«, sagte er.

»Ich weiß, aber ich würd's gern noch mal hören, wenn es dir recht ist«, sagte Lucas. Er sagte es ernsthaft, als spräche er mit einem Erwachsenen. John nickte ebenso ernsthaft. »Also: Woher kennst du Lisa?«

»Wir fahren zusammen im Bus. Ich steige an der Bezirksstraße aus, und sie fährt weiter...«

»Und, hat sie etwas gesagt?« fragte Lucas.

»Sie hatte richtig Angst«, sagte John bedächtig. Seine Ohren röteten sich. Sie standen wie kleine Frisbee-Scheiben von seinem Kopf ab. »Sie hatte dieses Foto, aus der Schule.«

»Was für ein Bild?«

»Es war aus einer Zeitung«, sagte John. »Es war ein Bild von Jim Harper, dem Jungen, der ermordet worden ist... Wissen Sie davon?«

»Ich hab's gehört.«

»Ja, also, das Bild...« John wandte den Blick ab, schluckte und sah ihn wieder an. »Er saß nackt auf dem Bett, und da stand dieser nackte Mann neben ihm, und sein, eh, ich meine, sein... stand hoch.«

Lucas schaute den Jungen an, und der Kleine erwiderte seinen Blick feierlich. »Er hatte eine Erektion? Der Mann?« fragte Lucas.

»Jawohl«, sagte John ernst.

»Wo ist das Bild?« Lucas spürte ein Prickeln: Das war tatsächlich etwas.

»Lisa hat es mit nach Hause genommen«, sagte John. »Sie wollte es ihrer Mutter zeigen.«

»Wann? An welchem Tag?« fragte Lucas. Rusty und Dusty verfolgten die Befragung; ihre Augen wanderten von Lucas zu dem Jungen und wieder zurück.

»Vorige Woche. Donnerstag, weil da die Geschäfte länger offen haben und meine Mutter arbeitet, und als ich nach Hause kam, hat Dad gekocht.«

»Weißt du, woher sie das Bild hatte?« fragte Lucas.

»Sie sagte, sie hätte es von jemandem aus der Schule«, sagte John achselzuckend. »Ich weiß nicht, von wem. Es war ganz zerknittert, als hätten sie es herumgereicht.«

»Wie sah der Mann aus? Hast du ihn erkannt?«

»Nein. Sein Kopf war nicht auf dem Bild«, sagte der Junge. »Ich meine, es sah aus, als wäre das Bild ganz, aber sein Kopf war abgeschnitten, als wenn jemand die Kamera falsch gehalten hätte.«

Verdammt. »Du konntest also nur seinen Körper sehen?«

»Ja. Und ein paar Sachen drumherum. Das Bett und so'n Zeug«, sagte John.

»War der Mann dick oder dünn?« fragte Lucas.

»Er war ziemlich dick. Fast fett.«

»Welche Haarfarbe hatte er?« fragte Lucas.

John legte den Kopf schief und kniff die Augen zusammen. »Ich weiß nicht mehr ...«

»Sind dir nicht viele Brusthaare oder Haare auf dem Bauch oder zwischen den Beinen aufgefallen?« Lucas suchte nach einer besseren Formulierung: »Ich meine, richtig dichte Haare?«

»Nein. So nicht ... aber es war ein Schwarzweißfoto, und es war nicht besonders gut«, sagte John. »Kennen Sie diese Zeitungen, die sie im Supermarkt haben ...?«

»*National Enquirer*«, sagte Rusty.

»Ja, das Bild war so wie die Bilder da drin. Nicht sehr gut.«

Wenn die Behaarung ihm nicht besonders aufgefallen war, dann war der Bursche vermutlich blond gewesen, dachte Lucas. Schwarzes Haar auf billigem Papier würde fleckig aussehen ... »Wenn es nicht sehr gut war, kannst du dann sicher sein, daß es Jim war?« fragte Lucas.

»Es war ganz bestimmt Jim. Man konnte sein Gesicht

sehen, und er lächelte wie Jim. Und Jim hatte einen Finger verloren, und wenn man sich das Bild genau ansah, konnte man erkennen, daß dem Jungen auf dem Bild ein Finger fehlte. Und er hatte einen Ohrring, und Jim trug einen Ohrring. Er war der erste in der Schule, der einen hatte.«

»Aha. Du sagst, Lisa hatte Angst? Woher weißt du, daß sie Angst hatte?«

»Weil sie mir das Bild gezeigt hat«, sagte John.

»Wieso?« Lucas runzelte die Stirn, weil er das nicht verstand.

»Sie ist ein Mädchen. Und das, äh, Bild, Sie wissen schon...« John rutschte auf seinem Stuhl herum. »Sie würde einem Jungen so was nicht zeigen, wenn es ihr keine angst machen würde.«

»Okay.« Lucas ging die Fragen noch einmal durch, fragte nach weiteren Einzelheiten des Fotos, erfuhr aber nichts weiter. »Ist dein Vater draußen in seiner Werkstatt?«

»Natürlich, ich glaub schon«, sagte der Junge nickend.

»Hast du ihm von dem Bild erzählt?«

»Nein.« John sah verlegen aus. »Ich meine... wie könnte ich ihm davon erzählen?«

»Okay«, sagte Lucas. »Wir fahren zu ihm raus, und ich werde ihm erzählen, daß wir mit dir gesprochen haben. Nur, damit alles in Ordnung ist. Und ich glaube, das sollte unter uns bleiben.«

»Klar. Ich erzähl's keinem«, versprach John. »Nicht so was«, sagte er ernsthaft und mit großen Augen.

»Gut«, sagte Lucas. Er entspannte sich und lächelte. »Geh deine Sachen holen, und dann fahren wir zu deinem Vater.«

»Wie haben wir das gemacht?« fragte Rusty träge, als John gegangen war.

»Prima«, sagte Lucas.

Die beiden Deputies grinsten, und Lucas fragte: »Seid ihr mit Lisas Freunden durch?«

»Ja, alle befragt«, sagte Rusty.

»Fein. Dann nehmt euch die Freunde des anderen Jungen vor, dieses kleinen Harper. Sucht nach Verbindungen zwischen Lisa und Harper«, sagte Lucas. »Und wenn dieses Bild herumgereicht worden ist, dann findet heraus, wer es herumgereicht hat.«

Lucas benutzte das Münztelefon im Lehrerzimmer, um im Büro des Sheriffs anzurufen. »Sie hören sich komisch an«, sagte er, als Carr sich meldete.

»Ich bin im Auto, spreche über Funk. Was gibt's?«

»Läuft das Gespräch über den Zerhacker?«

»Nein.«

»Dann rede ich lieber später mit Ihnen. Wir sind auf etwas gestoßen.«

»Ich fahre jetzt zu den LaCourts.«

»Ich muß auch in die Richtung, also sehen wir uns dort«, sagte Lucas. Er legte auf, wählte dann erneut das Büro des Sheriffs an, erreichte Helen, die Büroleiterin, und bat sie, die Akten über den Mord an Harper herauszusuchen.

John Mueller war gegangen, um seine Bücher fortzubringen und seinen Mantel und seine Stiefel zu holen. Als Lucas an der Eingangstür auf ihn wartete, läutete eine Glocke, und Kinder strömten in die Flure. Ihm fiel auf, daß jemand in der Menge die anderen überragte. Natürlich war das keine Schülerin, sondern die Ärztin. Er ging einen Schritt auf sie zu. Er war schon eine Weile ohne Freundin, hatte geglaubt, mit seinen Bedürfnissen fertig werden zu können, indem er wie ein Eremit lebte und viel Sport trieb; doch als er jetzt die Spannung in seiner Brust spürte, war er nicht mehr so sicher, daß das stimmte... es sei denn, es handelte sich um einen Herzanfall. Weather setzte ihre Mütze auf, während sie auf ihn zukam, und zog dicke Fäustlinge mit ledernen Handflächen an. Sie nickte ihm zu, blieb stehen und fragte: »Irgendwas Neues?«

»Gar nichts«, sagte er und schüttelte den Kopf. Nicht

hübsch, dachte er, aber sehr attraktiv. Ein bißchen rauh, als hätte sie hin und wieder nichts gegen einen Faustkampf. Mit wem war sie zusammen? Es mußte jemanden geben. Der Kerl war vermutlich ein Arschloch; wahrscheinlich hatte er kleine Quasten an den Schuhen, die er morgens geradezupfte, bevor er sich sein Haar mit Gel frisierte...

»Ich hab da unten TB-Untersuchungen gemacht.« Sie nickte in die Richtung des Korridors, wo eine Reihe von Doppeltüren offenstand. Eine Turnhalle. »Ein Kind hatte eine Todesangst, nachts könnte ein Mörder kommen.«

Lucas zuckte mit den Schultern. »So ist das eben.« Kaum hatte er das gesagt, da wußte er, daß es falsch war.

»Ein echter Liberaler...«, sagte sie mit gepreßter Stimme.

»He, ich kann doch auch nichts dafür; ich kann das Arschloch nur schnappen«, sagte Lucas gereizt. »Hören Sie, ich habe eigentlich nicht...« Er wollte fortfahren, doch sie wandte sich ab.

»Tun Sie das«, sagte sie, schob die Tür auf und ging hinaus.

Ärgerlich lehnte Lucas sich an die Pinnwand neben dem Eingang und sah zu, wie sie die Einfahrt entlangging. Schöner Gang, dachte er. Als er sich wieder umdrehte und nach John Ausschau hielt, sah er ein blondes Mädchen, das *ihn* beobachtete.

Sie stand in der Tür eines Klassenzimmers und starrte ihn mit eigenartiger Intensität an, als wolle sie sein Gesicht auswendig lernen. Sie war groß, aber schmal und hager, nur mit ersten Anzeichen weiblicher Rundungen. Und sie war überaus blaß. Das Eigenartigste war ihr Haar. Es war von einem halb durchsichtigen Gelb, wie die Blütenblätter von Sonnenblumen, und kurz geschnitten. Mit ihrem spitzen Kinn, den großen, schrägstehenden Augen und dem kurzen Haar sah sie irgendwie verlassen aus, als müsse sie Schwefelhölzer verkaufen. Sie trug ein selbstgeschneidertes Kleid aus dünner, bedruckter Baumwolle mit kurzen Ärmeln: ein Sommerkleid. Sie drückte drei Bücher an ihre Brust. Als er sie ansah, schaute sie einen Moment lang zurück; ihr Blick hatte etwas eindeutig Sexuelles, gleichzeitig herausfordernd und verwundet. Dann drehte sie sich um und ging fort.

John erschien in einem schweren Parka mit pelzgesäumter Kapuze und mit Handschuhen. »Fahren Sie einen Streifenwagen?« fragte er.

»Nein. Einen ganz normalen.«

»Wieso das?«

»Ich bin hier noch neu.«

Johns Vater war ein sanfter, rundgesichtiger Mann in gelbem Wollpullover und Cordhosen. »Wieso hast du mir nichts gesagt?« fragte er seinen Sohn. Er saß auf einem hohen Hocker. Auf seiner Werkbank war ein Fuchsfell halb über eine hölzerne Form gezogen. John zuckte mit den Achseln und wandte den Blick ab.

»Es war ihm peinlich«, sagte Lucas. »Heute hat er sich richtig verhalten. Wir wollen nicht, daß Sie denken, wir hätten ihn in die Mangel genommen. Wir hätten Sie anrufen und dazubitten sollen, aber nun war ich einmal dort, und er war...«

»Das ist schon okay, solange John nicht in Schwierigkeiten ist«, sagte sein Vater und tätschelte Johns Kopf.

»Nein, nein. Er hat sich richtig verhalten. Ist ein kluger Junge«, sagte Lucas.

Das Bild war entscheidend wichtig. Er spürte das, wußte es. Er pfiff vor sich hin, als er zum Haus der LaCourts hinausfuhr. Fortschritte.

Helper arbeitete auf dem Parkplatz der Feuerwache; er rollte einen Schlauch auf eine Trommel, als Lucas auf dem Weg zu den LaCourts an ihm vorbeifuhr. Ein Polizeiwagen stand auf einem geräumten Platz neben der Einfahrt der LaCourts, und ein Deputy winkte Lucas durch. Ein halbes Dutzend Männer arbeitete oder stand nur um das Haus herum, das mit Armeeplanen abgedeckt war und wie ein olivgrüner Heuschober aussah. Kabel, an improvisierten Pfosten befestigt, liefen durch Lücken in den Planen. Lucas parkte bei der Garage und ging hinein. Zwei Deputies wärmten sich am Ofen, zusammen mit einem der Labortechniker aus Madison.

»Haben Sie den Sheriff gesehen?« fragte Lucas.

»Er ist im Haus«, sagte einer der Deputies. Zu dem Techniker gewandt fügte er hinzu: »Das ist Davenport.«

»Ich hab Sie gesucht«, sagte der Techniker und kam heran. »Ich bin hier Chef der Spurensicherung... Ted Crane.« Crane sah aus, als sei er am Verhungern. Seine Finger und Handgelenke waren dünn und knochig, und die Haut auf seinem kahl werdenden Kopf wirkte wie über den Schädel gespannt. Aber sein Händedruck erwies sich als unerwartet kräftig.

»Wie läuft's?« fragte Lucas.

»Ist ein verdammtes Durcheinander«, sagte Crane. Er hob die Hände und bewegte sie. Sie waren kalkweiß und zitterten vor Kälte. »Wer immer das getan hat, er hat überall im Haus eine Benzinmischung verschüttet. Dann hat er sie angezündet, und bumm. Wir finden Sachen, die glatt durch ein paar von den Innenwänden geflogen sind.«

»Benzinmischung? Aus den Booten?«

»Ja, das nehmen wir an. Vielleicht auch etwas reines Benzin aus den Schneemobilen. Wir haben drei Sechs-Gallonen-Kanister gefunden. Die LaCourts hatten zwei Boote, einen Prahm und ein Fischerboot, und bei beiden fehlten die Treibstoffkanister. Diese Fertigmischung braucht man nur in eine Flasche mit einem Lappen zu füllen, und schon hat man einen Molotow-Cocktail.«

»Besteht irgendeine Möglichkeit, daß unser Mann sich verletzt hat? Oder verbrannt?« fragte Lucas.

»Kann man nicht wissen; aber er mußte vorsichtig sein«, sagte Crane. »Er hat ziemlich viel von dem Zeug verschüttet.

Wir haben heute nachmittag jemanden hier, der Spezialist für Brände ist; wir wollen sehen, ob wir feststellen können, wo der Brand begonnen hat.«

Lucas nickte. »Ich suche ein Stück Papier«, sagte er. »Es war ein Bild, anscheinend aus einer Zeitung oder Zeitschrift ausgeschnitten. Es zeigt einen nackten Mann und einen nackten Jungen hinter ihm auf dem Bett. Es könnte im Haus sein.«

»Aha. Eine neue Information?«

»Ja.«

»Meinen Sie, daß er versucht hat, das zu verbrennen?« fragte Crane.

»Ich habe daran gedacht.«

»Ich kann Ihnen gleich sagen, es gab ein paar Aktenschränke, die mit Benzin begossen worden sind, und er hat auch Benzin in einen Schrank voller Papierkram geschüttet, Fotos und solchen Sachen. Dasselbe hat er mit der Kommode im Elternschlafzimmer gemacht und sie dann angezündet.«

»Also vielleicht...«

»Es muß irgendeinen Grund dafür geben, daß er alles in Brand gesetzt hat. Ich meine, außer, daß er verrückt ist«, sagte Crane. »Wenn er sie einfach umgebracht hätte und weggegangen wäre, hätte es ein oder zwei Tage dauern können, bis man sie gefunden hätte. Er hätte Zeit gehabt, sich ein Alibi zu verschaffen. So hat er uns gleich einen Tip gegeben.«

»Also finden Sie das Papier«, sagte Lucas.

»Wir werden suchen«, sagte Crane. »Verdammt, es ist schon eine Erleichterung, wenn man was Bestimmtes suchen kann.«

Während sie sich unterhielten, kam Carr herein. Er hatte bessere Laune als am frühen Morgen und ein zufriedenes Lächeln auf den Lippen. »Die Reporter sind weg. Die meisten jedenfalls«, sagte er. »Uff.«

»Haben vermutlich einen besseren Mordfall gefunden«, sagte Lucas.

»Ich hab mit Helen im Büro gesprochen«, sagte Carr. »Was ist mit diesem Jim Harper?«

»Rusty und Dusty haben an der Junior High School einen Jungen gefunden, der sagte, Jim Harper habe mit einem erwachsenen Mann für Sexfotos posiert«, sagte Lucas. »Das wäre ein Verbrechen und vielleicht wert, jemanden deswegen umzubringen. Das Bild war aus einer Zeitschrift oder Zeitung mit billigem Papier. Irgendwelche Kinder haben es in die Hände bekommen und vielleicht in der Schule herumgereicht. Lisa LaCourt hatte es als letzte. Sie nahm es am Donnerstag mit nach Hause und zeigte es dem Jungen, der mit ihr gesprochen hat.«

»Wer ist er? Der Junge in der Schule?«

»John Mueller. Sein Vater ist Präparator«, sagte Lucas.

Carr nickte. »Natürlich, ich kenne ihn. Die Familie ist in Ordnung. Verdammt, da könnte es Zusammenhänge geben.«

Lucas zuckte mit den Achseln. »Das ist eine Möglichkeit. Sind die Eltern des kleinen Harper noch in der Gegend?«

»Einer ja, der Vater, Russ. Die Frau ist vor Jahren weggezogen, nach Kalifornien. Aber zur Beerdigung ist sie gekommen.«

»Was macht Harper?« fragte Lucas.

»Hat eine Amoco-Tankstelle draußen am Nuckle Lake.«

»Okay, ich fahre hin.«

»Hm.« Carr schüttelte den Kopf. »Sie sollten lieber nicht allein fahren. Harper würde nie mit uns reden, wenn er nicht muß; nicht mit einem Polizisten. Ich könnte einen Durchsuchungsbefehl für Jim Harpers Sachen in seinem Haus besorgen, und wir nehmen ein paar Deputies mit und fahren später hin? Ich muß erst in die Kirche ...«

»In Ordnung«, sagte Lucas. »Ist dieser Harper ein Arschloch?«

»Ja«, nickte Carr. »Himmel, wenn diese beiden Fälle zusammenhängen und wir sie in ein oder zwei Tagen aufklären könnten... dann wär ich ein sehr glücklicher Mann.«

»Wird Pater Bergen bei dem Gottesdienst heute abend dabei sein?« fragte Lucas.

»Wahrscheinlich nicht. Er ist ziemlich erschüttert. Sie haben ihn ja heute morgen gehört.«

»Ja.« Lucas verschränkte die Arme und beobachtete Carr. »Der kleine Mueller hat gesagt, der Erwachsene auf dem Foto sei ein dicker Mann. Und wahrscheinlich blond oder hellhaarig. Der Junge hatte den Kerl nicht als stark behaart in Erinnerung, was bedeutet, daß er wohl nicht viel Haar hatte.«

»Wie Pater Phil«, sagte Carr. Sein Gesicht wurde dunkelrot. »Nun, Phil war es nicht. Es gibt in diesem Bezirk tausend dicke blonde Männer. Ich bin einer davon.«

»Ich habe mit den Feuerwehrleuten geredet. Westrom meint, daß es Bergen getan hat. Und er sieht aus wie jemand, der darüber reden würde.«

»Dick ist die hiesige Klatschzentrale«, sagte Carr. Dann fügte er fast flüsternd hinzu: »Gott verdamme ihn.«

»Haben Sie je davon gehört, daß Bergen in sexuelle Eskapaden verwickelt gewesen wäre?«

Carr trat einen Schritt zurück. »Nein. Absolut nicht. Warum?«

»Wahrscheinlich nur Blödsinn. Es gibt Gerüchte, er hätte es sowohl mit Frauen als auch mit Männern getrieben...«

»Ein Homosexueller?« Carr war nahezu sprachlos. »Das ist lächerlich. Woher zum Teufel haben Sie das?«

»Hab mich bloß umgehört... Wie auch immer, wir müssen noch einmal mit ihm reden«, sagte Lucas. »Nach Ihrem Gottesdienst? Und danach können wir zu Harper fahren.«

Carr sah besorgt aus. »In Ordnung. Ich sehe Sie um neun Uhr an der Kirche. Treffen wir uns trotzdem um fünf mit den anderen?«

»Ja. Aber ich glaube nicht, daß sie viel haben, bis auf Rusty und Dusty, die auf die Sache mit dem Foto gekommen sind.«

»Sie werden Phil doch nicht auseinandernehmen, oder?« fragte Carr.

»Irgendwas stimmt da nicht.« Lucas vermied eine direkte Antwort. »Vielleicht gibt es etwas, das er uns verheimlichen will. Ich muß darüber nachdenken...«

6

Das Mädchen mit dem gelblichen Haar saß auf einer wackligen Couch, rauchte eine Camel ohne Filter und arbeitete an ihren Mathematikaufgaben; der alte Schuler würde ihr den Arsch aufreißen, wenn sie nicht alle zehn löste. Sie haßte Schuler. Er hatte so eine Art, sie zu demütigen.

Die Kissen der Couch hatten Flecken von Cola und Kaffee. Der Bruder des blonden Mädchens hatte die Couch an einem verregneten Abend auf der Straße stehen und auf die Sperrmüllabfuhr warten sehen, und er hatte sie selbst fortgeschleppt. Fast so gut wie neu, bis auf die Kissen.

Sie atmete aus und spielte dabei mit dem Rauch, der ihr aus Mund und Nase strömte. Sie blies ihn weg. Versuchte zu denken. Auf der anderen Seite des Zimmers drehte die Buchstabenfrau, wie hieß sie noch gleich, die Blonde, am *Glücksrad*. Das Rad zeigte ein T, und das Publikum applaudierte.

Ein Zug fährt mit fünfundzwanzig Meilen in der Stunde nach Westen. Ein anderer Zug fährt mit fünfundvierzig Meilen nach Osten...

So ein Quatsch.

Das Mädchen sah wieder zum Fernseher hin. Die Buchstabenfrau trug ein seidiges weißes Kleid mit tiefem Ausschnitt, einer Art Überrock und Schulterpolstern. Sie sah gut aus in dem Kleid, aber sie hatte auch den Teint und die Figur dafür.

Das Mädchen betrachtete sich jeden Morgen in dem Spiegel an der Innenseite ihrer Zimmertür, hob mit den Händen die kleinen Brüste an, drückte sie zusammen, um eine Spalte zu erzeugen, beäugte sich von vorne, von der Seite und über die Schulter von hinten. Sie probierte sämtliche Kleider von Rosie und ein paar Sachen ihres Bruders Mark an. Marks T-Shirts waren am besten. Sie würde sie nächsten Sommer in der Stadt tragen, wenn sie zu Juke's ging, und zwar ohne BH. Wenn sie ihre Brustwarzen leicht streichelte, würden sie sich aufrichten und unter dem T-Shirt abzeichnen, wenn sie den Rücken durchbog. Sehr sexy.

Wenn die Züge zweihundert Meilen voneinander entfernt starten, wie lange brauchen sie dann…

Chipstüten lagen zu ihren Füßen auf dem Boden. Ein rundes Papptablett, das Flecken von Schokoladenglasur hatte, stand auf einem dünnbeinigen Klapptisch. Der blecherne Aschenbecher war voller Kippen, und sie hatte gerade einen weiteren Zigarettenstummel in das Loch einer fast leeren Coladose geworfen. Er zischte in der Dose, und der Geruch von nassem, verbranntem Tabak hing in der Luft, vermischt mit dem Geruch von kaltem Kaffeesatz, verfaulten Bananen und verschimmelnden Hamburgern.

Beim *Glücksrad* hatten die Kandidaten die Buchstaben Z-n-n-t-n gefunden. Sie starrte auf den Bildschirm und bewegte die Lippen. Zahn? Vielleicht, aber was war dann mit dem zweiten Wort?

Hm. Vielleicht zehn…?

Der Lieferwagen ratterte in die Einfahrt, und ihr Herz fing an, schneller zu schlagen. Sie sprang auf die Füße, schaute aus dem Fenster, sah ihn aussteigen und merkte, wie ihr der Atem stockte. Die Scheinwerfer waren noch an, und er ging zur Vorderseite des Wagens und sah sich einen der Reifen an. Manchmal sah er in ihren jungen und doch erfahrenen Augen aus wie ein Schlafwandler. Er wog zuviel, und er hatte diesen nach innen gewandten Blick, als sei er nicht wirklich in Berührung mit der Welt. Er hatte Tobsuchtsanfälle und tat Dinge, die er hinterher bereute. Schlug Rosie. Schlug Mark. Entschuldigte sich dann immer.

Bei anderen Gelegenheiten, wenn er mit ihr oder mit Mark oder Rosie oder den anderen zusammen war, wenn sie vögelten ... dann war er anders. Sie hatte einmal einen eingesperrten Wolf gesehen. Der Wolf hatte hinter einem Drahtzaun gesessen und sie mit seinen gelben Augen angesehen. Die Augen sagten: *Wenn ich nur da draußen wäre*...

Manchmal waren seine Augen genauso. Sie schauderte. Wenn er so aussah, war er kein Schlafwandler. Er war etwas anderes.

Und er war gut zu ihr. Brachte ihr Geschenke. Niemand hatte ihr vor ihm jemals Geschenke gebracht – jedenfalls keine guten. Ihre Mutter hatte ihr vielleicht im Secondhand-Laden mal ein Kleid oder im K-Markt eine Jeans gekauft. Aber er hatte ihr einen Walkman und eine Menge Kassetten geschenkt, inzwischen wohl an die zwanzig. Er kaufte ihr Chic-Jeans und eine Corsage und hatte ihr zweimal Blumen mitgebracht. Nelken.

Und er führte sie zum Essen aus. Zuerst hatte er ein Buch aus der Bücherei geholt, in dem die verschiedenen Besteckarten erklärt wurden – die schmalen Gabeln für Fleisch, die breiten für Salat, die kleinen Messer für Butter. Nachdem sie alle kannte, hatten sie über die verschiedenen Arten von Salaten, die Vorspeisen, die Suppen und die Desserts gesprochen. Darüber, daß man die Suppe von sich weg zu löffeln hatte und nicht in Richtung auf den eigenen Körper, daß man die linke Hand in den Schoß legte...

Als sie bereit war, machten sie es wirklich. Sie trug ein schulterfreies Kleid von Rosie und schwarze Slipper. Er fuhr mit ihr nach Duluth, ins Holiday Inn. Der Speisesaal mit Blick über den Lake Superior hatte sie beeindruckt. Zwei Sorten Wein, roter und weißer. Sie würde das nie vergessen.

Sie liebte ihn.

Ihr Vater war vor zwei Jahren fortgegangen, vertrieben von Rosie und ihrer Mutter, sechs Monate, ehe der Krebs Mom umgebracht hatte. Alles, was ihr Vater ihr je gegeben hatte, waren blaue Augen – und einmal hatte er sie in die Seite geboxt, gleich unter der Achselhöhle, und zwar so fest, daß sie einen Monat lang fast nicht atmen konnte und dachte, sie würde sterben.

Mit Rosie war er noch schlimmer gewesen. Er hatte versucht, sie zu bumsen, und jeder wußte doch, daß das nicht richtig war. Als Rosie nicht mit ihm bumsen wollte, hatte er sie für ein paar Autoreifen Russ Harper gegeben.

Als er angefangen hatte, Blicke auf sie selbst zu werfen – angefangen hatte, sich zu zeigen, beim Pinkeln die Badezimmertür offengelassen hatte, wenn er wußte, daß sie vorbeikommen würde, hereingeplatzt war, wenn sie unter der Dusche stand –, da hatten Rosie und ihre Mutter ihn vor die Tür gesetzt.

Aber er wäre wohl auch ohne das gegangen.

Der Alte hatte formlose Overalls getragen, gewöhnlich schmutzbedeckt, und altmodische, ärmellose Unterhemden, in denen man seinen fetten Wanst sah wie bei einem Hängebauchschwein. Sie hatte nicht mit ihm reden können, und ansehen schon gar nicht. Wenn er je in ihr Schlafzimmer gekommen wäre, weil er was von ihr wollte, hätte sie ihn umgebracht.

Das hatte sie ihm gesagt.

Und sie hätte es auch getan.

Dieser Mann war anders. Seine Stimme war sanft, und wenn er ihr Gesicht berührte, tat er es mit den Fingerspitzen oder dem Handrücken. Er schlug sie nie. Niemals. Er war gebildet. Er brachte ihr Dinge bei, erzählte ihr von raffinierten Frauen und den Sachen, die sie wissen mußten. Über raffinierte Liebe...

Er liebte sie, und sie liebte ihn.

Das gelbblonde Mädchen ging auf Zehenspitzen an die

Schlafzimmertür und sah hinein. Rosie lag bäuchlings auf dem Bett, schlafend, und ein Dreieck von Licht aus dem Flur fiel auf ihren Rücken. Ein Bein hatte sie gerade ausgestreckt; es war vom Knie bis zum Knöchel in einen schweren weißen Verband gewickelt. Das Mädchen schloß leise die Tür und hielt den Drehknopf fest, bis sie das Schloß klicken hörte.

Er kam gerade die Vortreppe herauf, eine Tüte mit Lebensmitteln im Arm. Auf dem Boden stand eine Pfütze aus kaltem Wasser, sie trat hinein und sagte: »Scheiße«, wischte sich an einem Flickenteppich den Fuß ab und öffnete die Tür. Sein breites Gesicht war rot von der Kälte.

»Hallo«, sagte sie. Sie stellte sich auf die Zehenspitzen, um ihn auf die Wange zu küssen. Das hatte sie im Fernsehen gesehen, in den alten Filmen, und es kam ihr so... richtig vor. »Rosie schläft.«

»Kalt«, sagte er, als antworte er auf eine Frage. Er drückte die Tür zu, und sie ging ihm voran ins vordere Zimmer und schwenkte die Hüften unter ihrer wattierten Jacke. »Hat Rosie noch immer Schmerzen?«

»Ja, sie jammert den ganzen Tag. Die Ärztin war wieder da und hat den Schlauch rausgenommen, aber es dauert noch eine Woche, bis sie die Fäden zieht... das ganze Haus hat gestunken, als sie den Schlauch rausgenommen hat. Irgendeine Schmiere ist aus dem Bein gelaufen.«

»Scheußlich«, sagte er. »Wie war deine Geburtstagsparty?«

»Ganz nett, bloß, daß Rosie wegen ihrem Bein so gehässig war.« Sie war am Vortag vierzehn geworden. Sie wies auf die Kuchenform auf dem Fußboden. »Mark hat das meiste von dem Kuchen verdrückt. Sein Freund hatte ein bißchen Gras, und wir haben uns bekifft.«

»Hört sich an, als hättet ihr's nett gehabt.« Seine Backen waren so rot wie die des Weihnachtsmannes. »Was Schönes bekommen? Zum Geburtstag?«

»Die fünfzig Dollar von dir waren das Beste«, sagte sie, nahm seine Hand und lächelte ihn an. »Rosie hat mir ein Chili-Peppers-T-Shirt geschenkt und Mark eine Kassette für den Walkman.«

»Na, hört sich doch gut an«, sagte er. Er stellte die Lebensmittel auf den Küchentisch.

»Heute war ein Bulle in der Schule, einer, den ich noch nie gesehen habe«, erzählte sie.

»Ach ja?« Er nahm eine Sechserpackung kleiner Weinflaschen aus der Tüte, hielt inne und sah sie an. »Ein Typ, der wie ein Arschloch aussieht, ein kräftiger Kerl?«

»Er sah irgendwie gut aus, aber auch so, als könnte er ziemlich gemein sein, ja«, sagte sie.

»Hast du mit ihm geredet?«

»Nein. Aber ein paar Kinder wurden ins Büro gerufen«, sagte sie. »Freunde von Lisa.«

»Was haben sie ihm erzählt?« Er schoß die Fragen in scharfem Ton nacheinander ab.

»Na, in der Cafeteria haben alle drüber geredet. Keiner wußte etwas. Aber der neue Bulle hat John Mueller nach Hause gefahren.«

»Ist das der Junge vom Präparator?« Er zog die dünnen Augenbrauen hoch.

»Ja. John ist immer mit Lisa im Bus gefahren.«

»Aha.« Er steckte die Hand in die Lebensmitteltüte; er sah nachdenklich aus.

»Der Bulle hat mit der Ärztin geredet«, sagte sie. »Mit der, die Rosie behandelt.«

»Was?« Sein Kopf fuhr heftig herum.

»Ja. Sie haben im Flur miteinander geredet. Ich hab sie gesehen.«

»Haben sie über Rosie gesprochen?« Er schaute in den Flur und schloß die Tür.

»Ich weiß nicht. So nah war ich nicht. Ich hab bloß gesehen, daß sie miteinander geredet haben.«

»Aha.« Er schraubte den Deckel von einer der kleinen Weinflaschen ab und reichte sie dem Mädchen.

»Wo ist dein Bruder?«

Eifersucht stieg in ihr auf. Er mochte Mark gern, unternahm viel mit ihm. »Er ist drüben bei Ricky, sie arbeiten am Auto.«

»Dem Pinto?«

»Ja.«

Der Mann lachte leise, doch das Geräusch hatte einen unangenehmen Unterton. War er eifersüchtig? Auf Rick, weil der mit Mark zusammen war? Sie schob den Gedanken von sich.

»Na, dann viel Glück«, sagte er. Er sah sie wieder an, konzentrierter diesmal, und sie setzte sich auf die Couch und trank von dem Wein. »Und wie ist es dir gegangen?«

»Okay«, sagte sie und räkelte sich. Sie versuchte, gelassen zu klingen. *Okay*.

Er kniete vor ihr nieder und fing an, ihre Bluse aufzuknöpfen, und sie spürte wieder das flaue Gefühl in der Brust, als müsse sie Wasser einatmen. Sie stellte die Weinflasche ab, half ihm, die Bluse abzustreifen, ließ ihn um sie herum greifen und den BH öffnen; er hatte ihr gezeigt, wie man es mit einer Hand machte...

Sie hatte feste Brüste wie kleine Napfkuchen und winzige, harte Brustwarzen.

»Wunderbar«, flüsterte er. Er streichelte eine ihrer Brustwarzen und stand auf. Er griff nach seinem Reißverschluß. »Versuchen wir's mal damit...«

Ihr war bewußt, daß er sie ansah, daß seine intensiven blauen Augen ihr folgten; er strich ihr das Haar aus dem Gesicht...

Hinter ihr drehte die blonde Frau am *Glücksrad* die letzten Buchstaben.

Zehn Minuten, stand auf dem Schild.

Der Eismann verließ das Haus, fuhr die Bezirksstraße entlang bis zum ersten Stopschild und hielt dort an, rauchte und dachte an John Mueller und Weather Karkinnen. So viele verwirrende Wege lagen plötzlich offen. Er versuchte, sie im Geist zu verfolgen, doch das gelang ihm nicht. Sie liefen durcheinander wie in einem Rattennest.

Wenn das Foto auftauchte und sie ihn identifizierten, hätten sie ihn wegen sexueller Vergehen am Haken. Das wollte er unbedingt verhindern. Als Harper angerufen und gesagt hatte, Frank LaCourt habe das Foto, wisse aber nicht, wer darauf abgebildet sei, hatte er es nur zurückhaben wollen. Er hatte es haben wollen, bevor der Sheriff es bekam.

Dann hatte er Claudia zu früh umgebracht und das Foto nicht bekommen. Nun würden sie ihn wegen der Morde verfolgen. Mehr noch: Wenn sie das Foto sahen, würden sie sich die ganze Sache zusammenreimen.

Immerhin war er in der Lage, den Ermittlungen zu folgen. Er würde es erfahren, wenn sie das Foto fanden. Und wahrscheinlich würde er etwas Zeit haben; jedenfalls so lange, bis Weather es sah.

Er war verrückt gewesen, den Kleinen das Foto machen zu lassen. Aber es hatte etwas, wenn man sich selbst sah, sich aus einer gewissen Entfernung betrachten konnte. Jetzt ging es darum, ob John Mueller das Foto gesehen hatte. Hatte er ein Exemplar davon oder wußte, woher es kam?

Wenn sie das Foto fanden, hätten sie einen Ansatzpunkt. Und wenn sie es genügend Leuten zeigten, würden sie ihn kriegen. Er mußte es einfach haben. Vielleicht war es bei dem Feuer verbrannt. Vielleicht auch nicht. Vielleicht wußte der kleine Mueller etwas ...

Und Weather Karkinnen. Wenn *sie* das Foto sah, würde sie ihn mit Sicherheit erkennen ...

Verflucht.

Er kurbelte das Fenster ein Stückchen herunter und warf die Zigarette in den Schnee.

Einmal hatte er sich in einem Film gesehen. In einer Komödie sogar. *Ghostbusters*. Alberne Szene – ein Spinner, ein Nebbich, der von einem bösen Geist besessen ist. Als ein anderer Mann ihn anschreit, knurrt der Typ, und seine Augen werden brennend rot und richten sich auf sein plötzlich erschrockenes Gegenüber.

Gut für ein Lachen – aber der Eismann hatte sich selbst in dieser Szene gesehen, nur für einen Augenblick. Auch er hatte eine Kraft in sich, doch die hatte nichts Komisches. Die Kraft war mächtig, unerschrocken, stark genug, andere zu beeinflussen. Hinter seinem ausdruckslosen, nichtssagenden Gesicht hatte er die Fäden in der Hand, dank dieser Kraft.

Und sie konnte andere mitreißen.

Er hatte einen wiederkehrenden Traum, in dem eine Frau, eine Blondine, ihn ansah, zunächst ganz unbeeindruckt. Er ließ dann die Kraft aus seinen Augen strömen, nur für einen kurzen Augenblick, erfaßte sie, und er konnte ihre erotische Reaktion spüren…

Er hatte über Weather nachgedacht. Er hatte dagestanden, nackt unter seinem Krankenhaushemd, als sie ihn untersuchte. Bei ihr hatte er das Feuer herausgelassen, hatte versucht, sie mit dem Blick zu bezwingen, doch sie hatte anscheinend nichts gemerkt. Er hatte aufgegeben.

Wie oft hatte er nach dieser Begegnung an sie gedacht! Irgend etwas mußte sie doch gespürt haben, als er so vor ihr gestanden hatte, *irgendwas*, schließlich war sie eine Frau…

Der Eismann betrachtete die gefrorene Landschaft im Licht seiner Scheinwerfer.

Der kleine Mueller.

Weather Karkinnen.

7

Eine Stunde nach Einbruch der Dunkelheit trafen sich die Ermittler in Carrs Büro. Der Fahnder Climpt und zwei andere Männer hatten sich mit den Freunden der LaCourts beschäftigt und nichts von Bedeutung gefunden. Nichts über einen Streit, nichts Kriminelles. Sie hatten die Seestraße von einem Ende bis zum anderen abgeklappert, aber alle bis auf zwei oder drei Leute konnten erklären, wo sie zur Zeit der Morde gewesen waren, und diese zwei oder drei wirkten unverdächtig. Mehrere Personen hatten gesehen, wie Pater Bergen seinen Schlitten auf den Anhänger lud.

»Was ist mit dem Casino?« fragte Lucas Climpt.

»Da war nichts«, sagte Climpt und schüttelte den Kopf. »Frank hatte nichts mit Geld zu tun; kam nie damit in Berührung. Und hatte auch keine Möglichkeit, etwas anzuzetteln. Er war Sicherheitsmann dort und hatte im wesentlichen mit Betrunkenen zu tun... Er hatte einfach keinen Zugang zu Geld, womit er sich in Schwierigkeiten hätte bringen können.«

»Und glauben die Leute, daß mit ihm alles in Ordnung war?«

»Ja. Keine Geldprobleme, von denen sie wüßten. Spielte nicht. Nahm keine Drogen. Vor Jahren hat er getrunken, aber damit hat er aufgehört. Wenn ich ehrlich sein soll, war das wohl eine Sackgasse.«

»Okay... Rusty, Dusty, was war mit diesem Bild?«

»Wir haben keinen gefunden, der zugegeben hätte, es gesehen zu haben«, sagte Rusty. »Wir haben mit Lisa LaCourts Freunden geredet, aber irgendwie grassiert da die Grippe, und wir haben noch nicht alle gesprochen.«

»Laßt nicht locker.«

Am nächsten Tag würden sie weitermachen wie gehabt, entschieden sie. Noch ein Mitarbeiter sollte Rusty und Dusty helfen, Lisas Freunde zu überprüfen. »Und ich möchte, daß ihr anfangt, Jim Harpers Freunde zu befragen, wenn ihr welche finden könnt.«

Die Zivilfahnder des Reviers teilten sich ein Eckbüro. Einer tat nichts weiter, als die Ermittlungen zu koordinieren, arbeitete von sieben bis drei Uhr und hatte mit dem Mordfall nichts zu tun. Ein zweiter hatte sich bei seinen Töchtern mit Mumps angesteckt und war krank geschrieben. Der dritte war Gene Climpt. Climpt hatte während der Zusammenkunft so gut wie nichts gesagt. Er hatte eine nicht angezündete Zigarette in den Fingern gedreht und Lukas beobachtet und abgeschätzt.

Lucas übernahm den Schreibtisch des Mumpskranken, und Helen Arris brachte ihm einen verschließbaren Aktenschrank mit zwei Schubladen für seine Papiere und persönlichen Habseligkeiten.

»Ich habe Ihnen die Akte des kleinen Harper mitgebracht«, sagte sie. Sie war eine beeindruckende Person mit stark aufgebauschter Frisur und mehreren Schichten Makeup.

»Danke. Gibt's hier irgendwo Kaffee? Einen Automaten?«

»Kaffee ist im Bereitschaftsraum der Streife. Ich kann es Ihnen zeigen.«

»Prima.« Er folgte ihr dorthin und machte Konversation. Schon als Carr ihn wegen seines Ausweises zu ihr geschickt hatte, war ihm klargeworden, was für ein Typ Frau sie war. Sie kannte jeden und wußte von allem, was im Revier vor sich ging. Sie kannte die Formulare, Vorschriften und Regeln und wußte, wer mit wem schlief. Mit ihr war nicht zu spaßen, wenn man ein ruhiges Leben führen und irgendwann in Pension gehen wollte.

Auch von falschem Charme ließ sie sich nicht täuschen. Lucas versuchte es nicht einmal. Er holte seinen Kaffee, dankte ihr und trug ihn ins Büro zurück, wo er die Tür nicht hinter sich schloß. Deputies und ein paar Zivilisten gingen vorbei, allein oder zu zweit, und warfen einen Blick auf ihn. Er ignorierte diese zwanglose Parade, während er den Stapel Papier über den ersten wirklichen Mord in diesem Bezirk seit vierzehn Jahren durchging.

Jim Harper war an einem Endloshandtuch in der Herrentoilette einer Unocal-Tankstelle in Bon Plaine hängend gefunden worden, siebzehn Meilen östlich von Grant. Der Junge saß unter dem Halter auf dem Boden, eine Handtuchschlinge um den Hals. Seine Jeans und Boxershorts waren bis unter die Knie heruntergezogen. Die Tür war verschlossen gewesen, aber es handelte sich um ein einfaches Schloß mit Druckmechanismus, das man bei offener Tür von innen schließen konnte und das verschlossen blieb, wenn man anschließend von außen die Tür zuzog. Das hatte also nichts zu bedeuten. Der Junge war vom Tankstellenbesitzer gefunden worden, als er morgens die Tankstelle öffnete.

Harpers Vater war zweimal vernommen worden. Beim ersten Mal, am Morgen nach dem Mord, war die Befragung nur oberflächlich durchgeführt worden. Die Ermittler nahmen einen Unfalltod bei irgendeinem Masturbationsritual an, was schon vorgekommen war. Das einzig Interessante an der vorläufigen Untersuchung war eine gekritzelte Nachricht an Carr: *Carr, das gefällt mir nicht. Wir sollten besser eine Autopsie vornehmen. – Gene.*

Climpt. Sein Schreibtisch stand in der Ecke, und Lucas blickte hinüber. Der Schreibtisch war aufgeräumt und unpersönlich bis auf ein alterndes Foto in einem silbernen Rahmen. Lucas schob den Stuhl zurück und sah es sich näher an. Eine hübsche Frau, gekleidet im Stil der späten fünfziger oder frühen sechziger Jahre, mit einem Baby im Arm. Lucas rief bei Helen Arris an, bat sie, Climpt zu suchen, und ging wieder an die Harper-Akte.

Nach der Autopsie hatte ein Gerichtspathologe aus Milwaukee den Todesfall als Mord durch Erwürgen erkannt. Russ Harper, der Vater des Jungen, wurde erneut vernommen, diesmal von zwei Leuten der Bundesstaatspolizei aus Wisconsin, die für Kapitalverbrechen zuständig waren. Harper behauptete, von nichts zu wissen. Jim hatte sich von ihm angeblich nichts mehr sagen lassen, hatte stark getrunken und vielleicht auch Marihuana geraucht.

Die Fahnder waren nicht gerade begeistert, aber mehr konnten sie nicht tun. Russ Harper stand nicht unter Verdacht – er hatte in seiner Tankstelle gearbeitet, als der Junge ermordet wurde, und unbeteiligte Zuschauer beschworen das. Außerdem wurde seine Anwesenheit durch Computerrechnung mit Zeitangabe und seinen Initialen bestätigt.

Die Ermittler befragten noch ein Dutzend anderer Leute, darunter einige in Jims Alter. Keiner hatte sich als seinen Freund bezeichnet. Einer hatte gesagt, Jim habe keine Freunde gehabt. Niemand hatte Jim an der Tankstelle an der Kreuzung bemerkt. An dem Tag, an dem er ermordet wurde, hatte ihn nach Schulschluß niemand mehr gesehen.

»Sie wollten mich sprechen?«

Climpt war ein großer Mann Mitte fünfzig, mit tiefblauen Augen und leicht geröteten Wangen. Er trug einen offenen blauen Parka, braune Schneestiefel, eine Wollhose und Jagdhandschuhe. Die Waffe hatte er in einem Halfter über der linken Hüfte, wo er sie mit der rechten Hand ziehen konnte, auch, wenn er hinter dem Lenkrad saß. Seine Stimme war rauh.

Lucas blickte auf und sagte: »Ja, nur einen Augenblick ...« Er blätterte die Akten durch und suchte die Notiz, die Climpt an Carr geschickt hatte. Climpt schälte sich aus seinem Parka, hängte ihn neben Lucas' an einen Haken, ging zu seinem eigenen Schreibtisch, setzte sich und lehnte sich zurück.

»Wie ist es gelaufen?« fragte Lucas, während er die Akte durchsah.

»Nicht viel dabei rausgekommen.« Er sprach lässig und gedehnt. »Ich hörte, daß Rusty und Dusty was gefunden haben.«

»Ja, vielleicht eine Verbindung zu dem Fall von Jim Harper.« Lucas fand die Nachricht und reichte sie ihm. »Sie haben das da an Shelly geschickt, nachdem Sie den Bericht über den Mord an dem kleinen Harper bearbeitet haben. Was stimmte da draußen nicht? Warum wollten Sie die Autopsie?«

Climpt sah sich den Zettel an und gab ihn Lucas dann zurück. »Der Junge saß auf dem Boden und hatte seinen Penis in der Hand. Das war das eine. Ich habe wirklich nie versucht, mich zu erhängen, aber ich nehme an, daß man kurz vor dem Ende irgendwie spürt, daß es ernst wird, und die Nerven verliert. Man würde nicht dasitzen und sich einen runterholen, bis man stirbt.«

»Okay.« Lucas nickte und grinste.

»Und dann der Fußboden«, fuhr Climpt fort. »Es gibt nur wenig Herrentoiletten, in denen ich mich auf den Fußboden setzen würde, und das war keine davon. Die Tankstelle wird morgens geputzt – vielleicht. Am Highway ist eine Bar, und die Typen kommen nachts aus dieser Bar, tanken an der Tankstelle, und bei der Kälte merken sie, daß sie mal müssen. Wenn sie halb betrunken sind, zielen sie nicht immer so gut. Sie pinkeln den halben Boden voll. Ich konnte mir einfach nicht vorstellen, daß sich jemand freiwillig da hinsetzt.«

Lucas nickte.

»Noch was«, sagte Climpt. »Diese verdammten Fliesen waren kalt. Kalt genug, um Frostbeulen an den Arsch zu kriegen.«

»Sie konnten sich das also nicht erklären.«

»So ungefähr«, sagte Climpt.

»Irgendwelche Einfälle dazu?«

»Wenn ich mir die Sache noch mal vornehmen müßte, würde ich mit Russ Harper reden«, sagte Climpt.

»Man hat doch mit ihm geredet«, sagte Lucas, die Akte durchblätternd. »Das waren die von der Staatspolizei.«

»Tja…« Climpt musterte Lucas prüfend. »Ich meine, ich würde ihn mit in meine Werkstatt nehmen, seine Hand in den Schraubstock klemmen, die Schraube fünf- oder sechsmal drehen und ihn *dann* befragen. Und wenn das nicht klappte, würde ich die Schleifmaschine einschalten.« Er lächelte nicht, während er das sagte.

»Sie glauben, daß er weiß, wer seinen Jungen umgebracht hat?« fragte Lucas.

»Wenn Sie mich fragen würden, wer in diesem Bezirk am ehesten einen solchen Mord begehen würde, würde ich auf Russ Harper tippen. Blindlings. Und es kann kein Zufall sein, daß es ausgerechnet seinen Sohn erwischt hat. Russ weiß vielleicht nicht, wer es getan hat, aber ich wette, daß er sich einiges denkt.«

»Ich wollte heute abend rausfahren und mit Harper reden«, sagte Lucas. »Vielleicht mit ihm in die Werkstatt fahren.«

»Ich habe nichts vor. Laden Sie mich dazu ein«, sagte Climpt und streckte die Beine aus.

»Sie mögen ihn nicht?«

»Wenn dieser Hurensohn Feuer fangen würde«, sagte Climpt, »würde ich nicht mal auf ihn pissen, um es zu löschen.«

Climpt erklärte, er werde zu Abend essen und zu Hause bleiben, bis Lucas zu Harper fuhr. Helen Arris war bereits gegangen, und viele Räume im Revier waren dunkel. Lucas schob die Akte Jim Harper in seinen neuen Aktenschrank und wollte die Schublade zudrücken. Sie klemmte. Als er sie wieder aufziehen wollte, blieb sie stecken. Er kniete nieder, untersuchte sie, stellte fest, daß eine dünne Metallschiene verbogen war, und versuchte sie mit den Fingernägeln zu begradigen. Er bekam die Schublade heraus, doch seine

Hand rutschte aus, und er riß sich den Fingernagel des linken Ringfingers ein.

»Scheiße...« Blut tropfte von seinem Finger. Er ging auf die Herrentoilette, spülte den Finger ab und sah ihn sich an. Der Riß ging tief, er würde den Fingernagel abschneiden müssen. Er wickelte ein Papierhandtuch darum, nahm seine Jacke und ging durch die dunklen Korridore des Gerichtsgebäudes. Er bog um eine Ecke, sah einen älteren Mann mit einem Besen und hörte aus einem Seitengang eine Frauenstimme: »Ein Scheißtag, Odie«, sagte sie.

Die Ärztin. Weather. Schon wieder. Der alte Mann nickte und schaute in einen Flur, der in rechtem Winkel von dem abzweigte, in dem er und Lucas sich befanden. »Ganz schön kalt, Miss«, sagte er.

Sie kam in Sicht, und im Licht einer Deckenlampe sah ihr Haar aus wie Kleehonig. Sie hörte seine Schritte, schaute in seine Richtung, erkannte ihn und blieb stehen. »Davenport«, sagte sie. »Schon jemanden umgebracht?«

Lucas hatte automatisch gelächelt, als er sie sah, doch nun lächelte er nicht mehr. »Das wird allmählich verdammt langweilig«, versetzte er barsch.

»Entschuldigung«, sagte sie. Sie richtete sich auf und lächelte zögernd. »Ich hab's nicht so gemeint... ich weiß nicht, wie ich's gemeint habe... Jedenfalls hab ich's auch nicht so gemeint, als ich Sie in der Schule gesehen habe.«

Was? So ganz verstand er das alles nicht, aber es klang wie eine Entschuldigung. Er ließ es gut sein. »Arbeiten Sie auch für den Bezirk?«

Sie sah sich um. »Nein, eigentlich nicht. Die Gemeindeschwester ist entlassen worden, und ich habe einen Teil ihrer ehemaligen Aufgaben übernommen. Freiwillig. Ich sehe hier und da im Bezirk nach den Leuten.«

»Ziemlich nobel«, sagte Lucas. Das klang nicht trocken, sondern eher skeptisch. Ehe sie etwas sagen konnte, hob er die Hand. »Tut mir leid. Das ist falsch herausgekommen.«

Sie zuckte mit den Schultern. »Sie hatten ohnehin was gut bei mir.« Sie schaute auf seine Hand. Er hielt sie in Taillenhöhe, das Papierhandtuch fest umklammert. »Was ist mit Ihrer Hand passiert?«

»Ich hab mir einen Nagel eingerissen.«

»Sie sollten einen guten Nagelhärter mit Acryl benutzen«, sagte sie und fügte dann rasch hinzu: »Nochmals, Entschuldigung. Lassen Sie mich sehen...«

»Au...«

»Kommen Sie.«

Er nahm das Papierhandtuch ab, und sie drehte seinen Finger in das schwache Licht. »Scheußlich. Lassen Sie mich, eh... kommen Sie dichter ans Licht.« Sie öffnete ihre Tasche.

»Hören Sie, warum... wird es wehtun?«

»Seien Sie kein Baby«, sagte sie. Sie nahm eine chirurgische Schere und beschnitt den Nagel. Es tat nicht weh. Sie gab einen Tropfen Salbe auf den Finger und klebte ein Pflaster darauf. »Ich schicke Ihnen die Rechnung.«

»Schicken Sie sie an den Sheriff; das habe ich mir im Dienst geholt«, sagte er. Und dann: »Danke.«

Sie blieben an der Tür stehen und sahen in den Schnee hinaus. »Wo gehen Sie hin?« fragte Lucas.

Sie schaute auf ihre Armbanduhr. Keine Ringe. »Was essen.«

»Darf ich Sie einladen?« fragte er.

»In Ordnung«, sagte sie einfach. Sie sah ihn nicht an. Sie schob nur die Tür auf und sagte *In Ordnung*.

»Wo?« Er folgte ihr auf die Vortreppe.

»Nun, es gibt sechs Lokale zur Auswahl«, sagte sie.

»War das eine vorsichtige Schätzung?«

»Nein.« Ein Grinsen zog über ihr Gesicht, und sie zählte die Restaurants an den Fingern ab. Lucas bemerkte, daß ihre Finger lang und schlank waren, wie man sich Pianistenfinger vorstellt. Oder die eines Chirurgen. »Da ist Al's Pizza, ein

Hardee, das Fisherman Inn, das Uncle Steve's American Style, Granddaddy's Café und das Mill.«

»Und welches ist das beste?«

»Mmm.« Sie legte den Kopf schräg, dachte nach und sagte: »Mögen Sie lieber ausgestopfte Enten oder ausgestopfte Fische? An der Wand, meine ich, nicht auf der Speisekarte.«

»Schwer zu sagen... Fische, glaube ich.«

»Dann gehen wir ins Inn«, sagte sie.

»Spielen Sie Klavier?«

»Was?« Sie blieb stehen und schaute zu ihm auf. »Haben Sie sich nach mir erkundigt?«

»Wieso?« Er war verwirrt.

»Woher wissen Sie, daß ich spiele?«

»Ich hab's nicht gewußt«, sagte er. »Ich dachte bloß, daß Ihre Hände... wie die einer Pianistin aussehen.«

»Oh.« Sie schaute ihre Hände an. »Die meisten Pianisten, die ich gekannt habe, hatten eher plumpe Hände.«

»Dann wie die einer Chirurgin«, sagte er.

»Die meisten Chirurgenhände sind...«

»Okay, okay.« Er begann zu lachen.

»Ganz gewöhnlich. Wirklich.«

»Warum sind Sie so grantig zu mir?« fragte Lucas.

Sie zuckte mit den Schultern. »Bei der ersten Verabredung ist es immer schwierig, sich über die eigene Verlegenheit hinwegzusetzen.«

»Was?« fragte er und folgte ihr über den Gehsteig. Er hatte das Gefühl, als sei ihm gerade etwas entgangen.

Das Restaurant bestand aus zwei doppelt breiten Wohnmobilen, die im rechten Winkel zueinander standen und mit Vinylplatten verkleidet waren, die man als verwittertes Holz getarnt hatte. Ein Neonschild von Coors hing im Fenster. Lucas fuhr auf den Parkplatz und schaltete die Scheinwerfer aus. Ein paar Sekunden später kam Weather in ihrem Jeep.

»Elegant«, sagte er.

Sie drehte die Füße aus dem Jeep und zog ihre Schneestiefel aus. »Ich möchte die Schuhe wechseln... Elegant, was? Das Restaurant?«

»Ich finde, die Vinylplatten und das Licht von dem Coors-Zeichen geben ihm etwas Europäisches. Schweiz, würde ich sagen, oder vielleicht Alt-Amsterdam.«

»Warten Sie, bis Sie sehen, daß auf jedem Tisch eine rote Votivkerze steht, die der Oberkellner persönlich anzündet, und ein Körbchen mit Crackers und Grissini in Zellophan«, sagte Weather.

»Himmel, ein Gourmet-Restaurant«, sagte Lucas. »Ich hatte nichts Geringeres erwartet. Und eine umfangreiche Weinkarte, möchte ich wetten.«

»Ja.«

Beide sagten gleichzeitig: »Rot oder weiß?« Sie lachten. Weather fügte hinzu: »Wenn Sie Rosé verlangen, ist es auch gut. Dann läuft der Kellner mit einer Flasche Weißwein und einer Flasche Rotwein ins Hinterzimmer.«

»Woher haben Sie Ihren Namen?« fragte Lucas.

»Mein Vater war ein leidenschaftlicher Segler. Selbstgebaute Dinghis von vierzehn Fuß und so. Er baute sie im Sommer in der Garage.« Sie zog den zweiten Schuh an, warf den Stiefel vor dem Beifahrersitz auf den Wagenboden, stand auf und schlug energisch die Autotür zu. Sie sperrte den Wagen nicht ab. »Wie auch immer, Mutter sagt, er hätte dauernd über das Wetter geredet – ›Wenn das Wetter hält, wenn das Wetter umschlägt‹ – und so weiter. Also nannten sie mich Weather, als ich geboren wurde.«

»Wohnt Ihre Mutter hier in der Stadt?«

»Nein, nein. Vater starb vor zehn Jahren, und drei oder vier Jahre später starb sie auch«, sagte Weather mit einem Anflug von Trauer. »Sie hatte nichts Bestimmtes. Irgendwie ist sie einfach gestorben. Ich glaube, sie wollte es so.«

Der Oberkellner war ein dicklicher Mann mit sauber gestutztem schwarzem Schnurrbart und Manieren wie in Las Vegas. »Hallo, Weather«, sagte er. Sein Blick wanderte zu Lucas' Kehle, nicht höher. »Zwei Plätze? Nichtraucher?«

»Ja, zwei«, sagte Lucas.

»Eine Nische«, sagte Weather.

Als er sie mit der Speisekarte allein ließ, beugte Weather sich vor und murmelte: »Ich hatte Arlen vergessen. Den Oberkellner. Er möchte mich gern ins Bett kriegen. Nicht wirklich seine Frau und die Kinder verlassen, verstehen Sie, nur ein bißchen Spaß mit der Ärztin, am liebsten an einem Ort wie Hurley, wo man uns nicht erwischt.«

»Welche Chancen hat er?« fragte Lucas.

»Gar keine«, sagte sie. »Irgendwie sagt mir sein Hitchcock-Profil nichts.«

Der Salat kam, angemacht mit einer Sauce mit reichlich Ketchup und mit einer Handvoll Croutons bestreut.

»Ich erinnere mich an die Zeitungsberichte, als Sie aus Minneapolis weggingen. Seltsam, so viele Berichte über einen Polizisten. Viele Kollegen in der Notaufnahme hatten Sie gekannt. Sie waren alle sauer. Das hat mir Eindruck gemacht.«

»Ich hatte ziemlich viel mit ihnen zu tun«, sagte Lucas. »Ich hatte diese Leute auf der Straße, die für mich arbeiteten, und wenn man einen von ihnen aufgemischt hatte, hab ich sie eben ins Krankenhaus gebracht.«

»Warum sind Sie weggegangen? Waren Sie den Blödsinn leid?«

»Nein ...« Er ertappte sich dabei, daß er mitteilsam wurde und ihr von den internen Spielchen erzählte, die bei der Polizei gespielt wurden.

Und von der Geldgier: »Wenn Sie Polizist sind, treffen Sie immer mit irgendwelchen Arschlöchern zusammen, die Sie wie einen Laufburschen behandeln. Leute, die eigentlich im Knast sitzen sollten, aber in einem Lexus, Cadillac oder

Mercedes herumkutschieren«, sagte er und spielte mit seinem Weinglas. »Es heißt immer, man stünde im Dienst der Öffentlichkeit und so weiter, aber nach zwanzig Jahren merkt man, daß man selbst auch nichts gegen ein bißchen Geld hätte. Schönes Haus, schönes Auto...«

»Sie hatten einen Porsche. Dafür waren Sie berühmt.«

»Das war was anderes. Ein reicher Typ hat einen Porsche, weil er ein Arschloch ist. Wenn ein Bulle einen Porsche hat, ist das wie ein Kommentar zu den Arschlöchern«, sagte er. »Jeder Bulle im Revier war damit einverstanden, daß ich einen Porsche fuhr. Es war so, als würde ich den Arschlöchern sagen, sie könnten mich mal.«

»Gott, Sie haben aber ein Talent zum Rationalisieren«, sagte sie und lachte. »Und was machen Sie jetzt? Nur Beratungen?«

»Nein, nein. Eigentlich schreibe ich Spiele. Damit habe ich mein Geld gemacht. Und ich habe noch eine kleine Nebentätigkeit aufgenommen, die...«

»Spiele?«

»Ja. Ich hatte das schon seit Jahren gemacht, und jetzt mache ich es hauptberuflich.«

»Sie meinen, Spiele wie *Monopoly*?« fragte sie interessiert.

»Fantasy-Rollenspiele und manchmal auch Kriegsspiele. Früher meist auf Papier, aber heute sind es größtenteils Computerspiele. Ich habe eine Art Partnerschaft mit einem Informatikstudenten. Ich schreibe die Spiele, und er programmiert sie.«

»Und davon können Sie leben?«

»Ja. Und jetzt habe ich angefangen, Simulations-Software für polizeiliches Krisenmanagement zu schreiben, um Organisationskräfte auszubilden. Das meiste davon sind Computersachen. Wenn man in eine Krisensituation kommt, sind die Leute, die das Personal koordinieren, buchstäblich eine Zeitlang für alles verantwortlich. Diese Software simuliert solche Situationen und bewertet die Leistung. Das läuft ganz gut...«

»Wenn Sie nicht aufpassen, könnten Sie reich werden«, sagte Weather.

»Irgendwie bin ich das schon«, sagte Lucas düster. »Aber verdammt, ich langweile mich. Den Bürokram bei der Polizei vermisse ich nicht, aber was mir fehlt, ist, daß sich was *rührt.*«

Später, bei Fisch in Bierteig, begann Weather zu erzählen.

»Man kann keine feste Beziehung aufrechterhalten, wenn man Medizin studiert und arbeitet, um sein Studium zu finanzieren«, sagte Weather. Es gefiel ihm, wie sie mit dem Fischmesser arbeitete und den Fisch zerlegte. *Wie eine Chirurgin...* »Und der Krankenhausdienst als Chirurg ist mörderisch. Man hat für nichts Zeit. Man sitzt da und denkt an Männer, aber es ist unmöglich. Man kann herumspielen, aber wenn es mit jemandem ernst wird, kann man sich zwischen der Arbeit und der Beziehung zerreißen. Darum finde ich es am leichtesten, einfach wegzugehen, wenn ich jemanden treffe, den ich lieben könnte. Weggehen ist nicht so schwer, wenn man es gleich tut, nachdem man sich kennengelernt hat.«

»Hört sich aber ziemlich einsam an«, sagte Lucas.

»Ja, aber man hält es aus, wenn man dauernd arbeitet und überzeugt ist, daß man es richtig macht. Man denkt immer, wenn ich es nur bis nächsten Mittwoch oder nächsten Monat oder über den Winter schaffe, dann kann ich mein Leben einrichten. Aber die Zeit vergeht. Sie vergeht schleichend. Und auf einmal läuft einem das Leben davon.«

»Ach, die alte biologische Uhr«, sagte Lucas.

»Ja. Und sie tickt nicht bloß für Frauen. Männer erwischt es genauso.«

»Ich weiß.«

Sie fuhr fort: »Wie viele Männer kennen Sie, die fanden,

daß das Leben an ihnen vorbeigeht, und aus ihrem Job oder ihrer Ehe ausbrachen und versuchten, zu fliehen oder so was?«

»Etliche. Die meisten fühlten sich gefangen, hielten aber aus«, sagte Lucas. »Und wurden immer trauriger.«

»Ich glaube, Sie reden von mir«, sagte sie.

»Ich rede von allen«, sagte Lucas. »Auch von mir selbst.«

Nach einer Karaffe Wein sagte sie: »Machen Sie sich Gedanken wegen der Leute, die Sie umgebracht haben?« Diesmal lächelte sie nicht.

»Das war Abschaum, jeder von ihnen.«

»Ich hab die Frage falsch gestellt«, sagte sie. »Was ich wissen wollte, ist, ob es Sie belastet hat, Leute umzubringen.«

Er dachte einen Augenblick über die Frage nach. »Ich weiß nicht. Ich grübele nicht darüber nach, wenn es das ist, was Sie meinen. Vor ein paar Jahren hatte ich Probleme mit Depressionen. Der Polizeichef damals...«

»Quentin Daniel«, sagte sie.

»Ja, kennen Sie ihn?«

»Ich hab ihn ein paarmal getroffen. Was wollten Sie sagen?«

»Er dachte, ich bräuchte einen Psychiater. Aber ich entschied, daß ich keinen Psychiater brauchte, sondern einen Philosophen. Jemanden, der weiß, wie die Welt läuft.«

»Interessante Idee«, meinte sie. »Das Problem sind nicht Sie, das Problem ist das Sein.«

»Mein Gott, das hört sich wirklich an, als wäre ich ein Arschloch«, sagte Lucas. »Carr scheint ein anständiger Kerl zu sein.«

»Ja, sehr anständig«, stimmte Weather zu.

»Religiös?«

»Sehr. Möchten Sie Kuchen? Sie haben Zitronentorte.«

»Ich nehme nur Kaffee; ich bin satt«, sagte Lucas.

Weather winkte der Kellnerin, bestellte zweimal Kaffee und wandte sich wieder an Lucas. »Sind Sie katholisch?«

»Alle fragen mich das. Ja, ich bin katholisch, aber ich habe damit nicht viel im Sinn«, sagte er.

»Also werden Sie nicht zu den Dienstagstreffen gehen, oder?«

»Nein.«

»Aber Sie gehen heute abend zu Phil, um mit ihm zu reden.« Sie sagte das wie eine Feststellung.

»Ich weiß wirklich nicht...«

»Die ganze Stadt weiß es«, sagte Weather. »Er ist der Hauptverdächtige.«

»Das ist er nicht«, sagte Lucas eine Spur schroffer.

»Das habe ich anders gehört«, sagte sie. »Alle haben das übrigens anders gehört.«

»Himmel, es stimmt einfach nicht«, sagte Lucas kopfschüttelnd.

»Wenn Sie es sagen.«

»Sie glauben mir nicht.«

»Warum sollte ich? Sie vernehmen ihn heute abend wieder, wenn Shelly aus dem Dienstagsgottesdienst kommt.«

Der Kaffee wurde serviert, und Lucas wartete, bis die Kellnerin gegangen war, ehe er das Gespräch wieder aufnahm. »Gibt es irgend etwas in der Stadt, das nicht jeder weiß?«

»Nicht viel«, gab Weather zu. »Es gibt sechzig Leute, die für den Sheriff arbeiten, und im Winter hat die Stadt nur ungefähr viertausend Einwohner. Da können Sie sich vorstellen... Haben Sie gefragt, warum Shelly zum Dienstagsgottesdienst geht, wo er doch Phil vernehmen sollte?«

»Ich hab mich nicht getraut«, sagte Lucas.

»Weil er Janine Perkins sehen will. Er und Janine haben in Motels in Hayward und Park Rapids gebumst.«

»Und jeder in der Stadt weiß das?« fragte Lucas.

»Noch nicht. Aber bald.«

»Carr ist verheiratet.«

»Ja. Seine Frau ist verrückt«, sagte Weather.

»Eh . . .«

»Sie ist psychisch schwer gestört. Sie kann mit der Hausarbeit nicht aufhören.«

»Was?« Er begann zu lachen.

»Es stimmt«, sagte Weather ernsthaft. »Das ist nicht komisch, mein Lieber. Sie putzt die Böden und die Wände und die Jalousien und die Toiletten und Waschbecken und Rohre und die Waschmaschine und den Wäschetrockner und den Ofen ... und dann wäscht sie immer wieder alle Kleider. Einmal hat sie ihre eigenen Hände so oft gewaschen, daß sie sich die Haut aufgescheuert hat und wir sie deswegen behandeln mußten.«

»Mein Gott.« Er fand es noch immer leicht komisch.

»Keiner kann etwas dagegen tun. Sie ist in Therapie, aber das hilft nicht«, sagte Weather. »Eine Freundin hat mir erzählt, daß sie keinen Sex mit Shelly haben will, weil das schmutzig ist. Ich meine, nicht moralisch schmutzig, sondern physisch schmutzig.«

»Also löst Carr seine Probleme, indem er's mit einer Frau aus seiner Pfingstkirchler-Gruppe treibt.«

»*Es treiben* ist ein so romantischer Ausdruck; fast britisch, nicht?« scherzte sie.

»Sie benehmen sich nicht wie eine Ärztin«, sagte Lucas.

»Sie meinen, weil ich klatsche und flirte?«

»Hmmm.«

»Sie müßten eine Weile hier leben, um das zu verstehen«, sagte sie, und eine leise Spannung lag in ihrer Stimme. Sie sah sich im Raum um und betrachtete die Leute, die sich über den roten Kerzen unterhielten. »Außer Arbeit gibt es hier nichts zu tun. Nichts.«

»Warum dann hierbleiben?«

»Ich muß«, sagte sie. »Mein Vater kam aus Finnland hierher, er hat sein ganzes Leben lang in den Wäldern gearbeitet, als Holzfäller. Und er ist auf den Seen gesegelt. Hatte nie Geld. Aber ich war gut in der Schule.«

»Waren Sie hier in Grant auf der High School?«

»Ja. Jedenfalls versuchte ich, Geld zu sparen, um aufs College zu gehen, aber das war schwer. Und dann haben ein paar von den Lehrern sich zusammengetan, und der alte Bezirkscommissioner, den ich überhaupt nicht kannte, rief in Madison an und zog ein paar Fäden und besorgte mir ein Stipendium. So konnte ich mein ganzes Medizinstudium finanzieren. Ich habe alles zurückgezahlt, ich habe sogar ein kleines Stipendium für die High School gestiftet, als ich in Minneapolis arbeitete, aber das war nicht das, was alle wollten.«

»Sie wollten, daß Sie hierher zurückkommen«, sagte Lucas.

»Ja.« Sie nickte, nahm das leere Weinglas und drehte es in den Händen. »Alles hier dreht sich um Holzfällen und Tourismus und ein bißchen Landwirtschaft. Die Straßen sind nicht sonderlich gut, und es wird viel getrunken. Die Unfälle beim Holzfällen sind schrecklich – Sie sollten mal jemanden sehen, der unter einen Stamm gekommen ist, der zur Sägemühle rollt. Und die Traktorunfälle oder die von Leuten, die in Bootsschrauben geraten sind... Es gab hier einen alten Burschen, der genug von allgemeiner Chirurgie verstand, um einen in einen Hubschrauber nach Duluth oder Minneapolis zu verfrachten, und solange der hier war, hatte ich nicht das Gefühl, zurückkommen zu müssen.«

»Und dann ging er in Pension.«

»Nein, er starb«, sagte Weather. »Herzanfall. Er war dreiundsechzig. Er aß jeden Morgen sechs Pfannkuchen mit Butter und Speck, trank seinen Kaffee mit Sahne, verdrückte Cheeseburger zu Mittag und Steaks zu Abend, trank jeden Abend einen halben Liter Whisky und rauchte wie ein Schlot. Erstaunlich, daß er überhaupt so alt geworden ist.«

»Und kein anderer wollte den Job übernehmen?«

Sie lachte. Es war kein freudiges Lachen, und sie schaute durch das Fenster hinaus in den Schnee. »Machen Sie Witze? Schauen Sie raus. Es ist einunddreißig Grad unter Null und wird noch kälter, und das Kino ist im Winter geschlossen.«

»Was tun Sie dann zu Ihrer Unterhaltung?«

»Die Frage ist ein bißchen zu persönlich«, sagte sie grinsend, griff über den Tisch und berührte seinen Handrücken, »für dieses Stadium unserer Beziehung.«

»Was?«

8

Nach dem Essen war Lucas ein wenig verwirrt, aber nicht unzufrieden. Sie verabschiedeten sich etwas verlegen auf dem Parkplatz des Restaurants. Er hatte keine Lust zu gehen. Sie unterhielten sich draußen noch ein bißchen. Die Luft war so kalt, daß sie sich wie Rasierwasser anfühlte. Endlich trennten sie sich, und Weather stieg in ihren Jeep.

»Bis demnächst«, sagte sie.

»Ja.« Ganz bestimmt.

Lucas sah ihr nach, setzte seine Mütze auf und fuhr die sechs Blocks bis zur Kirche. Carr wartete im Vorraum mit zwei Frauen; alle unterhielten sich lebhaft und nickten. Eine der Frauen war so groß wie Lucas und blond. Sie trug eine rote Wollmütze mit Schneeflocken und Rentieren darauf. Am Mantel hatte sie einen Anstecker, auf dem *Befreit die Tiere* stand. Die andere Frau war klein und dunkel, mit grauen Strähnen im Haar und Fältchen in den Augenwinkeln. Als Lucas hereinkam, sprach Carr die dunkelhaarige Frau gerade als *Janine* an.

»Das ist Lucas Davenport...«, sagte Carr gerade.

»Lieutenant Davenport«, sage Janine. Sie hatte weiche,

warme Hände und einen festen Händedruck. »Und unsere Freundin Mary...«

Mary strahlte. Lucas trat ein paar Schritte zurück und sagte zu Carr: »Wir müssen gehen.«

»Ja, natürlich«, sagte Carr widerstrebend. »Meine Damen, wir haben zu arbeiten.«

Zusammen gingen sie hinaus, und Lucas fragte Carr: »Haben Sie mit Bergen gesprochen?«

»Nicht selbst – Helen Arris hat ihm Bescheid gesagt. Ich mußte noch einmal hinaus zum Haus. Sie nehmen alles auseinander.«

»Was ist mit dem Durchsuchungsbefehl für Harper?«

»Hab ich.« Carr klopfte sich auf die Brusttasche.

»Was ist mit der Wohnung von Harper? Was können wir tun?«

»Wir dürfen in das Zimmer des Jungen und die anderen wichtigen Räume des Hauses gehen, aber in kein Büro und nicht in Harpers eigenes Schlafzimmer, wenn er getrennt von dem Jungen schläft. Wir können uns alles ansehen, was unserer Meinung nach dem Jungen gehört oder wovon Harper sagt, es gehöre dem Jungen.«

»Ich würde gern ein bißchen herumschnüffeln.«

»Ich auch, aber davon wollte der Richter nichts hören«, sagte Carr. »Er wollte, daß wir uns auf das Zimmer des Jungen beschränken, aber ich habe ihn dazu gebracht, auch seine anderen persönlichen Sachen einzubeziehen – wir können in die Schränke und so weiter in den Haupträumen schauen. Wenn wir natürlich irgend etwas *sehen*, das eindeutig gesetzwidrig ist...«

»Ja. Übrigens, Gene Climpt...«

»...hat sich selbst eingeladen mitzukommen, was mir recht ist. Gene ist ein zäher alter Knochen. Und Lacey kommt auch; hat gesagt, das wolle er nicht versäumen.«

Sie gingen um die Kirche herum und betraten den sauber geräumten Gehsteig zum Pfarrhaus.

»Wie viele Unfälle hat Bergen gehabt? Autounfälle?« fragte Lucas.

Carr sah ihn an, runzelte die Stirn und fragte: »Warum?«

»Ich hörte, daß Sie für ihn ein paar Strafzettel wegen Trunkenheit am Steuer aus der Welt geschafft haben«, sagte Lucas. »Ich hab mich nur gefragt, ob er jemals jemanden angefahren hat.«

»Wo haben Sie das gehört...?«

»Gerüchte, Shelly... hat er je jemanden oder etwas angefahren?«

Sie blieben auf dem Bürgersteig stehen, und Carr starrte ihn einen Augenblick an. Schließlich sagte er: »Sie haben mir eins voraus. Sie brauchen den Job nicht.«

»Also...«

Carr ging weiter. »Vor drei Jahren hatte er einen Unfall, allein, fuhr gegen einen Pfeiler am Ende einer Brücke, Totalschaden. Er war betrunken. Bei zwei anderen Anlässen wurde er betrunken erwischt. Einmal war es eine Lappalie. Und das andere Mal ist er auf den Hintern gefallen.«

»Sie müssen vorsichtig sein in Ihrer Beziehung zu ihm«, sagte Lucas. »Die Leute reden darüber. Über diese Fahrprobleme.«

»Wer?«

»Einfach Leute«, sagte Lucas.

Carr seufzte. »Verdammt, Lucas.«

»Bergen hat mich gestern angelogen«, sagte Lucas. »Er hat mir gesagt, er sei ein guter Fahrer... eine kleine Lüge, aber das weckt einige Zweifel an seinen übrigen Aussagen.«

»Ich verstehe das nicht«, sagte Carr. »Ich bin ganz sicher, daß er unschuldig ist. Ich kann einfach nicht verstehen, was er verbirgt. Wenn er etwas verbirgt. Vielleicht begreifen wir bloß den Ablauf nicht.«

Sie standen an der Tür des Pfarrhauses. Carr drückte auf den Klingelknopf, und sie verstummten, die Hände in den Taschen, und atmeten Dampfwölkchen in die Nachtluft.

Nach einem Moment runzelte Carr die Stirn und drückte erneut auf den Knopf. Sie konnten die Glocke innen hören.

»Ich weiß, daß er da ist«, sagte Carr. Er trat von der Veranda zurück, schaute zu den erleuchteten Fenstern und klingelte dann zum dritten Mal. Man hörte innen ein Geräusch wie von einem Sturz, und Carr stellte sich auf die Zehenspitzen, um durch das kleine Fenster in der Tür zu schauen.

»O nein«, stöhnte er. Er zog die Windfangtür auf und stieß dann die Innentür auf. Lucas folgte ihm. Der Priester stand im Flur, an eine Wand gelehnt, und schaute sie an. Er trug ein weißes T-Shirt, das lose über der schwarzen Hose hing, und graue Wollsocken. Sein Haar stand fast senkrecht in die Luft, als habe er einen Stromschlag bekommen. Er hielt ein Glas in der Hand, und der Raum roch nach Bourbon.

»Sie Idiot«, sagte Carr leise. Er ging durch den Raum und nahm dem Priester das Glas aus der schlaffen Hand. Dann drehte er sich zu Lucas um, als suche er einen Platz für das Glas.

»Sie wissen, was die Leute sagen«, murmelte Bergen hinter Carrs Rücken. »Sie sagen, ich hätte es getan.«

»Großer Gott, wir haben versucht...«, begann Lucas.

»Keine Gotteslästerung in diesem Haus«, schrie der Priester.

»Sie ernten nur einen Tritt in den Arsch, wenn Sie mir Schwierigkeiten machen«, brüllte Lucas zurück. Er ging an Carr vorbei, der versuchte, ihn am Ärmel zurückzuhalten, und baute sich vor dem Priester auf. »Was ist da draußen bei den LaCourts passiert?«

»Sie waren noch am Leben, als ich sie sah«, rief Bergen. »Sie waren am Leben, alle.«

»Hatten Sie eine Beziehung zu Claudia LaCourt? Jetzt oder früher?«

Der Priester schien verblüfft. »Eine Beziehung? Sie meinen, sexuell?«

»Ja, das meine ich«, versetzte Lucas schroff. »Haben Sie sie gebumst?«

»Nein. Das ist lächerlich.« Er erschlaffte, stolperte zu einem Lehnsessel und ließ sich hineinfallen. Erstaunt sah er zu Lucas auf. »Ich meine, ich habe nie... Was wollen Sie wissen?«

Carr war in die Küche gegangen, kam mit einer leeren Flasche Jim Beam zurück und zeigte sie Lucas.

»Ich habe Gerüchte gehört, Sie beide hätten etwas miteinander gehabt.«

»Nein, nein«, sagte Bergen kopfschüttelnd. Er schien wirklich erstaunt. »Als ich im Seminar war, habe ich mit einer Frau aus einem benachbarten College geschlafen. Ich hab mich auch betrunken und zu... Sex mit einer Prostituierten überreden lassen. Einmal. Nur einmal. Nachdem ich ordiniert war, nie wieder. Ich habe meine Gelübde nie gebrochen.«

Seine Miene war verschlossen geworden, entweder vom Alkohol oder vom Nachdenken.

»Haben Sie je eine homosexuelle Beziehung gehabt?«

»Davenport«, sagte Carr in warnendem Ton.

»Was?« Bergen sprang wieder auf, rot angelaufen, wütend.

»Ja oder nein?« drängte Lucas.

»Nein. Niemals.«

Lucas wußte nicht, ob Bergen log oder die Wahrheit sagte. Er klang aufrichtig, aber sein Blick war klarer geworden, und Lucas konnte sehen, daß er seine Reaktionen berechnete und abwägte. »Was ist mit Alkohol? Haben Sie an dem Abend bei den LaCourts getrunken?«

Der Priester drehte sich um und ließ sich wieder in den Sessel fallen. »Nein, absolut nicht. Dies ist meine erste Flasche seit einem Jahr. Seit mehr als einem Jahr.«

»Etwas stimmt nicht mit der Zeit«, sagte Lucas. »Sagen Sie uns, was nicht stimmt.«

»Ich weiß es nicht«, sagte Bergen. Er legte den Kopf in die Hände und fuhr sich dann mit den Fingern durch die Haare, bis sie wieder senkrecht hochstanden. »Ich versuche, es herauszufinden... ich hatte nicht getrunken.«

»Die Feuerwehrleute. Haben Sie irgendwelche Probleme mit denen?«

Bergen blickte auf und kniff die Augen zusammen. »Dick Westrom kann mich nicht sonderlich leiden. Ich kaufe in dem anderen Eisenwarenladen ein, er gehört einem meiner Gemeindemitglieder. Der andere Mann, Duane... ich kenne ihn kaum. Kann mir nicht vorstellen, was er gegen mich haben könnte. Vielleicht etwas, wovon ich nichts weiß.«

»Was ist mit den Leuten, die das Feuer gemeldet haben?« fragte Lucas und schaute Carr an. Carr hielt noch immer die Flasche Jim Beam in der Hand, als führte er Geschworenen Beweismaterial vor.

»Die sind okay«, sagte Carr. »Sie kommen nicht in Frage. Sie sahen das Feuer und riefen an. Sie sind zu alt und zu krank, um etwas damit zu tun zu haben.«

Die drei Männer sahen einander an und warteten auf weitere Fragen, doch es gab keine. Die Sache mit der Zeit stimmte einfach nicht. Lucas betrachtete Bergen prüfend, doch die Miene des Priesters war undurchschaubar.

»Also gut«, sagte er schließlich. »Vielleicht gab es noch einen Jeep. Vielleicht hatte Duane Pater Bergens Jeep früher gesehen, wie er über die Seestraße fuhr, und das war ihm im Gedächtnis geblieben, und als er ein Auto vorbeifahren sah, dachte er, es sei Ihres.«

»Er hatte vorher keinen Jeep gesehen«, sagte Carr kopfschüttelnd. »Ich habe ihn danach gefragt – ob er Phils Jeep die Seestraße hat hinunterfahren sehen.«

»Ich weiß nicht«, sagte Lucas, noch immer den Priester betrachtend. »Vielleicht... ich weiß nicht.«

Carr sah Bergen an. »Ich werfe die Flasche weg, Phil. Und ich rufe Joe an.«

Bergen senkte den Kopf. »Okay.«

»Wer ist Joe?« fragte Lucas.

»Sein Pate bei den Anonymen Alkoholikern«, sagte Carr. »Wir hatten dieses Problem schon früher.«

Bergen sah zu Carr auf und sagte mit rauher Stimme: »Shelly, ich weiß nicht, ob dieser Mann mir glaubt.« Er wies mit dem Kopf auf Lucas. »Aber eines sage ich Ihnen: Ich würde beim Heiligen Sakrament schwören, daß ich nichts mit den LaCourts zu tun habe.«

»Ja«, sagte Carr. Er streckte die Hand aus. Bergen nahm sie, und Carr zog ihn auf die Füße. »Kommen Sie, wir rufen Joe an, damit er herkommt.«

Joe war ein dunkelhaariger Mann mit schwarzem Schnurrbart und dichten Augenbrauen. Er trug eine alte olivgrüne Mütze nach Art einer Soldatenkappe mit Ohrenklappen. Er sah Lucas an, nickte Carr zu und fragte: »Wie schlimm ist es?«

»Hat wohl mindestens eine Flasche getrunken«, sagte Carr. »Er ist hinüber.«

»Verflucht.« Joe sah zum Haus auf und schaute dann wieder Carr an. »Er war mehr als ein Jahr trocken. Es sind die Gerüchte, die aus Ihrem Büro kommen, Shelly.«

»Ja, ich weiß. Ich werde versuchen, sie zu unterbinden, aber ich weiß nicht...«

»Versuchen wird nicht genug sein. Phil hat's so schlimm erwischt wie selten jemanden.« Joe trat auf die Tür zu, drehte sich um und wollte noch etwas sagen, als Bergen hinter ihm die Tür aufmachte.

»Shelly«, rief er viel zu laut. »Telefon – es ist Ihr Büro. Sie sagen, es sei ein Notfall.«

Carr sah Lucas an und sagte: »Vielleicht ist was kaputt.«

Er eilte ins Haus, und Joe nahm Bergen bei der Schulter und sagte: »Phil, wir werden damit fertig.«

»Joe, ich...« Bergen schien erschöpft. Er schaute mit glasigem Blick Lucas an, der noch auf dem Gehsteig stand, zog Joe ins Haus und schloß die Tür.

Lucas wartete, die Hände in den Taschen. Die Wärme, die er im Haus gespeichert hatte, wich langsam. Bergen war ein kluger Bursche und verstand sich auf Manipulation. Doch er hatte nicht diesen soziopathischen Einschlag, die dicht unter der Oberfläche liegende Eiseskälte des Verbrechers...

Dreißig Sekunden nach dem Eintreten war Carr wieder draußen.

»Kommen Sie«, sagte er knapp und eilte an Lucas vorbei zu den Autos.

»Was ist passiert?«

»Dieser Junge, mit dem Sie geredet haben, der Kleine, der Ihnen von dem Bild erzählt hat...«, sagte Carr über die Schulter.

»John Mueller.« Abstehende Ohren, billige Turnschuhe, Verlegenheit.

»Er wird vermißt. Ist nicht aufzufinden.«

»Was?« Lucas packte Carrs Arm. »Verdammt, wieso...«

»Sein Vater hat lange in der Werkstatt draußen beim Highway gearbeitet«, sagte Carr. Sie standen auf der Straße. »Er hatte den Jungen zu Hause vor dem Fernseher zurückgelassen. Als seine Mutter kam, war er nicht mehr da, und sie dachte, er sei in der Werkstatt. Erst als die Eltern sich trafen, wurde ihnen klar, daß er fort war. Ein Nachbarskind hat einen Nintendo, und John ist nach der Schule ein paarmal in der Woche zu ihm gegangen und manchmal auch zum Abendessen geblieben. Sie riefen die Nachbarn an, aber da war keiner zu Hause, und sie dachten, sie wären vielleicht alle zusammen ins Arby's gegangen. Also fuhren sie herum, bis sie die Nachbarn fanden, aber die hatten den Jungen auch nicht gesehen.«

»Dieser Dreckskerl«, sagte Lucas und starrte an Carr vorbei ins Leere. »Den würde ich gern in die Finger bekommen.«

»Daran dürfen Sie gar nicht denken«, sagte Carr mit grimmiger Stimme.

Sie fuhren zusammen im Wagen des Sheriffs zum Haus der Muellers; Rotlicht flackerte auf dem Dach des Autos.

»Sie waren hart zu ihm«, sagte Carr abrupt. »Zu Phil, meine ich.«

»Wir haben vier Mordopfer, und nun das hier«, sagte Lucas. »Was erwarten Sie da, Geigenmusik?«

»Ich weiß nicht, was ich erwartet hatte«, sagte Carr.

Er fuhr schnell. Lucas erhaschte einen Blick auf das Schild bei der Bank. Vierunddreißig Grad unter Null.

Er sagte es laut: »Vierunddreißig Grad unter Null.«

»Ja.« Der Wind hatte wieder aufgefrischt und wehte dünne Schneefahnen von den Dächern. Der Sheriff beugte sich über das Lenkrad. »Wenn der Junge draußen war, dann ist er tot. Dazu braucht ihn niemand umzubringen...«

Einen Augenblick herrschte Stille. Lucas konnte nicht an John Mueller denken, ohne daß Dunkelheit seine Gedanken durchdrang. Vielleicht war der Kleine im Haus eines anderen Freundes, vielleicht...

»Wie lange hat Bergen schon Probleme mit Alkohol?« fragte er.

»Seit dem College. Er sagte mir, er habe zum ersten Mal die Anonymen Alkoholiker aufgesucht, als er von Gesetzes wegen noch gar keinen Alkohol hätte trinken dürfen«, sagte Carr. Im Licht der Armaturen war sein Gesicht von einem schwachen, kränklichen Grün.

»Wie schlimm? Delirium tremens? Gedächtnisverlust? Blackouts?«

»So ungefähr«, sagte Carr.

»Aber in letzter Zeit war er trocken?«

»Ich glaube schon. Manchmal ist es schwer zu sagen, wenn jemand es heimlich tut. Er kann abends trinken und sich tagsüber beherrschen... ich habe früher selbst ein bißchen getrunken.«

»Viele Polizisten tun das.«

Carr sah zu ihm hinüber. »Sie auch?«

»Nein, nein. Ich habe auch ein bißchen Mißbrauch getrieben, aber nicht mit Alkohol. Ich hatte immer Geschmack an Aufputschmitteln.«

»Kokain?«

Lucas lachte, ein trockenes Lachen. Immer wieder sah er den Jungen vor sich, den kleinen Kerl mit dem Kindergesicht. »Ich höre förmlich, wie Ihnen der Schweiß ausbricht, Shelly. Nein. Vor diesem Teufelszeug habe ich Angst. Es könnte sich als zu gut erweisen, wenn Sie verstehen, was ich meine.«

»Jeder Alkoholiker würde verstehen, was Sie meinen.«

»Ich hab von Zeit zu Zeit ein bißchen Speed genommen«, fuhr Lucas fort und schaute hinaus in den dunklen Wald, der die Straße säumte. »In letzter Zeit nicht mehr. Speed und Alkohol sind für unterschiedliche Persönlichkeiten.«

»Aber beide können töten«, sagte Carr.

Sie kamen an einem Videoverleih vorbei, vor dem drei Leute standen; alle drehten sich um und sahen dem Wagen des Sheriffs nach. Lucas sagte: »Die Leute machen komische Dinge, wenn sie betrunken sind. Und sie vergessen Sachen. Wenn er betrunken war, dann kann die Zeit...«

»Er sagt, daß er es nicht war«, sagte Carr.

»Würde er in dem Punkt lügen?«

»Glaube ich nicht«, sagte Carr. »Unter anderen Umständen vielleicht; Trinker belügen sich gern selbst, wenn sie wieder anfangen. Aber in diesem Fall, bei all den Toten, glaube ich nicht, daß er lügen würde. Wie ich Ihnen schon sagte, Phil Bergen ist ein moralischer Mensch. Das ist überhaupt der Grund, warum er trinkt.«

Bei den Muellers waren zwanzig Personen, drei davon Polizisten, die meisten Nachbarn. Ein halbes Dutzend Männer auf Schneemobilen organisierten die Suche in den Gräben und auf den Fahrbahnen im zwei Kilometer Umkreis um das Haus.

Carr ging hinein, während Lucas hilflos um das Haus herumwanderte. Er verstand nichts von der Suche nach vermißten Personen, nicht hier in den Wäldern, und Carr schien sich gut genug auszukennen.

Kurz nach Carrs und Lucas' Ankunft stürzte der Vater des Jungen heraus, einen Schneeanzug überstreifend. Eine Frau in weißem Bäckerkittel stand in der Tür, die Hände vors Gesicht geschlagen. Das Bild ließ Lucas nicht los: Sie zeigte das pure Entsetzen.

Mueller sagte etwas zu Carr, und sie unterhielten sich einen Augenblick. Dann schüttelte Carr den Kopf. Lucas hörte ihn sagen: »Drei hoch nach Norden...«

Der Vater hatte sich umgesehen, als könne der Junge jeden Augenblick aus dem Wald kommen. Doch statt des Kindes sah er Lucas und kam auf ihn zu. »Sie Scheißkerl!« schrie er, die Augen weit aufgerissen. Ein Deputy holte ihn ein, versuchte, ihn zu beruhigen, blieb zwischen ihnen. Alle Gesichter wandten sich Lucas zu. »Wo ist mein Sohn, wo ist mein Sohn?« schrie Mueller.

Carr kam herbei und sagte: »Sie sollten lieber gehen. Nehmen Sie meinen Wagen. Rufen Sie Lacey an, sagen Sie ihm, er soll Gene mitbringen, und fahren Sie zu dritt zu Harper raus. Hier können Sie nichts tun.«

»Aber es muß doch etwas geben...«, sagte Lucas. Ein Deputy sprach mit Mueller, der noch immer Lucas anfunkelte.

»Hier können Sie nichts tun«, sagte Carr. »Gehen Sie nur. Fahren Sie schon zu Harper, wie wir's geplant hatten.«

Lucas traf Lacey und Climpt beim 77 Tap, einer Bar zehn Meilen östlich von Grant. Die Bar war alt, ein einfacher Kasten mit Schindelseiten und ein paar dunklen Fenstern im ersten Stock, der Wohnung des Besitzers. Eine alte Tanksäule stand auf einer Seite des Hauses, mit einer Gruppe von verrostenden, unbenutzten Köderwannen daneben, alles in Schnee versunken. Eine Leuchtreklame von Leineinkugel's stellte den größten Teil der Außenbeleuchtung dar.

Innen stank die Bar nach gebratenem Fisch und abgestandenem Bier. Aus der Jukebox ertönte ein Song von Elton John. Lacey und Climpt saßen in einer der drei Nischen.

»Keine Spur von dem Jungen?« fragte Lacey, während er sich aus der Nische schob. Climpt warf drei Dollar auf den Tisch und stand ebenfalls auf, an einem hölzernen Zahnstocher kauend.

»Als ich ging, noch nicht«, sagte Lucas.

Lacey und Climpt sahen einander an, und Climpt schüttelte den Kopf. »Wenn er nicht bei jemand zu Hause ist...«

»Tja.«

»Ist nicht Ihre Schuld«, sagte Climpt und sah Lucas ungerührt an. »Was hätten Sie machen sollen?«

»Ach...« Lucas schüttelte den Kopf, und sie gingen zur Tür. »Erzählen Sie mir von Harper.«

Lacey war dabei, seine Handschuhe anzuziehen. »Er ist unser hiesiger Gangster. War zwei Jahre wegen schweren Raubüberfalls drüben in Minnesota im Knast. Muß etliche Jahre her sein, nachdem er die High School verlassen hatte. Seither hat er noch drei- oder viermal gesessen.«

»Weswegen?«

»Schlägereien, meistens. In Bars. Er sucht sich irgend jemanden aus, geht auf ihn los, verwickelt ihn in einen Kampf und verletzt ihn. Sie kennen den Typ. Unseres Wissens hat er ein paar Frauen verprügelt, aber die wollten nie was gegen ihn unternehmen. Entweder, weil sie noch hofften, wieder mit ihm zusammenzukommen, oder weil sie Angst hatten. Das Übliche.«

»Ja.«

»Ab und zu hat er eine Knarre dabei, raucht ein bißchen Marihuana, vielleicht nimmt er auch Koks, wir haben beides gehört«, fuhr Lacey fort. »Er sagte, er braucht die Knarre, um sich zu schützen, wenn er von der Tankstelle nach Hause fährt.«

»Er ist ein Verbrecher«, sagte Lucas.

»Hat seine Bürgerrechte wieder«, sagte Lacey. »Sollte er eigentlich nicht. Es gibt Gerüchte, daß er nach Minneapolis fährt und einen Schnapsladen oder ein 7-Eleven überfällt, wenn er wirklich Geld nötig hat. Aber vielleicht ist das auch bloß Tratsch.«

»Vielleicht«, brummte Climpt. Er sah Lucas an. »Er ist nicht wie diese Schläger im Fernsehen. Er ist ein Schläger, aber kein Feigling. Ein mieser Dreckskerl.«

Climpt und Lacey fuhren zusammen, und Lucas folgte ihnen; aus dem Funkgerät hörte man gelegentlich Gesprächsfetzen von Polizisten. Die Straßenverhältnisse waren besser, abgesehen von vereisten Ecken und Kreuzungen, und wegen der Kälte war wenig Verkehr. Sie brauchten nicht lange.

Knuckle Lake erschien als Gruppe von Lichtern, die sich beim Näherkommen in Reklameschilder und Straßenlaternen auflöste. Ein halbes Dutzend Gebäude, verstreut in alle Richtungen: ein Motel, zwei Bars, ein Supermarkt, ein Café und die Amoco-Tankstelle. Die Tankstelle war hell erleuchtet; hinten auf dem Grundstück war der Schnee meterhoch aufgehäuft. Ein Wagen stand mit abgestelltem Motor an einer Zapfsäule; der Fahrer war ausgestiegen. Durch die Fenster einer kleinen Werkstatt sah man einen alten Chevy. Climpt und Lacey hielten vor dem großen Fenster an. Lucas hinter ihnen. Ein Teenager in einem zerlumpten Trenchcoat und Tennisschuhen schaute sie durch die Scheibe an. Er war ganz allein wie ein Guppi in einem hell erleuchteten Aquarium.

Lucas folgte Climpt hinein. Climpt nickte dem Jungen zu und sagte: »Hallo, Tommy. Wie geht's?«

»Prima, Mr. Climpt«, antwortete der Junge. Er war nervös, und eine Strähne strohfarbener Haare hing unter seiner Mütze hervor. Sein Adamsapfel zuckte krampfhaft.

»Wie lange bist du draußen?« fragte Climpt.

»Oh, zwei Monate jetzt«, sagte der Junge.

»Tommy hat sich früher Autos ausgeliehen und Spritztouren gemacht«, sagte Climpt.

»Schlechte Angewohnheit«, sagte Lucas, verschränkte die Arme und lehnte sich an den Bonbonautomaten. »Alle werden sauer auf einen.«

»Ich hab's aufgegeben«, sagte der Junge.

»Er ist ein guter Mechaniker«, sagte Climpt. Dann: »Wo ist Russ?«

»Unten im Haus, glaub ich.«

»Okay.«

»Wär besser, wenn du ihn nicht anrufen würdest«, sagte Lucas.

»Wie Sie wollen«, sagte der Junge. »Ich mache, was Sie wollen.«

»Was wir wollen«, sagte Climpt. Er zeigte mit dem Finger auf den Jungen, und der Junge schluckte. »Wir werden Russ nicht sagen, daß wir mit dir geredet haben.«

Als sie wieder draußen waren, sagte Climpt: »Er wird nicht anrufen.«

»Wie weit ist es zu Harpers Haus?«

»Von hier aus zwei Minuten«, sagte Climpt.

»Glauben Sie, er wird Probleme machen?«

»Nicht, wenn wir ihn sofort in die Enge treiben«, meinte Climpt. »Er würde sicher kein Stipendium für ein College gewinnen, aber er ist nicht so blöde, sich anzulegen, wenn ... was stellen wir eigentlich dar?«

»Ein Polizeiaufgebot«, sagte Lucas.

Climpt lachte kurz und rauh auf. »Richtig. Ein Polizeiaufgebot.«

Lucas mußte immer wieder an John Mueller denken; das war wie Zahnschmerzen, ein Schmerz, der nicht vergehen will, gegen den aber auch nichts zu machen ist. Vielleicht war er bei einem Freund. Vielleicht hatten sie ihn schon gefunden...

Harpers Haus stand in einem Hain aus Birken und Rotfichten, allein an einem unbeleuchteten Stück Seitenstraße. Im Hinterhof gab es eine freistehende Garage unter einer Quecksilberdampflampe. Auf der Rückseite des Hauses waren die Fenster erleuchtet. Climpt schaltete die Scheinwerfer aus und parkte am Ende der Einfahrt, und Lucas stellte seinen Wagen dahinter.

Climpt und Lacey stiegen aus und schlossen die Autotüren leise, statt sie zuzuwerfen. »Sind Sie bewaffnet?« fragte Climpt.

»Ja.«

»Halten Sie die Waffe griffbereit. Russ hat immer was in petto.«

»In Ordnung.« Lucas wandte sich an Lacey, der die Hände in die Taschen geschoben hatte und nach dem Haus starrte. »Henry, warum bleiben Sie nicht hier beim Wagen? Nehmen Sie Ihre Waffe und warten Sie.«

Lacey ging zurück zum Auto.

»Ich werd versuchen, ihn gleich ein bißchen einzuschüchtern«, sagte Lucas zu Climpt, als sie die Einfahrt entlanggingen. »Ich mach nicht ernst, aber Sie können so tun, als dächten Sie, ich würde.«

Sie rochen Holzrauch, einen bitteren Geruch, der in Nase und Hals stach. Auf der vorderen Veranda lag der Schnee einen halben Meter hoch. »Sieht so aus, als würde er die vordere Haustür überhaupt nicht benutzen«, sagte Climpt.

Sie gingen um das Haus herum und hörten die Waffenhalterung klicken, als Lacey die Waffe löste und herausnahm, und dann das klappernde Geräusch eines Zwölfer-Magazins, das eingeschoben wurde. An der Hintertür vernahm

Lucas Geräusche aus einem Fernseher – er konnte die Worte nicht verstehen, hörte aber die Musik.

»Bleiben Sie unten stehen, wo er Sie sehen kann«, sagte Lucas zu Climpt. Er ging ein paar Stufen hinauf und klopfte an die Tür. Dann trat er beiseite. Einen Augenblick später ging eine gelbe Außenlampe an, und ein Vorhang wurde zurückgezogen. Der Kopf eines Mannes erschien hinter der Fensterscheibe. Er sah Climpt, zögerte, machte eine Geste und fummelte dann am Türknopf herum.

»Alles okay«, murmelte Lucas.

Harper zog die innere Tür auf, sah Lucas und runzelte die Stirn. Er hatte ein ovales Gesicht mit spitzem Kinn, einen kleinen, dicklippigen Mund und Narben auf der Stirn und unter den Augen. Seine Augen waren so klein wie Münzen und schwarz wie Eidechsenaugen. Er war unrasiert. Er stieß die Tür des Windfangs auf, schaute zu Climpt hinunter und sagte: »Was wollen Sie, Gene?«

»Wir müssen mit Ihnen über den Tod des Jungen reden, und wir müssen noch einmal Jims Sachen durchsehen«, sagte Climpt.

Harpers dicke Lippen zuckten. »Habt ihr 'nen Durchsuchungsbefehl?«

»Ja, haben wir.«

Nach einem langen Augenblick sagte Harper: »Verdammt, wozu belästigt ihr mich, Climpt?« Er sprach jetzt leise, rauh und guttural; wütend, aber ohne Angst.

»Wir belästigen Sie nicht«, versetzte Lucas barsch. Er packte die Klinke der Windfangtür und riß sie auf. Harper wich zurück und ging in Kampfstellung, zum Zuschlagen bereit. Er hatte runde Schultern, war aber stark, und seine Hände sahen in dem schlechten Licht grau wie Granit aus. Lucas nahm die rechte Hand aus der Tasche, eine bloße Hand mit einer 45er. »Wenn Sie mich anrühren, schlage ich Sie zusammen«, sagte er. »Und wenn ich unterlegen sein sollte, dann blase ich Ihnen Ihre verdammten Eier weg.«

»Was?« Harper wich zurück und ließ die rechte Hand sinken.

»Sie haben mich genau verstanden, Arschloch.«

»O ja«, sagte Harper. Er richtete sich auf und ließ auch die linke Hand sinken. »Sie sind der Typ aus der Großstadt, was? Großstadtbulle, Großstadtarschloch, das mir die Eier wegblasen will.« Er trat noch einen Schritt zurück, und Wut breitete sich von den Augen ausgehend über seine Züge aus, bereit, gleich wieder auszubrechen.

»Nur die Ruhe, Scheißkerl«, sagte Lucas. Er hob die 45er ein wenig an. »Sie haben Ihren eigenen Jungen an die Ecke gestellt, damit er irgendwelchen fetten Kerlen einen bläst, und es gibt keinen hier im Bezirk, der mir Vorwürfe machen würde, wenn ich Ihr Gehirn im ganzen Haus verspritzte. Also, wollen Sie? Nur zu, nur zu...«

»Sie spinnen doch«, sagte Harper. Aber seine Stimme hatte sich wieder verändert. Jetzt war unter der Oberfläche Unsicherheit zu erkennen. »Was wollt ihr von mir, Gene?«

»Die kleine LaCourt, die ermordet worden ist, hatte ein Bild von Ihrem Jungen, nackt mit einem erwachsenen Mann«, sagte Climpt.

Lucas ließ die Waffe sinken, trat vor, stellte einen Fuß ins Zimmer, die Schulter gegen die Tür gedrückt, und drängte Harper zurück. »Sie hat es herumgezeigt, und dann wurde die ganze Familie ausgelöscht«, sagte er. »Wir wollen uns Jims Sachen ansehen und feststellen, ob irgendwas darauf hindeutet, wer es war.«

»Ich war's ganz bestimmt nicht.«

»Wir suchen einen Kerl, der blond und ein bißchen fett ist«, sagte Lucas. Er stand jetzt im Vorraum, Harper wich durch eine Innentür in die Küche zurück. Climpt war einen Schritt hinter Lucas. »Haben Sie vielleicht Freunde, die so aussehen?«

Climpt rief nach draußen: »Henry, komm rüber.«

»Ich will diesen Durchsuchungsbefehl sehen«, sagte Harper und wich weiter in die Küche zurück. Hier roch es nach Zwiebeln, verdorbenem Fleisch und alter, saurer Milch.

»Henry hat ihn«, sagte Climpt. Harper sah an Lucas vorbei, als Lacey erschien. Lacey zog das Papier aus der Tasche und reichte es Lucas, der es an Harper weitergab. Während Harper es betrachtete, entsicherte Lucas die 45er. Bei dem Geräusch blickte Harper auf und sagte: »Smith and Wesson. Ist das die 40er oder die 45er?«

»Die 45er«, erklärte Lucas.

»Ich hätte die 40er genommen«, meinte Harper, während die beiden Deputies ebenfalls hereinkamen. Er war fast unmerklich in die Rolle des speichelleckenden Kollaborateurs geschlüpft, wie man es im Gefängnis lernt.

»Na gut«, sagte Lucas und ignorierte den Kommentar. Er steckte die Waffe wieder in die Tasche. »Wo ist das Zimmer des Jungen?«

»Sie glauben nicht, daß ich mich mit Waffen auskenne? Ich...«

»Ist mir scheißegal, womit Sie sich auskennen«, versetzte Lucas grob. »Wo ist das Zimmer des Jungen?«

»Scheiße«, brummte Harper, knüllte den Durchsuchungsbefehl in der Hand zusammen, warf ihn auf den Boden, drehte sich um und führte sie durch einen schmalen Gang ins Wohnzimmer. Im Fernsehen wurden Ringkämpfe gezeigt, und ein Plastikteller mit orangefarbenen Flecken von der Sauce eines Spaghetti-Fertiggerichts stand auf einem runden Eichentisch, neben einer leeren Kaffeetasse. Harper ging daran vorbei in einen anderen Gang. Die erste Tür rechts stand offen und führte in ein Badezimmer. Die nächste Tür, auf der linken Seite, stand halb offen, und Harper zog sie zu. »Das ist meins. Nichts von Jim drin.«

An der letzten Tür auf der rechten Seite blieb er stehen und zeigte mit dem Daumen darauf. »Das war Jims Zimmer.«

Lucas stieß die Tür auf. Jim Harper war seit mehr als zwei

Monaten tot, doch sein Zimmer war noch so, wie er es verlassen hatte. Eine schmutzige Jeans, ein T-Shirt und eine Unterhose lagen in einer Ecke, jetzt staubbedeckt. Das Bett war ungemacht, ein ausgebleichtes Vorschlaglaken und eine olivfarbene Armeedecke auf einem vergilbten Bettlaken. Das Kissen war klein und grau und hatte Flecken, die Blut hätten sein können. Lucas schaute genauer hin: Blut, tatsächlich, aber in winzigen Flecken, als hätte der Junge Akne gehabt und am Schorf gekratzt... In den Schubladen der einzigen Kommode lagen Kleidungsstücke, und zwei der Schubladen standen offen.

»Die Bullen waren schon hier und haben alles durcheinandergeworfen«, sagte Harper über Lucas' Schulter. »Haben aber nichts gefunden.«

Lucas drehte sich nach Lacey um. »Henry, warum gehen Sie nicht mit Mr. Harper fernsehen? Gene und ich werden uns umschauen.«

»He...«, sagte Harper.

»Halten Sie die Klappe«, sagte Lucas.

»Die haben alles durchsucht und nichts gefunden«, sagte Lucas zu Climpt. »Wenn Sie ein Junge wären, der etwas verstecken will, wo würden Sie es hintun?«

»Ich hab mir gedacht, daß Russ so ein Arschloch ist, daß sein Junge keinen Grund hätte, was vor ihm zu verstecken. Nichts, was er tat, hätte ihn groß aufgeregt.«

Lucas zuckte mit den Schultern. »Vielleicht wollte er was verstecken, nur, um es behalten zu können.«

»Das wäre möglich«, sagte Climpt. Und einen Augenblick später: »Ich hab solche Sachen immer im Keller versteckt. Vielleicht in einem Schrank, wenn es nur für eine Nacht und klein war – Pornomagazine, solche Sachen. Vielleicht auch auf dem Speicher, wenn sie einen haben.«

»Sehen wir uns hier kurz um, danach vielleicht unten ein bißchen.«

Das Haus war alt und hatte Dielenböden, die mit Linoleum belegt waren, und Wände aus Latten und Gipsplatten. Lucas sah den Schrank des Jungen durch, holte einen Stapel Zeitschriften und Comics heraus, untersuchte Schuhe und ein paar Hemden. Es gab keine losen Dielenbretter, und die Gipswand hatte zwar Risse, war aber ansonsten intakt. Climpt zog alle Schubladen der Kommode heraus, drehte sie um, überprüfte den Heizkörper und stellte fest, daß er solide war. Nach zehn Minuten beschlossen sie, daß der Raum sauber war.

»Speicher oder Keller?« fragte Climpt.

»Sehen wir, wie's mit dem Speicher ausschaut.«

Man erreichte den Speicher über eine Klappe im Badezimmer. Lucas stand auf einem Stuhl, stieß die Klappe auf und wurde von Staub und Asbestisolierung berieselt. Er zog die Klappe wieder zu, kletterte herunter und wischte sich den Schmutz aus den Haaren.

»Lange nicht geöffnet worden«, sagte er.

»Der Keller«, sagte Climpt. Als sie am Wohnzimmer vorbeikamen, sahen sie Lacey, der einen größeren Schrank durchsuchte, während Harper sich in einem Sessel lümmelte.

»Irgendwas gefunden?« fragte Lucas.

»Nein.«

»Wir gehen in den Keller«, sagte Lucas.

Harper sah ihnen nach, sagte aber nichts. »Ich wünschte, der Arsch würde mir einen Grund geben, ihm den Schädel einzuschlagen«, sagte Climpt.

Im Keller roch es nach Spinnweben, Staub, Motoröl und Kohle. Die Wände aus Granitblöcken waren mit sandigem, abbröckelndem Zement verputzt. Zwei nackte Glühbirnen an alten, ausgefransten Leitungen bildeten die ganze Beleuchtung. Es gab zwei kleine Räume, gefüllt mit den Überresten eines halben Jahrhunderts Landleben: Regale mit staubigen Einmachgläsern, zerbrochene Krüge, ein uralter Rasenmäher, eine rostige Brechstange. Ein Dutzend Fallen hingen an einem Nagel, und daneben hingen zwei Dutzend winziger Pfoten, mit Draht zusammengebunden.

»Taschenratten«, sagte Climpt und berührte sie. Sie schaukelten hin und her wie ein gespenstisches Mobile. »Früher hat der Bezirk dafür Prämien bezahlt, einen Nickel für zwei Vorderpfoten.«

In einer Ecke stand eine Werkbank aus Eisenbahnschwellen mit einer verrosteten Schraubzwinge an einem Ende. In der Mitte des Hauptraumes stand ein riesiger alter Kohleofen wie eine abgestorbene Eiche, völlig kalt. Ein kleiner Propanbrenner befand sich im ehemaligen Kohlenkeller, Rohre führten in die Zimmer darüber. Der Kohlenkeller war der sauberste Kellerraum, offenbar gereinigt worden als der Ofen installiert wurde. Auf den ersten Blick gab es keinen Platz, um irgend etwas zu verstecken.

Lucas schlenderte zu dem Kohleofen, öffnete die Klappe, sah einen Haufen alter Asche und schloß sie wieder. »Könnte ein Weilchen dauern«, sagte er.

Sie brauchten fünfzehn Minuten. Immer wieder sagte Climpt: »Irgendwo, wo er schnell drankonnte...« Sie fanden nichts und wollten gerade unzufrieden aufgeben, waren schon auf der Treppe. Der Keller hatte zu viele Ecken und Winkel. »Wenn man einen von den Steinen herausziehen könnte...«, begann Lucas.

»Den würden wir nie finden. Es muß Tausende davon geben«, sagte Climpt.

Lucas sagte: »Warten Sie einen Moment.« Er ging wieder nach unten und sah sich den Propanbrenner an.

»Wenn das der Kohlenkeller ist, müßte es dann nicht eine Kohlenschütte geben?« fragte er.

»Ja, müßte es«, sage Climpt.

Sie fanden die Tür der Schütte, in die Wand hinter dem Propanbrenner eingelassen, vier Fuß über dem Boden und bei der schlechten Beleuchtung tatsächlich so gut wie unsichtbar. Lucas griff zu, entriegelte die Klappe und tastete hinein. Seine Hand traf auf einen Stapel Papier.

»Da ist was«, sagte er. »Papier.« Er zog es heraus. Drei glänzende Pornomagazine und zwei Sex-Comics. Er reichte sie Climpt, griff nochmals in die Kohlenschütte und holte eine kleine Ecke Papier aus einem Notizbuch hervor, leer, die vielleicht als Lesezeichen benutzt worden war. Lucas steckte das Papier in die Tasche.

»Pornos«, sagte Climpt. Sie schüttelten die Zeitschriften aus, aber darin war nichts.

»Sehen wir sie durch«, sagte Lucas. »Wir suchen ein Bild von einem Jungen auf einem Bett.«

Sie blätterten die Zeitschriften durch, aber alle Bilder waren offensichtlich kommerziell und zeigten Szenen mit Frauen. Der kleine Mueller hatte das Bild, das er gesehen hatte, als grobkörnig und auf Zeitungspapier gedruckt beschrieben.

»Nicht viel«, sagte Climpt. »Nur 'ne Menge Mösen... der gute Shelly würde einen Herzanfall kriegen.«

Lucas ging wieder zur Kohlenschütte zurück, um sie ein letztes Mal zu überprüfen, griff tief hinein und spürte die Kante von einem Stück Plastik. Er mußte sich recken, um es herauszunehmen.

Ein Polaroidfoto.

Climpt kam herbei und schaute ihm über die Schulter.

Ein schlanker, nackter Junge stand vor einer knienden Frau, die sein Glied im Mund hatte. Die Hände hatte er um ihren Kopf gelegt. Von der Frau sah man nur das dunkle Haar, die untere Gesichtshälfte von der Nase an und einen Teil des Halses. Offensichtlich war sie älter, vermutlich um die vierzig.

Die linke Hand des Jungen war sichtbar. An ihr fehlte ein Finger.

»Die Frau kann ich so nicht erkennen«, sagte Climpt. »Aber der Junge ist Jim.«

»He, Lucas«, rief Lacey von oben.

»Ja?«

»Hier ist was... ach, Scheiße«, platzte Lacey heraus.

Lucas sah Climpt an. Dieser zuckte mit den Schultern, und gemeinsam gingen sie nach oben. Lacey stand an der Tür zum Wohnzimmer. Sein Gesicht war kreidebleich. Harper saß in einem Sessel und schaute amüsiert drein. Der Fernseher lief. Das Video war billig und ziemlich eindeutig: Zwei Männer lagen auf einem Bett und fummelten aneinander herum.

»Verkaufen Sie diesen Scheißdreck?« sagte Climpt grollend zu Harper.

»Ich hab's Henry schon gesagt, das gehörte alles Jim. Ich mache mir nichts aus diesem Schwulenzeug.«

»Hab ich im Schrank gefunden«, sagte Lacey. »Es waren keine Etiketten darauf.«

Lucas gab Lacey das Polaroidfoto.

»Donnerwetter«, flüsterte Lacey.

»Ja«, meinte Lucas. »Wollen Sie es sehen, Harper?« Nichts mehr von *Russ* oder *Mr. Harper*. Er hielt Harper das Bild hin, der danach griff, doch Lucas zog es zurück. »Nur sehen, nicht anfassen.«

Harper sah sich das Bild an und brummte: »Sieht aus wie Jim, der sich's besorgen läßt. Verdammt, ich wüßte gern, wer sie ist. Sieht aus, als wüßte sie, was sie tut.«

Noch immer war sein Gesichtsausdruck leicht amüsiert. Er war im Begriff, etwas zu sagen, als Climpt an Lucas vorbeiging, Harper beim Hemd packte und aus dem Sessel zog. »Du Dreckschwein...«

Harper schützte seinen Bauch mit den Ellbogen und suchte Deckung hinter seinen Fäusten. Er will nicht verletzt werden, aber er hat keine Angst, dachte Lucas.

»He, he«, sagte Lacey und versuchte, einzugreifen. »Laß ihn...«

Climpt schubste Harper gegen Lucas, der ihn auffing,

sagte: »Verdammt, ich will ihn nicht«, und weiter gegen die Wand stieß. Climpt zog ihn, als er zurückwich, am Kragen nach hinten, und als Lacey »He!« schrie, ließ er ihn mit dem Hinterkopf gegen die entgegengesetzte Wand krachen und zog ihn dann wieder nach vorn. Lucas drückte die Hand in Harpers Gesicht und stieß ihn zurück in den Sessel.

»Hört bloß auf«, sagte Lacey.

»Hast deinen eigenen Jungen für diesen Scheiß benutzt, was?« sagte Climpt, das Gesicht dicht an Harpers. Harper spuckte ihn an. Climpt packte ihn am Hemdkragen und der Haut am Hals und hob ihn ein Stück aus dem Sessel. »Hast seinen Arsch an Schwule und an jeden verkauft, der ein Stück junges Fleisch wollte. Weißt du, was man im Knast mit dir machen wird? Weißt du, was mit Kinderfickern passiert? Sie müssen auf den Knien rumrutschen und den Typen dort einen blasen.«

Lacey war rot angelaufen. Er faßte Climpt an der Schulter und zerrte an ihm. Lucas schob einen Arm zwischen Harper und Climpt und sagte: »Gene, lassen Sie ihn los. Gene...«

Climpt schaute Lucas an, ohne ihn zu sehen, ließ Harper dann in den Sessel zurückfallen, wandte sich ab und wischte sich mit dem Unterarm übers Gesicht.

»Scheißkerl«, sagte Harper und zog sein Hemd herunter.

Lucas wandte sich an Lacey. »Könnten Sie Shelly über Funk anrufen? Erwähnen Sie das Polaroidfoto nicht direkt, aber sagen Sie ihm, daß wir was haben. Und daß wir mit ihm reden müssen.«

Lacey trat widerwillig zurück. »Ihr Jungs werdet doch nicht...«

»Nein, nein«, sagte Lucas. »Und, hören Sie, fragen Sie, ob es von dem kleinen Mueller etwas Neues gibt.«

»Was ist mit dem kleinen Mueller?« fragte Harper.

»Er wird vermißt«, sagte Lucas und drehte sich nach ihm um.

Lacey ging durch die Küche hinaus. Als die Hintertür

zuschlug, trat Lucas zu Harper. »Ich glaube, Sie haben Deputy Climpt angespuckt, und ich fühle mich irgendwie zu kurz gekommen. Mich haben Sie nicht angespuckt.«

»Sie können mich mal«, sagte Harper. Er schaute von Lucas zu Climpt und zurück. »Ich habe Rechte...«

Lucas packte ihn am Hemd, wie Climpt es getan hatte, riß ihn aus dem Sessel hoch, drückte ihn in Richtung Wand und schleuderte ihn dagegen. Harper ging in Deckung, noch immer nicht zu Widerstand bereit. Climpt faßte seinen rechten Arm und drehte ihn nach hinten. Sowohl Lucas als auch Climpt waren größer als Harper und preßten ihn an die Wand.

»Wo ich gerade vorhin im Keller einen Schraubstock gesehen habe...«, sagte Lucas, halb zu Climpt gewandt. Climpt knurrte. »Schauen Sie hier, das ist wirklich übel.«

Er packte mit Daumen und Mittelfinger das Fleisch zwischen Harpers Nasenlöchern und drückte zu. Seine Fingernägel gruben sich in das weiche Gewebe. Harper riß den Mund auf, als wolle er schreien, aber Climpt hob die Hand und drückte seinen Hals zusammen.

Lucas quetschte die Finger fester und fester zusammen. »Wer ist die Frau auf dem Bild? Wer ist sie?«

Harper krümmte sich, schüttelte den Kopf. »Lassen Sie seinen Hals lieber einen Moment los, Gene«, sagte Lucas und nahm die Hand von Harpers Nase. Harper ächzte, ruderte mit den Armen, holte keuchend Luft, und Lucas fragte: »Wer ist das, du Arschloch? Wer ist die Frau?«

»Weiß nicht...«

»Lassen Sie mich mal versuchen«, sagte Climpt, packte Harpers Nase, wie Lucas es getan hatte, und drückte mit seinen dicken gelben Fingernägeln zu...

Das Geräusch, das aus Harpers Kehle kam, hätte ein Schrei sein können, wenn der Ton etwas tiefer gewesen wäre. So aber klang es, wie wenn jemand über eine Schiefertafel kratzt, und er schauderte.

»Wer ist das?« fragte Lucas.

»Weiß n...«

Climpt sah Lucas an, der den Kopf schüttelte, und beide ließen Harper im gleichen Moment los. Tränen liefen über Harpers Gesicht. Er verbarg das Gesicht in den Händen und fiel auf die Knie. Lucas hockte sich neben ihn.

»Sie wissen was«, sagte Lucas. »Sie kennen die Frau oder jemanden, der die Frau kennt.«

Harper rappelte sich auf. Seine Augen waren rot, und noch immer liefen ihm Tränen übers Gesicht. »Ihr Schweinehunde.«

Climpt boxte ihm gegen die Schläfe. »Sie hören nicht zu. Sie wissen, wer das ist, diese Frau. Und wenn Sie den Namen nicht ausspucken...«

»Dann machen Sie was? Verprügeln mich?« sagte Harper trotzig. »Ich bin früher schon verprügelt worden, also, nur zu. Ich werd meinen verdammten Anwalt benachrichtigen.«

»Ja, Sie schicken einen verdammten Anwalt los, und ich werde dieses verdammte Bild ans Pinnbrett im verdammten Supermarkt hängen und drunterschreiben, daß Sie Jims Arsch verkauft haben«, sagte Climpt. »Man wird Ihre verdammte Haut da draußen an einem Baum hängend finden, und Sie werden nicht drinstecken.«

»Wichser«, schnaubte Harper. Auf seiner Oberlippe war Blut, das aus seiner Nase sickerte.

Climpts Hand zuckte, aber Lucas hielt ihn fest. »Lassen Sie's gut sein«, sagte er.

Als sie in die Wagen stiegen, sagte Lacey: »Wo ist Harper?«

»Vermutlich macht er sich was zum Abendessen«, sagte Climpt. Und dann: »Er ist okay, Henry, reg dich nicht auf.«

Lacey schüttelte zweifelnd den Kopf und fragte: »Kann ich das Polaroidfoto noch mal sehen, nur für einen Augenblick?«

Lucas gab es ihm, und Lacey schaltete die Innenbeleuchtung an und betrachtete das Bild.

»Schauen Sie mal, genau hier«, sagte Lacey. Er berührte den Rand des Fotos mit einem Fingernagel. Lucas nahm es. »Sieht aus wie ein Ärmel.«

»Ja, genau«, sagte Lucas und hielt das Foto dicht vor seine Nase. »Also, das war eine Polaroid Spectra. Spectras haben eine Fernbedienung, irgendwie über Funk, also könnte es sein, daß sie nur zu zweit waren. Aber wenn das ein Ärmel ist und wenn jemand hinter der Kamera stand…

»Der Winkel der Kamera ist abwärts gerichtet«, sagte Lucas. »Für ein Stativ wäre das ziemlich hoch.«

»Also muß es mehrere von ihnen geben«, sagte Lacey.

»Ja, vermutlich«, sagte Lucas und nickte. »Wir wissen bereits, daß er mit einem dicken Weißen zusammen war, und hier ist eine Frau…«

»Verdammt, wenn es eine ganze Gruppe von Leuten ist, dann geht der ganze Bezirk zum Teufel«, sagte Climpt.

»Ich würde sagen, er ist bereits beim Teufel«, sagte Lucas.

Climpt schüttelte den Kopf. »Eine Gruppe von Leuten, die mit Kindern bumst – das wäre schlimmer als die Morde. Glauben Sie mir, hierzulande wäre das schlimmer.«

9

Climpt fuhr mit Lucas zusammen zurück in Richtung Stadt.

»Hat mir gefallen, wie Sie das gemacht haben«, sagte Climpt.

»Danke. Hab lange dran gearbeitet«, sagte Lucas.

Das Funkgerät piepste: Carr. *Ich brauche euch im Gerichtsgebäude.*

»Haben Sie das Kind gefunden?« fragte Lucas.

Bis jetzt noch nicht, sagte Carr.

Nachdem er abgeschaltet hatte, sagte Lucas zu Climpt: »Ich habe Mist gebaut. Der Schuldirektor war besorgt, daß

Polizisten mit Kindern reden, ohne daß die Eltern das erlaubt haben. Ich fuhr den Jungen nach Hause, damit ich es seinem Vater erklären konnte... Verfluchte Scheiße.«

»Sie haben keinen Mist gebaut«, sagte Climpt. Er fummelte eine Zigarette aus einem zerdrückten Päckchen und zündete sie mit einem Pappstreichholz an. »Solche Sachen kann man nicht wissen. Wir haben es mit einem Verrückten zu tun. Und Sie haben einen Ruf. Die Leute hier in der Gegend halten Sie für Sherlock Holmes.«

»Bin ich nicht. Aber ich hatte schon früher mit Psychopathen zu tun. Ich hätte wissen müssen, daß ich mich nicht an einem einzigen Zeugen interessiert zeigen darf«, sagte Lucas. »Ich... oh, Scheiße.«

»Was?«

»Wissen Sie, wo die Ärztin wohnt? Weather Karkinnen?« fragte Lucas mit angespannter Stimme.

»Klar. Unten am Lincoln Lake.«

Weather wohnte in einem verwinkelten weißen Schindelhaus mit steilem, schneebedecktem Dach. An einem Ende erhob sich ein Kamin aus Natursteinen, mit kahlen Weinranken bewachsen, am anderen stand eine Doppelgarage. Rotfichten schützten das Haus vor dem Nordwind. Zwei riesige Weißfichten standen dahinter am Rand des zugefrorenen Sees. Von einem niedrigen Ast der einen hing ein Seil. Die Nachbarhäuser waren ebenso groß oder noch größer als das von Weather, und zu den meisten gehörten verwitternde Bootshäuser am Seeufer.

Als Lucas und Climpt in die Einfahrt einbogen, fegte auf dem See eine Gruppe von Schneemobilen vorbei, die ein Barschild am anderen Ufer ansteuerten.

Weathers Haus war dunkel.

»Dauert nur ein oder zwei Minuten«, sagte Lucas, doch eine eisige Angst zerrte an seiner Brust und verstärkte sich, als er aus dem Wagen stieg und auf das Haus zueilte. Er läutete die Glocke, doch als keine Reaktion erfolgte, klopfte er an die Tür und rüttelte am Türknauf. Die Tür war versperrt. Er trat von der Veranda zurück, ging um das Haus herum und wollte es bei einer der Garagentüren versuchen, als innen ein Licht anging.

Ihm fiel ein Stein vom Herzen. Er drehte sich um und eilte zurück zur Tür, klingelte erneut. Plötzlich war er wieder nervös und fürchtete, sie könne denken, er sei hier, um sie anzumachen.

Einen Augenblick später öffnete Weather die innere Tür, spähte durch das Glas der Windfangtür und öffnete diese dann auch. Sie trug einen schweren Frotteemantel, der ihr bis auf die Füße reichte. Sie zog ihn am Hals zusammen, als sie sich hinausbeugte, an ihm vorbei nach dem Wagen schaute, der mit laufendem Motor in der Einfahrt stand, und sagte: »Okay, was ist passiert?«

Ein weiterer Stein fiel ihm vom Herzen. Sie dachte *nicht*, daß er...

»Ein Junge wird vermißt, nachdem ich heute in der Schule mit ihm geredet hatte«, platzte Lucas heraus. »Vielleicht ist er einfach aus dem Haus gegangen, aber das glaubt eigentlich keiner. Vielleicht hat ihn derjenige geschnappt, der die LaCourts erledigt hat. Und da wir eine Weile zusammen waren, Sie und ich... Verstehen Sie...«

»Wer ist das da draußen im Wagen?« fragte Weather.

»Gene Climpt.«

Sie winkte Climpt zu und sagte dann zu Lucas: »Kommen Sie einen Augenblick rein und erzählen Sie.«

Lucas trat den Schnee von seinen Stiefeln und ging ins Haus. Es roch leicht nach Backwaren und Kräutern. Ein modernes Aquarell, das eine Vase mit Blumen darstellte, hing an der rohweißen Wand dem Eingang gegenüber. Lucas verstand fast nichts von moderner Kunst, aber es gefiel ihm.

»Wer ist der Junge?« fragte Weather.

»John Mueller«, sagte Lucas. »Kennen Sie ihn?«

»O Gott. Arbeitet seine Mutter in der Bäckerei?«

»Ich glaube...«

»Ach, Himmel, ich hab ihn da gesehen, wie er seine Hausaufgaben machte. Mein Gott...« Sie hatte die Arme über der Brust gekreuzt und die Finger fest in den Stoff ihres Bademantels gekrallt.

»Wenn der Mörder den Jungen geschnappt hat, dann hat er die Kontrolle verloren. Durchgedreht«, sagte Lucas. Er fühlte sich groß und ungelenk in Parka und Stiefeln, Mütze und Handschuhen, während er sie in ihrem Bademantel betrachtete. »Am besten wäre, wenn Sie von hier verschwinden würden. Zumindest, bis wir für eine gewisse Sicherheit sorgen können.«

Weather schüttelte den Kopf. »Nicht heute nacht. Ich muß operieren, in...«, sie sah auf ihre Uhr, »...sieben Stunden. In fünf Stunden muß ich aufstehen.«

»Können Sie das nicht absagen?« fragte Lucas.

»Nein.« Sie schüttelte den Kopf. »Mein Patient ist bereits im Krankenhaus, nüchtern und mit Medikamenten versorgt... das wäre nicht richtig.«

»Ich muß in die Stadt«, sagte Lucas. »Ich könnte wiederkommen und auf Ihrer Couch kampieren...«

»Mit anderen Worten, mich wieder aufwecken«, meinte sie, aber sie lächelte.

»Hören Sie, das wird allmählich unangenehm.« Er war so ernst, daß sie ihm die Hand auf den Arm legte um ihn zu unterbrechen, und sagte: »Warten Sie eine Minute.« Sie ging in den dunklen Teil des Hauses, und schaltete dort eine Lampe ein. Einen Augenblick klapperte etwas, und dann kam sie mit einem Türöffner für die Garage zurück.

»Kommen Sie... achten Sie nicht auf den Schnee an Ihren Stiefeln, das ist nur Wasser.« Sie führte ihn durch das Wohnzimmer in den Flur und öffnete die erste Flurtür. »Gästezimmer. Der rechte Platz in der Garage ist frei. Sie kommen durch die Garagentür in die Küche und dann hier rein. Ich lasse ein paar Lampen brennen.«

Lucas nahm die Fernbedienung für die Garagentür, nickte und sagte: »Ich gehe um Ihr Haus herum und schaue auch hinten nach. Halten Sie die Türen verschlossen und bleiben Sie drinnen. Haben Sie Schnappschlösser?«

»Ja.«

»Dann schließen Sie die Türen ab«, sagte er. »Haben Sie ein Schloß an Ihrer Schlafzimmertür?«

»Ja, aber nur in einem Drehknopf. Nicht besonders sicher.«

»Es kann jemanden aufhalten«, sagte Lucas. »Sperren Sie es ab. Was ist mit einer Waffe? Haben Sie eine Waffe?«

»Eine 22er Flinte. Mein Vater schoß damit Eichhörnchen vom Dach.«

»Können Sie damit umgehen? Ist es geladen?«

»Ja. Und es ist noch eine Schachtel Patronen da.«

»Legen Sie es unter Ihr Bett«, sagte Lucas. »Wir sprechen uns morgen früh. Wecken Sie mich, wenn Sie aufstehen.«

»Lucas, seien Sie vorsichtig.«

»Seien *Sie* vorsichtig. Verschließen Sie die Türen.«

Er ging zum Vorraum und zog die Innentür auf. Er wollte gehen, aber sie packte ihn am Ärmel, zog ihn zurück, stellte sich auf die Zehenspitzen, küßte ihn und gab ihm fast mit der gleichen Bewegung einen leichten Schubs, der ihn durch die Windfangtür schob.

»Bis morgen früh«, sagte sie und machte die Tür zu. Er wartete, bis er das Schloß einschnappen hörte, und ging dann zum Wagen zurück. Noch immer spürte er den flüchtigen Druck ihrer Lippen auf den seinen.

»Ist sie okay?« fragte Climpt.

«Ja. Geben Sie mir die Taschenlampe. Im Handschuhfach.« Climpt ächzte, kramte im Handschuhfach herum, reichte ihm die Lampe, und Lucas sagte: »Bin gleich wieder da.«

Der Schnee rings um das Haus war unberührt, soweit er sehen konnte. An der Rückseite gab es eine breite Terrasse mit Geländer. Ein Vogelhaus wies Hunderte von Krallenabdrücken und Spuren von einem Eichhörnchen auf, aber nichts Größeres. Während er schwer durch den Schnee stapfte und zum Wagen zurückging, röhrte auf dem See eine weitere Gruppe von Schneemobilen vorbei, und Lucas dachte an den Schlitten, der bei dem Angriff auf die LaCourts benutzt worden war.

Climpt stand neben dem Wagen und rauchte. Als er Lucas kommen sah, ließ er die Zigarette fallen, trat sie aus und stieg wieder ein.

»Was gefunden?« fragte er, als Lucas ebenfalls einstieg.

»Nein.«

»Wir könnten jemanden herschicken, der ein Auge auf sie hat.«

»Ich fahre nachher zurück und kampiere in ihrem Gästezimmer«, sagte Lucas. »Vielleicht können wir uns morgen was Besseres überlegen.«

Lucas setzte in der Einfahrt zurück, und ein paar Minuten fuhren sie schweigend dahin. Dann lehnte Climpt sich lässig zurück und sagte gedehnt: »Diese Weather ist 'ne gutaussehende Frau. Hat 'nen tollen Arsch.« Mit einem halben Grinsen fügte er hinzu: »Sie ist ledig, ich bin ledig. Bin natürlich ein ganzes Stück älter, aber im Frühling krieg ich immer noch solche Kribbelgefühle. Glauben Sie, daß sie mit einem alten Kerl wie mir ausgehen würde? Vielleicht könnte ich ihr immer noch ein oder zwei Dinge zeigen...«

»Ich glaube nicht, daß sie das tun würde, Gene«, sagte Lucas und sah geradeaus durch die Windschutzscheibe.

Climpt, im Dunkeln noch immer lächelnd, sagte: »Sie glauben nicht? Verdammt schade; ich bilde mir ein, bei ihr könnte ein Mann es ganz nett haben. Und ihr würde es deswegen nicht schlechter gehen, wenn Sie verstehen, was ich meine...«

»Schminken Sie sich das ab, Gene«, sagte Lucas.

Climpt brach in ein Lachen aus, das ein halbes Husten war, und Lucas fiel in das Lachen ein. Climpt sagte: »Ich hab Sie gesehen, wie Sie zu ihrer Haustür gingen, und ich würde sagen, Sie sitzen halb in der Falle, mein Freund. Wenn Sie nicht ganz reingeraten wollen, sollten Sie lieber vorsichtig sein. Immer vorausgesetzt, daß Sie vorsichtig sein wollen...«

Carr war grau im Gesicht, sah erschöpft aus. Alt.

»Ich muß wieder raus zu den Suchtrupps«, sagte er, als Climpt und Lucas in sein Büro kamen. Lacey und vier andere Deputies waren bei ihm. »Was für ein Chaos! Wir haben Hilfswillige, die einfach nicht ausgerüstet sind. Nicht bei dieser Kälte. Die kommen da draußen um, wenn sie den Jungen suchen.«

»Wenn der Junge nicht irgendwo in einem Haus ist, ist er tot«, sagte Climpt unverblümt. »Und wenn er in einem Haus ist, dann hat es keinen Zweck, ihn draußen zu suchen.«

»Daran haben wir auch gedacht, aber wir dürfen einfach nicht aufgeben, nicht, wenn es noch eine Chance gibt«, sagte Carr. »Wo ist das Foto, von dem Henry mir erzählt hat?«

Lucas nahm es aus der Tasche und schnippte es auf Carrs Schreibtisch. Carr betrachtete es einen Augenblick und sagte dann: »Heilige Mutter Gottes.« Er fragte einen der Deputies: »Ist Tony noch da?«

»Ja, ich glaub schon.«

Carr nahm den Telefonhörer auf und tippte vier Ziffern ein. Sie alle hörten das Läuten am anderen Ende des Flurs. Dann sagte Carr: »Tony? Kommen Sie bitte in mein Büro, ja?«

Als er aufgelegt hatte, sagte Lucas: »Ich hab gestern mit Weather Karkinnen zu Abend gegessen, und die Leute haben uns miteinander reden sehen. Gene und ich sind bei ihr gewesen. Im Augenblick ist bei ihr alles in Ordnung.«

»Ich werde jemanden hinschicken«, schlug Carr vor.

Lucas schüttelte den Kopf. »Heute nacht übernehme ich das. Morgen werde ich versuchen, sie an einen sichereren Ort zu bringen, vielleicht aus der Stadt, bis diese Sache erledigt ist. Ich hoffe bloß, daß das in der Stadt kein Gerede auslöst.«

Der Sheriff zuckte mit den Schultern. »Doch, vermutlich schon, aber was soll's? Die Wahrheit kommt heraus, und dann ist alles okay.«

»Es gibt da noch ein Problem«, sagte Lucas. »Alles, was wir tun, ist anscheinend binnen Minuten in der ganzen Stadt bekannt. Sie müssen da einen Riegel vorschieben, und zwar fest. Wenn John Mueller vermißt wird, und wenn er vermißt wird, weil er mit mir geredet hat, dann ist es möglich, daß unser Mörder von einem Lehrer oder einem anderen Kind davon erfahren hat. Es ist aber auch möglich, daß es hier aus dem Revier kam. Himmel, alles, was wir getan haben...«

Carr nickte und zeigte mit einem Finger auf Lacey. »Henry, schreiben Sie ein Memo. Jeder, der unbefugt über diesen Fall redet, egal mit wem, der fliegt raus. In der Minute, in der ich davon erfahre. Und ich will auch nicht, daß jemand über Funk wichtige Dinge erzählt. Okay? In dieser Stadt muß es hundert Radios geben, die Polizeifunk abhören können, und jedes Wort, das wir sagen, ist sofort herum.«

Lacey nickte und machte den Mund auf, um etwas zu sagen, als ein kleiner, dunkelhaariger Mann den Kopf ins Büro streckte und sagte: »Sheriff?«

Carr schaute zu ihm auf, nickte und verkündete: »Ich muß eine Minute mit Tony sprechen. Könnten bitte alle rausgehen, bis auf Lucas und Henry? Und Sie, Gene, Sie bleiben... Danke.«

Als die anderen gegangen waren, sagte Carr: »Machen Sie die Tür zu.« Und zu Lucas: »Tony ist mein politischer

Mann.« Als der dunkelhaarige Mann die Tür geschlossen hatte, reichte Carr ihm das Polaroidfoto und bat: »Sehen Sie sich das Bild an.«

Tony nahm es, betrachtete es, gab es zurück, sagte: »Oh!« und knabberte an einem Daumennagel. Endlich blickte er auf und sagte: »Sheriff?«

»Kennen Sie die Frau?«

»Es gibt ein halbes Dutzend, die das sein könnten«, sagte er. »Aber etwas an ihrem Kinn...«

»Nennen Sie den Namen.«

»Judy Schoenecker.«

»Verdammt«, murmelte der Sheriff. »Das dachte ich auch, gleich, als ich's gesehen habe. Gene?«

Gene nahm das Foto, betrachtete es und schüttelte den Kopf. »Könnte sein, aber so gut kenne ich sie nicht.«

»Überprüfen wir das«, ordnete Carr an. »Lucas, was machen Sie jetzt? Es wäre am besten, wenn Sie sich von der Suche nach dem kleinen Mueller fernhielten, zumindest für eine Weile.«

Lucas schaute auf seine Uhr. »Ich fahre zurück zu Weather. Ich falle sowieso gleich tot um.« Er griff über den Schreibtisch und tippte auf das Foto: »Warum bezeichnen Sie das da nicht als vorläufige Identifizierung und sehen, ob Sie einen Durchsuchungsbefehl bekommen können?«

»Mann, es wäre mir schrecklich unangenehm, wenn...«, begann der Sheriff. Dann: »Was soll's! Ich besorge mir einen, sobald der Richter morgen aufwacht.«

»Lassen Sie mich von jemandem anrufen«, sagte Lucas.

»In Ordnung. Und, Lucas: Das mit dem Jungen, mit John Mueller, dafür konnten Sie nichts. Wenn er wirklich verschwunden ist.«

»Sie konnten wirklich nichts dafür«, stimmte Lacey zu.

»Ich weiß zu schätzen, daß Sie das sagen«, antwortete Lucas düster, »aber es ist natürlich Quatsch.«

10

Schlafen war immer schwierig gewesen. Die Demütigungen und Beleidigungen des Tages hielten ihn stundenlang wach und ließen ihn Rachepläne schmieden; Tage ohne Demütigungen und Beleidigungen gab es selten.

Die Nacht war die Zeit, in der er sich Sorgen machte. Der Eismann hatte Kraft – er war beweglich, konzentriert, klarsichtig –, aber nachts, wenn er über Dinge nachdachte, erschien ihm das, was er während des Tages getan hatte, nicht immer weise.

Er lag ruhelos im Bett und hörte drei Fahrzeuge ankommen, eines nach dem anderen, und rumpelnd über den Bordstein auf den verschneiten Parkplatz fahren. Er lauschte einen Augenblick und hörte eine Autotür klappen. Auf dem Nachttisch stand ein Radiowecker. Die Leuchtziffern besagten, daß es zwei Uhr morgens war.

Wer war da in tiefster Nacht draußen?

Der Eismann stand auf, schaltete eine Nachttischlampe ein und zog seine Jeans an. Der Boden war kalt. Er blieb stehen, suchte die Hausschuhe, die er auf den Boden geworfen hatte, schlüpfte hinein und ging die Treppe hinunter.

Noch immer drang das Licht einiger Scheinwerfer durch das Seitenfenster, und er hörte – oder spürte – einen Motor im Leerlauf, und Leute, die sich auf dem Parkplatz unterhielten. Als er das Fußende der Treppe erreichte, gingen die Scheinwerfer aus, und die Stimmen verstummten. Einen Augenblick später begann jemand, an die Tür zu klopfen.

Der Eismann ging zum Fenster, zog den Vorhang zurück und spähte hinaus. Eisblumen bedeckten die Mitte der Fensterscheibe, doch durch eine klare Stelle konnte er die Suchscheinwerfer auf dem Dach von Russ Harpers Kleinlaster unter dem blauen Hoflicht sehen.

»Harper«, murmelte er. Schlechte Neuigkeiten.

Das Klopfen begann von neuem, und der Eismann schrie: »Einen Augenblick!« Er ging zur Tür und schloß sie auf. Harper stand auf dem Treppenabsatz aus Beton und stampfte den Schnee von seinen Stiefeln. Er blickte auf, als der Eismann die Tür öffnete, und ohne ein Wort schob er sich an ihm vorbei ins Haus. Sein Gesicht sah aus wie aus Holz geschnitzt. Er trug eine rotkarierte Jagdjacke aus Wolle und Lederhandschuhe. Zwei andere Männer und eine Frau waren hinter ihm, alle in Parkas mit Kapuzen und dicken Skihandschuhen, Kord- oder Wollhosen und Schneestiefeln. Ihre Gesichter waren bleich vom Winter und angespannt vor Streß.

»Russ«, sagte der Eismann, als Harper sich an ihm vorbeischob. »Andy. Doug. Wie geht's, Judy?«

»Wir müssen reden«, sagte Harper und zog seine Handschuhe aus. Die drei anderen wichen den fragenden Blicken des Eismannes aus und schauten statt dessen Harper an. Harper war derjenige, mit dem der Eismann es zu tun haben würde.

»Was ist los?« sagte er. An der Oberfläche war sein Gesicht schlaff und verschlafen. Innen begann die Bestie sich zu rühren.

»Hast du die LaCourts umgebracht?« fragte Harper und trat näher an ihn heran. Das Herz des Eismannes tat einen Satz, und für einen kurzen Moment fiel ihm das Atmen schwer. Aber er war ein guter Lügner. Es war immer ein guter Lügner gewesen.

»Was? Nein, natürlich nicht. Ich war hier...« Er machte ein schockiertes Gesicht. Harper sagte: »Scheißkerl.« Dann drehte er sich um und schüttelte den Kopf. Er berührte seine Lippen und zuckte zusammen, und der Eismann sah etwas wie eine winzige Blutspur.

»Wovon redest du, Russ?« fragte er. »Verdammt, ich habe nichts damit zu tun. Ich war hier, es gibt Zeugen«, beschwerte er sich. *Bring ihn einfach um, Zeugen hin oder her: Ich wollte es nicht; er fiel einfach um...*

Harper zog sich die Jacke aus. Er warf sie auf einen niedrigen Tisch und zerrte seine Hose zurecht. »Scheißkerl«, sagte er wieder, drehte sich um, packte den Eismann an seiner Schlafanzugjacke und zog ihn so zu sich, daß er das Gleichgewicht verlor.

»Du Scheißkerl, das wollen wir hoffen«, blies Harper ihm ins Gesicht. Sein Atem roch nach Wurst und schlechten Zähnen, und dem Eismann wurde beinahe übel. »Wir wollen nichts mit einem verdammten bescheuerten Killer zu tun haben.«

Der Eismann hob die Hände in Schulterhöhe, zuckte mit den Achseln, versuchte, sich nicht gegen Harpers Griff zu wehren, nicht zu atmen. *Ihn jetzt umbringen...*

Von den Leuten in ihrer Gruppe war Harper der einzige, der ihm Sorgen machte. Harper war zu allem fähig. Harper hatte etwas Verrücktes, Mörderisches an sich: Narben auf der glänzenden Stirn, Beulen. Und wenn er wütend war, war er unberechenbar. Ein Alptraum von einem Mann, der Typ, den man in einer Motorradfahrerkneipe traf, jemand, der anderen gern weh tat, ein Mann, der immer glaubte, andere wollten ihm ans Leder. Er machte dem Eismann Sorgen, aber keine Angst. Zur rechten Zeit würde er schon mit ihm fertig werden...

»Bei Gott, ehrlich, Russ«, sagte er mit einer hilflosen Geste. »Mann, beruhige dich doch.«

»Fällt mir verdammt schwer, mich zu beruhigen. Die Bullen waren heute abend bei mir, und haben versucht, mich fertigzumachen«, erzählte Harper. »Dieser Arsch aus Minneapolis und der alte Gene Climpt, die haben mich in die Mangel genommen, kapiert ihr?« Speichel sprühte aus seinem Mund, und der Eismann wich ihm aus. »Kapierst du?«

»Komm, Russ...«

Harper war unbeugsam, zog ihn noch etwas höher, und seine schwieligen Knöchel drückten in das weiche Fleisch unter dem Kinn des Eismanns. »Weißt du, was wir gemacht haben? Wir haben Kinder gebumst. Minderjährige gevögelt, das haben wir gemacht, wir alle. Das ganze blöde Gerede darüber, ihnen dies oder das beizubringen – den Bullen ist das scheißegal. Die stecken uns alle in den verdammten Knast, so sicher, wie Bären in den Wald scheißen.«

»Es gibt keinen Grund zu glauben, ich hätte das getan«, sagte der Eismann und zwang seine Stimme, aufrichtig zu klingen. Und die Bestie flüsterte: *Bringen wir ihn um. Jetzt jetzt jetzt...*

»Ich schwör's dir«, sagte der Eismann. Er wich mit dem Blick zur Seite aus, dann abwärts, dann wieder aufwärts. Er rang die Bestie nieder und holte Luft. »Hör zu, wir müssen jetzt die Ruhe bewahren.«

Der Mann namens Doug hatte einen Bart und alte Pokkennarben, die die Haut über dem Bart und seine rote Nase löcherten. »Die Indianer denken, daß es ein Windigo getan hat«, sagte er.

»Das ist das Blödeste, was ich je gehört habe«, sagte Harper und richtete seine Feindseligkeit gegen Doug. »Verdammter Windigo.«

Doug zuckte die Achseln. »Ich sag euch bloß, was ich gehört habe. Im Reservat reden alle darüber.«

»Großer Gott.«

»Judy und ich hauen von hier ab«, sagte Andy unvermittelt, und alle wandten sich ihm zu. Judy nickte. »Wir gehen nach Florida.«

»Wartet, wenn ihr weggeht...«, begann der Eismann.

»Kein Gesetz verbietet einem, in Urlaub zu fahren«, sagte Andy. Er schaute seitlich zu Harper. »Und wir sind raus aus der Sache. Aus dem ganzen Ding. Ich will nichts mit dir zu tun haben. Und mit den anderen auch nicht. Wir nehmen die Mädchen mit.«

Harper ging auf sie zu, aber Andy trat ihm unerschrocken entgegen, und Harper blieb stehen.

»Ich werd nicht mit den Bullen reden, ihr wißt, daß ich das nicht kann, also seid ihr alle sicher. Und keiner von euch hat was zu gewinnen, wenn er kommt und uns sucht«, schloß Andy.

»Weglaufen ist eine blödsinnige Idee«, sagte Harper. »Weglaufen macht die Leute nur mißtrauisch. Wenn was rauskommt, wird es keinem helfen, in Florida zu sein. Sie kommen und holen euch.«

»Ja, aber wenn einer nur kommen und reden will, so nebenbei, und wir sind nicht da... tja, dann werden sie die Sache vielleicht einfach vergessen«, sagte Andy. »Jedenfalls haben Judy und ich beschlossen, daß wir von hier abhauen. Wir haben den Nachbarn schon Bescheid gesagt. Wir haben behauptet, daß uns das Wetter hier zuviel wird und wir für eine Weile in den Süden fahren. Keiner wird sich was dabei denken.«

»Ich hab dabei kein gutes Gefühl«, sagte Doug.

Draußen rollte ein Wagen vorbei, die Scheinwerfer schienen flackernd durchs Fenser, und fuhr dann weiter. Alle schauten zum Fenster.

»Wir müssen gehen«, sagte Andy schließlich und zog seine Handschuhe an. Zum Eismann sagte er: »Ich weiß nicht, ob ich dir glauben soll oder nicht. Wenn ich denken würde, du hättest es getan...«

»Was dann?«

»Ich weiß nicht...«, sagte Andy.

»Wieso habt ihr geglaubt...«

»Wegen dem gottverdammten Bild, das Frank LaCourt hatte. Soweit ich weiß, war ich der einzige, mit dem er darüber geredet hat. Und der einzige, mit dem ich geredet habe, warst du.«

»Russ... ich...« Der Eismann schüttelte den Kopf und setzte eine traurige Miene auf. Er wandte sich an Andy. »Wann fahrt ihr?«

»Wahrscheinlich morgen abend oder übermorgen«, sagte

Judy. Ihr Mann blickte rasch zu ihr hinüber, und er nickte.

»Muß noch 'n paar Sachen erledigen«, murmelte er.

Andy und Judy gingen als erste, setzten ihre Kapuzen auf und hielten nach Autoscheinwerfern Ausschau, ehe sie auf den Parkplatz hinausgingen. Als Harper den Reißverschluß seines Parkas zuzog, drohte er: »Wehe, du schmierst uns an.«

»Das tue ich nicht...« Der Eismann stand da, Fersen zusammen, Fingerspitzen in den Hosentaschen, ein etwas gereiztes, aber aufrichtiges Lächeln auf den Lippen.

»Wenn du das tust, dann besorge ich mir ein Messer, komme her, schneide dir die Eier ab, koch sie und geb sie dir zu fressen«, sagte Harper.

»Komm schon, Russ...«

Doug sah den Eismann an und drehte sich dann zu Harper um. »Ich weiß nicht, ob er's getan hat oder nicht. Aber eins sag ich dir: Shelly Carr wäre nicht fähig, mit beiden Händen und einer Taschenlampe seinen eigenen Arsch zu finden. Ganz gleich, wer's getan hat, wir wären ziemlich sicher, wenn Shelly die Untersuchung allein leitete.«

»Also?«

»Wenn also diesem Bullen aus Minneapolis irgend etwas zustoßen würde...«

Harper sah ihn mit seinen Eidechsenaugen an. »Wenn ihm was passieren würde, wäre das verdammt schade, aber ein Mann müßte blöd sein, darüber zu reden«, sagte er. »*Egal mit wem.*«

»Richtig«, sagte Doug. »Da hast du recht.«

Als sie weg waren, drehte der Eismann sich im Zimmer um. Die Bestie stieg in seiner Kehle auf. Er fuhr sich mit der Hand durch die Haare und trat wütend gegen einen Stuhl. »Dumm«, sagte er; dann schrie er es: »DUMM!«

Und nahm sich wieder zusammen. Kontrollierte sich,

schloß die Augen, entspannte sich, atmete bewußt regelmäßig, spürte, wie sein Herzschlag langsamer wurde. Er verschloß die Tür, schaltete die Lampen aus, wartete, bis der letzte Wagen den Parkplatz verlassen hatte, und ging dann wieder die Treppe hinauf.

Er könnte heute nacht zu Harper gehen, mit der 44er. Ihn erledigen. Harper hatte ihn behandelt wie ein Stück Dreck, wie Müll. *Ja*, sagte die Bestie, *erledige ihn*...

Nein. Er war schon zu viele Risiken eingegangen. Außerdem könnte Harper nützlich sein. Harper könnte den Prügelknaben abgeben.

Doug und Judy und Andy... so viele Probleme. So viele verzweigte Wege zu Schwierigkeiten. Wenn irgend jemand die Nerven verlor...

Judys Gesicht fiel ihm ein. Sie war eine unscheinbare Frau, ihr Gesicht faltig von fünfundvierzig Wintern in den nördlichen Wäldern. Sie arbeitete in einem Videoverleih, und sie sah aus wie... jedermann. Wenn man sie in einem Supermarkt traf, fiel sie einem nicht auf. Aber der Eismann hatte gesehen, wie sie mit den Harpers Sex gehabt hatte, mit Vater und Sohn gleichzeitig, einen an jedem Ende, während ihr Mann zusah. Er hatte ihr zugesehen und dem Eismann, wie er ihren Töchtern das richtige Blasen beibrachte. Sie hatte ihren Mann mit Mark Harris und Ginny Harris gesehen, dem Mädchen mit den gelblichen Haaren...

All das hatte sie gesehen, hatte sie getan, und doch: In einem Supermarkt würde sie nicht auffallen.

Als die Musik leiser und langsamer wurde, fing er wieder fieberhaft an zu überlegen, was er tun sollte. Kämpfen oder weglaufen? Diesmal aber schien das Problem kein endloses, verschlungenes Knäuel von Möglichkeiten zu sein, sondern eher ein einzelner, komplizierter, aber beherrschbarer Organismus.

Er war durchaus nicht besorgt. Es gab viele Dinge, die er tun könnte. Das Bild John Muellers kam ihm in den Sinn:

rote Flecken auf weiß, wie eine Herz-Acht, das Rot im Schnee um den Jungen herum...

John Mueller war ein Beispiel.

Handeln beseitigte Probleme.

Es war Zeit, wieder zu handeln.

11

Lucas trat leise ins Haus, zog seine Stiefel aus und blieb stehen, um zu lauschen. Die Heizung war offenbar gerade erst angesprungen. Die Rohre klickten und knackten, während sie sich mit heißer Luft füllten und ausdehnten. Weather hatte eine kleine Lampe über der Spüle brennen lassen. Auf Zehenspitzen schlich er durch Küche, Wohnzimmer und Flur zum Gästezimmer und schaltete das Licht ein.

Der Raum wirkte unbenutzt, einsam. Die Kommode war abgestaubt, aber es stand nichts darauf, und die Schubladen waren leer. Eine Lampe und ein kleiner Reisewecker befanden sich auf einem Nachttisch, daneben ein Block und ein Stift. Der Block schien unberührt. Der Raum ist bereit für Gäste, dachte Lucas, aber es kommen nie welche.

Er schälte sich aus Parka, Hemd, Hose und Thermo-Unterwäsche und warf alles auf die Kommode. Er war im Motel vorbeigefahren und hatte sein Rasierzeug und frische Unterwäsche geholt. Beides legte er zusammen mit seiner Uhr auf den Nachttisch, nahm die 45er aus dem Halfter, schob ein Magazin in die Kammer und plazierte sie neben die Uhr. Nachdem er noch einen Augenblick an der offenen Schlafzimmertür gelauscht hatte, schaltete er das Licht aus und kroch ins Bett. Das Bett war zu hart, die Federn der Matratze zu neu, als hätte nie jemand darin geschlafen. Das Kissen drückte seinen Kopf hoch. Er würde niemals einschlafen.

Die Matratze wackelte.

Jemand da. Er war einen Augenblick verwirrt, drehte den Kopf, schlug die Augen auf. Er sah Licht im Flur und erinnerte sich an das Gewicht. Er richtete sich halb auf, stützte sich auf die Ellbogen und sah Weather am Fußende des Bettes sitzen. Sie war zur Arbeit gekleidet und hielt eine Tasse Kaffee, aus der sie trank.

»Himmel, wie spät ist es?«

»Kurz nach sechs. Ich muß los«, sagte sie. Sie war hellwach. »Danke, daß Sie gekommen sind.«

»Lassen Sie mich aufstehen.«

»Nein, nein. Shelly schickt einen Deputy rüber. Ich komme mir albern vor.«

»Dazu gibt es keinen Grund, das ist nicht albern«, sagte er scharf. »Und Sie sollten nachts woanders hingehen. Suchen Sie sich aufs Geratewohl etwas aus. Ein Motel in Park Falls. Sagen Sie uns, wann Sie fahren, und wir lassen Sie draußen auf dem Highway von jemandem überwachen, um sicher zu sein, daß Ihnen keiner folgt.«

»Ich werde drüber nachdenken«, sagte sie. Sie tätschelte seinen Fuß. »Sie sehen morgens aus wie ein Bär«, sagte sie. »Und Ihr langes Unterzeug ist süß. Ich mag die Farbe.«

Lucas sah auf die lange Unterwäsche hinunter. Sie war von einem vagen Rosa. »Hab sie mit einem roten Hemd gewaschen«, murmelte er. »Und verdammt, es ist noch nicht Morgen. Der Morgen fängt an, wenn der Briefträger kommt.«

»Der kommt hier nicht vor ein Uhr«, sagte Weather.

»Dann fängt der Morgen um ein Uhr an«, sagte er. Er ließ sich auf das Kissen zurückfallen. »John Mueller?«

»Sie haben ihn nicht gefunden«, sagte sie. »Als der Deputy anrief, habe ich gefragt.«

»O Gott.«

»Ich fürchte, er lebt nicht mehr«, sagte sie. Sie schaute auf ihre Uhr. »Und ich muß gehen. Vergewissern Sie sich, daß alle Türen verschlossen sind, und gehen Sie durch die Garage, wenn Sie aufbrechen. Die Garagentür schließt automatisch.«

»Natürlich. Würden Sie...«

»Was?«

»Heute abend mit mir essen? Wieder?«

»Gott, jetzt drängen Sie mich auch noch«, sagte sie. »Das mag ich an Männern. Klar. Aber warum nicht hier? Ich werde kochen.«

»Fabelhaft.«

»Sechs Uhr«, sagte sie. Sie nickte in Richtung Nachttisch, als sie aus der Tür ging. »Das ist eine große Kanone.«

Er hörte, wie sich die Tür zur Garage öffnete und schloß. Danach war es still im Haus, Lucas schlief wieder ein. Als er wieder aufwachte, war es acht Uhr. Er setzte sich einen Augenblick auf den Bettrand, tappte den Flur entlang ins Badezimmer, rasierte sich, stürzte begierig in die Dusche, bekam dafür einen Guß eisigen Wassers ab und wartete lieber zitternd außerhalb des Plastikvorhangs, bis das Wasser heiß wurde. Dann trat er darunter und ließ den prickelnden Strom auf seinen Nacken prasseln.

Harper. Sie mußten Harper die Daumenschrauben anlegen. Bisher war er der einzige Mensch, der vielleicht etwas wußte... Er trat aus der Dusche und suchte im Medizinschrank nach Shampoo. Es gab keines, doch er fand zwei Packungen Antibaby-Pillen. Er nahm sie in die Hand, drehte sie um und suchte nach dem Verschreibungsdatum. Mehr als zwei Jahre alt. Aha. Er hatte wohl gehofft, daß sie am Vortag gekauft worden waren. Eitelkeit. Er legte sie dahin zurück, wo er sie gefunden hatte. Natürlich, wenn sie seit zwei Jahren keine Pille genommen hatte, lief bei ihr vermutlich nicht viel.

Er fand eine Flasche Shampoo, trat wieder in die Dusche und wusch sich die Haare.

Harper war nicht das einzige Problem. Es gab noch immer die Sache mit der Tatzeit. Da war etwas nicht in Ordnung. Und dieser Priester... Er schien nicht in diese Kindersex-

Ecke zu passen. In Minnesota hatte es eine aufsehenerregende Reihe von Fällen gegeben, wo Priester Kinder aus ihrer Gemeinde mißbraucht hatten, aber diese Männer hatten sämtlich allein gehandelt. Die Stellung eines Priesters in einer kleinen Gemeinde schloß mit ziemlicher Sicherheit automatisch jede Art von Ring aus...

»O nein«, sagte Lucas spuckend.

Er hätte eher darauf kommen sollen. Er trat aus der Dusche, ging den Flur entlang in die Küche und suchte ein Telefon. Er erreichte Carr in seinem Büro.

»Haben Sie überhaupt geschlafen?« fragte er.

»Ein paar Stunden, auf der Couch im Büro«, sagte Carr. »Wir haben einen Durchsuchungsbefehl für Judy Schoenekkers Haus. Sie können da mit hinfahren.«

»Ich würde Gene gern mitnehmen. Bei Harper war er ziemlich gut.«

»Wie ich höre, könnte es ein, daß Harper heute morgen eine wunde Nase hat«, sagte Carr.

»Das ist die Kälte«, sagte Lucas. »Hören Sie, wie viele Leute wohnen da unten an der Seestraße, jenseits vom Haus der LaCourts? Wie viele weitere Häuser gibt es da?«

»Hmm, vielleicht zwanzig oder dreißig. Und noch ein paar Feriendörfer, aber die sind natürlich geschlossen. Niemand da außer den Besitzern.«

»Könnten Sie mir eine Liste besorgen?«

»Klar. Der Finanzbeamte dürfte Bescheid wissen. Und wir können uns Grundbuchauszüge besorgen. Wonach suchen Sie?«

»Das weiß ich, wenn ich es sehe. Ich bin in zwanzig Minuten da«, sagte Lucas.

Als er auflegte, merkte er, daß ihm eiskalt war. Er eilte zurück ins Badezimmer und sprang wieder unter die Dusche. Nach zwei weiteren Minuten unter heißem Wasser frottierte er sich, zog sich an und verließ das Haus.

Carr kaute an einem Doughnut mit Puderzucker herum, als Lucas hereinkam. Er zeigte auf eine weiße Papiertüte und sagte: »Bedienen Sie sich... Wozu wollen Sie Namen der Leute unten an der Straße?«

»Nur um zu sehen, was es da unten gibt«, sagte Lucas und fischte ein Rosinenbrötchen aus der Tüte. »Haben Sie sie?«

»Ich habe George – er ist der Finanzbeamte –, ich habe George gesagt, daß wir die Liste brauchen, sie sollte also fertig sein«, sagte Carr. »Ich bringe Sie hin.«

George war groß und dunkel, wurde kahl und hatte spitze Fingernägel. Er nahm eine Flurkarte des Seengebiets heraus und benutzte seinen spitz zugefeilten Zeigefingernagel, um die Straße nachzuziehen und die Bewohner aufzuzählen, bis hinunter zu den Säuglingen. Drei der Häuser wurden von alleinstehenden Männern bewohnt.

»Kennen Sie diese Burschen?« fragte Lucas Carr.

»Ja«, sagte Carr. »Aber der einzige, den ich gut kenne, ist Donny Riley, er ist Mitglied im Schieß- und Angelclub von Ojibway. Ganz netter Kerl, pensionierter Postbote. Die beiden anderen sind Bob Dell, der in einer Sägemühle arbeitet, und Darrell Anderson, der das Stone-Hawk-Reservat leitet.«

»Sind sie verheiratet? Verwitwet, geschieden? Was?«

»Riley war jahrelang verheiratet. Seine Frau starb. Darrell war immer mal wieder mit einem der Mädchen aus dem Krankhaus zusammen, aber ich weiß nicht viel von ihm. Bob ist eher so der Typ des alleinstehenden Farmers.«

»Ist einer von denen katholisch?« fragte Lucas.

»Tja...« Carr sah den Finanzbeamten an, und dann schauten sie beide Lucas an. »Ich glaube, Bob geht zur Sonntagsmesse.«

»Ist er von hier?«

»Nein, nein, er kommt aus Milwaukee«, sagte Carr. »Was peilen wir hier eigentlich an?«

»Nichts Besonderes«, sagte Lucas. »Gehen wir wieder nach oben.« Und zu dem Finanzbeamten sagte er: »Danke.«

Lacey saß in Carrs Büro, die Füße auf eine Ecke seines Schreibtischs gelegt. Als sie eintraten, nahm er die Füße rasch herunter und schlug dann die Beine übereinander.

»Sie werden meinen Schreibtisch noch ruinieren, und dann ziehe ich Ihnen das vom Gehalt ab«, brummte Carr.

»Entschuldigung«, sagte Lacey.

»So, was zum Teufel sollte das eigentlich alles? Das da unten mit George?« fragte Carr Lucas und setzte sich auf seinen Drehstuhl.

»Es gibt hier so ein Gerücht – nur ein Gerücht –, daß Phil Bergen schwul ist. Deswegen habe ich ihn gestern abend gefragt, ob er je irgendwelche homosexuellen Kontakte hatte.«

»Das ist die schlimmste Sorte Blödsinn«, platzte Carr heraus. »Wo haben Sie das gehört, daß er schwul sein soll?«

»Hören Sie, ich versuchte herauszufinden, warum er behauptet, daß er bei den LaCourts war, als die LaCourts schon tot gewesen sein müssen«, sagte Lucas. »Warum er das nicht zurücknimmt. Und da habe ich mir gedacht, was wäre, wenn er anderswo, weiter die Straße runter, gewesen ist, das aber nicht sagen kann?«

»Verdammt«, sagte Carr. Er drehte sich um und schaute durch die halb geöffneten Jalousetten aus seinem Fenster. »Sie haben eine dreckige Phantasie, Davenport.«

»Denken Sie an jemand Bestimmten?« fragte Lacey. Lucas wiederholte die drei Namen. Lacey starrte ihn einen Augenblick an, räusperte sich dann, rutschte auf die Kante seines Stuhls und wandte sich dem Sheriff zu. »Also, Shelly, hören Sie, meine Frau kennt Bob Dell. Ich sagte einmal etwas in dem Sinne, daß er gut aussieht, nur so zum Spaß, und sie sagte: ›Bob ist nicht von der Art, die sich für Frauen interessiert, glaube ich.‹ Das hat sie gesagt.«

»Sie hat gesagt, daß er schwul ist?« fragte Carr, wandte sich um, warf den Kopf zurück und starrte seinen Deputy an wie eine Eule.

»Nein, eigentlich nicht«, widersprach Lacey. »Nur, daß er nicht der Typ ist, der sich für Frauen interessiert.«

»Übel«, stellte Carr fest.

»Es würde eine Menge erklären«, sagte Lucas. »Wenn die Leute da unten wissen, daß dieser Bob Dell schwul ist... vielleicht war Bergen dort, verstrickte sich in eine Lüge und konnte sie dann nicht mehr zurücknehmen. Schauen Sie sich seine Sauferei an. Wenn er unschuldig ist, woher kommt dann der ganze Druck?«

»Nicht zuletzt aus diesem Büro«, sagte Carr. Er erhob sich, fing an, auf und ab zu gehen und preßte einen Fingerknöchel gegen seine Zähne. »Wir müssen Dell überprüfen«, sagte er schließlich.

»Sehen Sie, ob Sie sein Geburtsdatum feststellen können. Fragen Sie beim NCIC und in Milwaukee nach, wenn er von dort stammt«, riet Lucas. »Und denken Sie darüber nach: Wenn *das* Bergens Problem ist, dann ist er in der Mordsache entlastet.«

»Ja.« Carr fuhr herum und starrte aus seinem Fenster, das auf einen Schneehaufen, einen verschneiten Zaun und die Rückseiten mehrerer Häuser in der benachbarten Straße hinausging. »Aber in der Schwulensache wäre er nicht entlastet. Und das würde ihm das Genick brechen.«

Sie dachten alle einen Augenblick darüber nach, dann sagte Carr: »Gene Climpt trifft Sie um zwölf Uhr draußen beim Mill-Restaurant.« Er reichte Lucas einen Durchsuchungsbefehl.

Lucas sah ihn an und steckte ihn in seine Jackentasche. »Überhaupt nichts über John Mueller?«

Carr schüttelte den Kopf. »Nichts. Wir suchen jetzt nach einer Leiche.«

Lucas verbrachte den Vormittag am Haus der LaCourts. Ein elektrisches Heizgerät gab sich Mühe, die Garage warmzuhalten, doch ohne Isolierung und bei dem ständigen Kommen und Gehen der Spurensicherung war das kaum möglich. Alle in der Garage trugen offene Parkas oder dicke Pullover. Es war kaum warm genug, um ohne Handschuhe auszukommen. Ein langer Tapeziertisch war aufgestellt worden und bog sich unter Papieren, elektronischer Ausrüstung und einem Computer mit Drucker.

Die Mannschaft hatte in der Küchenwand ein stark deformiertes Geschoß gefunden. Nach Basis und Gewicht zu urteilen, wenn man einen gewissen Verlust an der Ummantelung berücksichtigt, glaubten die Techniker, es handele sich bei der Waffe wahrscheinlich um eine 44er Magnum. Bestimmt keine 357er. Die Waffe, die Lucas in der Nacht nach den Morden gefunden hatte, war nicht abgefeuert worden.

»Die Kleine lebte noch, als ihr das Ohr abgeschnitten wurde, und anscheinend wurden ihr auch ein paar andere Teile aus dem Gesicht geschnitten, solange sie noch lebte«, sagte ein Techniker, von einem Fax vorlesend. »Die Autopsie ist beendet, aber eine Menge Testergebnisse stehen noch aus...«

Eintönig begann der Techniker, eine Liste weiterer Funde zu verlesen. Lucas hörte zu, doch alle paar Sekunden schweiften seine Gedanken ab und richteten sich auf Weather. Er hatte sich immer zu klugen Frauen hingezogen gefühlt, doch wenige seiner Affären hatten zu irgend etwas geführt. Er hatte eine Tochter mit einer Frau, die er nie geliebt hatte, wenn er sie auch sehr gern mochte. Sie war Reporterin, und nur gemeinsame Sucht nach Streß und Veränderung hatte sie beide zusammengehalten. Er hatte eine andere Frau geliebt oder lieben können, die von ihrer Karriere als Polizistin verzehrt wurde. Weather paßte in dieses Schema. Sie war ernsthaft und zäh, aber sie schien einen intakten Sinn für Humor zu haben.

Ich kann das hier nicht wegen Weather vermasseln, dachte er, und wieder: *Ich darf es nicht vermasseln.*

Crane kam herein, Dampfwölkchen verbreitend, stampfte

mit den Füßen auf und ging hinter Lucas vorbei zu einer Kaffeekanne. »Er hat den Boiler benutzt, um das Feuer zu entfachen«, sagte er zu Lucas' Hinterkopf.

»Was?«

Lucas drehte sich auf seinem Stuhl um. Crane, noch immer in seinen Parka gehüllt, schenkte sich eine Tasse Kaffee ein. »Der Heißwasserhahn war über der Wanne mit Wäsche geöffnet, und rund um den Boiler war eine Menge Treibstoffmischung verschüttet. Das Gerät ist natürlich hin, aber es sieht so aus, als gäbe es Spuren von verkohlter Baumwolle in der Öffnung für die Zündflamme.«

»Erklären Sie das mal weniger fachmännisch«, schlug Lucas vor.

Crane grinste. »Er verschüttete seinen Treibstoff überall im Haus, tränkte einen Lappen damit und legte ihn über den Brenner im Boiler. Er mußte aufpassen, um ihn von der Zündflamme fernzuhalten. Dann drehte er den Heißwasserhahn auf und ließ das Wasser auslaufen. Nicht allzu schnell. Dann ging er weg. Nach ein paar Minuten sank der Wasserstand im Tank, wurde mit kaltem Wasser aufgefüllt...«

»Und der Brenner sprang an.«

»Bumm«, sagte Crane.

»Warum hat er das gemacht?«

»Wahrscheinlich, um sicher zu sein, daß er rechtzeitig rauskommt. Wir rechnen damit, daß fünfzehn Gallonen Treibstoff im ganzen Haus verschüttet wurden. Vielleicht hatte er Angst, da ein Streichholz reinzuwerfen. Aber es bedeutet, daß er schon vorher daran gedacht haben muß, das Haus anzuzünden. So etwas fällt einem nicht ein, wenn man dasteht... nachdem alles passiert ist.«

»Wenn es so war, bedeutet das, daß eine gewisse Zeit verstrichen ist zwischen dem Moment, in dem er wegging, und dem Ausbruch des Feuers, richtig?«

»Richtig.«

»Wie lange?«

»Weiß ich nicht«, sagte Crane. »Wir wissen nicht, in welchem Zustand der Wassertank war, ehe er das Wasser aufdrehte, und wie heiß das Wasser schon war. Er hat den Hahn nicht sehr weit aufgedreht, nur zu einem stetigen Rinnsal. Es kann vier oder fünf Minuten, aber auch bis zu zwanzig Minuten gedauert haben.«

Ein weiterer Aufschub, dachte Lucas. Mehr Zeit zwischen den Morden und dem Augenblick, als der Jeep an der Feuerwache vorbeifuhr. Es gab nun keine Hoffnung mehr auf einen geringfügigen Irrtum, ein kleines zeitliches Vertun. Der Priester *konnte nicht* bei den LaCourts gewesen sein.

»... die übriggebliebenen Alben durchgesehen ...« Crane sprach über die Suche nach dem fehlenden Zeitungsfoto.

»Es ist sicher nicht in einem Album gewesen«, sagte Lucas unvermittelt. »Sie hätten es irgendwo hingetan, wo sie es griffbereit hatten – an einen Ort, wo es sowohl unauffällig als auch sicher war. Wo es keiner sehen mußte, sie es aber leicht nehmen und sagen konnten: ›Da ist es.‹«

»Okay. Aber wo?« fragte Crane.

»Keksdose oder so.«

»Wir haben das meiste von dem Kram in der Küche und in ihrem Schlafzimmer durchgesehen, jedenfalls das, was noch übrig ist. Wir haben nichts dergleichen gefunden.«

»Okay ...«

»Wir nehmen alles zentimeterweise auseinander«, sagte Crane. »Aber das dauert.«

Lucas machte zwei Anrufe und nahm einen entgegen. Der erste Anruf ging an eine Nonne in Minneapolis, eine alte Freundin, Professorin für Psychologie an einem College. Elle Kruger, nun Schwester Mary Joseph.

»Elle, hier ist Lucas, Wie geht's?«

»Gut«, sagte sie sofort. »Ich habe Winstons Vorausexemplar von dem neuen *Grove of Trees* bekommen. Ich hab's übers Wochenende mit Schwester Louisa laufen lassen, und es ist uns gleich zu Anfang abgestürzt, irgendein Irrtum, weil ein Speicher überlief.«

»Verdammt, sie haben behauptet, sie hätten das in Ordnung gebracht.« *Grove of Trees* war eine komplizierte Simulation der Schlacht von Gettysburg, an der er jahrelang gearbeitet hatte. Elle Kruger war ein Spiele-Freak.

»Tja, das war auf Schwester Louisas Kiste«, sagte sie. »Irgendwas stimmt nicht mit dem Ding, denn ich habe dieselbe Diskette auf meinem Computer laufen lassen, und da funktionierte sie bestens.«

»Okay, ich werde mit denen reden. Aber wir müßten mit allem kompatibel sein«, sagte Lucas. »Hör zu, ich habe ein anderes Problem, und das hat mit der Kirche zu tun. Ich weiß nicht, ob du mir helfen kannst, aber da werden Leute umgebracht.«

»Das geschieht doch andauernd, nicht?« sagte sie. »Wo bist du? Und wieso hat es mit der Kirche zu tun?«

Rasch umriß er das Problem: der Priester, die fehlende Zeit, die Frage nach dem Mann am Ende der Straße.

»Lucas, du solltest dich in der Erzdiözese von Milwaukee umhören«, sagte Elle.

»Elle, ich habe keine Zeit, mich mit der kirchlichen Bürokratie herumzuschlagen, und du weißt, wie sie sind, wenn es möglicherweise um einen Skandal geht. Das ist, als wollte man aus einer Schweizer Bank Informationen herausholen. Dieser Kerl, dieser Bergen, ist etwa in unserem Alter, und ich wette, daß du Leute kennst, die ihn kennen. Ich bitte dich nur um ein paar Anrufe, um zu sehen, ob du Freunde von ihm finden kannst. Soviel ich hörte, war er in Marquette. Hör dich um. Nichts Förmliches, keine große Sache.«

»Lucas, das könnte mir schaden. Bei der Kirche. Ich muß an meinen Ruf denken.«

»Elle ...«, drängte Lucas.

»Laß mich erst darüber beten.«

»Tu das. Versuche, mich heute abend zurückzurufen. Elle,

da werden Leute umgebracht, darunter mindestens ein Junge von der Junior High, vielleicht zwei. Mißbrauch von Kindern. Es gibt homosexuelle Fotos, die in Untergrund-Magazinen veröffentlicht wurden...«

»Hab schon kapiert«, versetzte sie schroff. »Laß mich beten. Laß mich einfach.«

Als Lucas auflegte, kam ein Deputy herein. »Shelly hat über Funk angerufen. Er ist auf dem Weg hierher, und er möchte, daß Sie warten.«

»Okay.«

Der zweite Anruf ging an die Polizei von Minneapolis zu einem Einbruchspezialisten namens Carl Snyder.

»Wenn Sie eine Frau wären, die für ein paar Tage etwas unauffällig in ihrem Haus verstecken will, ein Pornobild, und zwar an einer Stelle, wo zufällig vorbeikommende Nachbarn es nicht sehen, wo es aber schnell zur Hand ist, wo würden Sie das hintun?«

»Hmmm... haben Sie was zu schreiben?« fragte Snyder. Snyder wußte so viel über Einbrüche, daß Lucas argwöhnte, er habe vielleicht ein bißchen Feldforschung betrieben. Es hatte vor zwölf Jahren eine Serie überaus eleganter Münz- und Juwelendiebstähle in Minneapolis gegeben. Nichts davon hatte man je wiedergefunden.

»Sprechen Sie nicht mit mir«, sagte Lucas. »Hier gibt es einen Mann namens Crane von der staatlichen Kriminalpolizei Wisconsin. Ich verbinde Sie.«

Crane redete mit Snyder, sagte häufig *Ja*, nickte, und nachdem er aufgelegt hatte, zog er seinen Parka an und meinte: »Wollen Sie mitkommen?«

»Warum nicht? Wo sehen wir nach?« fragte Lucas.

»Um den Eisschrank herum. Dann unter Schachteln im Schrank. Natürlich ist da nicht viel übrig...«

Der Garten vor dem Haus war platt vom Eis und vom Herumtrampeln einer ganzen Armee von Leuten, die dort arbeiteten. Sie trotteten über den gefrorenen Boden, schoben eine schwere Plane beiseite und gingen ins Haus. Reihen von Scheinwerfern auf Stativen erhellten den größten Teil des Hausinneren; zwei kühlschrankgroße Elektroheizkörper hielten es halbwegs warm. Die meisten losen Trümmerteile hatte man schon weggeräumt. Durch die offene Tür zum Vorraum sah Lucas einen weißen Kreidekreis um das Loch, wo sie die 44er-Patrone gefunden hatten.

»Also gut: um den Kühlschrank herum, auf der Arbeitsplatte...«, murmelte Crane.

Mit Plastikhandschuhen begann er, vorsichtig die Trümmer auf der Arbeitsplatte durchzusehen. Die Platte war von der Hitze gelb geworden, außer, wo etwas daraufgestanden hatte. Eine Schüssel, ein Glas mit Erdnußbutter und Salz- und Pfefferstreuer hatten ihre weißen Bodenumrisse hinterlassen.

»Kein Papier. Wie wär's mit dem Kühlschrank?«

Crane fand die Reste des Fotos hinter der magnetsicheren Pinnwand auf der Tür des Kühlschranks. Er stemmte die Platte vorsichtig von der Tür, wollte sie schon wieder loslassen und sagte dann: »Mann...«

Crane trug die Platte zum Fenster und hielt sie ans Licht. Ein Viereck aus zusammengefaltetem Zeitungspapier klebte an der Rückseite der Platte, zur Hälfte schwarz verkohlt und in geschmolzener Plastikmasse versunken. Die andere Hälfte war braun.

»Ich weiß nicht; vielleicht sollten wir das nach Madison schicken, damit die es ablösen«, sagte Crane. Doch noch während er das sagte, schob er einen Finger unter den Rand des Zeitungspapiers und hob ihn an. Das Papier brach ab, wo es völlig verkohlt war, und die gebräunte Hälfte war frei. Crane drehte sie vorsichtig um.

»Ziemlich versaut«, sagte er. Er betrachtete das in die Plastikmasse eingeschmolzene Papier. »Einen Teil davon könnten wir vielleicht retten.«

Der braune Teil des Papiers war die linke Hälfte eines Fotos, auf dem man Rücken und Gesäß eines nackten Mannes sah. Die verbleibende Bildunterschrift unter dem Foto lautete: »Schauen Sie sich diesen Großen Jungen an. Dinner...«

Unter dem Bild waren einige Witze abgedruckt:

Kommt ein Mann in eine Bar, dessen Körper über und über mit Blasen übersät ist, und sagt: »Geben Sie mir 'n Bier.« Der Barmann schiebt ihm ein Glas Budweiser hin und sagt: »Hören Sie, Kumpel, es geht mich ja nichts an, aber – wie kommt's, daß Sie überall Blasen haben?« Der Mann sagt: »Tja, ich war unten in Jamaica und spazierte am Strand entlang, da fand ich eine Flasche. Ich ziehe den Korken heraus, und, Donnerwetter, ein Flaschengeist kommt heraus. Ein weiblicher Flaschengeist, hinreißend, mit einem fabelhaften Körper, großer Arsch, Titten wie Wassermelonen. Und sie sagt, daß ich einen Wunsch frei habe. Also sage ich: »Tja, weißt du, was ich mir wünschen würde, wär, mit dir zu vögeln.« Und sie sagt: »Tut mir leid, das ist eine Sache, die mir nicht gestattet ist.« Darauf ich: »Okay, wie wär's dann wenigstens mit Blasen?«

»Wer stellt solchen Dreck her?« fragte Lucas. Er legte das Papier flach auf seine Handfläche und studierte es noch genauer. Es gab keinen Hinweis darauf, woher es stammen mochte.

»Jeder, der sich einen MacIntosh-Computer, einen Laserdrucker und einen Halbton-Scanner leisten kann. Mit einer Ausrüstung für ein paar tausend Dollar kann man eine ganze Zeitschrift machen. Nicht den Druck, nur die Druckvorlage.«

»Kann man das hier irgendwie zurückverfolgen?«

Crane zuckte mit den Achseln. »Wir können's versuchen. Die bestmöglichen Kopien anfertigen, in Umlauf setzen und abwarten, was passiert.«

»Tun Sie das«, sagte Lucas. »Wir müssen das vollständige Bild sehen.«

Crane schob die Reste des Fotos in eine Sichthülle, und sie nahmen es mit in die Garage. Carr war gerade wieder eingetroffen, und sie erwarteten ihn an der Garagentür. Innen zeigte Crane ihm die Überreste des Fotos.

»Verdammt«, meinte Carr. »Das hätte uns weiterbringen können, wenn wir es ganz hätten.«

»Wir werden versuchen, es zurückzuverfolgen, aber ich kann nichts versprechen«, sagte Crane.

Carr sprach Lucas an: »Kommen Sie für eine Minute mit nach draußen.«

Lucas zog seinen Parka wieder an, schloß den Reißverschluß und folgte Carr aus der Tür.

»Wir haben Bob Dells Geburtsdatum aus seinen DMV-Akten und haben sie durch den zentralen Polizeicomputer laufen lassen«, sagte Carr. »Er wurde in Madison ein paarmal verhaftet, anscheinend, als er dort zur Schule ging. Landfriedensbruch und einmal Tätlichkeit. Die Sachen mit dem Landfriedensbruch bezogen sich auf Demonstrationen, die Tätlichkeit auf eine Barschlägerei. Die Anklage wurde fallengelassen, bevor sie vor Gericht kam, war offenbar keine große Sache. Ich hab in Madison angerufen, und es war bloß eine gewöhnliche Bar, keine Schwulenbar oder so. Bei den Demonstrationen ging es um irgendwas Politisches, aber nicht um Schwulenrechte.«

»Also nichts«, sagte Lucas.

»Nun, erinnern Sie sich, daß Laceys Frau sagte, Dell möge keine Frauen? Ich habe sie angerufen und gefragt, was sie gemeint hat, und sie hat rumgedruckst, es gäbe Gerüchte unter den in Frage kommenden Frauen in der Stadt, wenn man hinter Dell her sei, vergeude man seine Zeit.«

»Wie solide waren die Gerüchte? Etwas Handfestes dabei?« fragte Lucas.

»Sie wußte nichts.«

»Wo arbeitet er?«

»In der Sägemühle, etwa zehn Minuten von hier«, sagte Carr.

»Gehen wir.«

Carr fuhr voran zur Sägemühle, einer gelbgestrichenen Halle auf einem Betonsockel. Ein zehn Meter hoher Stapel von Eichenstämmen wurde über eine Betonrampe befördert, die in die Mühle führte.

Innerhalb der Mühle lag die Temperatur knapp über dem Gefrierpunkt. Ein halbes Dutzend Männer arbeitete an den Sägen. Lucas wartete in der Werkhalle, während Carr den Kopf ins Büro streckte und mit dem Besitzer sprach. Lucas hörte ihn sagen: »Nein, nein, kein Problem, wirklich nicht, wir versuchen bloß, alles bis ins Kleinste...« Dann fing eine Säge an zu kreischen, und er schaute zu, bis Carr wieder zurückkam.

»Der mit der Weste ist Bob«, sagte Carr. »Ich hole ihn, wenn sie mit dem Schnitt fertig sind.«

Dell war ein großer Mann in Jeans und einer ärmellosen Daunenweste, der schwere Lederhandschuhe und einen gelben Schutzhelm trug. Er arbeitete mit den Stämmen, rückte sie für den Schnitt zurecht. Als er damit fertig war, baten sie ihn nach draußen, fort vom Lärm. Dell zündete sich eine Zigarette an und sagte: »Was kann ich für Sie tun, Sheriff?«

Lucas fragte: »Hatten Sie in der Nacht, in der die LaCourts umgebracht wurden, irgendwelche Besucher, oder haben Sie jemanden in der Nähe Ihres Hauses gesehen?«

Dell schüttelte den Kopf. »Nein. Hab keinen gesehen. Ich bin nach Hause gekommen, hab ferngesehen, zu Abend gegessen, und dann hat sich mein Piepser gemeldet, und ich habe meinen Arsch in Bewegung gesetzt.«

Carr schnippte mit den Fingern. »Stimmt ja, Sie gehören zur Feuerwehr.«

Dell nickte. »Ja. Ich dachte mir schon, daß Sie früher oder

später kommen würden, wenn Sie keinen schnappen. Ich meine, weil ich ledig bin und so und gleich in der Nähe wohne.«

»Wir wollen Ihnen keinerlei Schwierigkeiten machen«, sagte Carr.

»Das haben Sie schon getan«, sagte Dell und schaute sich nach der Mühle um.

»Also haben Sie in dieser Nacht niemanden gesehen. Von Ihrer Rückkehr von der Arbeit bis zu dem Zeitpunkt, an dem Sie zu dem Feuer aufbrachen, haben Sie niemanden gesehen«, sagte Lucas.

»Keinen.«

»Ist Pater Bergen nicht vorbeigekommen?« wollte Lucas wissen.

»Nein, nein.« Dell sah verwirrt aus. »Warum sollte er?«

»Sind Sie nicht eines seiner Gemeindemitglieder?«

»Tja, so ab und an«, sagte Dell. »Aber er kommt nicht zu mir.«

»Also stehen Sie ihm nicht nahe?«

»Was hat das zu bedeuten, Sheriff?« fragte Dell und sah Carr an.

»Ich muß Sie jetzt etwas fragen, Bob, und ich schwöre, daß niemand außer uns dreien davon erfahren wird«, sagte Carr. »Ich meine, ich frage furchtbar ungern...«

»Fragen Sie nur«, sagte Dell. Er hatte sich versteift; er wußte, was kommen würde.

»Wir haben in der Stadt ein paar Gerüchte gehört, daß Sie vielleicht schwul sein könnten – ist das so?« Dell wandte sich von ihnen ab und schaute zum Wald hinüber. »Darum geht es also.« Nach einer Minute fragte er: »Und was soll das mit den Morden zu tun haben?«

Der Sheriff starrte ihn einen Augenblick an, wandte sich dann Lucas zu und sagte: »Donnerwetter.«

»Ich habe Pater Phil nicht gesehen«, sagte Dell. »Denken Sie, was Sie wollen, ich habe ihn nicht gesehen. Ich habe ihn seit drei Wochen nicht mehr zu Gesicht gekriegt, und das hat ganz bestimmt nichts mit meinen... sexuellen Vorlieben zu tun.«

Der Sheriff wollte ihn nicht ansehen. Er starrte Lucas an, sagte dabei aber zu Dell: »Wenn Sie lügen, kommen Sie ins Gefängnis. Es handelt sich um wesentliche Informationen.«

»Ich lüge nicht. Ich würde es vor Gericht beschwören«, sagte Dell. »Ich würde es sogar in der Kirche beschwören.«

Jetzt wandte Carr sich ihm endlich zu, mit unbewegtem Blick, und sagte schließlich: »In Ordnung. Sonst noch was, Lucas?«

»Im Augenblick nicht.«

»Danke, Bob.«

»Das wird mich hier ruinieren«, sagte Dell leise. »Ich werde wegziehen müssen.«

»Bob, Sie brauchen doch nicht...«

»Doch, muß ich«, sagte Dell. »Aber es paßt mir gar nicht, weil es mir hier gefiel. Sehr gut sogar. Ich hatte Freunde, keine Schwulen, einfach nur Freunde. Das ist vorbei...« Er drehte sich um und ging wieder zur Sägemühle zurück.

»Was meinen Sie?« fragte Carr, während er ihm nachsah.

»Hörte sich an wie die Wahrheit«, sagte Lucas. »Aber ich habe schon öfter Lügen gehört und geglaubt.«

»Wollen Sie noch mal zu Phil?«

Lucas schüttelte den Kopf. »Noch nicht. Sie leugnen beide, und wir haben nichts, um das Gegenteil zu beweisen. Warten wir ab, was meine kirchliche Freundin zu sagen hat. Ich müßte heute abend oder morgen von ihr hören.«

»Wir haben keine Zeit...«, begann Carr.

»Wenn das die Antwort auf die zeitliche Lücke ist, dann ist sie nicht entscheidend für den Fall«, sagte Lucas. »Bergen wäre draußen.«

»Trauriger Tag«, sagte Carr. Er sah Dell nach, der wieder in der Mühle verschwand. »Bob war kein schlechter Kerl.«

»Nun, er könnte weitermachen, wenn er wirkliche Freunde hat.«

»Nein, er hat recht«, sagte Carr. »Bei seinem Job und so, da wird er gehen müssen, früher oder später.«

Lucas traf Climpt im »Mill«, einem Motel und Restaurant am Ufer eines vereisten Bachlaufs. Der alte Mühlenteich unter den Restaurantfenstern diente jetzt zum Schlittschuhlaufen. Ein Dutzend Männer saß auf Hockern an einer Theke, ein weiteres Dutzend Leute an Zweier- und Dreiertischen im Speisesaal. Climpt stand am Fenster, eine Tasse Hühnerbrühe in der Hand, und schaute auf den Mühlenteich, wo ein einsamer alter Mann in einem pelzgefütterten Mantel auf dem Eis Kreise drehte.

»Der ist schon da draußen, seit ich gekommen bin«, sagte Climpt, als Lucas neben ihn trat. »Er wird dieses Jahr fünfundachtzig.«

»Er kommt jeden Tag für eine Stunde, ganz gleich, wie kalt es ist«, sagte eine Kellnerin, die neben Lucas erschienen war. Der alte Mann drehte Achter und Kreise, die Hände hinter dem Rücken ineinandergelegt, das Gesicht zum Himmel erhoben. Er lächelte und bewegte sich zu einer Musik, die nur er hören konnte. Die Kellnerin schaute mit ihnen einen Augenblick zu und sagte dann: »Möchten Sie essen, oder ...«

»Ich könnte eine Tasse Suppe vertragen«, meinte Lucas.

Die Kellnerin, noch immer mit Blick auf den alten Mann auf dem Eis, sagte: »Er versucht sich zu erinnern, wie es war, als er noch ein Kind war. Das sagt er jedenfalls. Ich glaube, er bereitet sich aufs Sterben vor.«

Sie ging, und Climpt fragte leise: »Haben Sie den Durchsuchungsbefehl bekommen?«

»Ja.«

»Ich habe eine Brechstange und einen Hammer dabei, falls wir Schwierigkeiten haben, reinzukommen.«

»Gut«, sagte Lucas. Die Kellnerin kam mit einer Tasse Hühnerbrühe zurück und fragte: »Sie sind dieser Ermittler, den Shelly geholt hat, nicht?«

»Ja«, sagte Lucas.

»Wir beten für Sie«, sagte sie.

»Das stimmt«, erklärte ein Mann an der Theke. Er war dick und schwer, und eine Speckrolle in seinem Nacken hing über den Kragen seines Flanellhemdes. Jeder im Lokal drehte sich nach ihnen um. »Sie brauchen die Schweinehunde bloß zu finden«, sagte er. »Danach können Sie sie uns überlassen.«

Lucas und Climpt fuhren in Lucas' Wagen zum Haus der Schoeneckers, da sie hofften, er sei weniger auffällig als ein Streifenwagen. »Also, was wissen Sie über diese Leute?« fragte Lucas unterwegs.

»Ein ruhiges, unauffälliges Paar«, sagte Climpt. »Andy ist Buchhalter, arbeitet für Geschäfte in der Stadt. Judy ist Hausfrau. Sie sind wohl seit zwanzig Jahren hier – kommen, glaube ich, von drüben aus Vilas County. Man sieht sie praktisch nie, außer Andy, wenn er von und zu seinem Büro fährt. Soviel ich weiß, haben sie recht wenig geselligen Umgang. Ich weiß nicht, ob sie einer Kirche angehören, aber ich glaube nicht... Hier, da ist ihre Einfahrt.«

»Das Haus liegt ziemlich gut versteckt«, stellte Lucas fest.

Die Schoeneckers lebten auf einem Morgen Land am nördlichen Ende der Stadt in einem sauberen gelben Landhaus mit blauen Läden. Der Rasen war parkähnlich angelegt und mit Gruppen von Blaufichten bepflanzt, die das Haus wirksam vor Wind und Blicken schützten. Lucas fuhr bis an die Garage und stellte den Wagen ab.

In der Einfahrt lagen einige Zentimeter unberührten Schnees.

»Hab kein gutes Gefühl bei der Sache«, sagte Climpt. »Niemand ist rein- oder rausgegangen.«

Lucas scharrte mit dem Stiefel im Schnee. »Sie haben die Einfahrt nach dem letzten Schnee freigeschaufelt. Das hier ist alles drübergeweht.«

»Ja. Aber wo sind sie?«

Sie gingen zur Vordertür, und Lucas läutete. Er läutete noch zweimal, aber das Haus wirkte leer. »Gute Schlösser«, sagte Climpt, der durch das Glas der Windfangtür die innere Tür betrachtete.

»Versuchen wir's auf der Rückseite und schauen wir, ob es eine Tür zur Garage gibt«, schlug Lucas vor. »Die sind gewöhnlich einfacher.«

Sie folgten einem schneebedeckten Gehweg um das Haus herum nach hinten. Die Schlösser an der Hintertür waren die gleichen wie vorn. Climpt drehte am Türknauf, rüttelte daran, horchte an der Tür. Sie rührte sich nicht. »Wir werden sie aufbrechen müssen«, sagte er. »Ich hole die Brechstange.«

»Warten Sie eine Sekunde«, sagte Lucas. Eine Steckdose mit Stahldeckel war in der Garagenwand, genau in Höhe eines Lichtschalters. Lucas hob den Deckel und schaute hinein. Nichts. Eine Laterne mit gelber Insektenbirne stand an der Ecke einer hinteren Veranda. Er stapfte durch den schenkelhohen Schnee, um sie zu erreichen, spähte in den viereckigen Beleuchtungskörper, hob eines der Glaselemente an, tastete herum und fand einen Schlüssel.

»Verdammte Landeier«, sagte er und grinste Climpt an.

Der Schlüssel paßte in die Garagentür. Die Tür zwischen Garage und Haus war unverschlossen. Lucas ging voran und stellte fest, daß es im Inneren des Schoenecker-Hauses fast so kalt war wie draußen. Rasch machten sie einen Rundgang und überprüften jeden Raum.

»Ausgeflogen«, sagte Lucas aus dem Hauptschlafzimmer. Die Schränke und Kommoden waren halbleer, und ein Stapel von Drahtbügeln lag auf dem großen Bett des Zimmers. »Haben alles eingepackt.«

»Und kommen auch nicht so schnell zurück«, sagte Climpt aus dem Gang. »Sehen Sie sich das an.«

Climpt war im Badezimmer und schaute in die Toilette. Lucas spähte ihm über die Schulter. Die Schüssel war leer, aber sie wies rote Flecken von einem Frostschutzmittel auf. »Sie haben das Haus winterfest gemacht.«

»Tja. Die werden wohl 'ne Weile weg sein.«

»Also sehen wir uns um«, sagte Lucas.

Sie begannen mit dem Elternschlafzimmer und fanden gar nichts. Das zweite Schlafzimmer teilten sich die Töchter der Schoeneckers. Wieder verließen sie es mit leeren Händen. Sie arbeiteten sich durch Badezimmer, Wohnzimmer, Eßzimmer, nahmen die Küche auseinander, verbrachten eine halbe Stunde im Keller.

»Verdammter Mist, überhaupt nichts«, brummte Climpt und kratzte sich am Kopf. Sie waren wieder im Wohnzimmer. »Ich hab noch nie so ein leeres Haus gesehen.«

»Kein einziges Videoband«, sagte Lucas. Er ging durch den Flur zurück ins Elternschlafzimmer und sah sich den Fernseher an, der dort stand. Er stand auf einem Videorecorder. Im Wohnzimmer war ein größerer Fernseher an einen weiteren Videorecorder angeschlossen. »Sie haben zwei Videorecorder und keine einzige Kassette.«

»Vielleicht leihen sie sie aus«, sagte Climpt.

»Trotzdem...«

»Und diese Kartons im Keller... einen Augenblick«, sagte Climpt plötzlich und verschwand auf der Kellertreppe.

Lucas schlenderte durch das kalte, stille Haus, ging dann zur Garage, öffnete die Tür und schaute hinein. Climpt kam mit zwei Kartons die Kellertreppe wieder herauf. Lucas sagte: »Sie haben zwei Autos. Die Garage hat auf beiden Seiten Reifenspuren.«

»Ja, haben sie, glaube ich.«

»Wie oft fahren Familien mit zwei Autos in Urlaub, wenn sie nur zu viert sind?« fragte Lucas.

»Schauen Sie sich das an«, sagte Climpt. Er hielt Lucas die Kartons hin. Der eine war der Karton einer Videokamera, der andere die Verpackung einer Polaroid Spectra. »Eine Videokamera und keine Kassetten. Und gestern abend hat Henry Lacey gesagt, das Polaroidfoto sei mit der Spectra gemacht worden.«

»Himmel.« Lucas fuhr sich mit der Hand durchs Haar. »Okay, passen Sie auf. Sie sehen diesen Aktenschrank mit den Rechnungen durch und stellen alle Kreditkartennummern fest, die Sie finden können. Besonders die Nummern auf Kreditkarten zum Tanken, aber auch alle anderen. Ich gehe noch einmal in das Zimmer der Mädchen. Ich kann mir nicht vorstellen, daß Teenager gar *nichts* zurücklassen.«

Er begann, das Zimmer gründlich zu untersuchen, zog die Schubladen aller Kommoden auf, untersuchte Flaschen und Schachteln, blätterte Stapel von Schulheften durch, die bis auf die Grundschulzeit zurückgingen. Er tastete in Schuhe hinein und hob die Matratze an.

Climpt kam herein und sagte: »Ich habe alle Nummern, die sie hatten, glaube ich. Sie hatten Benzinkarten von Sunoco und Amoco. Sie haben auch ziemlich oft bei Russ Harper getankt, was recht seltsam ist, wenn man bedenkt, daß seine Tankstelle fünfzehn Kilometer von hier entfernt ist.«

»Behalten Sie die Quittungen«, sagte Lucas, als er die Matratze wieder fallen ließ. »Und sehen Sie nach, ob es draußen irgendwelchen Müll gibt.«

»In Ordnung.«

Ein halbes Dutzend Bücher stand senkrecht auf der Kommode, von zwei Buchstützen aus Malachit in der Form von Springern eines Schachspiels gehalten. Lucas sah sich die Bücher an, hob sie auf, drehte sie um und blätterte sie durch. Aus der Bibel fiel das Silberpapier eines Kaugummis. Lucas hob es auf und fand darauf eine Telefonnummer und den Namen Betty, in orangefarbener Tinte geschrieben.

Er stellte das Buch zurück und ging ins Wohnzimmer. Climpt kam von draußen wieder herein. »Kein Abfall. Sie haben tatsächlich alles aufgeräumt und saubergemacht.«

»Okay.« Lucas nahm den Hörer ab und wählte die Nummer, die auf dem Kaugummipapier stand.

Beim ersten Läuten wurde abgehoben. »Hier ist das Ojibway Action-Telefon. Was kann ich für Sie tun?« Die Stimme war weiblich und von professioneller Fröhlichkeit.

»Was ist das Ojibway Action-Telefon?« fragte Lucas.

»Wer spricht da?« Die Stimme verlor etwas von ihrer Fröhlichkeit.

»Ein Deputy des Bezirkssheriffs«, sagte Lucas.

»Sie sind Deputy und wissen nicht, was das Ojibway Action-Telefon ist?«

»Ich bin neu hier.«

»Wie heißen Sie?«

»Lucas Davenport. Gene Climpt ist auch hier, wenn Sie mit ihm sprechen möchten...«

»O nein, das ist schon in Ordnung, ich habe von Ihnen gehört. Übrigens ist das kein Geheimnis – wir sind das Krisentelefon für soziale Dienstleistungen im Bezirk. Wir stehen ganz vorn im Telefonbuch.«

»Aha. Könnte ich mit Betty sprechen?«

Einen Moment herrschte Stille, dann sagte die Frau: »Es gibt hier eigentlich keine Betty, Mr. Davenport. Das ist ein Codename für unsere Beraterin bei sexuellem Mißbrauch.«

12

Lucas parkte in Weathers Einfahrt, stieg aus und stapfte mit einer Flasche Wein zur Veranda. Er wollte gerade läuten, als Weather die Tür aufmachte.

»Pfeifen wir auf das Essen«, sagte Lucas und trat ein.

»Nehmen wir ein Flugzeug nach Australien. Legen wir uns zwei Wochen in die Sonne.«

»Das wäre mir peinlich. Ich bin im Winter immer so weiß, daß ich praktisch durchsichtig bin«, sagte Weather. Sie nahm die Flasche. »Kommen Sie rein.«

Sie hatte sich nicht wenig Mühe gemacht, dachte er. Ein selbstgemachter Flickenteppich lag in der Diele; der war in der Nacht zuvor nicht da gewesen. Ein Feuer prasselte in dem volkswagengroßen Kamin. Und ein Hauch Chanel lag in der Luft. »Ziemlich eindrucksvoll, hm? Mit dem Feuer und allem?«

»Gefällt mir«, sagte er einfach. Er lächelte nicht. Man hatte ihm gesagt, daß sein Lächeln den Leuten manchmal angst machte.

Sie schien verlegen und erfreut zugleich. »Lassen Sie den Mantel im Schrank und die Schuhe neben der Tür stehen. Ich habe gerade angefangen zu kochen. Steak und Garnelen. Wenn wir alles aufessen, brauchen wir danach einen Herz-Bypass.«

Lucas kickte die Schuhe weg und spazierte auf Socken durch das Wohnzimmer. In der Nacht zuvor hatte er es im Dunkeln nicht sehen können, und am Morgen war er in aller Eile hinausgestürzt und hatte über Bergen nachgedacht...

»Wie war die Operation?« rief er ihr in die Küche nach.

»Prima. Ich mußte ein paar Beinknochen wieder zusammensetzen. Häßlich, aber nicht zu kompliziert. Diese Frau ist auf das Dach geklettert, um den Schnee runterzuschieben, aber statt dessen ist *sie* runtergefallen. Direkt auf die Einfahrt. Sie ist fast vier Tage herumgehinkt, bevor sie zu uns gekommen ist, die dumme Kuh. Sie hat erst geglaubt, daß der Knochen gebrochen ist, als wir ihr die Röntgenbilder gezeigt haben.«

»Hm.« Auf dem Couchtisch standen silberne Bilderrahmen mit handkolorierten Fotos eines Mannes und einer Frau, beide noch jung. Ihre Eltern. Darüber hinaus zeigten die Hälfte der Fotos Segelboote. In einem Alkoven stand ein Stutzflügel aus Ebenholz, Deckel hochgeklappt, Noten von Erroll Garners *Dreamy* auf dem Notenständer.

Er ging in die Küche zurück, Weather trug ein Kleid, das erste, in dem er sie sah, schlicht und ohne Schulterpolster; sie hatte einen langen, schlanken Hals mit vereinzelten Sommersprossen im Nacken. Lächelnd sagte sie: »Ich werde so gut kochen, daß Ihnen das Wasser im Mund zusammenläuft.«

»Lassen Sie mich helfen«, sagte er.

Sie bat ihn, einen Grill aus dem Keller auf die hintere Veranda zu bringen, die sie teilweie freigeschaufelt hatte. Er schüttete Holzkohle darauf und zündete sie an. Währenddessen stellte sie einen Topf mit Wasser auf den Herd. Eine Tüte große, bereits abgezogene Garnelen wanderten in eine Pfanne, die sie beiseite stellte. Kräuter und Buttermilch wurden zu einem Salatdressing; ein Stück Käse gesellte sich zu einem Berg Pilzen, Sellerie, Walnüssen, Brunnenkresse und Äpfeln auf dem Schneidbrett. Sie fing an zu schneiden.

»Ich frage nicht, ob Sie Pilze mögen, Sie haben keine andere Wahl«, sagte sie. »Oh – und machen Sie den Wein auf. Der soll vorher angeblich eine Weile atmen.«

Den Nachmittag über war die Außentemperatur angestiegen und lag jetzt nur noch bei etwa minus achtzehn Grad. Leichter Wind war aufgekommen, der sich im Vergleich zur unerträglichen Trockenheit der Luft bei minus dreißig Grad fast klamm anfühlte. Lucas zog die Stiefel wieder an und kümmerte sich um die Holzkohle; wenn man ihr nur wenige Sekunden ausgesetzt war, kam einem die Kälte fast angenehm auf der Haut vor.

Der Salat war knackig und genau richtig. Die Garnelen waren göttlich. Er aß zwölf Stück und konnte sich schließlich gerade lange genug vom Tisch losreißen, um die Steaks auf den Grill zu legen.

»So gut habe ich nicht mehr gegessen seit ... ich weiß nicht wann. Sie scheinen gerne zu kochen«, sagte Lucas, als er an der Glastür stand und den Grill betrachtete.

»Eigentlich nicht. Ich habe an der High School einen Kurs mit dem Titel ›Fünf gute Menüs‹ belegt«, gestand sie. »Und genau das haben sie mir dort beigebracht. Wie man fünf gute Menüs kocht. Dies ist eins davon.«

»Den Kurs brauche ich auch«, sagte Lucas und ging mit einem Teller nach draußen. Die Steaks waren perfekt, lobte sie. Innen rot, außen ein klein wenig verkohlt.

»Nichts von dem kleinen Mueller?« fragte sie.

Er schüttelte den Kopf, und die Stimmung des Abends war mit einem Mal dahin. »Darüber will ich im Augenblick nicht nachdenken«, erklärte er.

»In Ordnung«, sagte sie hastig. »Es ist sowieso eine schreckliche Sache.«

»Ich will Ihnen einiges erzählen«, meinte er. »Aber weiter kann ich nicht gehen.«

»Keine Sorge.«

Er schilderte ihr in groben Zügen, was sich zugetragen hatte. Der Priester und das Zeitproblem, die Frage der Homosexualität und Harper, die Suche nach den Schoeneckers.

Sie hörte ernst zu und sagte schließlich: »Ich kenne Phil Bergen nicht besonders gut, aber schwul ist er mir eigentlich nie vorgekommen. Ich habe ein paarmal mit ihm gesprochen, da machte er einen fast schüchternen Eindruck. Er hat schon auf mich reagiert ...«

»Nun, ich kann es nicht mit Sicherheit sagen«, meinte Lucas. »Aber es würde eine Menge erklären.«

»Und was ist mit den Schoeneckers?«

»Carr ist gerade bei der Sexualtherapeutin, um zu prüfen, ob irgendwelche Anrufe, die sie bekommen hat, zu den Kindern der Schoeneckers passen könnten – mit Namen gemeldet haben sie sich nie, aber dort erhalten sie jede Menge anonyme Anrufe, aus denen nie etwas wird ... Die Anrufe werden auf Band aufgezeichnet, weil sich ja doch noch was entwickeln könnte. Und wir überprüfen die Kreditkarten, um herauszufinden, wo die Schoeneckers stecken. Sie sind einfach ins Blaue aufgebrochen, angeblich nach Florida.«

»Wenn das alles stimmt, herrscht das Chaos in der Stadt«, sagte Weather.

»Die Stadt wird damit fertig. Ich habe so etwas schon häufig erlebt«, sagte Lucas. »Die große Frage ist, wie unberechenbar ist der Killer? Wie wird er reagieren?«

»He, Sie machen mir angst«, sagte sie. »Essen Sie lieber. Essen Sie.«

Lucas gab nach dem halben Steak auf und stolperte zu einem Plüschsofa vor dem Kamin. Weather schenkte Cognac in zwei Schwenker, zog die Vorhänge zurück, die vor der Schiebetür zur Terrasse hingen, und ließ sich auf den Sessel fallen, der im rechten Winkel zum Sofa stand. Beide legten die Füße auf den zerkratzten Kaffeetisch, der die ganze Länge des Sofas beanspruchte.

»Fettwanst«, sagte Lucas.

»Moi?« sagte sie und zog die Brauen hoch.

»Nein, ich. Herrgott, wenn mir jemand ein Wörterbuch auf den Bauch fallen ließe, würde ich platzen... Sehen Sie sich das an.« Er deutete zur Tür hinaus, wo die Mondsichel gerade über den Bäumen auf der anderen Seite des Sees aufging.

»Mir ist, als...«, begann sie, während sie den Mond betrachtete.

»Als?«

»Als stünde ich vor einem großen Abenteuer.«

»Ich wünschte, mir ginge es so«, sagte Lucas. »Ich hänge hier nur rum.«

»Nun, Sie schreiben Spiele... Sie haben gesagt, die Bezahlung ist nicht schlecht.«

»Stimmt. *Sie* sind ja auch hergekommen, um eine Menge Geld zu verdienen.«

»Das ist nicht ganz dasselbe«, sagte sie.

»Wahrscheinlich nicht«, sagte Lucas. »Aber ich würde gerne etwas Nützliches tun. Als ich noch Polizist war, habe ich etwas getan. Jetzt verdiene ich nur noch Geld.«

»Im Augenblick sind Sie wieder Polizist«, sagte sie.

»Ein paar Wochen.«

»Und wenn Sie nach Minneapolis zurückkehrten?«

»Habe ich mir auch schon überlegt«, meinte Lucas. Er schwenkte den Cognac im Glas und trank es leer. »Letzten Sommer in New York hatte ich einen Fall. Und jetzt diesen. Manchmal denke ich mir, ich könnte etwas daraus machen, wenn ich einfach Aufträge annehmen würde. Aber wenn ich ernsthaft darüber nachdenke, weiß ich, daß es nie soweit kommen wird. Es gibt einfach nicht *genug* zu tun.«

»Ja, nun... niemand hat gesagt, daß das Leben leichter wird.«

»Klar, aber man hofft es doch immer«, sagte Lucas. »Und ehe man sich versieht, ist man fünfundsechzig, haust in einer heruntergekommenen Mietwohnung in Miami und fragt sich, woher man das Geld für das neue Gebiß nehmen soll.«

Weather prustete vor Lachen, und Lucas grinste im Dunkeln, hörte zu und freute sich, daß er sie zum Lachen gebracht hatte. »Der Mann ist ein unverbesserlicher Optimist«, erklärte sie.

Sie unterhielten sich über gemeinsame Bekannte, in Grant und Minneapolis.

»Gene Climpt sieht nicht aus, als wäre er vom Schicksal gebeutelt, aber er ist es«, erzählte sie ihm. »Er hat seine Jugendliebe geheiratet, als er bei der Polizei anfing – er war noch vor Shelly bei der Truppe, als ich noch an der Junior High School war. Wie dem auch sei, sie hatten ein Mädchen im Krabbelalter. Eines Tages ließ Genes Frau ein Bad für das Kind ein, nur heißes Wasser, sie wollte später kaltes dazugeben, als das Telefon läutete. Sie ging hin, die Kleine kletterte auf die Toilette, beugte sich über die Wanne und fiel hinein...«

»Mein Gott...«

»Ja. Sie starb an den Verbrühungen. Und als Gene gerade im Bestattungsinstitut war, hat seine Frau sich erschossen. Selbstmord. Sie konnte den Tod der Kleinen nicht verwinden. Sie haben beide zusammen begraben.«

»Herrje. Hat er nicht mehr geheiratet?«

Sie schüttelte den Kopf. »Nein. Er hatte hin und wieder was mit irgendwelchen Frauen, aber keine hat ihn bekommen. Eine Menge haben es versucht.«

Weather hatte während ihrer Ausbildung sieben Jahre lang nachts im Ramsey General Hospital gearbeitet und kannte acht oder zehn Polizisten in St. Paul. Ob sie sie gut leiden konnte? »Polizisten sind wie alle anderen auch; manche sind nett und manche sind Arschlöcher. Sie neigen dazu, einen unter Druck zu setzen«, sagte sie.

»Wenn man Streifendienst hat, ist es ganz bequem, im Krankenhaus herumzuhängen, wenn die Person, die man gebracht hat, nicht ein Kind oder dein Partner ist«, sagte Lucas. »Es ist warm, man ist in Sicherheit, und man bekommt Kaffee gratis. Man hat hübsche Frauen um sich. Die meisten Frauen, die man während der Arbeit sieht, sind entweder Opfer oder Täter. Nichts kann einem den Tag gründlicher versauen als eine schöne Frau vor sich zu haben, die erklärt, man könne sich seinen Strafzettel wegen Geschwindigkeitsüberschreitung in den Arsch stecken.«

»Stimmt aber! Genau da sollten sich Polizisten ihre Strafzettel hinstecken«, verkündete Weather.

»Ach ja?« Er zog eine Braue hoch.

»Ja. Es hat mich immer geärgert, wenn ich einen Polizisten gesehen habe, der einen Strafzettel ausstellt. Die Städte gehen vor die Hunde; jede Nacht werden Menschen getötet, und man kann keinen Bummel in die Innenstadt machen, ohne daß einem ein Schnorrer das Geld aus der Tasche zieht. Und fast jedesmal, wenn man einen Polizisten sieht, gibt er einem armen Teufel, der bei Tempo fünfundfünzig mal fünfundsechzig gefahren ist, einen Strafzettel; dabei rauscht alle Welt mit fünfundsechzig vorbei, während er noch schreibt. Ich verstehe nicht, warum Polizisten das machen, es bringt nur alle gegen sie auf.«

»Es verstößt eben gegen das Gesetz, zu schnell zu fahren«, sagte Lucas augenzwinkernd.

»Ach Quatsch...«

»Schon gut, Quatsch.«

»Haben sie so was wie Quoten für Strafzettel?« fragte sie. »Ich meine, im Ernst?«

»Na ja, sie nennen es nicht so. Sie haben *Routinestandards*. Sie sagen, ein normaler Streifenpolizist sollte in einem Monat die Anzahl von X Strafzetteln ausstellen. Und wenn das Monatsende näherrückt, zählt der Streifenpolizist seine Strafzettel und sagt: ›Scheiße, ich brauche noch zehn.‹ Also stellt er eine Radarfalle auf und kommt damit noch zu seinen zehn Strafzetteln.«

»Das ist eine Quote.«

»Psst. Für die Stadt ist es weitaus lukrativer, als einen dummen Junkie-Einbrecher zu verhaften.«

»... wollte mir nicht sagen, was der Typ gewollt hat, sie war einfach zu schüchtern und führte sich auf, als wäre sie gerade vor fünfzehn Minuten erst aus dem Kindergarten entlassen worden. Wie sich herausstellte, wollte er seine Vorhaut wiederhergestellt haben. Er hatte gehört, daß Sex mit Vorhaut ein besseres Gefühl gab, und sich gedacht, wir könnten einfach da etwas ansetzen und dort einen Saum nähen...«

Weather hatte Humor wie ein Cop, überlegte sich Lucas lachend. Wahrscheinlich hatte sie den im Operationssaal entwickelt; jedenfalls an einem Ort, wo es oft schlimm genug wurde, daß man sich ein wenig abgrenzen mußte...

»Es ist nur noch ein Schluck Cognac übrig; den gehe ich jetzt holen«, sagte Weather und sprang aus dem Sessel.

»Sie können ihn haben«, sagte Lucas.

Als sie zurückkam, setzte sie sich neben ihn auf die Couch, statt auf den Sessel, und legte ihm den Arm um die Schulter.

»Sie haben den Wein kaum angerührt. Ich habe zwei Drittel der Flasche getrunken, und jetzt muß ich auch noch den Cognac erledigen.«

»Scheiß auf den Cognac«, sagte Lucas. »Willst du fummeln?«

»Das ist nicht sehr romantisch«, tadelte sie streng.

»Ich weiß, aber ich bin nervös.«

»Trotzdem habe ich ein Recht auf ein bißchen Romantik«, sagte sie. »Wie dem auch sei – ich finde, ein bißchen Fummeln wäre angebracht, ja.«

Etwas später sagte sie: »Ich will nicht um den heißen Brei herumreden; ich stehe auf alternde Bullen.«

»Alternd?«

»Du hast viel mehr graue Haare als ich – das ist alternd«, sagte sie.

»Mmmm.«

»Aber ich werde noch nicht mit dir schlafen«, sagte sie. »Vorher werde ich dich noch eine Weile zappeln lassen.«

»Wie du meinst.«

Nach einer Weile fragte sie: »Was hältst du von Kindern?«

»Darüber müssen wir uns mal unterhalten.«

Das Gästezimmer war kühl, und Lucas zog einen Pyjama an, bevor er ins Bett kroch. Er lag eine ganze Weile wach und fragte sich, ob er zu ihrem Schlafzimmer schleichen sollte, spürte aber, daß es ein Fehler wäre. Sie hatten den Rest des Abends einfach geredet. Als sie schlafen gegangen war – er saß noch –, hatte sie ihm einen Kuß auf den Mund gegeben, dann auf die Stirn, hatte ihm das Haar zerzaust und war im rückwärtigen Teil des Hauses verschwunden.

»Wir sehen uns morgen früh«, hatte sie gesagt.

Er war überrascht, als er, schon am Einschlafen, ihre Stimme hörte. »Lucas.« Ihre Hand berührte seine Schulter, und sie flüsterte: »Da ist jemand draußen.«

»Was?« Er war auf der Stelle wach. Sie hatte im Flur das Licht angelassen, falls er nachts aufs Klo mußte oder sich einen Schluck Wasser holen wollte, daher konnte er sehen, daß sie neben dem Bett kauerte. Sie hatte ihre Flinte mitgebracht. Er schlug die Decke zurück und setzte sich. Die 45er lag auf dem Nachttisch; er griff danach. »Woher weißt du das?«

»Ich konnte nicht gleich einschlafen...«

»Ich auch nicht...«

»Ich wollte mir im Bad neben dem Schlafzimmer ein Glas Wasser holen. Vom See her schien der Scheinwerfer eines Schneemobils Richtung Haus. Dort gibt es aber keinen Weg. Ich habe weiter beobachtet, und die Scheinwerfer gingen aus – aber ich konnte im Mondschein trotzdem erkennen, daß er näher kam. Die Nachbarn haben eine Rampe zum See. Ich glaube, da hat er gehalten. Sie selbst haben kein Schneemobil. Da unten ist ein Windschutz, diese Kiefern. Deshalb konnte ich nichts mehr erkennen.«

Sie war ruhig und beschrieb alles fast nüchtern.

»Wie lange ist das her?«

»Zwei oder drei Minuten. Ich habe zugesehen und zunächst gedacht, ich übertreibe. Aber dann habe ich etwas auf dem Anbau gehört. Eine Art Kratzen.«

»Hört sich nach Ärger an«, sagte Lucas. Er lud eine Patrone in die Kammer der 45er.

»Was machen wir?« fragte Weather.

»Anrufen. Ein paar Männer zum See und zur Straße beordern. Wir wollen ihn nicht verjagen, bevor die Sache ins Rollen gekommen ist.«

»Komm, in meinem Zimmer steht ein Telefon«, sagte sie. Lucas folgte ihr. »Was noch?«

»Er muß sich irgendwo Zutritt verschaffen, das geht nicht vollkommen lautlos. Ich möchte, daß du nach unten in die Küche gehst und lauschst. Bleib hinter der Frühstücksbar, auf dem Boden. Ich warte im Wohnzimmer, beim Sofa. Wenn du ihn hörst, kommst du einfach reingeschlichen und holst mich... Rufen wir an.«

Sie griff nach dem Hörer. »Oh-oh«, sagte sie. »Tot. Das ist noch nie passiert...«

»Er hat die Leitung durchgeschnitten. Verdammt, er ist es wirklich«, sagte Lucas. »Leg dich auf den Küchenboden. Ich...«

»Was?«

»Ich habe ein Funkgerät im Wagen.« Er schaute zur Garagentür; es würde zehn Sekunden dauern...

Als ein lautes Klopfen vom vorderen Zimmer her ertönte, wirbelte er herum.

»Was ist das?« flüsterte Weather. »Das ist die Tür zur Veranda.«

»Bleib hier.« Lucas schlich den Flur entlang, spähte um die Ecke, konnte aber nichts erkennen. Sie hatten die Vorhänge offengelassen, damit sie den Mond sehen konnten, aber auf der Veranda vor dem Haus war keine Bewegung auszumachen, kein Gesicht wurde gegen das Glas gedrückt. Nur das dunkle Rechteck des Fensters. Das Klopfen fing wieder an, aber nicht, als wollte jemand versuchen, gewaltsam einzudringen, sondern als wolle man Weather wecken.

»He...« Eine Männerstimme, gedämpft vom Isolierglas.

»Was ist?« Weather stand auf und ging von der Küche ins Wohnzimmer.

»Sofort runter«, flüsterte Lucas hektisch und winkte ihr mit der Pistole. »Hinlegen.«

Sie zögerte, blieb aber stehen, da huschte Lucas durch das Zimmer, packte mit der linken Hand ihr Handgelenk und zog sie nach unten und zur Wand.

»Jemand braucht Hilfe.«

»Quatsch! Denk an das Telefon«, sagte Lucas. Sie tasteten sich beide zur Ecke vor.

Wieder die Stimme, ganz in der Nähe. »He, da drinnen! He, wir haben eine Panne, wir haben eine Panne«, dann wurde noch dreimal geklopft. Lucas ließ Weathers Handgelenk los und spähte um die Ecke.

»Er kann es nicht sein; das ist jemand, der nach mir sucht«, sagte Weather. Sie wollte an ihm vorbei, und ihr weißes Nachthemd zeichnete sich geisterhaft im Licht aus dem Flur ab.

»Mein Gott!« rief Lucas. Er saß in der Ecke auf dem Boden und griff nach oben, um sie am Arm zu packen, aber sie war schon um die Ecke gebogen, konnte jetzt von der Veranda aus gesehen werden...

Das Fenster explodierte, Scherben flogen ins Zimmer, ein Feuerstrahl schoß auf Weather zu. Lucas hatte sie bereits zurückgerissen, sie verlor das Gleichgewicht, fiel hin, war aber unversehrt. Lucas schrie: »Achtung! Er hat eine Schrotflinte...« und feuerte rasch drei Schüsse durch die Tür ab, dann wich er zurück.

Die Schrotflinte knallte wieder, noch mehr Scherben flogen durch das Zimmer, Schrotkugeln zerfetzten das Ende des Ledersofas und gruben sich in die Wand gegenüber. Lucas spähte um die Ecke, dann noch einmal, und gab einen vierten Schuß ab.

Weather kroch auf Händen und Knien in die Küche, holte die 22er Flinte, die sie dortgelassen hatte, und kam zurück.

»Wichser...«, schrie sie.

»Bleib unten!« brüllte Lucas. Eine weitere Schrotsalve, dann noch eine, endlose fünf Sekunden später; das Mündungsfeuer der ersten erhellte den vorderen Teil des Zimmers. Der Lichtblitz des zweiten Schusses wirkte schwächer, die Schrotkugeln prallten vom Kamin ab.

Fünf Sekunden vergingen ohne neuerlichen Schuß. »Er haut ab«, sagte Lucas. »Ich glaube, er haut ab.«

Er sprang auf, lief in Weathers Schlafzimmer und schaute in den Garten hinaus. Dort konnte er den Mann sehen, dreißig Meter weiter, zwanzig Schritte vom Schutz der Bäume entfernt, dann fünfzehn Schritte. »Verflucht.« Er wich zurück und feuerte zwei Schuß durch die Fensterscheibe, die zersplitterte, dann noch einen auf die fliehende Gestalt, hoffnungslos.

Der Mann verschwand unter den Bäumen. Lucas gab einen letzten Schuß auf die Stelle ab, wo er ihn zuletzt gesehen hatte; dann war das Magazin leer.

»Hast du ihn? Hast du ihn?« Weather stand mit dem Gewehr neben ihm. Er riß es ihr aus der Hand und rannte den Flur entlang ins Wohnzimmer, über die Veranda und in den Schnee hinaus. Er sprintete durch den Garten, durch Schnee, der ihm bis zu den Oberschenkeln reichte, folgte den Spuren bis zu den Bäumen… und dort sah er die roten Heckleuchten eines Schneemobils drei- oder vierhundert Meter entfernt über den See verschwinden. Auf die Entfernung war das Gewehr nutzlos.

Er fror. Die Kälte lähmte ihn fast. Er drehte sich um, aber die Kälte fraß sich in ihn hinein, bremste ihn, stach ihn in die bloßen Füße, schließlich trug er nur den Schlafanzug.

»Großer Gott, Lucas…« Weather packte ihn und zog ihn ins Haus. Er schlotterte unkontrolliert.

»Funkgerät in meinem Wagen. Hol es«, grunzte er.

»Geh unter die Dusche, verdammt noch mal, geh schon…«

Sie drehte sich um, lief zur Garage und schaltete auf dem Weg die Lampen ein. Lucas zog das nasse Pyjamaoberteil aus und stolperte, so müde, daß er sich kaum mehr bewegen konnte, Richtung Bad. Die Temperatur im Haus sank rapide, da der Nachtwind zu den zertrümmerten Fensterscheiben hereinwehte, aber im Bad war es noch warm.

Er stellte sich unter die Dusche, drehte den Heißwasserhahn auf und ließ sich das Wasser über den Rücken laufen, so daß es die Pyjamahosen an seinen Beinen festklebte. Er hielt sich am Duschkopf fest, als Weather mit dem Funkgerät zurückkam.

»Zentrale.«

»Hier spricht Davenport im Haus von Weather Karkinnen. Wir wurden gerade von jemand mit der Schrotflinte angegriffen. Niemand verletzt, aber das Haus ist ein einziges Durcheinander. Der Mann ist mit einem Schneemobil über den Lincoln Lake geflohen, Richtung Westen. Er ist etwa zwei Minuten weg, vielleicht drei...«

»Weather, das ist die größte Dummheit...«, begann Carr, aber Weather schüttelte den Kopf und betrachtete das zertrümmerte Fenster. »Ich werde nicht weggehen«, sagte sie. »Nicht so. Mir fällt schon was ein.«

Lucas trug inzwischen einen Schneeanzug. Carr schüttelte den Kopf und sagte: »Na gut, sie sollen jemanden aus dem Eisenwarenladen herschicken.«

Der Schütze war mit Schneetellern gekommen, wie der Mörder der LaCourts. Bis der Alarm durchgegeben war, hatte er hinreichend Zeit gehabt, sich unter die Dutzende Schneemobilfahrer zu mischen, die immer noch in der Nähe unterwegs waren. Die beiden diensthabenden Deputies bekamen den Befehl, Schlitten anzuhalten und sich die Personalien geben zu lassen. Niemand glaubte, daß viel dabei herauskommen würde.

»Als ich den Anruf wegen der Schießerei erhielt, habe ich Phil Bergen angerufen«, sagte Carr zu Lucas.

»Ach ja?«

»Niemand daheim«, sagte Carr.

Es herrschte ein Augenblick Schweigen, dann fragte Lucas: »Besitzt er eine Schrotflinte?«

»Ich weiß nicht. Aber jeder kann sich eine Schrotflinte besorgen.«

»Warum lassen Sie nicht jemanden überprüfen, ob der

Schlitten im Haus ist? Um festzustellen, ob er damit unterwegs sein könnte.«

»Schon angeordnet«, sagte Carr.

Die Leute von der Spurensicherung aus Madison machten Fotos von den Spuren des Schneemobils und der Schneeteller und gruben die Hülsen der Schrotpatronen aus dem Schnee. Lucas, der immer noch vor Kälte zitterte, ging mit Weather durch das Wohnzimmer. Ein Schrotkorn hatte den Rahmen einer Fotografie ihrer Eltern getroffen, aber das Foto selbst war unversehrt.

»Warum hat er es so angefangen, warum...?«

»Darüber muß ich nachdenken«, sagte Lucas.

»Worüber...?«

»Er wollte dich am Fenster haben. Wenn er zu einer Tür gegangen wäre, hättest du ihn vielleicht nicht reingelassen, und er hätte eine verdammt gewaltige Schrotflinte gebraucht, um durch die Eichentür zu schießen und sicher zu sein, daß er dich auch erwischen würde. Die Frage ist, hat er von der Tür gewußt?«

»Ich glaube, er wollte einfach durch das Glas schießen«, sagte Weather nach einer Weile. »Von der Seeseite aus war es einfacher, niemand hätte ihn gesehen.«

»Auch das wäre möglich. Wenn du ihn nicht schon vorher gesehen hättest, wenn wir das mit dem Telefon nicht gewußt hätten, wärst du vielleicht arglos an die Verandatür gegangen.«

»Das hätte ich sowieso fast getan«, sagte sie.

Carr kam zurück. »Wir können Phil nicht finden, aber sein Schlitten steht in der Garage. Sein Auto ist weg.«

»Keine Ahnung, was das bedeutet«, sagte Lucas.

»Ich auch nicht – aber ich lasse die Zentrale in Park Falls und Hayward anrufen. Sie kämmen die Bars nach seinem Auto ab.«

Der Mann aus dem Eisenwarenladen brachte drei Sperrholzplatten und eine Säge, brach die Scherben aus den Rahmen der Glastüren und des Fensters in Weathers Schlafzimmer, paßte die Sperrholzplatten in die Öffnungen ein und nagelte sie fest. »Das dürfte heute nach halten«, sagte er, als er sich verabschiedete. »Ich werde mich morgen nach etwas Dauerhafterem umsehen.«

Um drei Uhr packten die Techniker der Spurensicherung zusammen, und die Leute von der Telefongesellschaft waren gekommen und wieder gegangen. Bergen war immer noch nicht aufgetaucht.

»Ich gehe nach Hause«, sagte Carr. »Ich lasse jemanden hier...«

»Nein, schon in Ordnung«, sagte Weather. »Lucas hat seine 45er und ich das Gewehr... und ich glaube kaum, daß er wiederkommen wird.«

»Na gut«, sagte Carr. Er errötete leicht, und Lucas wurde klar, daß Carr vermutete, er habe mit Weather geschlafen. »Bleiben Sie am Funkgerät.«

»Klar«, erwiderte Lucas. Dann warf er Weather einen Blick zu und sagte zu Carr: »Kommen Sie, ich möchte einen Moment mit Ihnen reden. Unter vier Augen.«

»Wie bitte?« fragte Weather und stemmte die Hände auf die Hüften.

»Dienstlich«, sagte Lucas.

Carr folgte ihm ins Gästezimmer. Lucas griff nach seinem Schulterhalfter und holte die Pistole heraus. Er hatte neu geladen, als er aus der Dusche gekommen war, jetzt klopfte er die Patrone aus der Kammer und steckte sie wieder ins Magazin.

»Wenn wir Bergen heute nacht nicht finden, könnte es sein, daß er morgen gelyncht wird«, sagte er.

»Das weiß ich«, meinte Carr. »Ich bete, daß er sich irgendwo betrinkt. Was bei mir zum ersten Mal vorkommt.«

»Aber eigentlich wollte ich sagen: Wir müssen Weather

aus der Stadt fortschaffen. Sie wehrt sich dagegen, aber sie hat Feuer für mich gefangen. Ich kann mir nicht vorstellen warum, aber ich glaube, es ist so.«

»Dann können Sie sie doch überzeugen«, sagte Carr.

Lucas deutete zu der Tasche auf dem Boden, auf seinen Schlafanzug. »Wir verkehren nicht ganz so freundschaftlich miteinander, wie Sie denken, Shelly.«

Carr errötete wieder, dann erklärte er: »Ich werde morgen mit ihr reden und mir etwas ausdenken. Ich lasse den ganzen Tag einen Mann bei ihr.«

»Gut.«

Als der letzte Mann gegangen war, schloß Weather die Tür und schaute Lucas an.

»Worum ging es denn bei dem kleinen Gespräch unter Männern?« fragte sie argwöhnisch.

»Ich habe ein paar Routinefragen gestellt und Shelly meine Sachen, die Uhr und das zerwühlte Bett im Gästezimmer ansehen lassen«, sagte Lucas. Er zitterte immer noch.

Sie sah ihn einen Augenblick schweigend an, dann sagte sie: »Hm. Das weiß ich zu schätzen. Glaube ich. Frierst du immer noch?«

»Ja. Ich erfriere. Aber sonst geht es mir gut.«

»Das war das Dümmste, das ich je gesehen habe, einfach so barfuß durch den Schnee zu laufen! Ich habe wirklich und wahrhaftig gedacht, du würdest umkippen, als du wieder reingekommen bist, ich habe geglaubt, du würdest einen Herzanfall bekommen.«

»In dem Augenblick schien das durchaus im Bereich des Möglichen zu sein«, sagte er.

Sie ging ins Wohnzimmer zurück, betrachtete die Verwüstung und sagte: »Ich bin echt im Arsch, Davenport. Wütend und im Arsch. Ich werde die Hysterektomie verschieben müssen, die ich heute morgen angesetzt hatte... vielleicht kann ich sie auf den Nachmittag verlegen lassen. Herrgott, bin ich aufgedreht.«

»Im Augenblick strömt noch das Adrenalin durch deinen Körper. In einer Stunde oder so kommt dann der Zusammenbruch.«

»Glaubst du?« fragte sie interessiert. »He, sieh dir diese Löcher in den Wänden an, mein Gott...«

Sie rief die Nachtschwester des Krankenhauses an, erklärte ihr das Problem, verlegte die Operation, entlud ihre Flinte, lud sie neu, bat Davenport, ihr seine 45er zu erklären, ging wiederholt zu den Schrotlöchern zurück, bohrte mit dem Zeigefinger darin herum und sah von der anderen Seite nach, ob sie durch die Wand gedrungen waren. Sie fand drei Löcher im Ledersofa und geriet wieder in Wut. Lucas ließ sie gewähren. Er ging in die Küche, machte sich einen Teller Hühnerbrühe mit Nudeln, aß ihn, kam wieder ins Wohnzimmer zurück und ließ sich auf die Couch fallen.

»Was ist mit den Schüssen, die du abgegeben hast? Hättest du jemanden auf der anderen Seite des Sees treffen können?« wollte sie wissen. Sie hatte das Magazin aus seiner 45er genommen und zielte damit auf ihr eigenes Ebenbild im Spiegel über dem Kamin.

»Nein. Manche Leute bezeichnen das Geschoß einer 45er als fliegenden Aschenbecher. Aus der Nähe kann so ein Schuß einen zerfetzen, aber die Reichweite ist nicht besonders. Von hier abgefeuert, auf dieser Ebene, würde das Geschoß es nicht einmal halb über den See schaffen.«

»Besteht die Möglichkeit, daß du ihn getroffen hast?« fragte sie.

»Nein... ich wollte nur nicht, daß er mit der Schrotflinte in der Hand zur Tür hereingestürmt kommt. Ich hätte ihn vielleicht erwischt, aber er uns mit Sicherheit auch.«

»Herrgott, es war so laut«, sagte sie. »Bei den Schüssen wären mir beinahe die Trommelfelle geplatzt.«

»Jedesmal, wenn man einen Schuß ohne Ohrenschutz abfeuert, verliert man ein bißchen von seiner Fähigkeit, hohe Frequenzen zu hören, das ist eine Tatsache«, erklärte Lucas.

Dann ging ihr die Luft aus. Ganz plötzlich. Sie hörte auf zu reden, und ließ sich neben ihn auf die Couch fallen.

»Leg dich hin«, sagte er und zog sie zu sich. Sie blieb einen Moment still liegen und drehte ihm den Rücken zu, dann fing sie leise an zu weinen. »Verdammt, er hat mein Haus kaputtgeschossen«, sagte sie.

Sie bebte vor Zorn, und Lucas legte den Arm um sie und hielt sie fest.

13

Der Eismann fuhr rasend schnell über den zugefrorenen See, abseits der Fahrwege, und jedesmal, wenn er in eine der langgezogenen Sinuskurven bog, die ihn zur Kreuzung Circle Lake bringen würden, stob eine Schneewolke hinter dem Schneemobil auf. Er konnte die Blinklichter von Polizeiautos in der Stadt sehen, aber nicht die Sirenen hören; und sie konnten ihn auf gar keinen Fall sehen. Er fuhr ohne Licht, und sein Schlitten war so schwarz wie der Schneeanzug und damit unsichtbar in der Nacht.

Die Schießerei hatte ihn überrascht, aber nicht eingeschüchtert. Er hatte sich einfach den Tatsachen gebeugt: Nicht heute nacht. Heute nacht konnte er sie nicht bekommen, denn wenn er blieb, wenn er es mit demjenigen auskämpfte, der sich drinnen aufhielt – das war mit ziemlicher Sicherheit der Bulle aus Minneapolis –, konnte er verletzt werden. Und verletzt war so gut wie tot.

Zeit Zeit Zeit...

Die Zeit wurde knapp für ihn. Er konnte spüren, wie sie ihm zwischen den Fingern zerrann. Davenport und Crane hatten etwas aus dem Haus der LaCourts mitgenommen, und das war mit großer Wahrscheinlichkeit die Fotografie. Aber sie hatten sie ins Labor nach Madison geschickt: Möglicherweise war sie doch in dem Feuer zerstört worden. Er hatte mit den Polizisten gesprochen, die dabeigewesen waren, als ihre Chefs das Foto betrachteten, aber die kannten keine genauen Einzelheiten. Nur ein Stück Papier, hatten sie gesagt.

Wenn Weather Karkinnen dieses Foto jemals zu Gesicht bekam, würden sie ihn schnappen...

Weather: Warum hielt sich Davenport in ihrem Haus auf? Bewachte er sie? Vögelte er sie? Warum sollte er sie bewachen? Hatte sie ihm irgendwas gegeben? Aber sie konnte ihnen nur eines geben, nämlich einen Hinweis auf seine Identität, und wenn das passiert wäre, hätten sie schon bei ihm angeklopft.

Die Kreuzung, die von zwei hellen rosa Natriumdampflampen überragt wurde, rückte langsam näher. Er hatte Glück; es standen keine anderen Schlitten dort. Wenn sie ihn mit ausgeschalteten Lichtern sähen, würden sie mit Sicherheit neugierig werden.

Er überquerte die Kreuzung, fuhr den Bootssteg hinauf, die Hafenstraße entlang und auf die Fahrspur im Graben neben der Straße. Einen Augenblick später bog er ins Bachbett des Circle Creek ein, fuhr unter der Straße hindurch, wieder auf den See zu. Im Bachbett schaltete er die Scheinwerfer ein, bremste aber nicht ab. Auf dem Circle Lake waren noch mehr Schneemobile unterwegs, deren Spuren kreuzte er und fuhr nach Südwesten.

Er ging seine Möglichkeiten durch. Er konnte fliehen. Sich ins Auto setzen, sich eine Ausrede ausdenken, weshalb er ein paar Tage weg mußte, und nie zurückkommen. Bis sie nach ihm suchen würden, konnte er schon in Alaska oder dem Nordwestterritorium untergetaucht sein. Aber wenn er verschwand, würden die Bullen nicht lange brauchen, bis sie sich zusammenreimten, was passiert war. Und wenn er floh, müßte er fast alles aufgeben, was er besaß. Er könnte nur mitnehmen, was ins Auto paßte, und auch das Auto müßte er nach ein paar Tagen loswerden ... Und dann konnten sie ihn immer noch schnappen: Sie hatten sein Bild; seine Fingerabdrücke.

Er konnte sich die anderen Mitglieder des Clubs vornehmen, sie alle in einer einzigen Nacht ausschalten. Das Problem war, einige waren bereits verschwunden. Die Schoeneckers: wie sollte er die finden? Unmöglich.

Er mußte bleiben. Er mußte herausfinden, was aus dem Foto geworden war. Er mußte Weather beseitigen. Er hatte sie schon zweimal verfehlt, und das machte ihn nervös. Als Kind, auf dem Schulhof, hatte er an ein paar Leute einfach nicht herankommen können. Sie hatten ihn ständig überlistet, ständig ausgetrickst, ihn häufig in Schwierigkeiten gebracht. Weather war genauso: Er mußte sie haben, aber sie widerstand ihm ...

Er überquerte eine weitere Kreuzung, fuhr einen langen, unebenen Weg entlang, den der Schneemobilclub im Wald geräumt hatte, auf den nächsten See und über diesen hinweg. Schließlich lenkte er das Schneemobil auf die Hafenstraße und weiter zum Highway, blieb dort einen Augenblick stehen und bog nach links ab.

Das Mädchen mit den gelblichen Haaren wartete. Ihr Bruder Mark ebenfalls. Mark mit den dunklen Haaren und den großen, braunen Augen. Das Mädchen ließ ihn ein und half ihm, den Schneeanzug auszuziehen. Mark lächelte nervös. So war er eben, er mußte beruhigt werden. Der Eismann arbeitete gerne mit Mark zusammen, eben *weil* er sich widersetzte. Wenn das Mädchen nicht dabeigewesen wäre ...

»Gehen wir auf mein Zimmer«, sagte sie.

»Wo ist Rosie?«

»Die ist einen trinken gegangen«, sagte das Mädchen.

»Ich muß los«, erklärte Mark.

»Wohin gehst du?« Lächelnd, ruhig. Aber die Nachwirkungen der Schießerei brodelten noch in seinem Blut. Herrgott, wenn er mit Weather allein irgendwohin könnte, wenn er sie eine Weile für sich haben könnte …

»Mit Bob weg«, sagte Mark.

»Es ist kalt da draußen«, warnte er.

»Schon gut«, sagte Mark. Er konnte ihm nicht in die Augen sehen. »Er holt mich ab …«

»Ich bin ja da«, warf das Mädchen mit den gelbblonden Haaren ein. Sie trug einen alten und verwaschenen Jogginganzug und wünschte sich, es wäre etwas Eleganteres gewesen. Sie zupfte am Hosenbein und hatte Angst vor dem, was er sagen könnte, vor der Grausamkeit in seinen Worten.

Aber er sagte nur: »Prima.« Er strich ihr über den Kopf, und da strömte Wärme durch ihren Körper.

Später am Abend lag er im Bett und rauchte. Er dachte an Weather, an Davenport, an Carr, an das Foto, an Weather, an Davenport, immer im Kreis herum …

Das Mädchen neben ihm atmete leise und hatte die Hand auf seinem Bauch liegen.

Er brauchte Zeit, um alles über das Foto herauszufinden. Wenn er sie nur noch ein paar Tage hinhalten konnte, könnte er es herausfinden. Könnte er Einzelheiten erfahren. Ohne das Foto gab es keine Verbindung zu ihm, aber er brauchte *Zeit* …

14

In der Küche läutete das Telefon.

Lucas ließ es läuten und hörte, wie eine Stimme auf den Anrufbeantworter sprach. Eigentlich sollte er an den Apparat gehen. Er drehte sich um und betrachtete die grünen Leuchtziffern der Uhr auf dem Nachttisch. Viertel nach neun.

Vier Stunden lag er jetzt schon wach, mit ein paar sporadischen Minuten Schlaf. Es war kühl im Haus, fast kalt, also zog er die Bettdecke über die Ohren. Das Telefon läutete wieder, zweimal, dann verstummte es, und der Anrufbeantworter schaltete ein. Dieses Mal wurde nicht gesprochen. Wer auch immer angerufen hatte, hatte wieder aufgelegt.

Eine Minute später läutete das Telefon wieder zweimal. Lucas überlegte sich verdrossen, ob er aufstehen sollte. Das Läuten hörte auf und begann einen Augenblick später wieder, erneut zweimal. Jetzt wurde er richtig wütend, sprang aus dem Bett, wickelte die Decke um die Schultern, stapfte den Flur entlang in die Küche und schaute das Telefon finster an.

Zehn Sekunden verstrichen. Es läutete wieder, da riß er den Hörer hoch. »Was ist?« fauchte er.

»Aha. Ich wußte, daß du schläfst«, sagte die Nonne zufrieden. »Übrigens hast du eine Nachricht auf dem Anrufbeantworter.«

Lucas sah das blinkende Licht an dem Gerät. »Ich friere mir hier den Arsch ab. Könntest du...«

»Die Nachricht ist nicht von mir. Ich weiß, daß du eine hast, weil das Telefon nur zweimal läutet, bevor die Maschine sich einschaltet, und nicht vier- oder fünfmal«, sagte sie und klang noch selbstzufriedener.

»Woher hast du die Nummer?«

»Von der Sekretärin des Sheriffs«, sagte Elle. »Sie hat mir gesagt, was letzte Nacht passiert ist, und daß du eine ziemlich attraktive Ärztin bewachen mußt. Ach, übrigens, geht es dir gut?«

»Elle...«, sagte Lucas ungeduldig, »du hörst dich so selbstgefällig an, daß dies unmöglich ein Anruf sein kann, nur um Klatsch auszutauschen.«

»Ich werde den ganzen Tag unterwegs sein und wollte vorher noch mit dir reden«, sagte sie. »Ich habe einige Freunde von Phil Bergen gefunden. Das wollte ich dem Anrufbeantworter nicht anvertrauen.«

»Was haben sie gesagt?«

»Sie sagen, daß er sich in Gegenwart von Frauen zwar linkisch aufführt, sich aber auf jeden Fall zu ihnen hingezogen fühlt. Er interessiert sich also *nicht* für Männer.«

»Ganz sicher?« *Scheiße.*

»Ja. Einer hat lauthals gelacht, als ich ihm die Frage gestellt habe. Bergen ist nicht durch und durch homophob, verabscheut Homosexuelle und Homosexualität aber. Und dieses Verhalten ist auch keine Tarnung für ein heimliches Interesse, falls du mich das fragen wolltest.«

Lucas kaute auf der Unterlippe, dann sagte er: »Okay. Ich danke dir für deine Hilfe.«

»Lucas, diese Leute wissen, was sie sagen«, meinte Elle. »Einer war Bergens Collegebeichtvater. Er hätte nicht mit mir darüber geredet, wenn Homosexualität jemals bei der Beichte zur Sprache gekommen wäre, also scheidet die Möglichkeit aus. Bergen hätte es auf jeden Fall gebeichtet.«

»Na gut«, sagte Lucas. »Verdammt. Das macht alles noch schwerer.«

»Tut mir leid«, sagte sie. »Kommst du nächste Woche her?«

»Wenn ich hier fertig bin.«

»Dann sehen wir uns ja. Wir machen ein Spiel. Übrigens muß etwas Ernstes im Büro des Sheriffs passiert sein. Niemand hatte Zeit, mit mir zu sprechen, etwas wegen einem vermißten Jungen...«

»O Gott«, sagte Lucas. »Elle, wir unterhalten uns später weiter.«

Er legte auf, wollte die Nummer des Sheriffbüros tippen, bemerkte wieder das blinkende Licht und drückte statt dessen auf den Abspielknopf.

Carrs Stimme krächzte aus dem Lautsprecher: »Davenport, wo stecken Sie, verdammt noch mal? Wir haben den jungen Mueller gefunden. Er ist tot, und es war kein Unfall... ich schicke jemand zu Ihnen, der Sie weckt.«

Bevor der Hörer aufgelegt wurde, hörte er Carr jemandem im Hintergrund zurufen: »Schicken Sie Gene zu Weather Karkinnens Haus.«

Draußen ertönte Motorengeräusch. Lucas spähte aus dem Küchenfenster. Ein Kleinbus der Polizei fuhr in die Einfahrt. Lucas hastete zu Weathers Schlafzimmer. Die Tür war nicht abgeschlossen, er machte sie auf und steckte den Kopf hinein. Weather lag zusammengerollt unter der Bettdecke und sah klein und unschuldig aus.

»Weather, wach auf«, sagte er.

»Hm?« Sie drehte sich im Halbschlaf um und schaute zu ihm auf.

»Sie haben den jungen Mueller gefunden, und er ist tot«, sagte Lucas. »Ich muß gehen.«

Sie war schlagartig wach, richtete sich auf und schlug die Bettdecke zurück. Sie trug ein weißes Flanellnachthemd mit langen Ärmeln. »Ich komme mit.«

»Du hast eine Operation.«

»Das klappt schon, ein paar Stunden sind genug.«

»Du mußt nicht...«

»Ich bin die Gerichtsmedizinerin dieses Bezirks, Lucas«, sagte sie. »Ich müßte sowieso hin.« Ihr Haar stand wie eine Korona vom Kopf ab, das Gesicht war noch vom Schlaf gezeichnet. Sie hatte eine rote Kissenfalte auf einer Wange. Das Baumwollnachthemd verbarg ihre Figur gänzlich, bis auf die Hüften, die der weiche Stoff nachzeichnete. Sie wollte ins Bad gehen, spürte seinen prüfenden Blick und fragte: »Was ist?«

»Du siehst hinreißend aus.«

»Herrgott noch mal, ich bin ein Wrack«, sagte sie. Sie kam zu ihm zurück, stellte sich auf die Zehenspitzen, um ihm einen Kuß zu geben, und in diesem Augenblick klopfte Climpt an die Haustür.

»Das ist Gene«, sagte Lucas und wich in den Flur zurück. »Fünf Minuten.«

»Zehn«, sagte sie. »Ich meine, John Mueller wird es nicht mehr stören.«

Sie sagte es beiläufig, eine Chirurgin und Gerichtsmedizinerin, die sich mit dem Tod auskannte. Aber Lucas war betroffen. Sie sah es ihm an und sagte: »Herrje, Lucas, ich habe es nicht so gemeint...«

»Du hast aber recht«, erwiderte er mit harter Stimme. »Zehn Minuten. Den Jungen wird es nicht mehr stören.«

Lucas ließ Climpt ein und ging rasch ins Bad, während der Deputy die Schäden der nächtlichen Schießerei begutachtete.

Als er aus dem Bad kam, stand Weather schon in Jeans und einem Wollhemd auf dem Flur und trug die Tasche, die sie bei den LaCourts dabeigehabt hatte. »Fertig?«

»Ja.«

»Sie hatten gestern nacht großes Glück«, sagte Climpt. Er stand im Wohnzimmer, rauchte eine Zigarette und betrachtete die Schäden des Schußwechsels.

»Ich glaube nicht, daß daran etwas glücklich war«, sagte Weather. »Sehen Sie doch nur, was er angerichtet hat.«

»Wenn ich da draußen gewesen wäre, wär'n Sie jetzt tot. Er hätte warten sollen, bis Sie direkt an der Tür waren.«

»Ich sag's ihm, wenn ich ihn sehe«, meinte Lucas.

John Muellers Leiche war in eine stillgelegte Sandgrube abseits eines asphaltierten Waldwegs im Chequamegon National Forest geworfen worden, fünfzehn Meilen von seinem Zuhause entfernt. Ein halbes Dutzend Polizeifahrzeuge drängten sich an der Abzweigung, der Schnee war von den vielen Menschen festgetrampelt worden.

»Shelly ist ausgeflippt«, sagte Climpt, die Zigarette im Mundwinkel. »Heute ist während der Messe etwas passiert.«

»Haben sie Bergen gefunden?«

»Ja, ich glaube schon. Er war da.«

Sie konnten den Sheriff sehen, der etwas abseits der anderen stand, wie eine dicke, dunkle Vogelscheuche, mitten in der Kiesgrube. »Das ist ein Alptraum für ihn«, sagte Weather.

Climpt nickte. »Er wollte nichts weiter als eine nette, ruhige Rutschpartie bis zur Pensionierung; er wollte sich um die Menschen kümmern. Darin ist er ziemlich gut.«

Sie parkten und näherten sich einer Gruppe Polizisten am Rand der Sandgrube. Ein Zivilist in einem orangefarbenen Leuchtparka stand an der Seite, neben einem Schneemobil, wo er sich mit einem anderen Deputy unterhielt. Carr sah sie kommen und kam ihnen auf dem frischen Trampelpfad entgegen.

»Wie geht es Ihnen?« wandte sich Carr an Weather. »Konnten Sie schlafen?«

»Kaum«, sagte Weather. »Ist der Junge...?«

»Genau hier. Wir haben seine Eltern noch nicht angerufen.« Carr schaute Lucas an. »Wie lange wird es noch dauern, bis Sie diesen Kerl gefunden haben?«

»Das ist eine blöde Frage«, fauchte Weather.

Aber Lucas schaute den Hang hinauf zu der Gruppe von Polizisten, die neben dem Leichnam standen. »Drei oder vier Tage«, sagte er nach einigen Sekunden. »Er hat die Nerven verloren. Wenn wir nicht einen bedeutenden Zusammenhang mit diesem Jungen übersehen, gab es keinen Grund, ihn zu töten. Er ist ein verdammt großes Risiko eingegangen und hat nichts gewonnen.«

»Wird er noch mehr Menschen töten?« fragte Carr. Seine Stimme klang nach einer Mischung aus Wut, Nervosität und Traurigkeit, als wäre er sich über die Antwort schon im klaren.

»Könnte sein«, gab Lucas zu und schaute Carr direkt in die geröteten, erschöpften Augen. »Ja, ich würde sagen, daß er das könnte. Sie sollten die Schoeneckers finden. Wenn die etwas damit zu tun haben und sich an einem Ort aufhalten, wo er an sie herankommen kann...«

»Wir haben im ganzen Süden Suchmeldungen durchgegeben, von Florida bis Arizona, wir verhören ihre Freunde...«

Weather ging zu der Leiche, und Lucas wollte ihr folgen. Carr hielt ihn am Ellbogen fest: »Sie müssen sich etwas überlegen, wie wir die Sache beschleunigen können, Lucas.«

»Ich weiß«, sagte Lucas.

Der Schneemobilfahrer im Leuchtparka hatte John Muellers Leichnam gefunden. Er hatte zwei Kojoten an der Stelle fressen sehen und war davon ausgegangen, daß sie ein Wildtier gejagt hatten. Er war vorbeigekommen, weil er wissen wollte, ob es ein Hirsch war, der sein Geweih noch hatte. Er hatte die Tiere verscheucht, den Mantel des Jungen gesehen und das Büro des Sheriffs angerufen. Der erste Deputy, der am Schauplatz eintraf, hatte einen Kojoten erschossen und die Leiche mit einer Plastikplane zugedeckt.

»Schlimm«, sagte Weather, als sie die Plane hob. Um sie herum verstummten die Unterhaltungen, alle sahen zu, wie sie sich über die Leiche beugte. »Ist er das?«

Lucas sah sich das halb zerfressene Gesicht des Jungen an, dann nickte er. »Ja, das ist er. Ich bin fast sicher. Herrgott noch mal...«

Er ging weg, weil er den Anblick nicht ertragen konnte. So war es ihm seit seiner dritten Woche Streifendienst nicht mehr gegangen. Polizisten mußten sich Leichen ansehen und Schluß.

»Alles in Ordnung?« fragte Climpt.

»Macht mich fertig«, sagte Lucas.

Er war schon fast wieder beim Auto, als er Crane sah, den Spurensicherungsmann aus Madison, der den Trampelpfad entlang kam.

»Etwas für mich?« fragte Crane.

»Ich bezweifle es. Der Schauplatz ist ziemlich verwüstet, außerdem haben sich Kojoten an dem Leichnam zu schaffen gemacht. Es wird eine Autopsie erforderlich sein, um herauszufinden, wie er gestorben ist.«

»Ich habe einen Metalldetektor, ich werde den Fundort nach Geschossen absuchen... Hören Sie, ich habe Neuigkeiten für Sie. Ich wollte anrufen, aber mir wurde gesagt, Sie seien auf dem Weg hierher. Erinnern Sie sich an diese halb verbrannte Seite aus dem Pornoheft, die Sie nach Madison geschickt haben? Die mit dem Bild, das Sie wollen?«

»Ja?«

»Wir haben sie an sämtliche größeren Reviere in Wisconsin, Illinois und Minnesota geschickt, und wir erhielten tatsächlich einen Rückruf. Ein Mann namens...«, Crane klopfte sich auf die Taschen, zog einen Handschuh aus, suchte weiter und förderte ein schmales Reporternotizbuch zutage. »...ein Mann namens Curt Domeier vom Polizeirevier Milwaukee. Er sagt, er kennt möglicherweise den Verleger. Er will ihn anrufen.«

Lucas ließ sich die Seite aus Cranes Notizbuch geben; immerhin ein Anhaltspunkt. Er ging zum Wagen, rief die Zentrale an und wurde nach Milwaukee verbunden. Domeier arbeitete in der Abteilung Sexualverbrechen. Lucas stellte sich vor und sagte: »Die Jungs aus Madison sagen, daß Sie möglicherweise wissen, wer das Blatt verlegt.«

»Ja, ich habe diesen speziellen Burschen lange nicht mehr gesehen, aber er verwendet diese kleinen Vignetten – so nennen sie sie, Vignette – am Ende der Artikel. Sie sehen wie die Muster von Spielkarten aus. Herz, Kreuz, Pik und Karo. Das habe ich sonst noch nirgends gesehen, nur bei diesem Kerl.« Domeiers Stimme klang rauh, aber lässig; der Typ Polizist, der beim Kaffeetrinken Kaugummi kaute.

»Können wir ihn dingfest machen?« fragte Lucas.

»Kein Problem. Er arbeitet in seinem Apartment an der Nordseite der I-43. Er ist ein Krüppel und bietet Mackintosh-Dienste an.«

»Mackintosh? Wie der Computer?«

»Genau. Er erledigt Zeitschriftenarbeiten billig«, sagte Domeier. »Layout und so was.«

»Wir haben vier Tote hier oben«, sagte Lucas.

»Ich habe davon gelesen. Ich dachte, es wären drei ...«

»Morgen früh steht noch einer in der Zeitung, ein kleiner Junge.«

»Ohne Scheiß?« Höfliches Interesse.

»Wir glauben, der Killer hatte es wegen dem Bild auf dieser Seite auf die Familie abgesehen«, sagte Lucas.

»Ich kann auf der Stelle mit dem Mann reden, oder Sie könnten herkommen, dann besuchen wir ihn zusammen«, sagte Domeier. »Wie Sie wollen.«

»Ich könnte zu Ihnen kommen.«

»Morgen?«

»Wie wäre es mit heute nachmittag oder heute abend?« sagte Lucas.

»Ich müßte hier mit jemandem wegen der Überstunden reden, aber wenn Ihr Boß anrufen würde ... ich könnte die Extrapiepen brauchen.«

»Ich sag ihm, daß er anrufen soll. Wo treffen wir uns?« fragte Lucas.

»Da ist ein Schnellimbiß gleich an der Interstate ...«

Carr war nicht glücklich über Lucas' Pläne. »Wir müssen hier oben Druck machen. Ich könnte jemand anderen schikken.«

»Ich will selbst mit dem Mann reden«, sagte Lucas. »Überlegen Sie doch: Er könnte unseren Täter gesehen haben. Er *kennt* ihn vielleicht.«

»Okay, aber beeilen Sie sich, ja?« sagte Carr nervös. »Haben Sie schon von Phil gehört?«

»Bergen? Was denn?«

»Er ist zur Messe gekommen. Wir haben nach ihm gesucht, konnten ihn nicht finden,. dann kam er eine halbe Stunde vor der Messe angefahren, wollte aber nicht mit uns reden. Nach seiner normalen Predigt heute morgen sagte er, er müsse mit uns als Freunden und Nachbarn sprechen. Und da hat er alles rausgelassen: Er sagte, er wüßte genau, welche Gerüchte in der Stadt kursieren. Er sagte, er hätte nichts mit den LaCourts oder John Mueller zu tun, aber das Mißtrauen würde ihn umbringen. Er sagte, in der Nacht, als wir ihn gefunden haben, sei er betrunken gewesen, und gestern abend sei er nach Hayward gefahren und habe sich wieder betrunken. Er sagte, er wäre dicht an dem Punkt gewesen, wo es kein Zurück mehr gibt, und da habe er aufgehört. Er sagte, er hätte mit Jesus gesprochen und zu trinken aufgehört. Er hat uns gefragt, ob wir für ihn beten würden.«

»Und Sie glauben ihm?« fragte Lucas.

»Unbedingt. Wenn Sie dabeigewesen wären, hätten Sie es verstanden. Der Mann hat mit Jesus Christus gesprochen, und während er mit uns geredet hat, war der Heilige Geist in der Kirche. Man konnte es spüren; es war so eine... Wärme. Als Phil nach der Messe den Altar verließ, brach er zusammen und fing an zu weinen, und man konnte spüren, wie der Geist niederstieg...« Carrs Augen waren im Verlauf der Schilderung glasig geworden; Lucas wich erschrocken zurück.

»Ich habe einen Anruf von meiner Freundin, der Nonne, bekommen«, sagte Lucas. Carr konzentrierte sich krampfhaft wieder auf die Gegenwart. »Sie hat einige Informanten in der Kirche befragt. Sie sagen, Bergen ist hetero. Hatte niemals sexuelles Interesse an Männern. Das ist selbstverständlich nicht hundertprozentig sicher.«

Carr sagte: »Bleibt die Frage von Bob Dell.«

»Wir müssen noch einmal mit Bergen sprechen. Sie können es heute machen oder warten, bis ich wieder da bin.«

»Wir müssen warten«, sagte Carr. »Nach dem heutigen Morgen kann ich Phil überhaupt nicht direkt ansprechen.«

»Ich versuche, heute abend wieder zurückzukommen«, sagte Lucas. »Aber möglicherweise schaffe ich es nicht. Wenn ich es nicht packe, könnten Sie jemanden zu Weather schicken?«

»Klar, ich laß Gene hingehen«, sagte Carr.

Weather erklärte John Mueller für tot – Ursache unbekannt – und ordnete an, die Leiche zum Gerichtsmediziner nach Milwaukee zu bringen. Lucas sagte ihr, daß er weg müsse, erklärte alles und versprach, sobald wie möglich wieder zurückzukommen.

»Das ist eine zwölfstündige Rundreise«, sagte sie. »Übernimm dich nicht.«

»Gene wird mich in die Stadt bringen. Könntest du bei Shelly mitfahren?«

»Klar.« Sie standen neben Climpts Transporter, wenige Schritte von Climpt und Carr entfernt. Als er sich umdrehen wollte, hielt sie ihn fest und küßte ihn. »Aber versuch, dich zu beeilen.«

Auf dem Rückweg fragte Climpt: »Haben Sie je daran gedacht, Kinder zu haben?«

»Ich habe eins. Eine Tochter«, sagte Lucas. Dann fiel ihm Weathers Geschichte von Climpts Tochter ein.

Climpt nickte. »Sie Glücklicher. Ich hatte auch eine Tochter, aber die ist bei einem Unfall ums Leben gekommen.«

»Weather hat mir davon erzählt«, sagte Lucas.

Climpt schaute ihn an und grinste. *Wie die Typen in Marlboro-Werbespots*, dachte Lucas. »Alle bedauern mich«, erklärte Climpt. »Nach einer Weile, immerhin zwanzig Jahren, geht einem das auf die Nerven.«

»Ja.«

»Wie dem auch sei, ich wollte sagen… ich könnte dieses Arschloch umbringen für das, was er dem Mädchen der LaCourts und jetzt dem kleinen Mueller angetan hat. Wenn wir ihn erwischen, und zwar an einem Ort erwischen, wo wir es machen können, drehen Sie sich einfach um.« Seine Stimme klang täuschend sanft.

»Ich weiß nicht«, meinte Lucas und schaute zum Fenster hinaus.

»Sie müssen es ja nicht selbst machen; hindern Sie mich nur nicht daran«, sagte Climpt.

»Das macht Ihre Tochter nicht wieder lebendig, Gene.«

»Das weiß ich«, knurrte Climpt. »Mein Gott, Davenport.«

»Tschuldigung.«

Nach längerem Schweigen, in dem nur das Knirschen der Schneeketten auf dem unebenen Weg zu hören war, sagte Climpt: »Ich werde einfach nicht mit Menschen fertig, die Kinder umbringen. Kann nicht einmal in der Zeitung darüber lesen oder es in den Nachrichten anhören. Kinder zu töten ist das Schlimmste, was man tun kann. Das echt Allerschlimmste.«

Die Fahrt nach Milwaukee erwies sich als lang und kompliziert, ein Netz von Landstraßen und zweispurigen Highways bis Green Bay, dann eine schnelle Fahrt Richtung Süden auf der I-43, am See entlang. Domeier hatte ihm eine Abfolge von Ausfahrten genannt, und er nahm gleich beim ersten Mal die richtige. Der Schnellimbiß lag neben einem Einkaufszentrum, das den Eindruck machte, als litte es unter einer permanenten Rezession. Lucas parkte und ging hinein.

Der Polizist aus Milwaukee erwies sich als vierschrötiger Mann mit rotem Gesicht, langem Wollmantel und der Mütze eines Hafenarbeiters. Er saß am Tresen, tunkte einen Doughnut in eine Tasse Kaffee und schäkerte mit einer gleichermaßen vierschrötigen Kellnerin, die grinste und eine lippenstiftbeschmierte Zigarette im Mundwinkel hängen hatte. Als Lucas eintrat, nahm sie hastig die Zigarette aus dem Mund und ließ die Hand hinter den Tresen sinken. Domeier schaute über die Schulter, blinzelte und sagte: »Sie müssen Davenport sein.«

»Stimmt. Sind Sie telepathisch veranlagt?«

»Sie sehen aus, als wäre Ihnen kälter als einem Bergmannsarsch«, sagte Domeier. »Und ich habe gehört, daß es da oben kälter als ein Bergmannsarsch sein soll.«

»Das stimmt«, sagte Lucas. Sie schüttelten einander die Hände, dann studierte Lucas die Speisekarte über dem Tresen. »Geben Sie mir zwei Vanille, einen mit Kokosnuß und einen mit Erdnüssen, und dazu einen großen schwarzen Kaffee«, sagte er und setzte sich neben Domeier auf den Hocker. In diesem Schnellimbiß kam er sich wieder wie ein Großstadtpolizist vor.

Die Kellnerin, die die Zigarette wieder im Mund hatte, ging den Kaffee holen. »Ist es hier unten nicht so kalt?« fragte Lucas Domeier und setzte die Unterhaltung damit fort.

»Oh, es ist schon kalt, so um die zwanzig Grad unter Null, aber nichts im Vergleich mit dem, was Sie haben«, sagte Domeier.

Sie unterhielten sich, während Lucas seine Doughnuts aß, und beschnupperten einander. Lucas sprach von Minneapolis, der Pension und Beihilfen.

»Ich würde gerne irgendwo hingehen, wo es wärmer ist, und wo Pension und Beihilfen ähnlich hoch sind wie hier«, sagte Domeier. »Sie wissen schon, irgendwohin in den Südwesten, nicht zu heiß, nicht zu kalt. Trocken. Eine Stadt, die einen Spezialisten für Sexualdelikte braucht und mir im ersten Jahr drei Wochen freigeben würde.«

»Eine Versetzung wirft einen zurück«, sagte Lucas. »Man kennt die Stadt nicht, man weiß nicht, wer die guten Polizisten und wer die Arschlöcher sind... Man kennt eine Stadt nicht richtig, wenn man dort nicht Streife gegangen ist.«

»Mir würde es stinken, wieder Uniform tragen zu müssen«, sagte Domeier mit demonstrativem Schaudern. »Hat mir nie Spaß gemacht, Strafzettel zu verteilen und Schlägereien zu schlichten.«

»Und du hast hier einen echt tollen Job«, sagte die Kellnerin. »Was würdest du machen, wenn du Polaroid-Peter nicht hättest?«

»Polaroid wer?« fragte Lucas.

»Peter«, sagte Domeier und verbarg das Gesicht in den Händen. »Der Typ bringt mich noch um.«

Die Kellnerin kicherte, und Domeier sagte: »Er ist wie ein Flitzer. Er läßt in seiner Wohnung die Hosen runter und macht ein Polaroidfoto von seinem Pimmel. Ziemlich durchschnittlicher Pimmel, ich weiß gar nicht, warum er so damit rumprotzt. Dann läßt er das Bild vor einer High School oder einem Einkaufszentrum oder so fallen, wo jede Menge Teenagermädchen herumhängen. Ein Mädchen hebt das Bild auf, und zack. Hat er sie kalt erwischt. Wir glauben, daß er irgendwo in der Nähe ist und zusieht. Und sich einen runterholt.«

Lucas fing an zu lachen und erstickte fast an einem Stück Doughnut. Domeier klopfte ihm geistesabwesend auf den Rücken. »Was passiert, wenn ein Mann so ein Bild aufhebt?« fragte Lucas.

»Männer heben sie nicht auf«, sagte Domeier verdrossen. »Und wenn, dann sprechen sie mit niemandem darüber. Wir haben zwei Dutzend Anrufe deswegen bekommen, und jedesmal war das Foto von einem Teenagermädchen aufgehoben worden. Sie sehen es auf dem Gehweg liegen und müssen es einfach anschauen. Und wenn wir fünfundzwanzig Anrufe bekommen haben, muß der Mann schätzungsweise hundertmal zugeschlagen haben.«

»Wahrscheinlich fünfhundertmal, wenn Sie fünfundzwanzig Anrufe bekommen«, meinte Lucas.

»Er macht uns wahnsinnig«, erklärte Domeier und trank seinen Kaffee aus.

»Tolle Sache«, sagte Lucas. »Hört sich doch eigentlich ganz lustig an.«

»Ach ja?« Domeier schaute ihn an. »Sagen Sie das mal dem Bürgermeister! Er wurde im Fernsehen interviewt und hat versprochen, daß wir den Kerl bald erwischen. Die gesamte Sitte ist zerstritten, ob wir Scheiße schreien oder uns blind stellen sollen.«

Lucas fing wieder an zu lachen. »Sind Sie fertig?«

»Gehen wir.«

Bobby McLain wohnte in einer Siedlung aus zweistöckigen beige und braun gestrichenen Betonblocks, in einer Gegend, in der heruntergekommene alte Backsteinhäuser sich mit heruntergekommenen neuen Betonklötzen abwechselten. Die Straßen waren trostlos, Schnee war an den Bordsteinen aufgetürmt, große, rostige Limousinen aus den siebziger Jahren parkten neben den Schneewällen. Selbst die Bäume sahen finster und knorrig aus. Domeier fuhr mit Lucas und deutete auf einen handgestrichenen Chevy-Transporter unter einer Notbeleuchtung an der Westseite der Siedlung. »Der gehört Bobby. Er ist mit einer Rolle gestrichen worden.«

»Was ist das für eine Farbe?« fragte Lucas, als sie daneben parkten.

»Kotzgrün«, sagte Domeier. »Man sieht nicht allzu viele kotzgrüne Transporter in der Gegend. Jedenfalls nicht mit Totenkopf-Aufklebern.«

Sie stiegen aus und sahen die Straße entlang. Niemand war zu sehen, keine Menschenseele. Als sie vor der Tür standen, konnten sie drinnen einen Fernseher laufen hören. Lucas klopfte, worauf der Fernseher verstummte.

»Wer ist da?« Die Stimme klang kieksig wie die eines pubertierenden Jungen.

»Domeier. Polizei.« Domeier schwieg einen Augenblick, dann sagte er: »Mach die Scheißtür auf, Bobby.«

»Was wollen Sie?«

Lucas trat nach links und stellte fest, daß Domeier nach rechts auswich.

»Ich will, daß du die Scheißtür aufmachst«, sagte Domeier.

Er trat von der Seite dagegen, worauf die Stimme auf der anderen Seite sagte: »Okay, okay, okay. Moment noch.«

Ein paar Sekunden später ging die Tür auf. Bobby McLain war ein dicker junger Mann mit dicken Brillengläsern und kurzem blondem Haar. Er trug weite Khakihosen und einen weißen Rollkragenpullover, der vom vielen Waschen gelblich verfärbt war. Er saß in einem uralten, handbetriebenen Rollstuhl.

»Kommen Sie rein und machen Sie die Tür zu«, sagte er und fuhr zurück.

Sie traten ein, Domeier als erster. McLains Apartment roch nach alter Pizza und Katzenscheiße. Auf dem Boden lag ein fleckiger Flokati, der einmal apricotfarben gewesen sein mochte. Das Wohnzimmer, in dem sie sich befanden, war in ein Computerbüro umgewandelt worden, in dem zwei große Mackintoshs zwischen Papier und irgendwelchen unidentifizierbaren Maschinen auf Bibliothekstischen standen.

Domeier schaute zur Küche. Lucas stieß die Tür mit dem Fuß zu. »Ist da gerade jemand hinten rausgerannt?« fragte Domeier.

»Nein, nein«, sagte McLain und drehte sich zur Küche um. »Wirklich …«

Domeier entspannte sich, sagte »Okay«, ging zur Küche und schaute hinein. Ohne McLain anzusehen, sagte er: »Der Mann da heißt Davenport, er ist Deputy Sheriff von Ojibway County, im Norden, und er ermittelt in einem mehrfachen Mordfall. Er glaubt, du könntest etwas damit zu tun haben.«

»Ich?« McLains Augen wurden groß und rund; er starrte Lucas an. »Was denn?«

»Einige Menschen wurden wegen Ihres Pornomagazins getötet, Bobby«, erklärte Lucas. Auf einem Stuhl vor einem Machintosh lag ein Stapel Computerpapier. Lucas hob das Papier auf, warf es auf den Tisch, drehte den Stuhl herum und setzte sich darauf. Sein Gesicht war nur dreißig Zentimeter von McLains entfernt. »Wir haben nur einen Fetzen von einer Seite; wir brauchen den Rest der Zeitschrift«, sagte er.

Domeier reichte McLain eine Fotokopie des Ausschnitts, den sie gefunden hatten. Gleichzeitig ergriff er einen der Handgriffe des Rollstuhls und rüttelte daran. McLain blickte nervös auf, dann beugte er sich wieder über die Fotokopie.

»Kenne ich nicht«, erklärte er.

»Komm schon, Bobby, wir reden hier von schweren Geschützen, zum Beispiel Gefängnis«, sagte Domeier. Er rüttelte wieder am Rollstuhlgriff. »Wir wissen alle, daß das Scheißding von dir stammt.«

McLain drehte das Blatt auf die leere Rückseite und sagte: »Vielleicht.« Domeier schaute Lucas an, und Bobby sagte: »Ich muß wissen, was für mich dabei rausspringt.«

Domeier beugte sich über ihn: »Zunächst einmal werde ich dich nicht aus diesem Rollstuhl auf deinen fetten behinderten Arsch kippen.«

»Und Sie werden eine Menge guten Willen seitens der Polizei bekommen«, versprach Lucas. »Das Zeug, das Sie da drucken, Kinderpornos, diese Scheiße könnte man auch als Verbrechen betrachten. Und wir könnten alles beschlagnahmen, was in Zusammenhang mit einem Verbrechen steht. Wenn wir sauer genug sind, können Sie diesen Computern Lebewohl sagen.«

Bobby betrachtete die Fotokopie nervös, dann drehte er sich zu Domeier um und sagte gereizt: »Hören Sie auf, an meinem Rollstuhl herumzuspielen.«

»Wo ist das Heft?«

McLain schüttelte den Kopf, dann sagte er: »Den Flur runter. Verdammt...«

Er drehte den Rollstuhl herum und fuhr den kurzen Flur entlang, an der Küche vorbei zum einzigen Schlafzimmer. Das Schlafzimmer sah chaotisch aus; Kleidungsstücke hingen über den Stühlen und der Kommode, auf dem Boden lagen Computerzeitschriften und Bücher. Ein helles Leselicht war an einer Ecke des Bettes festgeschraubt; die Fenster waren mit festgetackertem schwarzem Papier bedeckt.

McLain schob einen Haufen alter Turnschuhe aus dem Weg und riß einen Schrank auf. In diesem Schrank waren brusthoch billige Schwarzweißhefte gestapelt. »Sie müssen sie selbst durchsehen, mehr habe ich nicht«, sagte er. »Es müßten zwei oder drei Exemplare von jeder Ausgabe dabei sein.«

Lucas hob einen Stapel Zeitschriften auf und blätterte sie durch. Die Hälfte drehte sich um Sex und Fetischismus. Bei zweien handelte es sich um faschistische Propaganda, eine war eine Publikation von Computerhackern, eine weitere hatte etwas mit Untergrundradio zu tun. Sie sahen alle weitgehend gleich aus, ordentlich in Schwarzweiß auf dem billigsten Zeitungspapier gedruckt, mit amateurhaftem Layout und montierten Grafiken. »In welchem Heft war das Bild?«

»Das weiß ich nicht aus dem Kopf. Ich gehe normalerweise in die Buchhandlungen und besorge mir diese Romane für Erwachsene. Daraus nehme ich den Text, tippe ihn in Spalten ab – manchmal schreibe ich ihn ein bißchen um – und montiere die Bilder ein, die die Leute mir schicken. Ich habe ein Postfach...«

»Haben Sie eine Abonnentenliste?« fragte Lucas.

»Nein. Das Zeug wird nur in Sexshops vertrieben«, sagte McLain. Er blickte zu Lucas auf. »Lassen Sie mich die Kopie noch mal sehen.«

Lucas gab sie ihm, er betrachtete den unteren Rand der Seite und sagte: »Moment mal...«

»Was ist mit dieser Nazischeiße hier?« fragte Domeier, »läuft das auch über die Sexshops?«

McLain hatte sich zu einem Bücherregal neben dem Bett umgedreht und ging einen Stapel *Playboy* durch, wobei er die Partywitze auf der Rückseite des Faltblatts in der Mitte studierte. »Nein, das sind alles Auftragsarbeiten. Die Nazimagazine, die Freak- und Hackersachen, das Militärmaterial, das ist alles Auftragsware. Ich stelle nur die Sex- und Fetischismusblätter selbst zusammen.«

Er überflog die Rückseite einer Blondine mit geföntem

Schamhaar, dann betrachtete er das Cover. »Hier... ich nehme Witze aus dem *Playboy*, wenn ich eine Spalte nicht voll bekomme... Das ist das August-Heft, aus dem stammt der Witz auf dem Ende Ihrer Seite. Sie suchen demnach etwas, das in den letzten sechs Monaten gedruckt wurde, das müßten die obersten fünfzig bis sechzig Magazine sein.«

Domeier fand das Bild zehn Minuten später, als er gerade ein Magazin mit dem Titel *Very Good Boys* halb durchgeblättert hatte. »Hier ist es.«

Lucas nahm es und verglich die Bildunterschrift und den albernen Witz. Sie stimmten überein.

Das Foto im oberen Teil der Seite zeigte einen nackten Mann, der sich halb abgewendet hatte und eine Erektion zur Schau stellte. Im Hintergrund lag ein Junge auf einem zerwühlten Bett und grinste in die Kamera. Das Haar fiel ihm in die Stirn, Brust und Beine waren dünn. Er sah sehr jung aus, jünger, als er tatsächlich war. Er hatte den Kopf so weit gedreht, daß man einen Ohrring am Ohrläppchen erkennen konnte. In der rechten Hand hielt er eine Zigarette. Die linke Hand lag auf der Hüfte. Ein Finger fehlte ihm.

Das Foto war nicht gut, aber den Jungen konnte man erkennen. Den Mann im Vordergrund nicht. Er war von den Hüften bis zu den Knien sichtbar und leicht verwackelt: Die Kamera hatte sich auf den Jungen konzentriert und aus dem Mann lediglich eine sexuelle Kulisse gemacht.

»Haben Sie gesagt, der Junge ist tot?« fragte Domeier, der Lucas über die Schulter sah.

»Ja.«

»Nicht viel zu sehen, Mann«, sagte Domeier.

»Nein.«

Das stimmte: Das Bett hatte weder Kopf- noch Fußteil, auch andere Möbelstücke waren nicht zu sehen, abgesehen von einem schlichten einfarbigen Teppich und einem Paar Turnschuhe links. Da es sich um ein Schwarzweißbild handelte, konnte man die Farben nicht erkennen.

Lucas schaute McLain an. »Wo ist das Original?«

McLain zuckte mit den Achseln und rollte den Stuhl ein paar Zentimeter zurück. »Das habe ich durch den Häcksler gejagt und weggeworfen. Wenn ich das ganze Zeug behalten würde, würde ich in Papier ertrinken.«

»Wieso heben Sie dann das hier auf?« fragte Lucas und deutete auf den Stapel Magazine im Schrank.

»Das sind Ansichtsexemplare ... für Leute, die wissen wollen, was ich mache«, sagte McLain.

Lucas sprach Domeier an: »Wenn wir dieses Arschloch ein bißchen verprügeln würden, ihn vielleicht in die Badewanne werfen, glauben Sie, das würde jemanden stören?«

Domeier schaute McLain an, dann Lucas. »Wem wird man glauben, zwei Polizisten oder einem Dreckskerl wie dem? Möchten Sie ihn reinwerfen?«

»He, Moment mal«, beschwerte sich McLain. »Ich habe Ihnen gegeben, was Sie wollten.«

»Ich will das Scheißoriginal«, fauchte Lucas.

»Scheiße, Mann, das hab ich nicht.«

Lucas ging zu ihm, beugte sich über ihn, brachte sein Gesicht ganz dicht an McLains. »Und das glaube ich nicht.«

McLain rückte wieder ein paar Zentimenter zurück und sagte: »Halt ... kommen Sie mit in die Küche.«

Sie folgten ihm den Flur entlang, durch das Wohnzimmer in die Küche. McLain rollte den Rollstuhl zu einem Plastikmüllsack neben der Hintertür, löste die Schnur und fing an, Papier herauszuziehen.

»Sehen Sie, das ist das Klebelayout für das letzte Magazin. Ich drucke das Zeug mit einem Laserdrucker aus, scanne das Bild, klebe es rein und fertig. Die Originale zerreiße ich ... Sehen Sie, hier ist ein Original ...« Er gab Lucas mehrere Streifen glänzenden Plastikpapiers. Ein zerhäckseltes Polaroidfoto. »Da sind noch mehr.«

Lucas betrachtete die Plastikstreifen, die die Kehrseite einer nackten Frau zeigten, die auf einem Perserteppich saß.

Dann gab ihm McLain noch ein paar Streifen, die die Frau von vorne zeigten, wie sie oralen Sex mit einem Mann ausübte, von dem, wie auf dem Jim-Harper-Foto, nur der Torso zu sehen war. McLain warf einen zerrissenen Pizzakarton auf den Boden und fand noch ein paar Streifen von Originalen.

»Was ist mit den Laserdruckerkopien?« fragte Lucas.

»Das Klebelayout bekomme ich zurück und zerhäcksle es auch«, sagte Bobby.

»Und warum?«

»Weil ich nicht möchte, daß der Müllmann schmutzige Bilder findet und Domeier anruft«, sagte McLain.

»Du behältst keine?«

McLain blickte von dem Müllsack auf. »Hören Sie, wenn man so viel von dieser Scheiße zu sehen bekommt, sehen sie nach einer Weile alle aus wie Neunundzwanzig-Cent-Briefmarken. Und mit einigen Leuten, die Beiträge schicken, ist nicht gut Kirschen essen, daher möchte ich keine Umschläge mit Absendern oder so was hier herumliegen haben. Ich möchte nicht, daß sie meinetwegen irgendwelchen Ärger bekommen.«

»Na gut«, sagte Lucas. Er warf McLain die Polaroidstreifen wieder zu. »Sie sagen, Sie haben den Mann nie gesehen, der das Bild von dem Jungen gemacht hat.«

»Stimmt. Die Leute schicken mir Briefe, und manchen sind Fotos beigelegt. Ich drucke den Brief und das Foto ab, wenn es reproduziert werden kann. Sie können sich nicht vorstellen, wie schlecht die meisten Bilder sind.«

Nach einigen weiteren Fragen ließen sie McLain in Ruhe, nahmen vier Exemplare des Magazins mit und gingen zu Lucas' Wagen zurück.

»Und? Zufrieden?« fragte Domeier.

»Sie können zufrieden sein, aber *ich* habe mir nur selbst in den Fuß geschossen«, sagte Lucas. Er schaltete die Innenbeleuchtung ein, schlug das Magazin auf und betrachtete das

Bild noch einmal. »So, wie sich alles abgespielt hat – der Junge wurde ermordet, dann haben die LaCourts das Bild in die Finger bekommen –, war ich sicher, daß etwas auf dem Bild sein müßte. *Irgend etwas.* Aber da ist rein gar nichts zu sehen...«

Nur ein verwackeltes Foto von einem Mann im Vordergrund und dem Jungen im Hintergrund.

»Vielleicht könnten Sie rauskriegen, wie lang sein Pimmel ist, und mit dem Lineal rumlaufen«, sagte Domeier mit todernster Miene. »Sie wissen schon, in Männerklos rumhängen und so...«

»Keine schlechte Idee; warum kommen Sie nicht mit?«

Lucas riß das Foto aus dem Heft, warf den Rest auf den Parkplatz, faltete die Seite zusammen und steckte sie in die Jackentasche. »Verflucht! Ich hab' gedacht, wir würden mehr rausfinden.«

15

Lucas fuhr so schnell, wie er im Dunkeln konnte, aber südlich von Green Bay geriet er in ein Schneetreiben; Böen wirbelten nasse, vierteldollargroße Flocken herum. Er machte an einem McDonalds am Stadtrand von Green Bay Rast, bestellte einen Cheeseburger und Kaffee und fuhr weiter. Westlich von Park Falls bremste er auf der Country Road F, weil er glaubte, eine Unfallstelle vor sich zu haben: Zwei Autos und ein Pritschenwagen hielten auf der Straße, mitten im Niemandsland.

Ein Mann im Schneeparka winkte ihn durch, aber er hielt an und kurbelte das Fenster herunter.

»Probleme?«

Das Gesicht des Mannes war ein kleines Oval, umgeben von Pelz, jeweils nur ein Auge war zu erkennen. Er deutete auf eine Gruppe Leute, die um eine Schneeverwehung herumstanden. »Eine Hirschkuh. Ist auf der Straße herumgetorkelt, als wüßte sie nicht, wo sie ist, und ständig hingefallen. Wahrscheinlich am Verhungern.«

»Ich bin Polizist, ich habe eine Pistole.«

»Nun, wir wollen versuchen, sie zu fesseln, in die Stadt zu bringen und zu füttern. Sie ist noch jung.«

»Viel Glück.«

Das Schneetreiben wurde dichter, als er von Price County nach Lincoln fuhr. In der Stadt verwandelten die großen Scheeflocken unter den Straßenlaternen die Kulisse in eine kitschige Weihnachtspostkarte.

Er fand Climpt und Weather in Weathers Haus, wo sie im Wohnzimmer Gin Rommé spielten.

»Wie ist es gelaufen?« fragte Climpt. Er legte das Blatt weg, ohne es auch nur anzusehen.

»Wir haben das Bild gefunden; bringt aber nicht viel«, sagte Lucas. Er zog die Seite heraus, die er aus dem Magazin gerissen hatte, und reichte sie Climpt. Climpt faltete sie auseinander, betrachtete das Foto und sagte: »Das schränkt die Suche auf Weiße ein.«

Lucas schüttelte den Kopf, und Weather griff nach der Seite, aber Climpt zog sie ihr weg. »Nichts für Damen«, sagte er.

»Lecken Sie mich am Arsch, Gene«, entgegnete Weather.

»Selbstverständlich, Ma'am, wie Sie wünschen«, sagte Climpt mit einem trockenen Kichern. Aber er gab Lucas das Foto zurück. »Bleiben Sie wieder hier draußen?«

»Ja«, sagte Lucas. »Aber ich würde sie gerne an einen Ort bringen lassen, den keiner kennt.«

Weather stemmte die Hände auf die Hüften. »Recht so, unterhaltet euch nur, als wäre ich gar nicht da.«

Climpt schaute sie an, seufzte und sagte: »Scheiß Emanzen.« Und zu Lucas: »Sie könnten sie zu mir nach Hause bringen.«

»Das wüßte die ganze Stadt binnen zehn Minuten«, sagte Weather. »Sie kennen mein Auto, sie kennen Ihren Dienstplan... wenn in Ihrem Haus Licht brennt, während Sie zur Arbeit sein sollten, würden sie die Polizei rufen.«

»Stimmt.«

»Hier wird mir nichts geschehen, so lange ihr Jungs in der Nähe seid«, meinte sie und schaute von einem zum anderen.

Als Climpt gegangen war, packte Weather Lucas am Kragen, küßte ihn und sagte: »Zeig mir das Bild.«

Er holte seinen Mantel und gab es ihr.

»In voller Pracht und Herrlichkeit«, sagte sie und betrachtete es. Sie schüttelte den Kopf. »Ich habe mindestens dreißig Patienten, die mehr oder weniger so aussehen, Bauch und dicker Hintern. Wie soll man jemanden daran erkennen können?« Sie schüttelte den Kopf. »Von mir kannst du keine Hilfe erwarten.«

»Ich bin ratlos«, gestand Lucas und fuhr sich mit den Fingern durchs Haar. »Wir müssen einen Weg finden, mehr Druck auszuüben. Ich dachte, das Bild würde etwas zeigen. Wenn man den Kerl selbst schon nicht identifizieren kann, dann doch wenigstens irgendwas anderes.«

»Ich kann dir nur eines sagen«, meinte sie und hielt ihm das Foto hin. »Wenn Jim Harper etwas mit einem Sex-Ring zu tun hatte, ist es fast unmöglich, daß Russ es nicht gewußt hat. Wenn jemand auf die Idee gekommen wäre, ihn zu erpressen, dann Russ.«

Lucas betrachtete das Foto, schaute durch das Bild hindurch und dachte nach. Dann: »Du hast recht. Wir müssen ihn ausquetschen. Ihn ausquetschen und der Öffentlichkeit präsentieren. Vielleicht stellt unser Arschloch ihm nach, oder vielleicht kennt Harper doch noch Namen.« Er schlenderte durchs Wohnzimmer und berührte ihre Sachen – die Fotos ihrer Eltern, eine Hummelfigur – und dachte nach. »Wenn wir diese Schoeneckers gegen Harper ausspielen...

Hm...« Er legte das Foto sorgfältig zusammen, zückte die Brieftasche und verstaute es darin, damit er es jedesmal sehen würde, wenn er etwas bezahlte. »Wie geht es dir?«

Sie zuckte die Achseln: »Ich bin müde, kann aber nicht schlafen. Ich schätze, ich habe ein bißchen Angst.«

»Du solltest weg von hier. Freunde in Minneapolis besuchen.«

Sie schüttelte den Kopf. »Vergiß es. Er wird mich nicht kleinkriegen.«

»Das ist albern.«

»Aber so ist es nun mal«, sagte sie. »Was ist mir dir? Müde?«

»Steif von der Fahrt«, sagte Lucas. Er gähnte und streckte sich.

»Als ich dieses Haus gekauft habe, habe ich als einzige größere Veränderung das Bad renovieren lassen. Ich habe eine große Whirlpoolwanne da drinnen. Warum gehst du nicht rein und läßt heißes Wasser ein? Ich richte uns einen kleinen Snack.«

»Prima«, sagte er.

Die Wanne sah aus, als bestünde sie aus schwarzem Marmor und war gut und gerne zwei Meter lang. Er füllte sie halb, spielte an den Armaturen herum, bis er die Düsen des Whirlpools eingestellt hatte, dann setzte er sich hinein. Er stellte fest, daß er den Kopf auf einen Sims legen und sich unbeschwert in dem Wasser treiben lassen konnte. Die Wärme entspannte ihn und löste die Verkrampfungen der Fahrt. Das Foto mußte der Schlüssel sein, und jetzt hatte er das Foto. Warum fand er die Lösung nicht? Was hatte er übersehen?

Die Tür ging auf, und Weather kam im Bademantel herein und brachte eine Flasche Wein. Lucas richtete sich verlegen auf, aber sie zog den Bademantel aus. Als sie nackt vor ihm stand, testete sie das Wasser mit dem Fuß. Sie hatte kleine, feste Brüste, einen glatten, anmutigen Rücken und lange Beine.

»Heiß«, sagte sie und stieg in das andere Ende der Wanne. Sie errötete, aber möglicherweise lag es auch am heißen Wasser.

»Was ist mit dem Snack?« fragte Lucas.

»Den siehst du vor dir, Goldstück«, sagte sie.

Der vierte Tag der Ermittlungen: Ihm war, als hielte er sich seit einer Ewigkeit in Ojibway County auf. Und als würde er Weather schon ewig kennen...

Lucas schaffte es wenige Minuten nach acht zum Büro des Sheriffs. Der Tag war wärmer, nur etwa fünfzehn Grad minus, mit feuchten Flecken auf der Straße, wo sich das Streusalz durch den Schnee gefressen hatte. Der Himmel hüllte sich in undurchsichtiges Grau. Trotz der drückenden Wolken am Himmel fühlte sich Lucas... leicht.

Anders. Er spürte immer noch Weathers Duft um sich, war aber nicht sicher, ob das nicht nur eine Erinnerung war, an die er sich klammerte.

Carrs Aussehen erschreckte ihn. Selbst nach dem Mord an den LaCourts war er feist und rosa gewesen, jetzt sah er grau und hager im Gesicht aus. Nicht verhungert, sondern ausgetrocknet, als würde er vor Durst sterben.

»Haben Sie es?« fragte er, als Lucas eintrat.

Lucas gab ihm eine Kopie des Pornoheftes, das auf der Seite mit Jim Harper aufgeschlagen war. »Ist es das?« fragte Carr und betrachtete das Foto.

»Das ist es. Jedenfalls das, was die LaCourts hatten«, sagte Lucas.

Carr hielt es ans Fenster, wo das Licht besser war. Henry Lacey kam hereingeschlürft, nickte Lucas zu, und Carr gab ihm das Foto. »Wer ist das, Henry? Wer ist der dicke Kerl?«

Lacey betrachtete das Foto, dann Lucas. »Ich kann nichts erkennen. Übersehe ich etwas?«

»Glaube ich nicht«, sagte Lucas. Carr führte den Daumen

zum Mund, kaute am Daumennagel und legte die Hand dann hastig wieder auf den Schreibtisch zurück; seine Bewegungen waren ruckartig und abgehackt. Übermüdet. »Wann haben Sie zum letztenmal geschlafen?« fragte Lucas.

»Kann mich nicht erinnern«, sagte Carr ausweichend. »Wenn mir nur jemand sagen würde, was ich tun soll!«

Lucas sagte: »Wie gut stehen Sie mit dem Chefredakteur des *Register*? Und dem Chef des Rundfunksenders?«

»Ein und derselbe«, sagte Carr. Er drehte sich auf dem Stuhl herum und schaute zum Fenster hinaus zum städtischen Fuhrpark. »Die Antwort ist: ziemlich gut. Danny Jones ist der Bruder von Bob Jones.«

»Dem Rektor der Junior High School?«

»Genau. Wir haben fast jeden Mittwochabend Poker gespielt. Jedenfalls vor dieser Scheiße.«

»Wenn Sie ihm einfach auf den Tisch legten, was Sie in der Zeitung oder im Radio wollen, und ihm erklärten, daß Sie es brauchen, um diesen Fall zu lösen, würde er dann mitmachen?«

Carr, der immer noch zum Fenster hinausschaute, dachte darüber nach, dann sagte er: »In diesem Fall – wahrscheinlich.«

Lucas erklärte seinen Vorschlag mit kurzen Worten: daß sie mit den Fotos von Jim Harper, die sie gefunden hatten, zum Bezirksanwalt gehen und einen Haftbefehl für Russ Harper erwirken sollten. Sie würden Harper anklagen, Kinderpornographie zu vertreiben, und ihn dafür ins Gefängnis bringen.

»Der kommt innerhalb von zwanzig Minuten auf Kaution wieder raus«, wandte Lacey ein.

»Nicht, wenn wir es richtig machen«, sagte Lucas. »Wir verhaften ihn heute nachmittag, verhören ihn, klagen ihn heute abend an. Dann müssen wir ihn erst am Montag vor Gericht bringen. Wir sagen dem *Register*, daß wir ihn im Zusammenhang mit einem Ring von Pornodealern festgenommen haben, den wir infolge der Ermittlungen im Mordfall LaCourt ausheben konnten. Wir lassen auch durchsikkern, daß Harper singt – daß er versucht, Straffreiheit zu erlangen, indem er andere Mitglieder des Rings verpfeift. Und wir versichern Harper, daß wir ihm Straffreiheit gewähren, falls sich die Schoeneckers nicht vorher drum bemühen. Übrigens, was Neues von den Schoeneckers?«

»Noch nicht«, sagte Carr kopfschüttelnd. »Sie meinen also, wir hauen Russ Harper in die Pfanne. Die Anklage ist dünner als Zeitungspapier.«

»Wir hauen ihn nicht in die Pfanne. Wir benutzen ihn, damit etwas passiert«, sagte Lucas. »Und wer weiß? Vielleicht hat er ja eine Ahnung, wer der Mörder sein könnte.«

»Wenn nicht, verklagt er uns auf Teufel komm raus. Wahrscheinlich verklagt er uns so oder so«, sagte Carr.

»Ein guter Staatsanwalt würde ihn vor Gericht bringen und ihn mit Bildern von Jim fertigmachen«, sagte Lucas. Er beugte sich über den Schreibtisch. »Ich sage Ihnen eines, Shelly, es besteht die Möglichkeit, daß die Ermordung der LaCourts und des kleinen Mueller und Jim Harpers nichts mit diesem Sex-Ring zu tun haben. Möglich, aber ich bezweifle es. Und Weather hat gestern abend gesagt, sie kann sich nicht vorstellen, daß jemand wie Harper nicht zumindest eine Ahnung gehabt haben muß, was sein Junge trieb.«

»Wir müssen es tun, Shelly«, sagte Lacey ernst. »Wir haben keine andere Möglichkeit mehr. Keine einzige.«

»Dann bringen wir es hinter uns«, sagte Carr. Er blickte erschöpft zu Lucas auf. »Und wir beide müssen noch einmal mit Phil Bergen reden.«

Bergen wartete auf sie. Er hatte sich verändert, wie Carr auch. Aber Bergen sah ausgeruht und frisch aus. Nüchtern.

»Ich weiß, weshalb Sie hier sind«, sagte er, als er sie ins Pfarrhaus einließ. »Bob Dell hat mich angerufen. Ich wußte bis zu seinem Anruf nicht, daß er homosexuell war.«

»Sie haben nie...«, begann Lucas.

»Nie.« Bergen drehte sich zu Carr um. »Shelly, ich hätte nie für möglich gehalten, daß Sie glauben...«

»Er hat es nicht geglaubt«, sagte Lucas. »Ich habe das Thema zur Sprache gebracht. Ich habe mir eine Karte der Lake Road angesehen, Dells Haus gefunden, einige Fragen gestellt und bin wahrscheinlich zu den falschen Schlußfolgerungen gekommen.«

»Kann man wohl sagen.«

Lucas zuckte die Achseln. »Ich habe versucht herauszufinden, warum Sie behauptet haben, Sie wären bei den LaCourts gewesen, obwohl das nicht stimmt, und weshalb sie uns das nicht sagen konnten.« Sie standen in der Diele und hatten noch Handschuhe und Mäntel an und Hüte auf. Bergen stand ihnen gegenüber und bat sie nicht, Platz zu nehmen.

»Ich war bei den LaCourts. Ich war dort«, sagte Bergen.

Lucas schaute ihn an, dann nickte er. »Dann haben wir immer noch ein Problem«, sagte er. »Die Zeit.«

»Vergessen Sie die Zeit«, sagte Bergen. »Ich schwöre Ihnen: Ich war da, und sie haben noch gelebt. Ich nehme an, der Mörder kam gerade, als ich aufgebrochen bin – vielleicht war er schon da, bevor ich mich verabschiedet hatte, und wartete, bis ich gegangen war –, hat sie getötet und das Benzin verschüttet, aber aus Versehen zu früh angezündet. Wenn die Feuerwehrleute sich nur um ein paar Minuten verschätzt haben, dann stimmt die Zeit, und sie liegen völlig falsch. Und dabei ist es Ihnen gelungen, mir... schweren Schaden zuzufügen.«

Carr schaute Lucas an. Lucas betrachtete Bergen eine ganze Weile, nickte und sagte: »Vielleicht.«

Bergen schaute von Lucas zu Carr, wartete, und schließlich sagte Carr: »Gehen wir.« Und zu Bergen: »Phil, es tut mir leid. Das wissen Sie.«

Bergen nickte, mit verkniffenem Mund, er verzieh nicht.

Draußen fragte Carr: »Glauben Sie ihm jetzt?«

»Ich glaube, daß er nicht schwul ist.«

»Immerhin ein Anfang.« Sie gingen schweigend zum Auto, dann sagte Carr erschöpft: »Und danke, daß Sie das mit Bob Dell auf sich genommen haben. Wenn das alles vorbei ist, können Phil und ich unsere Freundschaft vielleicht wieder kitten.«

»Ich hole Gene, dann schnappen wir Harper. Warum schlafen Sie nicht ein paar Stunden?«

»Kann nicht. Meine Frau ist bestimmt beim Putzen«, sagte Carr. »Das ist ziemlich laut. Ich kann kein Auge zutun, wenn sie arbeitet.«

Lucas rief Climpt über Funk und bestellte ihn ins Gerichtsgebäude. Während Carr in sein Büro zurückkehrte, suchte Lucas Henry Lacey auf, der sich mit einem Deputy unterhielt.

»Ich muß einen Moment mit Ihnen reden«, sagte er.

Lacey nickte und sagte: »Wir sehn uns später, Carl.« Und zu Lucas: »Was liegt an?«

»Es gibt Gerüchte, daß Shelly eine Affäre mit einer Dame aus der Kirchengemeinde hat. Ich glaube, ich habe sie gestern abend gesehen.«

»Und...?« Lacey war abweisend.

»Ist sie verheiratet, oder was?«

»Verwitwet«, sagte Lacey widerwillig.

»Glauben Sie, Sie könnten Shelly dazu bringen, daß er zu ihr geht? Durch die Blume? Er soll schlafen oder sich ein bißchen von ihr streicheln lassen. Der Mann steht kurz vor einem Zusammenbruch.«

Lacey ließ den Hauch eines Lächelns erkennen und nickte. »Abgemacht. Daran hätte ich schon früher denken sollen.«

Lucas, Climpt und der junge Deputy Dusty, der als erster mit John Mueller in der Schule gesprochen hatte, holten Harper um halb fünf in der Tankstelle ab, gerade bevor es richtig dunkel wurde.

Lucas und Climpt hatten gemächlich zu Abend gegessen, sich über die jüngsten Informationen aus dem Haus der LaCourts unterhalten, die das Labor in Madison übermittelt hatte, hatten abgewartet, bis der Bezirksrichter das Gerichtsgebäude verließ, und dann Dusty abgeholt, um raus zum Knuckle Lake zu fahren. Als sie mit Climpts Wagen auf das Tankstellengebäude fuhren, konnten sie durch das Fenster sehen, wie Harper Geldscheine in der Registrierkasse zählte. Er kam wutschnaubend herausgestürmt.

»Wenn Sie keinen Durchsuchungsbefehl haben, verschwinden Sie von meinem Grund und Boden«, sagte er.

»Sie sind festgenommen«, sagte Climpt.

Harper blieb so ruckartig stehen, daß er um ein Haar ausgerutscht wäre. »Was sagen Sie da?«

»Sie sind vorläufig verhaftet, wegen Verbreitung von Kinderpornographie, legen Sie die Hände auf das Auto...«

Der fassungslose Harper nahm die gewünschte Haltung ein. Dusty tastete ihn ab und legte ihm die Handschellen an. Ein Junge, der in der Werkstatt gearbeitet hatte, kam heraus, sah nervös zu und wischte sich die Hand an einem öligen Lappen ab. »Soll er den Laden offenhalten, oder möchten Sie schließen?« fragte Climpt.

»Du läßt bis zur normalen Schlußzeit offen, und es sollte besser jeder Cent in der Kasse sein«, schrie Harper den Jungen an. Er drehte sich zu Lucas um. »Sie Dreckskerl.« Und dann wieder zu dem Jungen: »Ich ruf dich an; ich müßte ziemlich schnell wieder draußen sein.«

»Kautionsverhandlungen sind erst wieder am Montag, das Gericht hat geschlossen«, sagte Climpt zu ihm.

»Ihr Wichser!« fauchte Harper. »Ihr versucht, mich aufs Kreuz zu legen.« Danach herrschte er den Jungen an: »Du mußt übers Wochenende allein weitermachen. Aber ich zähle jeden Cent in der Kasse.«

Auf dem Rückweg in die Stadt drehte sich Lucas zu Harper um, der in Handschellen auf dem Rücksitz saß. »Ich sage Ihnen jetzt zwei Dinge, über die Sie sich mit Ihrem Anwalt unterhalten können. Als erstes: die Schoeneckers. Denken Sie über die Schoeneckers nach. Als zweites: *Jemand* wird Straffreiheit bekommen, wenn er aussagt. Aber nur ein Jemand.«

»Sie können mich am Arsch lecken.«

Harper rief vom Gefängnis aus einen Anwalt an. Der Anwalt kam aus dem Bankgebäude auf der anderen Straßenseite gelaufen, unterhielt sich zehn Minuten unter vier Augen mit Harper, dann kam er heraus, um mit dem Staatsanwalt über die Kaution zu sprechen.

»Wir werden den Richter am Montag vor Gericht bitten, sie auf eine Viertelmillion Dollar festzusetzen«, verkündete der Staatsanwalt.

»Eine Viertelmillion? Eldon, mein Gott, Russ Harper gehört eine Tankstelle«, sagte Harpers Anwalt. Er war ein dünner, wettergegerbter Mann mit langen blonden Haaren und schwieligen Händen. »Seien Sie realistisch. Und wir denken, die Sache ist wichtig genug, daß wir den Richter bis morgen früh beischaffen sollten.«

»Ich möchte ihn am Samstag nicht anrufen; er geht samstags angeln und bedudelt sich manchmal ein bißchen da draußen, allein in seinem Schuppen«, meinte der Staatsanwalt. »Und Russ' Tankstelle könnte eine Viertelmillion wert sein. Vielleicht.«

»Es ist unmöglich ...«

»Wir reden am Montag mit dem Richter«, sagte der Staatsanwalt.

»Man hat mir gesagt, daß dieser Mann ...«, Harpers Anwalt nickte in Lucas' Richtung, »... und Gene Climpt meinen Klienten schon einmal zusammengeschlagen haben. Eine schwerwiegende Beschuldigung.«

»Russ Harper ist nicht die zuverlässigste Quelle; außerdem geht es hier um Kinderpornographie«, sagte der Staatsanwalt. Aber er schaute Lucas und Climpt an. »Ich garantiere Ihnen, daß Mr. Harper das Wochenende über im Gefängnis völlig sicher sein wird. Wenn nicht, wird jemand bei ihm bleiben.«

»Er wird sicher sein«, erklärte Lacey, der zu ihnen getreten war. »Niemand wird ihm ein Haar krümmen.«

Carr hielt sich in seinem Büro auf und machte einen deutlich lebhafteren Eindruck.

»Haben Sie ein bißchen geschlafen?« fragte Lucas. »Sie sehen besser aus.«

»Drei, vier Stunden. Henry hat mich dazu überredet«, sagte der Sheriff mit einer Spur Wonne und Schuldbewußtsein in der Stimme. »Eigentlich bräuchte ich eine Woche. Mit Harper alles klar?«

»Er sitzt«, sagte Lucas.

»Gut. Sollen wir Dan anrufen?«

Dan Jones war das perfekte Ebenbild des Rektors der Junior High School: »Wir sind Zwillinge«, erklärte er. »Er hat die Bildungslaufbahn eingeschlagen, ich die journalistische.«

»Dan war in der Baseball-Liga, Bob in der Football-Liga; ich kann mich noch erinnern, wie ihr beiden Jungs die Stadien zum Kochen gebracht habt«, sagte Carr mit begeisterter Miene. Und Lucas dachte: *Es macht ihm doch Spaß. Lokalpolitiker unter sich.*

»Die gute alte Zeit«, sagte Dan. Zu Lucas: »Was war Ihr Sport?«

»Hockey«, sagte Lucas.

»Klar, typisch Minnesota«, sagte Dan grinsend. Dann wandte er sich an Carr und fragte: »Was genau erwartest du denn von mir, Shelly?«

Carr informierte Jones über Harper, und Jones machte sich Notizen auf einem Reporterblock. »Wir möchten dich nicht in die Irre führen«, sagte Carr, jetzt ein bißchen förmlicher. »Wir sagen nicht, daß Russ die LaCourts getötet hat – wir wissen sogar, daß er es nicht war. Aber als Hintergrundinformation, damit du nicht zu falschen Schlußfolgerungen kommst, solltest du wissen, daß wir die Information über den Pornoring aufgrund der Mordermittlungen bekommen haben.«

»Demnach glaubst du, daß beides etwas miteinander zu tun hat?«

»Höchstwahrscheinlich... mit einer Äußerung in dieser Richtung kann man eigentlich nicht falsch liegen«, sagte Carr.

»Um ehrlich zu sein – ohne Scheiß –, wir wollen die Story publik machen, um Druck auf die anderen Mitglieder dieser Kinderschändergruppe auszuüben, wer immer sie sein mögen. Wir müssen etwas aufknacken – aber das sollen Sie natürlich nicht schreiben«, erklärte Lucas. »Wir glauben, Harper wird sich auf eine Zusammenarbeit einlassen. Für Straffreiheit oder eine Abschwächung der Anklage. Das könnte wichtig sein. Aber wir möchten, daß das als Gerücht verbreitet wird.«

Climpt wühlte in seinem Schreibtisch, fand das Pornoheft aus Milwaukee und sagte: »Sie können sich darauf berufen, dürfen aber nicht schreiben, was drin ist.«

Er reichte dem Zeitungsredakteur das Blatt.

Jones zuckte zusammen. »Allmächtiger Jesus Christus«, sagte er. Dann besann er sich und sah Carr an. »Tschuldigung, Shelly.«

»Nun, ich verstehe, was du meinst«, sagte Carr gleichmütig.

»Beschissene Reproduktionen«, meinte Jones und drehte das Papier in den Händen. »Und das fühlt sich an wie Toilettenpapier.«

»In mehr als einer Hinsicht«, sagte Carr. »Was ist mit der Story? Kannst du etwas machen?«

Jones stand auf. »O ja, verdammt. Russ Harpers Verhaftung ist eine Schlagzeile wert. Die AP wird sicher etwas darüber wollen, und ich kann es nach Milwaukee und St. Paul melden. Die Leute sind völlig aus dem Häuschen, ich habe sogar schon mit Donahue darüber gesprochen.«

Climpt sagte zu Lucas: »Donahue gehört die Zeitung.«

»Darüber, ob wir eine Sonderausgabe herausbringen. Erst Jonny Mueller, und jetzt das, ich werde gleich heute abend noch mit ihm reden, ob wir sie am Sonntagvormittag unter die Leute bringen können. Ich brauche die Verhaftungsunterlagen von Russ.«

»Die sind hier«, sagte Carr und drückte ihm Fotokopien der Verhaftungsprotokolle in die Hand.

»Danke. Ob Donahue der Sonderausgabe zustimmt oder nicht, in einer halben Stunde bringen wir es im Radio. Dann weiß es die ganze Stadt.«

Als Jones gegangen war, lehnte sich Carr zurück, schloß die Augen und sagte: »Glauben Sie, damit können wir ihn aufscheuchen?«

»Aufscheuchen...«, wiederholte Lucas nachdenklich.

16

Weather Karkinnen warf den Kittel in den Wäschekorb und trat unter die Dusche. Ihre Brustwarzen fühlten sich wund an, sie strich verwundert darüber, aber dann fiel es ihr wieder ein: Bartstoppeln. Davenport hatte sich den ganzen Tag nicht rasiert gehabt, als sie in der Badewanne über ihn hergefallen war, und er war kratzig gewesen wie ein Stachelschwein.

Sie lachte über sich selbst: Sie hatte sich seit Jahren nicht mehr so quicklebendig gefühlt. Lucas war ein leidenschaftlicher Liebhaber, aber manchmal auch seltsam zärtlich, als hätte er Angst, er könnte ihr weh tun. Die Mischung war unwiderstehlich. Sie mußte wieder an die Badewanne denken, als sie sich mit einem der rauhen Krankenhaushandtücher abtrocknete. Das war der scharfsinnigste Schachzug, den sie sich je ausgedacht hatte. Die Flasche Wein, der Bademantel, der zu Boden glitt...

Sie lachte laut, und ihr Gelächter hallte von den Kacheln im Umkleideraum der Chirurginnen wider.

Sie verließ das Krankenhaus in aller Eile: fast halb sieben. Lucas hatte gesagt, sie würden bis sechs, spätestens sieben, mit Harper fertig sein. Vielleicht konnten sie nach Hayward zum Essen fahren, oder in einen der Orte abseits des Teal Lake oder Lost Sand Lake. Da gab es ausgezeichnete Restaurants.

Als sie den Umkleideraum verließ, schaute sie noch bei der Oberschwester rein, um sich die endgültige Liste für morgen früh abzuholen. Die meisten Laien vermuten, daß Chirurgen nur jede Woche oder alle zwei Wochen nach ausgiebigen Untersuchungen der Patienten arbeiten. Häufiger jedoch operieren sie jeden Tag, manchmal zwei- bis dreimal täglich, ohne selbst vorher viel Kontakt mit dem Patienten gehabt zu haben. Weather hatte einen guten Ruf in den North Woods, und inzwischen bekam sie Empfehlungen aus allen angrenzenden Bezirken. Manchmal glaubte sie, daß es sich um eine Verschwörung der Ärzte in der Gegend handelte, um sie zu beschäftigen, damit sie nicht auf dumme Gedanken kam.

»... Charlie Denning, der am Zeh operiert wird«, sagte sie. »Er kann kaum gehen, daher müssen Sie einen Rollstuhl zu seinem Auto bringen lassen. Seine Frau fährt ihn her...«

Während sie den Dienstplan durchgingen, bemerkte sie, daß die Oberschwester sie immer wieder mit verhaltenem Lächeln betrachtete. Alle wußten, daß Lucas sich in irgendeiner Eigenschaft in ihrem Haus aufhielt, und sie vermutete, daß einige Schwestern sich im Lauf des Tages überlegt hatten, was diese Eigenschaft wohl sein mochte. Es war ihr egal.

»... müssen sie wahrscheinlich waschen, und ich möchte, daß die ganze Stelle rasiert wird. Ich bezweifle, ob sie das selbst so ordentlich gemacht hat, sie ist ziemlich alt und ich weiß nicht, ob ich mich ihr verständlich machen konnte...«

Die Familie der Oberschwester war mit Weathers Familie befreundet gewesen, und obwohl die Schwester selbst zehn Jahre älter war als sie, waren sie befreundet. Als Weather mit dem Dienstplan fertig war, drehte sie sich in der Tür noch einmal um und fragte: »Sieht man es so deutlich?«

»Ziemlich deutlich«, sagte die Schwester. »Die anderen Mädchen sagen alle, daß er ein attraktiver Mann ist, soweit sie ihn gesehen haben.«

Weather lachte. »Mein Gott, Kleinstädte, wie ich sie liebe«, und wandte sich um zu gehen. Die Schwester rief ihr nach »Verschleißen Sie ihn nicht zu sehr, Doktor«, und Weather lachte immer noch, als sie schon draußen auf dem Flur war.

Ihre Eskorte war ein mürrischer, vierschrötiger Deputy namens Arne Bruun. Er war in der High School zwei Klassen unter ihr gewesen. Damals war er Vorsitzender der Jungen Republikaner gewesen, mittlerweile gerüchteweise aber soweit nach rechts gedriftet, daß nicht einmal mehr die Republikaner ihn haben wollten. Er stand auf, als sie in die Halle kam, rollte eine Ausgabe einer Waffenzeitschrift zusammen und steckte sie in die Manteltasche.

»Reisefertig?« Er war durchaus liebenswürdig, hatte aber den kantigen, muskulösen Körper eines verhaltenen Paranoiden.

»Reisefertig«, sagte sie.

Er ging als erster zur Tür hinaus, schaute sich um und winkte ihr, dann gingen sie gemeinsam zum Parkplatz. Die Tage wurden zwar länger, aber es war bereits dunkel und das

Thermometer deutlich gefallen. Die Indianer nannten das den Mond der fallenden Kälte.

Bruun öffnete die Beifahrertür, ließ sie einsteigen, schlug die Tür zu und ging zur Fahrertür. Das Krankenhaus lag am südlichen Stadtrand; Weather lebte am nördlichen. Der schnellste Weg zu ihr nach Hause war die Parallelstraße zum Highway 77 bis zur Buhler's Road und an der Ampel über den Highway, weil man auf diese Weise dem Verkehr auf der Main Street ausweichen konnte.

»Wird wieder kälter«, sagte Bruun, als er einstieg. Sie hielt sich an Carrs Anweisungen und hatte darum gebeten, daß sie nach Hause gefahren wurde. Bruun hatte Streifendienst gehabt und nur ein paar Minuten in der Halle warten müssen, es war noch warm im Wagen. »Wenn es schlimmer wird, lebt nächstes Jahr kein einziger Hirsch mehr. Oder sonst was.«

»Soweit ich weiß, wollen sie Heu hierher transportieren...«

Sie unterhielten sich über die Heufütterung, als sie das Schneemobil am Straßenrand sah. Der Fahrer kniete daneben, fünf Meter vom Stop-Schild an der Buhler's Road entfernt und arbeitete daran. Neben der Straße verlief eine Fahrspur, und es kam ständig vor, daß einmal ein Schlitten zusammenbrach... aber etwas erweckte ihre Aufmerksamkeit; der Mann schaute in ihre Richtung, während er mit den Händen weiter arbeitete...

»Schlitten kaputt«, sagte sie.

Bruuns hatte es schon gesehen. »Stimmt.« Er trat auf die Bremse, um am Stop-Schild zu halten. Sie waren fast auf einer Höhe mit dem Schlitten. Weather behielt ihn im Auge. Der Wagen kam dicht hinter dem Schlitten zum Stillstand, die Scheinwerfer strahlten Schneeverwehungen an und wurden auf den Schlittenfahrer reflektiert. Weather sah ihn aufstehen, sah ihn die Waffe zücken, sah ihn auf ihr Fenster zulaufen...

»Waffe«, schrie sie. »Er hat...«

Sie rutschte auf dem Sitz nach unten, Bruuns trat das Gaspedal durch, und das Fenster zehn Zentimeter über ihrem Kopf explodierte, Bruun schrie vor Schmerzen auf und riß das Lenkrad herum. Der Wagen geriet ins Schleudern, drehte sich, und die Heckscheibe barst über ihr, als hätte sie jemand mit einem Hammer eingeschlagen. Weather schaute nach links; Bruuns Kopf und Hände waren blutbespritzt, er hing über dem Lenkrad, und der Transporter schlitterte immer noch im Kreis, der Motor heulte auf, die Reifen quietschten...

Die Schrotflinte knallte wieder: Dieses Mal hörte sie es, und gleich darauf, wie der Schuß auf Höhe ihres Ellbogens in die Karosserie einschlug. Bruun grunzte, blieb aber über dem Lenkrad liegen... sie fuhren jetzt, der Transporter holperte...

»Zurück, muß zurück...«, stöhnte Bruuns. Weather spürte die Geschwindigkeit und richtete sich auf. Das Seitenfenster war nicht mehr da, aber der Spiegel war unversehrt. Der Fahrer saß auf dem Schlitten und verfolgte sie, und plötzlich mußte sie an die Nacht der Morde an den LaCourts denken, an den Schlitten, der in den Straßengraben raste...

Sie passierten gerade eine Baumschule an der Straße, die zum Parkplatz des Krankenhauses zurückführte – die schwarzen geometrischen Reihen von Fichten sausten vorbei wie ein schwarzer Lattenzaun.

»Nein, nein«, murmelte sie. Das Herz schlug ihr bis zum Hals. Sie schaute in den Rückspiegel, sah den Schlitten aufholen, aufholen...

»Er kommt näher...«, schrie sie Bruun an.

Bruun senkte den Kopf, und Weather rutschte auf den Boden. Zwei Schüsse rasch hintereinander, die im Dröhnen des Motors fast untergingen, Schrotkugeln hämmerten durch die zerschellte Heckscheibe, ein weiterer Schuß krachte durch die Heckscheibe zur Windschutzscheibe, Querschläger... Bruun stöhnte wieder und sagte: »Getroffen, ich bin getroffen...«

Aber er ließ den Fuß auf dem Gaspedal, und sie wurden

immer schneller; die Schrotflinte war verstummt. Weather glitt höher und schaute erst zum zerschmetterten Seitenfenster, dann zum Heckfenster hinaus.

Die Straße war menschenleer. »Er ist fort«, sagte sie.

Bruuns Kinn ruhte fast auf der Nabe des Lenkrads.

»Festhalten«, keuchte er. Er trat auf die Bremse, aber zu spät...

Die Zufahrt zum Parkplatz des Krankenhauses lag nicht direkt vor ihnen. Die Zufahrtsstraße machte eine scharfe Rechtskurve, deren Zweck darin bestand, den Verkehr Richtung Krankenhaus zu bremsen. Sie fuhren so schnell, daß sie die Kurve unmöglich schaffen konnten. Weather wappnete sich und stützte sich mit den Armen am Armaturenbrett ab. Ein kleiner Blumengarten lag dort, wo sie hineinrasten, unter dem Schnee verborgen. Er war von einer dreißig Zentimeter hohen Mauer umgeben...

Der Wagen schmierte weg, als Bruun auf die Bremse trat, dann prallte er gegen die Mauer des Blumengartens. Der Wagen wurde hochgeschleudert, schleuderte, pflügte mit heulendem Motor durch den Schnee...

Auf dem Parkplatz hielten sich Menschen auf.

Sie sah sie ganz deutlich, überdeutlich, erstarrt wie das Gesicht der Herzdame, wenn jemand ein Kartenspiel mischt.

Dann schlitterte der Wagen seitlich auf den Parkplatz, prallte in eine Schneeverwehung und kippte zur Seite, als wäre er gestolpert. Sie spürte es, klammerte sich am Türgriff fest, versuchte sich festzuhalten, bemerkte, wie ihr der Türgriff aus der Hand genommen wurde, fiel, spürte den Deputy weich unter sich... hörte ihn schreien...

Dann war es endlich vorüber.

Sie konnte sich an nichts mehr erinnern, nur noch an die Wucht des Aufpralls. Aber sie war am Leben und saß auf Bruun. Sie schaute nach links, durch die gesprungene Windschutzscheibe, sah Beine...

Stimmen. »Zurückbleiben, zurückbleiben...«

Und sie dachte: Feuer.

Sie konnte es riechen, spüren. Sie hatte einmal auf der Station für Brandopfer gearbeitet und wollte auf gar keinen Fall zu ihnen gehören. Sie zog sich hoch und wich Bruun, der lebte und unablässig »O Mann, o Mann« stöhnte, so gut es ging aus.

Sie entriegelte die Beifahrertür und versuchte, sie aufzuschieben. Die Tür bewegte sich wenige Zentimeter. Noch mehr Stimmen. Schreie.

Gesichter an der Windschutzscheibe, dann jemand obenauf. Ein Mann schaute zum Seitenfenster herein: Robbie, der Nachtwächter und Bodybuilder, über den sie sich wegen seines Hobbys immer lustig gemacht hatte. Jetzt öffnete er die Tür einzig mit seiner Bärenkraft, und sie war noch nie so glücklich gewesen, einen Muskelmann zu sehen. Er schien Angst um sie zu haben. »Sind Sie verletzt, Doktor?«

»Schneemobil«, sagte sie. »Wo ist der Mann mit dem Schneemobil?«

Der Bodybuilder schaute zu der Menschenmenge, die sich versammelte, und fragte verwirrt: »Wer?«

Weather saß in ihrem Ärztekittel auf der Kante des Krankenhausbetts. Sie hatte Blutergüsse am linken Arm und am Bein, dazu drei unbedeutende Kratzer auf dem linken Handrükken, einer davon mußte genäht werden. Keine ersichtlichen inneren Verletzungen. Bruun hatte man mehrere Schrotkugeln aus Arm und Brustkorb entfernt.

»Morgen werden Sie teuflische Schmerzen haben«, sagte Rice, der Arzt, der sie versorgte und später bei der Operation an Bruun assistiert hatte. »Darauf können Sie sich verlassen. Nehmen Sie ein paar Schmerztabletten, bevor Sie ins Bett gehen. Und machen Sie heute nacht nichts allzu Anstrengendes.« Seine Miene war ernst, aber er zwinkerte Lucas zu.

»Ja, ja, schieben Sie ab«, sagte Weather.

»Wissen es eigentlich *alle?*« fragte Lucas, als Rice gegangen war.

»Ich vermute, es gibt einige Sonntagsschüler, vor denen man es geheimgehalten hat«, sagte Weather.

»Mmmm.«

»Was hast du herausgefunden?« fragte sie.

»Gerade so viel, daß ich weiß, du müßtest eigentlich tot sein. Schon wieder. Und du wärst es auch, wenn Bruun den Wagen nicht in Bewegung gehalten hätte.«

»Und der Dreckskerl ist entkommen.«

»Ja. Er hat bei dem Stop-Schild unter den Bäumen gewartet, bis er dich kommen sah. Nachdem er die ersten Schüsse auf euch abgegeben hatte, ist er euch auf der Straße bis zu der Stelle gefolgt, wo die Stromleitung durch die Baumschule verläuft, und da hat er durch den Wald abgekürzt. Es wäre unmöglich gewesen, ihm zu folgen, es sei denn, wir wären ebenfalls mit einem Schlitten zur Stelle gewesen. Davon muß er ausgegangen sein. Er hat die Falle ziemlich geschickt eingefädelt. Wenn Bruun den Wagen in den Straßengraben gesetzt hätte, hätte er dich ohne Mühe abservieren können.«

»Warum hat er mich nicht durch die Autotür erschossen?«

»Das hat er versucht«, sagte Lucas. »Manchmal schafft es ein Schrotkorn durch eine Autotür, meistens nicht. Drei sind durchgedrungen. Eines hat Bruun getroffen, die beiden anderen das Armaturenbrett. Wir glauben, daß Bruuns Arm durch das offene Fenster getroffen wurde.«

»Mein Gott«, sagte sie. Sie schaute Lucas an. Der lehnte an einem Untersuchungstisch, hatte die Arme vor der Brust verschränkt und sprach mit ruhiger, beinahe schläfriger Stimme. Als würde er von einem Ballspiel erzählen. »Du bist nicht wütend genug«, sagte sie.

Lucas war eingetroffen, bevor man sie in den OP gefahren hatte, und hatte gewartet. Hatte sie nicht angerührt. Nur betrachtet. Sie stand vom Untersuchungstisch auf und zuckte zusammen. Rice hatte recht. Alles würde ihr weh tun.

»Ich mußte den ganzen Weg hierher daran denken, daß ich einfach zu eitel bin und heute fast dafür hätte bezahlen müssen«, sagte er. Er stieß sich von dem Untersuchungstisch ab, packte eine Faust voll Haar in ihrem Nacken und hielt sie daran fest, so daß sie sich nicht abwenden konnte. »Ich möchte, daß du von hier verschwindest, verflucht«, sagte er wütend. »Er will dich nicht nur erschrecken. Begreifst du das? Er will...«

»Inwiefern bist du eitel?« Sie packte ihn mit beiden Händen vorne am Hemd und hielt ihn fest. Ihre Gesichter waren zehn Zentimenter voneinander entfernt, sie wiegten hin und her.

Er hörte auf, ließ ihr Haar aber nicht los: »Weil ich gedacht habe, er wäre meinetwegen hinter dir her. Ich habe gedacht, er wäre meinetwegen hinter dem kleinen Mueller hergewesen.«

»Nicht?«

»Nein. Er will dich. Du kennst ihn, oder du weißt etwas über ihn. Oder er glaubt, daß es so ist. Du weißt nicht, was es ist, aber er.«

Sie sagte: »Als ich in der ersten Nacht von den LaCourts zurückgekommen bin, ist ein anderes Schneemobil neben dem Jeep hergefahren. Ich dachte, der Kerl sei verrückt.«

»Das hast du mir nicht erzählt.«

»Ich wußte nicht, daß es wichtig war.«

Er ließ ihr Haar los, legte ihr den Arm um die Schulter und zog sie an sich, achtete aber sorgfältig auf ihren linken Arm. Dann löste er sich wieder von ihr, holte die Brieftasche heraus und faltete das Foto auseinander, das er dort hineingesteckt hatte.

»Du kennst diesen dicken Mann«, sagte er. »Er hat schon wieder versucht, dich umzubringen. Wer ist er?«

»Ich weiß es nicht.« Sie betrachtete das Foto. »Ich habe nicht die leiseste Ahnung.«

17

Der Priester sagte: »Mir geht es gut, Joe. Wirklich.«

Er stand zwischen Küche und Schlafzimmer im Flur. Obwohl er für den Anruf dankbar war, verdroß er ihn gleichzeitig, er hatte noch so viel zu tun.

»Ich hatte einen erträglichen Tag«, sagte er und nickte. »Du kennst ja die Gerüchte über mich und die LaCourts – ich hatte Angst, etwas zu sagen, das alles nur noch schlimmer machen würde. Es hat mich verrückt gemacht. Aber jetzt habe ich einen Weg gefunden, wie ich damit fertig werde.«

Seine Zunge fühlte sich wie Schmirgelpapier an, weil er ununterbrochen Zitronendrops lutschte. Als er das letzte Mal den Fusel aufgegeben hatte, hatte er nacheinander zwei Dutzend Tüten davon gelutscht. Jetzt war er gerade bei der ersten von vielen, die möglicherweise noch kommen würden.

Joe redete davon, daß jeder trockene Tag zählte, aber Bergen hörte nur mit halbem Ohr zu. Als er letztes Jahr mit dem Alkohol aufgehört hatte, da hatte er gar nicht richtig aufhören *wollen*. Er mußte es einfach. Er verlor seine Pfarrgemeinde, und er brachte sich stückweise um. Daher war er nüchtern geworden, brachte sich nicht mehr um und bekam seine Gemeinde zurück. Aber das hatte nicht das Problem gelöst, für das der Bourbon die Medizin war: die Einsamkeit, die Isolation, die drängenden Probleme, für die er im Grunde genommen keine Lösungen wußte. Sein wankender Glaube.

Er hatte sich hingesetzt, um eine Ausrede zu verfassen, eine klägliche Bitte um Verständnis. Statt dessen hatte er die besten Zeilen seines Lebens zu Papier gebracht. Und den

Reaktionen heute morgen bei der Messe nach zu urteilen, hatte er sich auch verständlich machen können. Er hatte die Gemeindemitglieder gerührt, und sie ihn. Er spürte, wie seine Isolation abbröckelte; sah die Möglichkeit, seine Einsamkeit zu beenden.

Möglicherweise, überlegte er sich, war er geheilt. Gefährliche Gedanken. Er würde trotzdem weiter Zitronendrops lutschen. Lieber auf Nummer sicher gehen...

»... werde nicht ausgehen. Ich schwöre es. Joe, die Lage hat sich verändert. Ich habe eine Aufgabe. Okay... und danke.«

Der Priester legte den Hörer auf, seufzte, setzte sich wieder an den Computer und begann zu schreiben:

Ein Teufel weilt unter uns. Und vielleicht weiß jemand in dieser Kirche, wer er ist.

(An dieser Stelle würde er sich umdrehen, jedem einzelnen fest in die Augen sehen, sich die Stille zunutze machen; Nervosität würde sich ausbreiten.)

Die Ermordung der gesamten Familie LaCourt ist die Tat eines zutiefst gequälten Mannes, ist einer ungemein finsteren, schmutzigen Seele entsprungen. Stellen Sie sich selbst die Frage: Kenne ich diesen Mann? Habe ich eine Vermutung, wer er sein könnte? Irgendwo tief im Innersten meines Herzens?

Er arbeitete eine Stunde, dann las er durch, was er geschrieben hatte. Ausgezeichnet. Er nahm die Seiten, trug sie ins Schlafzimmer und stellte sich vor den großen Ankleidespiegel.

»Ein Teufel weilt unter uns...«, begann er. Nein. Er verstummte. Seine Stimme müßte langsamer klingen, tiefer, nachdenklich und bekümmert. Er ging eine halbe Oktave tiefer und sagte es etwas rauher: »Ein Teufel weilt unter uns...«

Sollte er etwas Verwirrung oder Bestürzung erkennen lassen? Oder würde man das als Schwäche deuten?

»... einer ungemein finsteren, schmutzigen Seele«, sagte

er langsam und betrachtete sich selbst im Spiegel. Er schüttelte den Kopf, als könnte er nicht fassen, daß so etwas hier geschehen konnte, in Ojibway County, und dann, noch langsamer, mit einer Stimme, die zu etwas anschwoll, das Wut gleichkam: »Kenne ich diesen Mann? Habe ich eine Vermutung, wer er sein könnte?«

Er würde die Gemeinde aufrütteln, er, Phil Bergen. Und als Gegenleistung würde ihn die Gemeinde retten. Er studierte das Manuskript, genoß den Wortlaut.

Aber... er las gründlich. Zu oft sprach er vom *Innersten*, von *Tiefe*. Zu viele Wiederholungen nervten die Zuhörer nur. Okay. Er würde auf das letzte *tief* verzichten. »... Irgendwo im Innersten meines Herzens ...«

Er arbeitete vor dem Spiegel und betrachtete sich durch die Nickelbrille; sein Kiefer mahlte, er zitterte vor rechtschaffener Wut, seine Worte hallten in dem kleinen Zimmer wider.

Im ganzen Haus war es still, abgesehen vom Klang seiner eigenen Stimme. Er konnte die Kuckucksuhr hinter sich ticken hören, das Klappern der Lüftungsklappen, die sich öffneten, wenn der Heizofen ansprang, ein leises Kratzen draußen – eine Schneeschippe.

Er ging in die Küche, um sich ein Glas Wasser zu holen, und betrachtete sich in einem Schränkchen mit Glastüren, als er trank. Inzwischen ein älterer Mann, permanente Runzeln in der Stirn, schütteres Haar, Hängebauch: ein von der Arbeit gezeichneter Mann; ein Mann, dessen beste Jahre hinter ihm lagen. Ein Mann, der Ojibway County nie verlassen würde... Ah, ja.

Er hörte wieder das hohle Kratzen der Schneeschippe, ging zum vorderen Fenster und spähte hinaus. Auf der anderen Straßenseite, drei Häuser weiter, schippte eines der Kinder der McLarens Schnee mit einer kleinen Schippe. Kleines Kind, elf Uhr nachts. Die McLarens waren eine zerrüttete Familie: Alkohol, der Vater so gut wie nie zu Hause. Bergen begab sich wieder zu seinem Arbeitssessel, nahm noch ein paar Änderungen am Bildschirm vor, speicherte die Predigt auf Festplatte und Diskette und ließ eine neue Kopie für sich ausdrucken.

Ein Teufel weilt unter uns. Und vielleicht weiß irgend jemand in dieser Kirche, wer es ist.

Vielleicht sollte er noch deutlicher werden:

Jemand in dieser Kirche weiß, wer es ist.

Aber das deutete vielleicht mehr an, als ihm lieb war.

Ein Klopfen an der Tür erschreckte ihn.

Er hielt mitten im Satz inne, drehte sich um, schaute zur Tür und murmelte zu sich: »Steh mir bei.« Und dann mußte er über sich selbst lächeln. Steh mir bei? Er wurde wirklich alt. Das mußte Shelly Carr sein, der zum Reden vorbeikam. Oder Joe, der ihn kontrollierte?

Er ging zum Fenster, zog die Vorhänge wieder auseinander und schaute zur Seite Richtung Veranda. Ein Mann auf der Veranda, ein großer Mann. Davenport, der Ermittler, war ein großer Mann. Bergen stellte sich Lucas' Gesicht vor, als er zur Tür ging und öffnete, aber fast nichts durch die vereisten Scheiben der Sturmtür erkennen konnte. Er stieß auch die Sturmtür auf und schaute hinaus.

»Ja?«

Das Gesicht des Eismanns war in einen roten Schal gehüllt, auf dem Kopf trug er eine Skimaske, hochgerollt und wie eine Mütze. Von der Straße aus würde sein Gesicht ein unkenntlicher Fleck sein, eingemummt wie alle anderen auch. Als er an der Zeit- und Temperaturanzeige der Bank vorbeigekommen war, waren es zwanzig Grad unter Null gewesen.

Er war noch high von dem Angriff auf Weather, und wütend. Er hatte es wieder nicht geschafft. Es lief nicht so, wie es sollte. Es lief einfach nicht. Er brauchte einen besseren Plan. Er hatte die Möglichkeit nicht vorhergesehen, daß der Deputy den Wagen weiterfahren würde. Irgendwie hatte er sich immer ausgemalt, die ersten Schüsse würden den Wagen außer Gefecht setzen. Wie kam er nur darauf? Zuviel Fernsehen?

Jetzt würden sich die Polizisten auf Weather konzentrieren. Wen kannte sie, der in den Fall verwickelt war? Er mußte ihnen eine Antwort liefern, die sie eine Zeitlang aufhalten würde.

Und als er darüber nachdachte, wurde er noch aufgeregter. Dieser Plan würde funktionieren. So war es...

Er stand auf der Treppe des Pfarrhauses und hatte die linke Hand um den Griff der 44er gelegt. Bergen war tatsächlich zu Hause. Die Lichter brannten, und der Eismann hatte von seinem Versteck an der Straße einen Schatten hinter den Vorhängen gesehen. Er drehte sich zum Haus um, hob die rechte Hand und zog die Skimaske über das Gesicht. Dann klopfte er und drehte sich halb um, damit er die Straße im Auge behalten konnte, wo ein verrückter Bengel im Vorgarten Schnee zu einem Haufen aufschüttete. Der Junge schenkte ihm keine Beachtung. Er wandte sich wieder dem Haus zu und umklammerte den Griff der Sturmtür mit der rechten Hand.

Bergen kam zur Tür, hielt die Sturmtür fünf oder sechs Zentimeter auf und beugte den Kopf nach vorne. »Ja?«

Mit der linken Hand hob der Eismann bereits die 44er. Mit der rechten riß er die Tür auf, schnellte vorwärts und richtete die Waffe auf Bergens Stirn.

Der Priester wich zurück und hob eine Hand, als wollte er damit die Kugel abwehren.

»Zurück«, fauchte der Eismann. »Zurück, zurück.«

Er stieß mit der unförmigen Pistole nach dem Priester, der durch das Wohnzimmer zurückwich. »Was soll das?« sagte er. »Was soll das?«

Der Eismann zog die Sturmtür zu, dann lehnte er sich an die innere Tür, bis er das Schloß einrasten hörte.

»Setzen Sie sich auf die Couch. Setzen Sie sich.«

»Wie?« Bergens Augen waren groß, sein Gesicht blaß. Er machte eine Bewegung mit der Hand, als würde er einen Besen schwingen – als wollte er den Eismann wegfegen. »Raus hier. Raus.«

»Ruhe, oder ich puste Ihnen Ihr Scheißhirn raus«, fauchte der Eismann.

»Was soll das?« Bergen schien sich verständnislos an diese Frage zu klammern. Er ließ sich auf die Couch fallen, den Mund erstaunt weit aufgerissen.

»Ich will die Wahrheit über die LaCourts wissen«, krächzte der Eismann. »Sie waren meine Freunde.«

Bergen sah ihn an und versuchte, hinter die Skimaske zu sehen. Er kannte die Stimme, die massige Gestalt, aber nicht sehr gut. Wer war das? »Ich hatte nichts damit zu tun. Ich weiß selbst nicht, was passiert ist«, sagte Bergen. »Werden Sie mich töten?«

»Vielleicht«, sagte der Eismann. »Wahrscheinlich. Aber das hängt davon ab, was Sie zu sagen haben.« Er griff in die Parkatasche und holte eine braune Papiertüte heraus. »Ob Sie sie getötet haben.«

»Ich sage Ihnen doch ...«

»Sie sind ein Alki, das weiß ich genau«, sagte der Eismann. Diesen Teil seiner Rede hatte er sich vorher genau überlegt. Der Priester durfte nicht an ihm zweifeln. »Sie haben gestern wieder getrunken. Das haben Sie während der Messe gesagt. Und ich habe mich gefragt, wie bekommt man die Wahrheit aus einem Säufer heraus?«

Er klemmte die braune Papiertüte unter die Achselhöhle des Arms, mit dem er die Waffe hielt, machte sich mit der vom Handschuh behinderten Rechten daran zu schaffen und zog eine Flasche Jim Beam heraus. »Man gibt ihm was zu trinken, genau das. Eine Menge zu trinken. Dann wird er die Wahrheit sagen.«

»Ich trinke nicht«, sagte Bergen.

»Dann werde ich es *wissen*, oder nicht?« fuhr der Eismann unbeirrt fort. »Und wenn ich es weiß ... dann lasse ich den Hammer auf Sie runtersausen, Priester. Das ist eine 44er Magnum, Sie werden Ihr Gehirn im nächsten Häuserblock wiederfinden.« Er war zum Ende der Couch gegangen und sah das Wasserglas auf dem Tisch stehen. Ausgezeichnet.

»Lehnen Sie sich auf der Couch zurück«, befahl er.

Der Priester lehnte sich zurück.

»Wenn Sie versuchen aufzustehen, bringe ich Sie um.«

»Hören Sie, Claudia LaCourt war eine meiner besten Freunde.«

»Ruhe.« Der Eismann stellte die Flasche auf den Tisch, drehte die Verschlußkappe mit der Hand auf, nahm sie ab und ließ sie auf den Tisch fallen. Mit der Hand, die die Waffe hielt, griff er nach oben, hakte den Daumen in den Schal ein, zog ihn bis unter das Kinn herunter, dann schob er die Schimaske hoch, bis sie gerade über die Oberlippe reichte.

Mit der Handschuhhand griff er nach der Flasche. Er richtete die Waffe wieder auf den Priester, führte die Flasche an die Lippen, steckte die Zunge in den Flaschenhals, damit keine Flüssigkeit heraus konnte, schluckte Speichel, setzte die Flasche ab und wischte sich die Lippen mit dem Handrücken der Waffenhand ab. Bergen mußte Vertrauen in den Fusel haben.

»Ich habe Ihnen die gute Sorte gebracht, Pater«, sagte er und schmatzte mit den Lippen. Er schenkte das Wasserglas fast randvoll ein.

»Trinken Sie es«, sagte er. »Rutschen Sie einfach auf der Couch herüber, nehmen Sie das Glas und trinken Sie es leer.«

»Ich kann es nicht einfach so runterkippen.«

»Quatsch. Ein Alki wie Sie könnte doppelt soviel trinken. Außerdem haben Sie keine andere Wahl. Wenn Sie es nicht trinken, puste ich Sie weg. Trinken Sie.«

Bergen rutschte auf der Couch entlang, hob das Glas, betrachtete es und trank langsam: ein Viertel, die Hälfte.

»Trinken Sie aus«, sagte der Eismann und fuchtelte mit der Waffe nur wenige Zentimeter vor Bergens Kopf hin und her.

Der Priester trank den Rest, und der Alkohol schien in seinem Magen zu explodieren.

»Machen Sie die Augen zu«, sagte der Eismann.

»Was?«

»Machen Sie die Augen zu. Sie haben schon richtig verstanden. Und lassen Sie sie fest zugekniffen.«

Bergen konnte spüren, wie sich der Alkohol in ihm ausbreitete, sich bereits über den Magen in die Lungen verteilte. *So gut, so gut*... Aber er brauchte ihn nicht. Wirklich nicht. Er schloß die Augen und kniff sie zusammen. Wenn er das überstehen konnte...

Der Eismann nahm die Flasche, schenkte noch ein Glas Bourbon ein und trat wieder zurück.

»Machen Sie die Augen auf. Nehmen Sie das Glas.«

»Sie bringen mich um«, protestierte Bergen kläglich. Er hob das Glas und betrachtete es.

»Sie müssen es nicht gleich ganz hinunterschütten. Trinken Sie ruhig kleine Schlucke. Aber ich will, daß Sie es austrinken.« Der Revolverlauf war einen Meter von Bergens Augen entfernt und wankte nicht. »Also – wann haben Sie die LaCourts zum letzten Mal gesehen?«

»In der Nacht, als sie ermordet wurden«, sagte Bergen. »Es stimmt, ich war dort...« Als er die Geschichte erzählte, die er auch dem Sheriff geschildert hatte, verspürte er immer noch Angst, aber nun gesellte sich auch eine Gewißheit hinzu, die der Alkohol mit sich brachte. Er hatte recht, er war unschuldig, und er konnte diesen Mann überzeugen. Der Eindringling hatte die Maske angelassen: Das wäre sinnlos, wenn er tatsächlich vorhätte, ihn umzubringen. *Demnach hatte er nicht vor, ihn zu töten*. Bergen war zufrieden mit sich, daß er darauf gekommen war, trank wieder einen großen Schluck Bourbon, als der Eismann ihn drängte, dann noch einen, und stellte überrascht fest, daß das Glas plötzlich leer war.

»Sie sind immer noch so nüchtern, daß Sie lügen können.«

Wieder füllte er das Glas. Bergen stotterte: »Hören ... Sie«, dann ließ er den Kopf auf die Schulter sinken und kicherte fast. Die gute Laune wurde von einem dunklen Fleck zunichte gemacht. Der Fleck breitete sich in seinem Körper aus, drang in sein Gehirn ...

Er trank, würgte dieses Mal, ließ das Glas fallen und bemerkte, daß er sich mit Bourbon bekleckert hatte.

Und jetzt stellte er auch fest, daß etwas nicht stimmte. Er hatte noch nie so viel Alkohol so schnell getrunken, auch wenn er manchmal nahe dran gewesen war. Aber es hatte ihm auch noch nie so zugesetzt, niemals hatte er diesen dunklen, sich ausbreitenden Fleck in seinem Denken gespürt.

Nichts schien mehr zu funktionieren; er konnte kaum noch sehen; er blickte zu dem bewaffneten Mann auf, aber sein Kopf versagte ihm den Dienst, er konnte ihn nicht drehen. Er versuchte aufzustehen ...

Er konnte nicht atmen, röchelte, spürte die Kälte in den Lippen, sabberte, Alkohol lief an ihm hinab, eine Hand auf seiner Stirn ... er schluckte, schluckte, schluckte. Und im letzten Augenblick verstand er den Eismann: Wer er war, was er vorhatte. Er strengte sich an, konnte sich aber nicht rühren ... konnte sich nicht rühren ...

Der Eismann drückte den Kopf des Priesters auf die Couch zurück und schüttete fast den ganzen Rest der Flasche in ihn hinein. Als er fertig war, trat er zurück und betrachtete sein Werk. Der Priester war praktisch weggetreten. Der Eismann nahm Bergens Hand, legte sie um die Flasche, verschmierte ein wenig, nahm die andere Hand und strich damit ebenfalls über die Flasche. Der Priester hatte sich praktischerweise schon selbst überall mit Alkohol besudelt.

Der Eismann bewegte sich rasch und stellte zwei Fläschchen mit verschreibungspflichtigen Tabletten, deren Etiketten abgerissen waren, auf den Tisch. Eine einzige Tablette verblieb in einem der Fläschchen, um den Bullen die Identifizierung zu erleichtern. Der Priester saß immer noch aufrecht auf der Couch und hatte den Kopf zurückgelehnt, murmelte etwas und gab dann ein Geräusch wie ein Schnarchen oder Röcheln von sich. Der Eismann war noch nie im Pfarrhaus gewesen, aber das Büro befand sich gleich neben dem Wohnzimmer, und er fand es auf der Stelle. Neben einer elektrischen IBM lag ein gelber Notizblock. Er schaltete die Schreibmaschine an, spannte mit den Handschuhen ein Blatt Papier ein und tippte den Abschiedsbrief.

Als er damit fertig war, drehte er das Papier heraus, ohne es anzufassen, und holte eine Kopie des Sonntagsbriefes aus der Tasche. Bergen unterzeichnete alle Gemeindebriefe.

Als er ins Wohnzimmer zurückkam, schlief der Priester bereits tief und fest und atmete mit langen, flachen Atemzügen. Er hatte Seconal mit Alkohol genommen und zwar so viel, daß es ein Pferd umgebracht hätte, und dazu Dramamine, damit er es nicht wieder erbrach.

Der Eismann ging zum Fenster und sah hinaus. Der Junge, der Schnee geschippt hatte, war nach drinnen gegangen. Er warf einen letzten Blick auf den Priester. Bergen saß zusammengesunken auf der Couch, der Kopf war ihm auf die Brust gesunken. Atmete noch. Gerade so.

Zeit zu gehen.

18

Lucas erwachte plötzlich und wußte, es war zu früh, aber er konnte nicht mehr einschlafen. Er sah auf die Uhr: 6:15 Uhr. Er schlüpfte aus dem Bett, ging langsam und mit ausgestreckten Händen durchs Zimmer und fand die Badezimmertür. Er machte die Tür hinter sich zu, schaltete das Licht ein und betrachtete sich im Spiegel.

Warum Weather?

Wenn sie recht hatte und in der Nacht, als die LaCourts ermordet wurden, tatsächlich verfolgt worden war, dann hatten die Angriffe überhaupt nichts mit ihm zu tun.

Er spritzte sich Wasser ins Gesicht, trocknete sich ab und machte die Tür auf. Das Licht vom Bad schien auf Weather, die sich im Schlaf herumdrehte. Auf ihrem Arm waren Blutergüsse zu sehen. Sie hatte die angewinkelten Arme beim Schlafen unter das Kinn geschoben, was beinahe so aussah, als hätte sie den Kopf auf den Fäusten statt auf dem Kissen liegen. Lucas zog die Tür des Badezimmers fast ganz zu und ließ nur so viel Licht hereinfallen, daß er sich orientieren konnte. Er schlich auf Zehenspitzen durchs Schlafzimmer auf den Flur hinaus, dann durch die Küche, wobei er die Lampen einschaltete, und dann nackt und frierend in den Keller. Er holte seine Sachen aus dem Trockner und trug sie ins Bad hinauf, um sich zu waschen und anzuziehen. Als er ins Schlafzimmer zurückkam, um sich Socken zu holen, sagte sie: »Mmmmm?«

»Bist du wach?« flüsterte er.

»Mmm-hmm.«

»Ich gehe. Ich lasse jemanden herschicken, bis du bereit zum Aufbruch bist.«

Kaum hatte er das gesagt, läutete das Telefon, sie drehte sich um, sah zu ihm auf und meinte mit heiserer, verschlafener Stimme: »Jeden Morgen läutet es, und jedesmal ist jemand tot.«

Lucas sagte: »Augenblick«, und ging in die Küche. Carr war am Apparat; er sprach abgehackt, wie ein Automat. »Phil ist tot.«

»Was?«

»Selbstmord. Hat einen Abschiedsbrief hinterlassen. Er war es. Er hat die LaCourts getötet.«

Einen Augenblick konnte Lucas es nicht fassen. »Wo sind Sie, Shelly?« Er konnte Stimmen im Hintergrund hören.

»Im Pfarrhaus. Er ist hier.«

»Wie viele Leute sind bei Ihnen?« fragte Lucas.

»Halbes Dutzend.«

»Schaffen Sie alle schleunigst raus, und sperren Sie den Tatort ab. Lassen Sie die Jungs aus Madison kommen.«

»Die sind unterwegs«, sagte Carr. Er hörte sich unsicher an, seine Stimme brach.

»Schaffen Sie alle raus«, sagte Lucas drängend. »Bergen hat möglicherweise Selbstmord begangen, aber ich glaube nicht, daß er die LaCourts getötet hat. Wenn das in dem Abschiedsbrief steht, ist er möglicherweise ermordet worden.«

»Aber er hat es mit Tabletten und Alkohol gemacht – und der Brief ist unterschrieben«, sagte Carr. Seine Stimme klang schrill; nicht winselnd, sondern beinahe hysterisch.

»Fassen Sie den Brief nicht an. Wir müssen ihn untersuchen lassen.«

»Er ist schon angefaßt worden.«

»Um Gottes willen, legen Sie ihn weg!« sagte Lucas. »Und reichen Sie ihn nicht herum.«

Weather kam im Bademantel auf den Flur, warf ihm einen fragenden Blick zu. Lucas hielt einen Finger hoch – Augenblick noch. »Wie hat er es getan? Ganz genau.«

»Hat eine Flasche Whiskey mit einem Fläschchen Schlaftabletten genommen.«

»Ja, das dürfte ausreichen«, sagte Lucas. »Ich komme so schnell ich kann. Hören Sie, es könnte Selbstmord sein, aber behandeln Sie es vorerst wie Mord. Jemand wäre fast damit durchgekommen, daß er den Mord an dem jungen Harper als Unfall tarnte. Möglicherweise verarscht er uns wieder. Warten Sie einen Moment.«

Lucas ließ den Hörer sinken. »Weißt du, wer Bergens Hausarzt ist?«

»Ich glaube, er war bei Lou Davies.«

Zu Carr sagte Lucas: »Bergens Arzt war wahrscheinlich jemand namens Lou Davies. Rufen Sie ihn an und fragen Sie, ob er Bergen diese Tabletten verschrieben hat. Und lassen Sie jemanden die Drogerie überprüfen. Am besten alle Drogerien in der Gegend.«

»Phil Bergen ist tot?« fragte Weather, als Lucas den Hörer aufgelegt hatte.

»Ja. Könnte Selbstmord sein – es gibt einen Abschiedsbrief. Und er hat gestanden, daß er die LaCourts ermordet hat.«

»O nein.« Sie schlang die Arme um sich. »Lucas... jetzt bekomme ich Angst. Wirklich Angst.«

Er legte ihr einen Arm um die Schultern. »Ich habe dir schon mehrmals gesagt...«

»Aber ich gehe nicht von hier weg«, sagte sie.

»Du könntest in mein Haus in Minneapolis ziehen.«

»Ich bleibe. Aber dieser Kerl...« Sie schüttelte den Kopf. Dann runzelte sie die Stirn. »Das bedeutet... ich verstehe nicht, wie...«

»Was?«

»Er müßte der Kerl gewesen sein, der gestern nacht versucht hat, mich zu erschießen. Und der Kerl, der mich in der ersten Nacht verfolgt hat.«

»Du warst noch im Haus der LaCourts, als Shelly und ich gegangen sind, und wir sind direkt in die Stadt gefahren, um Bergen zu verhören. Er kann es nicht gewesen sein«, sagte Lucas.

»Vielleicht hat der Kerl gar nicht mich verfolgt – aber nach der letzten Nacht bin ich ziemlich sicher. Ich bin sicher, weil es so merkwürdig war.«

»Zieh dich an«, sagte Lucas. »Sehen wir es uns an.«

Es war sieben Uhr morgens und noch stockdunkel, aber Grant war wach, der Tag begann, Leute waren unterwegs, stemmten sich beim Gehen gegen den kalten Wind. Drei Polizeiwagen und das Auto der Spurensicherer aus Madison standen vor dem Pfarrhaus. Lucas nickte dem Deputy vor der Tür zu. Weather folgte ihm ins Haus. Carr saß auf der Couch, kreidebleich. Ein Labortechniker aus Madison stand mit einer Anzahl Flaschen und Gläsern in der Küche und staubte sie ein. Als Lucas und Weather hereinkamen, stand Carr mit müden Bewegungen auf.

»Wo ist er?« fragte Lucas.

»Da drinnen«, sagte Carr und führte sie den Flur entlang.

Bergen lag mit dem Gesicht nach oben auf dem Bett und hatte den Kopf auf das Kissen gelegt; seine Augen waren offen, aber vom Film des Todes überzogen. Die Hände hatte er auf dem Bauch gefaltet. Er trug einen Pullover und schwarze Hosen, am Bund aufgeknöpft. Ein Schuh war heruntergefallen und lag neben dem Bett auf dem Boden; der zugehörige Fuß baumelte über die Bettkante hinaus. In der schwarzen Socke war ein Loch, durch das der kleine Zeh herausschaute.

»Wer hat ihn gefunden?« fragte Lucas.

»Eines der Gemeindemitglieder, als er zur Frühmesse nicht erschienen ist«, sagte Carr. »Die Eingangstür war nicht richtig abgeschlossen und es brannte noch Licht, aber niemand reagierte auf sein Läuten. Sie haben zum Garagenfenster hereingesehen, sein Auto war da. Schließlich ist einer der Männer reingegangen und hat ihn auf dem Bett gefunden. Sie wußten, daß er tot war – das sah man ihm an –, daher haben sie uns angerufen.«

»Sie oder die städtische Polizei?«

»Wir haben die Telefonzentrale für beide. Und die Jungs von Grant laufen nur Streife von sieben Uhr morgens, bis die Bars schließen. Nachts übernehmen wir.«

»Also sind Sie hergekommen und haben das gefunden.«

»Ja, aber Johnny – der Deputy, der den Einsatz übernahm –, der hat den Abschiedsbrief aufgehoben und einem anderen Mann gegeben, und dann habe ich ihn auch noch gelesen. Ich war der letzte, der ihn in der Hand gehalten hat, aber möglicherweise haben wir ihn versaut«, gestand Carr.

»Wo ist er?«

»Auf dem Eßzimmertisch«, sagte Carr. »Aber wir haben noch mehr. Kommen Sie mit.«

«Ich möchte ihn mir ansehen«, sagte Weather, die sich über den Leichnam beugte.

Lucas warf einen letzten Blick auf Bergen, nickte Weather zu und folgte Carr durch Wohnzimmer und Küche in die Abstellkammer, dann in die Garage. Die Heckklappe des Wagens stand offen. Eine Pistole lag auf dem Boden des Transporters, zusammen mit einem Messer, das eigentümliche Ähnlichkeit mit einer Machete hatte. Das Messer sah handgefertigt aus, Holzgriffe, mit Band geklebt, eine angeschrägte Spitze. Lucas beugte sich darüber und konnte etwas Dunkles, Verkrustetes sehen, möglicherweise Blut.

»Das ist ein Maismesser«, sagte Carr. »Die sieht man nicht mehr sehr oft.«

»Lag es einfach so herum?«

»Ja. Es wird in dem Abschiedsbrief erwähnt. Die Waffe auch. Mein Gott, wer hätte gedacht...«

»Zeigen Sie mir den Brief«, sagte Lucas.

Der Brief war auf Briefpapier mit dem Kopf der Pfarrei getippt.

»Ich vermute, er besitzt eine IBM-Schreibmaschine«, sagte Lucas.

»Ja. In scinem Büro.«

»Okay...« Lucas las den Abschiedsbrief durch.

Ich habe getötet und gelogen. Als ich es getan habe, da glaubte ich, ich täte es für Gott; aber jetzt sehe ich, daß der Teufel seine Hand im Spiel hatte. Ich werde büßen für das, was ich getan habe; aber ich weiß, die Strafe wird nicht ewig dauern, und ich werde euch alle im Himmel wiedersehen, von allen Sünden geläutert. Vorerst, meine Freunde, vergebt mir, wie mir unser himmlischer Vater vergeben wird.

Er hatte mit einem Kugelschreiber unterschrieben: *Rev. Philip Bergen.*

Und darunter stand: *Shelly – es tut mir leid; ich bin schwach, wenn ich verzweifelt bin. Aber das weißt Du ja, seit ich den Ball unter den Bäumen hervorgekickt habe. Die Tatwaffen findest Du hinten in meinem Wagen.*

»Ist das seine Unterschrift?«

»Ja. Ich wußte es, sobald ich sie gesehen hatte. Und dann die Sache mit dem Golfball.«

Crane, der Labortechniker, betrat das Zimmer, hörte Lucas' Frage und Carrs Antwort und sagte: »Wir schicken den Brief nach Madison. Es könnte was damit nicht stimmen.«

»Was?« fragte Lucas.

»Als Sheriff Carr sagte, daß Sie einen Mord für möglich halten, sind wir sehr vorsichtig geworden. Wenn Sie den Brief betrachten, die Unterschrift« – er holte ein kleines Vergrößerungsglas aus der Brusttasche und reichte es Lucas – »können Sie an einigen Stellen rings um die Unterschrift kleine Vertiefungen des Kugelschreibers ohne Tinte sehen.«

»Na und?« Lucas beugte sich über den Abschiedsbrief. Die Eindrücke waren schwach, aber er konnte sie erkennen.

»Wenn jemand einen Brief fälschen will, dann nimmt er manchmal die echte Unterschrift, etwa von einem Scheck, und legt sie auf das Papier, wo er die neue Unterschrift haben will. Dann zeichnet er die echte Unterschrift mit etwas Spitzem nach, zum Beispiel mit einem Kugelschreiber, und drückt fest auf. Damit bekommt er einen Abdruck auf dem Papier darunter. Diesen Abdruck überschreibt er dann.

Wenn der Fälscher gründlich vorgeht, kann man das nur schwer erkennen. Die neue Unterschrift hat sämtliche kleine Eigenheiten des Originals.«

»Und Sie halten die hier für eine Fälschung?«

»Könnte sein«, sagte Crane. »Und da sind noch ein paar andere Kleinigkeiten. Unser Fingerabdruckspezialist macht den Superklebe-Trick mit der Whiskeyflasche und dem Tablettenröllchen, aber er hat schon Abdrücke auf dem Glas selbst gefunden. Abgesehen von diesen Abdrücken sind die Flaschen vollkommen sauber. Als hätte sie jemand abgewischt, bevor Bergen sie in die Hand genommen hat – oder als hätte er Bergens Fingerabdrücke nachträglich angebracht, als der schon tot war. Kaum verwischte oder Teilabdrücke, nur einige überdeutliche Abdrücke. Zu deutlich, zu gründlich. Die müssen vorsätzlich gemacht worden sein.«

»Verdammich«, sagte Carr und sah von dem Techniker zu Lucas.

»Muß nicht zwangsläufig etwas bedeuten«, sagte Crane. »Ich würde sagen, die Chancen stehen gut, daß es ein Selbstmord war. Aber...«

»Aber...«, wiederholte Carr.

»Überprüfen Sie die Nachbarschaft«, wandte sich Lucas an Carr, »um festzustellen, ob sich gestern nacht jemand hier herumgetrieben hat.«

»Veranlasse ich sofort«, sagte Carr. Ein Deputy hatte in der Nähe gestanden und zugehört; Carr gab ihm ein Zeichen. Der Mann nickte und ging hinaus.

Weather kam achselzuckend herein. »Keine Blutergüsse zu sehen, keine Spuren eines Kampfes. Nur seine Hose war offen.«

»Ja?«

»Na und?« fragte Carr.

»Selbstmörder achten häufig darauf, daß sie anständig aussehen. Frauen ziehen sich ein hübsches Nachthemd an und schminken sich, Männer rasieren sich. Es ist merkwürdig, daß man sich ausgerechnet als Priester die Hose aufknöpft, wenn man vorhat, Selbstmord zu begehen und weiß, daß man so gefunden wird.«

Carr sah über die Schulter zur Schlafzimmertür und sagte: »Phil war ein ziemlich förmlicher Mann.«

»Draußen in seinem Auto liegt ein Messer. Sieh dir das mal an«, schlug Lucas Weather vor.

Als sie in die Garage ging, schlenderte Lucas ins Schlafzimmer zurück. Bergen, fand er, sah mehr als unordentlich aus.

»Wir überprüfen gerade die Nachbarschaft«, berichtete Carr, der den Flur entlangkam.

»Shelly, da ist diese Pfingstkirchlersache«, sagte Lucas. »Ich will nicht beleidigend werden, aber eine Menge Irrer sind in religiöse Kontroversen verwickelt. In Minneapolis sieht man das ständig. Wenn man genügend Irre an einem Ort versammelt und aufeinander einwirken läßt, könnte sich einer als Killer erweisen. Darüber sollten Sie auch nachdenken.«

»Mach ich«, versprach Carr. »Glauben Sie, daß Phil ermordet wurde?«

Lucas nickte. »Wäre möglich. Aber es sind keine Spuren eines Kampfes zu erkennen.«

»Phil hätte sich gewehrt. Und ich glaube, was mich am meisten überzeugt, ist die Geschichte mit dem Golfball. Wir waren einmal beim Golfspielen...«

»Ich weiß«, sagte Lucas. »Er hat den Ball weggekickt.«

»Woher wissen Sie das?«

»Sie haben es mir erzählt«, sagte Lucas und kratzte sich am Kopf. »Ich weiß nicht warum, aber Sie haben es erzählt.«

»Aber sonst wußte es niemand«, sagte Carr.

Sie betrachteten den Leichnam noch einen Moment, dann kam Weather herein und sagte: »Das ist das Messer.«

»Kein Zweifel?«

»Für mich nicht.«

»Die ganze Stadt wird denken, daß er es getan hat«, sagte Carr traurig. Alle drei wandten sich gleichzeitig von dem Leichnam ab und gingen den Flur entlang in Richtung Wohnzimmer. Sie kamen an Bergens Büro vorbei, und Lucas betrachtete die grüne IBM, die auf einem Schreibmaschinentisch herangezogen war. Auf der anderen Seite stand ein Computer auf dem Tisch, links daneben ein Drucker.

»Moment mal.« Er schaute den Computer an, dann das Bücherregal daneben. Handbücher für Windows, WordPerfect, MS-DOS, die Biblica-RSV-Bibelkommentar- und Referenzsoftware und noch mehr Computerbücher, die auf dem Regal gestapelt waren, zusammen mit den Verpackungen, in denen die Software geliefert wurde. Der Computer verfügte über zwei Laufwerke. Das 5.25 Zoll-Laufwerk war leer, aber im 3.5 Zoll-Laufwerk steckte eine blaue Diskette. Lucas trat wieder in den Flur und rief Crane zu: »He, wollt ihr Jungs die Computertasten einstauben?«

»Hm, wenn Sie wollen«, rief Crane zurück. »Aber wir haben keinerlei Computermaterial gefunden.«

»Okay. Ich schalte ihn ein«, sagte er. Und zu Carr: »Ich arbeite auch mit WordPerfect.«

Carr und Weather sahen ihm über die Schultern, während Lucas den Computer einschaltete, WP tippte, um WordPerfect aufzurufen und dann die F5-Taste drückte, um sich die Verzeichnisse anzeigen zu lassen. Er ging auf Laufwerk B. Über dem Laufwerk blitzte das Kontrollicht auf, und eine Liste erschien auf dem Bildschirm.

»Seht euch das an«, sagte Lucas und deutete auf eine Zeile, in der stand:

Pre-9-1 . 5-213 01-08 00:38

»Was ist das?«

»Er hat gestern nacht – heute morgen – um null Uhr achtunddreißig am Computer gearbeitet. Zu dem Zeitpunkt hat er die Datei gespeichert. Ich frage mich, warum er seinen Abschiedsbrief nicht damit geschrieben hat? Geht viel einfacher und sauberer als mit einer Schreibmaschine.« Er gab den Dateinamen ein, um die letzte Datei aufzurufen.

»Eine Predigt ... sieht so aus ... Predigt 9-1. Das müßte die für morgen vormittag gewesen sein, wenn er sie so aufgelistet hat.« Er ging in die Anzeige der Dateien zurück und fuhr mit dem Finger am Bildschirm nach unten. »Ja, sehen Sie? Hier ist die vom letzten Sonntag, Pre-2-1. Haben Sie die Messe besucht?«

»Gewiß.«

»Sehen wir sie uns einmal an.« Er rief die zweite Datei auf. »Ist das die Predigt vom Sonntag?«

Carr las einen Moment, dann sagte er: »Ja, das ist sie. Wort für Wort, soweit ich mich erinnern kann.«

»Na gut, so hat er sie also gespeichert.« Lucas drückte zweimal auf Exit, damit er wieder in die erste Datei zurückkam, dann fing er an zu lesen.

»Seht euch das hier an«, sagte er und deutete auf den Bildschirm. »Er bestreitet es. Er bestreitet um null Uhr achtunddreißig, daß er es getan hat.«

Carr las den Entwurf der Predigt durch, wobei er die Lippen bewegte und immer blasser wurde. »Wurde er ermordet? Oder hat die Konfrontation mit seinen eigenen Lügen bei ihm den Impuls zum Selbstmord ausgelöst?«

»Ich würde sagen, er wurde ermordet«, sagte Lucas. Weather umklammerte fest seine Schulter. »Wir müssen von der Annahme ausgehen. Wenn wir uns irren, schadet das keinem. Wenn wir recht haben ... ist unser Mann immer noch da draußen.«

19

Der Eismann lag mit dem Kopf auf dem Kissen, neben ihm räkelte sich das gelbblonde Mädchen rastlos. Sie sahen sich in dem winzigen, blechern tönenden Fernseher alte Zeichentrickfilme aus den vierziger Jahren an: Hekyll und Jekyll, Mighty Mouse.

Bergen war tot. Die Deputies, mit denen der Eismann gesprochen hatte, hatten den Abschiedsbrief geschluckt. Sie *wollten* glauben, daß der Ärger vorbei, der Fall abgeschlossen war. Und heute morgen hatte er endlich etwas Eindeutiges über das Foto in dem Magazin herausgefunden. Das Ding war wertlos. Die Reproduktion war so schlecht, daß man nichts damit anfangen konnte.

Um die Mittagszeit war er überzeugt, daß er es geschafft hatte. Aber um ein Uhr hörte er die ersten anderweitigen Gerüchte: Carr erzählte den Leuten, daß Bergen ermordet worden sei. Und er hatte auch etwas über Harper gehört. Und über eine Abmachung...

Harper hätte seine eigene Mutter für einen Zehner verkauft. Als sein Junge ermordet worden war, hatte Harper das wie ein Ärgernis behandelt. Wenn Harper redete, wenn Harper etwas sagte, wäre der Eismann erledigt. Harper *wußte*, wer auf dem Foto zu sehen war.

Dasselbe galt für Doug Reston, die Schoeneckers und den Rest. Aber diese Probleme waren nicht dringend. Nur die Sache mit Harper.

Bergens Tod hatte etwas bewirkt, ob es Carr gefiel oder nicht, ob er es glaubte oder nicht. Wenn die Morde jetzt aufhörten, würde es immer bequemer werden, davon auszugehen, daß Bergen der Täter gewesen war.

Er seufzte, worauf das gelbblonde Mädchen ihn ansah und sich eine Sorgenfalte zwischen ihren Augen bildete. »Einen Penny für deine Gedanken«, sagte sie.

»Ist das alles, nur ein Penny?« Er streichelte ihr den Nakken. Doug Eston war besonders in sie vernarrt. Sie war so blaß, so jugendlich. Bei Harper löste sie eine ungewöhnliche Brutalität aus: Harper wollte sie schlagen, ihr Gewalt antun.

»Ich muß dich was fragen«, sagte sie. Sie setzte sich auf und ließ die Decke bis zur Taille fallen.

»Nur zu.«

»Hast du die LaCourts getötet?« Sie sagte es tonlos und sah ihn dabei an, dann fuhr sie mit einem Wortschwall fort: »Mir egal, wenn du es getan hast. Wirklich, aber vielleicht kann ich dir helfen.«

»Wie kommst du darauf?« wollte der Eismann gelassen wissen.

»Wegen diesem Bild von dir und Jim Harper, das Lisa gehabt hat. Ich weiß, Russ Harper hat überlegt, ob du es wohl gewesen bist, aber er hat gemeint, du wärst nicht mutig genug für so was.«

»Glaubst du, daß ich mutig genug bin?«

»Ich weiß, daß du es bist, weil ich den Eismann kenne«, sagte sie.

Der Bruder des Mädchens hielt Kaninchen. Zehn Käfige standen in einer Reihe hinter dem Wohnwagen auf Podesten, dazu eine Segeltuchdecke, die man über die Vorderseite klappen konnte. Die Kaninchen, die mit Kaninchenfutter Marke Purina und Küchenabfällen gefüttert wurden, waren schön fett; eines gab eine Mahlzeit für drei.

Der Eismann zog vier aus ihren Verschlägen, stopfte sie in einen Müllsack und band sie am Gepäckträger fest. Das Mädchen fuhr mit dem Schneemobil ihres Bruders, einem tatternden Wrack, aber funktionstüchtig. Sie fuhren durch den Miller-Trakt nach Chequamegon, das Mädchen voraus, der Eismann hinterher.

Dem Mädchen gefiel die Freiheit, die die Maschine bot, die Geschwindigkeit, daher drückte sie auf die Tube und sauste die schmalen Wege entlang, so daß ihr der Atem auf der Gesichtsmaske gefror und der Motor ohrenbetäubend dröhnte. Sie überholten zwei andere Schlitten und hoben grüßend die Hand. An Parson's Corner überholte der Eismann das Mädchen und fuhr einen Waldweg entlang, und dann auf einen Pfad, der nur wenige Male am Tag befahren wurde. Zwanzig Minuten später hatten sie die Sandgrube erreicht, wo John Muellers Leichnam gefunden worden war. Die Geländewagen des Sheriffs und die Leute von der Spurensicherung hatten den Schnee niedergetrampelt, aber es fiel bereits neuer in die Löcher, die sie hinterlassen hatten. Selbst wenn kaum Wind wehte, würde in zwei Tagen keine Spur von dem Mord mehr zu sehen sein.

Der Eismann zog den Sack mit den Kaninchen vom Gepäckträger und warf ihn in den Schnee.

»Fertig?«

»Klar.« Sie sah auf den Sack hinab. »Wo ist die Waffe?«

»Hier.« Er klopfte auf seine Tasche, dann bückte er sich, riß ein Loch in den Müllsack, zog ein zappelndes Kaninchen heraus und setzte es in den Schnee. Das Kaninchen duckte sich und fing an, im Schnee zu schnuppern: ein zahmes Kaninchen; es versuchte nicht wegzulaufen.

»Okay«, sagte er. Er holte den Revolver aus der Tasche. »Wenn es kalt ist, läßt man den Revolver solange man kann in der Tasche, sonst kann die Haut dran kleben bleiben.« Er schob die Zylinderverriegelung zurück und ließ den Zylinder herausklappen. »Dies ist ein Revolver Kaliber 22 mit einem Zylinder für sechs Schuß. Paß auf, wohin du damit zielst.« Er ließ den Zylinder wieder einrasten und gab ihr die Waffe.

»Wo ist die Sicherung?«

»Keine Sicherung«, sagte der Eismann.

»Marks Gewehr hat eine.«

»Ein Revolver nicht. Haben nur Gewehre und automatische Waffen.«

Sie richtete den Revolver auf das Kaninchen, das ein paar zaghafte Sprünge fortgehüpft war. »Ich weiß nicht, was das soll. Ich hätte sie sowieso bald geschlachtet.«

»Das wäre Arbeit – dies hier ist Vergnügen«, sagte der Eismann.

»Vergnügen?« Sie sah ihn verwundert an, als wäre ihr der Gedanke noch nie gekommen.

»Irgendwie schon. Du bist das Wichtigste im Leben dieses Kaninchens. Du hast die Macht. Die uneingeschränkte Macht. Du kannst tun und lassen, was du willst. Du kannst es wegpusten oder nicht. Versuch, das zu spüren.«

Sie richtete die Pistole auf das Kaninchen. Versuchte, es zu spüren. Wenn sie ein Kaninchen zum Essen tötete, hielt sie es einfach an den Hinterläufen, schlug ihm mit einem Baseballschläger auf den Hinterkopf und schnitt dann den Kopf ab, damit es ausbluten konnte. Die Köpfe ließen sich mühelos abreißen. Bei einem Eichhörnchen brauchte man eine Axt: Eichhörnchen hatten Nackenmuskeln wie Eichenäste.

»Einfach abdrücken«, sagte der Eismann.

Und da spürte sie es. Ein Kribbeln im Bauch; ein Lächeln umspielte ihre Mundwinkel. Sie hatte noch nie Macht gehabt; jedenfalls nicht, daß sie wüßte. Sie war stets nach Gutdünken hin und her gereicht, geschubst und verstoßen worden. Das Kaninchen machte noch einen zaghaften Hopser, und da knallte die Waffe fast ohne ihr Zutun. Das Kaninchen zuckte einmal zusammen, dann lag es mit zuckenden Läufen im Schnee.

»Noch einmal«, sagte der Eismann.

Aber sie stand eine ganze Weile da und betrachtete das Tier. Kaninchen waren immer wie Karotten oder Kohlköpfe gewesen. Sie hatte nie daran gedacht, daß sie starben. Das hier litt *Schmerzen.*

Jetzt war die Macht in ihr, eine Welt von Möglichkeiten erblühte in ihrem Kopf. Sie war nicht nur ein wertloses

Stück Vieh; sie hatte eine Waffe. Sie biß die Zähne zusammen. Sie hielt dem Kaninchen den Lauf an den Kopf und drückte ab.

»Ausgezeichnet«, sagte der Eismann. »Hast du es gespürt?«

»Hol noch eins«, sagte sie.

20

Harper saß mit finsterer Miene in seiner Zelle auf der Pritsche und fletschte die gelben Zähne. Sein Anwalt, der einen melierten Tweedanzug trug, der offenbar noch aus der Ära Roosevelt stammte, saß unruhig neben ihm.

»Das ist nicht gut genug«, sagte Harper.

»Ich will Ihnen mal was erklären, Russ«, sagte Carr. Carrs Doppelkinn war zusammengefallen, die Ringe unter seinen Augen waren so schwarz, daß es aussah, als wäre er der Unterlegene bei einer Kneipenschlägerei gewesen. »Eldon Schaeffer muß zum Bezirksstaatsanwalt *gewählt* werden. Wenn er eine Abmachung mit Ihnen trifft und es stellt sich heraus, daß Sie Mitglied eines Sex-Rings sind oder den Killer kennen und es uns nicht gesagt haben, und wenn Eldon Ihnen deswegen Straffreiheit gewährt und Sie als freier Mann das Gefängnis verlassen ... Nun, dann wird Eldon die nächste Wahl nicht gewinnen. Er wird arbeitslos sein. Darum wird er sich nicht auf diese Abmachung einlassen. Er will Sie im Gefängnis sehen.«

»Dann kann er mich am Arsch lecken«, knurrte Harper. Er nickte seinem Anwalt zu. »Wenn Dick hier recht hat, werde ich in einer Stunde draußen sein.«

»Riskieren Sie wirklich eine Anklage wegen mehrfachem Mord, nur um ein paar Jahre Gefängnis abzuwenden? Die zwei oder drei Jahre könnten Sie auf einer Backe absitzen«, sagte Lucas. Er lehnte an der Zellenwand und sah auf Harper hinab. »Und ich schwöre bei Gott, wenn wir Sie mit dem Mörder in Verbindung bringen, wenn wir auch nur einen winzigen Hinweis finden, daß Sie beide etwas miteinander zu tun haben, dann bringen wir Sie so schnell in den Knast, daß Ihnen die Ohren schlackern.«

»Wenn Sie versuchen, so eine Abmachung zu treffen, dann heißt das nur, daß Sie nichts in der Hand haben«, sagte Harper. Er sah seinen Anwalt an, dann Carr. »Schieben Sie ab, Shelly.«

Nachdem sie die Zelle verlassen hatten, drehte sich Carr zu Lucas um und sagte: »Ihn so schnell in den Knast bringen, daß ihm die Ohren schlackern? Schöne Drohung. Ich werde sie an den *Reader's Digest* schicken.«

»Dann verklage ich Sie«, sagte Lucas, worauf Carr die Andeutung eines Lächelns erkennen ließ. Als sie auf den Fahrstuhl warteten, kam Harpers Anwalt heraus und gesellte sich zu ihnen. Carr sprach ihn an: »Warum mußten Sie das tun, Dick? Warum haben Sie den Richter angerufen? Sie hätten bis Montag warten können, und alles wäre bestens gewesen.«

»Russ hat das Recht ...« Der vorstehende Adamsapfel des Anwalts hüpfte auf und ab. Ein großer Adamsapfel, große Hände, unreine, grobporige Haut: er sah wie eine Schwarzweißfotografie aus der Depressionszeit aus.

Die Fahrstuhltür kam, sie gingen hinein und drehten sich zur Tür um. »Kommen Sie mir nicht mit irgendwelchen ›Rechten‹, Dick, das weiß ich alles«, sagte Carr, während sie abwärts fuhren. »Aber ich habe fünf Tote hier, und Russ weiß, wer der Mörder ist. Oder hat zumindest eine Ahnung. Er ist unser einziger Anhaltspunkt. Wenn er rauskommt und weitere Morde geschehen ...«

»Er hat ein *Recht* darauf«, sagte der Anwalt. Aber er hörte sich alles andere als glücklich an.

Carr schaute Lucas an. »Phils Leichnam muß auf dem Weg nach Milwaukee sein.«

»Ja. Das tut mir leid, Shelly – wirklich«, sagte Lucas.

Harpers Anwalt kamen plötzlich die Tränen. Er schniefte und wischte sich das Gesicht am Ärmel ab. »Herrgott, ich kann nicht glauben, daß Pater Phil tot ist«, sagte er. »Er war so ein guter Priester. Er war der beste.«

»Ja, das war er«, sagte Carr und klopfte dem Anwalt auf die Schulter.

Lacey kam gerade vorbei, als sie den Fahrstuhl verließen. »Da sind Sie ja! Gerade sind zwei Männer vom FBI angekommen. Könnte sein, daß noch mehr aus Washington hergeschickt werden – ein Serienmörder-Team.«

»O Mann.« Carr zog den Hosenbund höher. »Wo sind sie?«

»In Ihrem Büro.«

Carr sah Lucas an. »Vielleicht sind sie ja sogar für irgendwas gut.«

»Und vielleicht werde ich zur Ballkönigin gekürt«, sagte Lucas, während sie den Flur entlanggingen.

Lacey sah ihn an. »Haben Sie gewußt, daß Ihre neue Freundin einmal Ballkönigin *war?*«

»*Was?*« Es hatte keinen Sinn mehr, sein Verhältnis mit Weather zu verheimlichen.

»Doch, doch«, sagte Lacey enthusiastisch. »Die Leute reden bei jedem Collegeball wieder von dem Kleid, das sie auf dem Floß getragen hat. Es war ein richtig warmer Tag, und sie trug dieses silberne Kleid. O Mann. Sie nannten sie...« Plötzlich klappte er den Mund zu und errötete.

»Wie nannten sie sie?«

Lacey sah zu Carr, aber Carr schüttelte den Kopf. »Sie können nicht noch tiefer ins Fettnäpfchen treten, als Sie schon drinstehen, Henry. Sagen Sie es ihm ruhig.«

»Ähem – Miss Teen Tits von Ojibway County«, sagte Lacey kläglich.

»Freut mich, daß Sie mir das gesagt haben – so habe ich ihr gegenüber was in der Hinterhand«, sagte Lucas.

»Ich hoffe, Sie haben was gegen die FBI-Leute in der Hinterhand«, sagte Lacey düster. »Nach etwa zwei Minuten mit denen hatte ich den Eindruck, als hätte ich riesengroße Klumpen Pferdescheiße an den Schuhen kleben und Stroh zu den Ohren rausstehen.«

»Ganz das FBI«, sagte Lucas. »Das können sie am besten.«

Sie unterhielten sich etwa eine Stunde mit den beiden Agenten Lansley und Tolsen. Man hätte die beiden nur schwer auseinanderhalten können, wenn Lansley nicht die Farbe von poliertem Birkenholz, Tolsen dagegen die von Ebenholz gehabt hätte. Sie trugen beide graue Anzüge mit einheitlichen Krawatten, lange, dunkle Wintermäntel mit Lederhandschuhen und Schuhe mit Gummisohlen.

»...die Möglichkeit, daß unser Team auch schon anderswo zugeschlagen hat...«

Lucas, der hinter Lansley saß, der das gesagt hatte, sah zu Carr und schüttelte den Kopf. Es konnte sich unmöglich um jemanden von außerhalb handeln. Unmöglich.

Und nach einer Weile: »...wesentlichen kommt es auf die Zusammenarbeit an, und wir tun alles, was wir können...«

Lucas unterbrach ihn: »Wir bräuchten Computerzeit.«

Tolsen war sofort interessiert. »Welcher Art?«

»Es gibt nur rund siebentausend ständige Einwohner in diesem County. Wir können alle Frauen, Kinder und Dunkelhaarigen ausschließen. Unser Mann ist ganz eindeutig ein Psychopath und hat möglicherweise eine Vorgeschichte brutaler Straftaten. Wenn unser Computer sich vielleicht in den des Fahrzeugzulassungsamtes einklinken, die Autofahrer von Ojibway County heraussuchen und die blonde männliche Bevölkerung mit den Aufzeichnungen des NCIC gegenchecken könnte...«

Lansley und Tolsen machten sich Notizen, wobei Lansley Notebook verwendete. Sie steuerten selbst noch einige Vorschläge bei und verabschiedeten sich hastig.

»Was sollte das denn nun wieder?« fragte Carr und kratzte sich am Kopf.

»Jetzt haben sie etwas zu tun«, sagte Lucas.

»Vielleicht nützt es sogar etwas, wenn wir in drei Wochen noch Hilfe brauchen.«

Ein Deputy klopfte. »Harper ist draußen. Hat seine Tankstelle an eine Kautionsagentur verpfändet.«

»Jetzt geht mir aber echt der Arsch auf Grundeis«, murmelte Carr.

»Gehen Sie heim und schlafen Sie sich aus. Oder nehmen Sie ein Motel. Sie sehen so schlecht aus, daß ich mir ernstlich Sorgen mache«, sagte Lucas.

»Keine schlechte Idee – ein Motel«, meinte Carr zerstreut. »Was haben Sie vor?«

»Mir ein ruhiges Plätzchen suchen und nachdenken«, sagte Lucas.

Weather kam ein paar Minuten nach sechs mit einem Deputy herein und fand Lucas vor dem prasselnden Kaminfeuer. »Das ist Marge, mein Leibwächter«, sagte sie zu Lucas. Der Deputy winkte und sagte: »Jetzt übernehmen Sie«, und ging. Weather zog Mantel und Stiefel aus, kam herüber und setzte sich neben ihn. Er legte ihr einen Arm um die Schultern. »Du mußt ein neues Holzscheit nachlegen«, sagte sie.

»Ja... Verflucht, in diesem County leben weniger Menschen als in manchem Hochhaus in Minneapolis. Wir müssen doch imstande sein, ihn zu finden! So viele Kandidaten kann es schließlich nicht geben.«

»Glaubst du immer noch, daß Phil Bergen ermordet wurde?«

»Ja. Mit Sicherheit. Aber ich weiß nicht, warum er getötet wurde. Wußte er etwas? Oder sollte er uns nur ablenken?«

»Und Schoeneckers?«

»Keine Ahnung«, meinte Lucas.

»Könnten sie tot sein?«

»Wir müssen mit der Möglichkeit rechnen«, erwiderte er. »Wir hatten Glück, daß wir den jungen Mueller überhaupt gefunden haben. Der hätte bis zum Frühling dort liegen können. Verdammt, wenn der Killer noch ein paar hundert Meter weiter in den Wald gefahren wäre, hätten wir ihn möglicherweise nie gefunden.

»Beobachtet ihr Harper?«

»Das ist unmöglich. Von wo aus sollten wir ihn beobachten? Aber wir überprüfen ihn alle zwei Stunden.«

Weather erschauerte. »Der Mann macht mir angst. Er gehört zu den Leuten, die einfach tun und lassen, was sie wollen, und sich nicht fragen, wer dabei zu Schaden kommt. Ich glaube nicht einmal, daß er überhaupt bemerkt, wenn jemand zu Schaden kommt.«

Sie saßen eine Zeitlang schweigend nebeneinander, dann fiel Lucas etwas ein, und er lächelte und sah sie an. »Wir waren ziemlich gut im Bett, oder nicht?« fragte er.

»Das will ich doch hoffen«, sagte sie lachend. Sie tätschelte ihm das Bein. »Wir passen gut zusammen.«

»Hm ...« Er kratzte sich am Kinn und sah ins Feuer. »Aber da wäre etwas ... das ich schon immer einmal machen wollte ... sexuell ... aber ich habe noch keine Frau gefunden, die es konnte.«

Ihr Lächeln wurde zaghafter. Mit einer Spur Unsicherheit fragte sie: »Und ...?«

»Ich wollte es schon immer mal mit einer Ballkönigin treiben, die nur ihre weißen Pumps und ihre Krone trägt. Was meinst du?« Er zog sie näher an sich.

»Diese verfluchten Mistkerle«, sagte sie und stieß ihn weg. »Das hätte ich dir frühestens in zehn Jahren erzählt.«

»Miss Teen Tits von Ojibway County«, sagte er.

»Du hättest mich sehen sollen«, verkündete sie selbstgefällig. »Das Kleid war vorne tief ausgeschnitten, aber hinten *richtig* tief. Die Leute haben gesagt, ich hätte zwei Dekolletés.«

»Die Vorstellung gefällt mir.«

»Vielleicht kann ich dir ein bißchen entgegenkommen«, sagte sie und kuschelte sich an ihn. »Ich weiß nur nicht, ob ich die Krone noch habe.«

21

Harper wurde am Mittag freigelassen. Als man ihm seine persönlichen Habseligkeiten zurückgab, fragte er einen Deputy, wie er nach Hause kommen sollte, da die Bullen ihn abgeholt hatten.

»Per Anhalter, Russ«, sagte der Polizist und schlug das Fenster des Schalters zu. Harper rief seine Tankstelle an. Niemand nahm ab. Schließlich fand er einen Jungen, der vor einer Spielhalle eine Zigarette rauchte, und bot diesem fünf Dollar, wenn er ihn fuhr. Der Junge wollte zehn, Harper lehnte ab, der Junge warf die Kippe auf die Straße und sagte ihm, er solle sich ins Knie ficken. Harper bezahlte die zehn.

Die Tankstelle war geschlossen und abgesperrt. Harper ging hinein und überprüfte die Registrierkasse. In der Schublade fand er Geld und eine Nachricht: »Russ, mußte schließen. Die Leute sind wütend auf Sie und denken, Sie haben was damit zu tun.«

»Wichser.« Harper knüllte den Zettel zusammen, warf ihn in die Ecke und ging zu seinem Lieferwagen. Die Reifen waren platt, alle vier. Er überprüfte sie fluchend, fand aber keine Spuren, daß sie aufgeschlitzt worden waren. Immerhin etwas. Er zog einen Luftschlauch aus der Garage und füllte die Reifen. Da er sich Sorgen wegen seines Hauses machte, fuhr er dorthin und überprüfte Vorder- und Rückseite. Niemand war hiergewesen, seit er verhaftet worden war. Na gut. Drinnen machte er sich ein Rührei- und Zwiebelsandwich und schlang es hinunter. Seine Wut wuchs. Die Bullen würden sie alle hopsnehmen, wenn sie nicht zusammenhielten. Er hatte seinen Teil getan.

Er nahm den Telefonhörer ab, überlegte es sich noch einmal, legte wieder auf, stieg in seinen Lieferwagen, fuhr zur Tankstelle, parkte und überquerte die Straße zum Duck Inn. Zwischen Damen- und Herrentoilette hing ein Fernsprecher, in den er einen Vierteldollar einwarf.

Der Eismann nahm ab.

»Hier ist Russ. Wir müssen miteinander reden.«

»Ich habe gehört, du bist im Gefängnis«, sagte der Eismann.

»Auf Kaution raus. Wo können wir uns treffen?«

»Ich glaube nicht, daß das eine gute Idee ist, Russ. Ich glaube, wir sollten lieber...«

»Ich scheiß' drauf, was du glaubst«, fauchte Harper. Er hatte sehr laut gesprochen, und er sah hastig zur Bar und fuhr wieder leiser fort. »Wir müssen ein paar Kontakte herstellen. Wenn jemand mit den Bullen redet, wenn einer weich wird, sind wir alle dran. Sie wissen von den Schoeneckers. Wir müssen sie finden und ihnen sagen, daß sie untergetaucht bleiben sollen. Ich rufe Doug an.«

»Doug ist fort. Ich weiß nicht wohin«, sagte der Eismann.

»Herrgott. Nun, von dem wissen sie ja nichts. Vielleicht ist es so am besten. Aber hör zu: Im Augenblick haben die Bullen gegen niemanden auch nur einen Scheißdreck in der Hand. Aber wenn nur einer von uns redet...«

»Hör zu. Vielleicht... du kennst doch das gelbblonde Mädchen? fragte der Eismann. »Weißt du, wen ich meine?«

»Ja?«

»Sie ist allein bei sich zu Hause. Warum kommst du nicht gegen vier vorbei? Ich kann eine Weile hier weg.«

»Also bis dann«, sagte Harper und legte auf. Er ging in die

Bar zurück und kletterte auf einen Barhocker. Der vierschrötige Barkeeper wischte den Tresen mit einem Tuch ab; er hatte Pomade im Haar und einen gezwirbelten Schnurrbart. Die Senfflecken auf seiner Schürze wurden langsam braun. »Gib mir'n Miller Lite, Roy«, sagte Harper.

»Will dein Geld nicht, Russ«, knurrte der Barkeeper und konzentrierte sich auf sein Tuch. Drei weitere Männer hielten sich in der Bar auf, und alle verstummten.

»Was?«

»Ich hab gesagt, ich will dein Geld nicht. Ich will dich hier nicht mehr sehen.« Jetzt sah der Barkeeper ihn an. Er hatte kleine schwarze, von Narbengewebe umgebene Augen.

»Willst du etwa behaupten, daß mein Geld nicht gut genug ist?« Harper zog eine Handvoll Dollarscheine aus der Tasche und knallte sie auf den Tresen.

»Hier drinnen nicht«, erwiderte der Barkeeper.

»Ich hasse den Dreckskerl«, sagte das gelbblonde Mädchen. Sie sog Rauch vom Mund die Nasenlöcher hoch und sah den Eismann katzenhaft von der Seite an. »Was machen wir?«

»Nun, zunächst einmal könnte er eine Abmachung mit dem Staatsanwalt getroffen haben«, sagte der Eismann. Er saß mit einer Bierdose in der Hand auf der Couch. »Möglicherweise trägt er eine Wanze bei sich.«

Harper fuhr fünf Minuten vor vier in die Einfahrt vor dem Haus des Mädchens. Der Himmel im Westen loderte silbern, aber die Sonne verbarg sich hinter einer dünnen Wolkendecke. Kalt. Harper zitterte, als er aus dem Lieferwagen stieg. Der Transporter des Eismanns stand schon da, dahinter ein leerer Anhänger für ein Schneemobil. Harper runzelte die Stirn, bückte sich und lauschte. Er konnte Musik aus dem verfallenen Schuppen hören. Hatte Jim sich auch immer angehört. Heavy Metal. Wumm-wumm.

Das Schneemobil des Eismanns stand neben dem Haus.

Harper machte einen Bogen darum und klopfte an die Tür. Jetzt verspürte er ein leichtes Kribbeln: Das gelbblonde Mädchen war für seinen Geschmack zu knochig, hatte aber immerhin alle nötigen Öffnungen. Er wartete einen Moment gereizt, dann hämmerte er gegen die Tür.

Das Mädchen antwortete. »Herein«, sagte sie und zog die Tür auf. Harper nickte, kam herein und trat die Füße auf dem rechteckigen Teppich neben der Tür ab. In dem Haus roch es nach verbranntem Öl und Pommes frites, fettem Fleisch und Zwiebeln. »Er ist auf dem Klo«, sagte sie.

Als das Mädchen sich abwenden wollte, packte er sie am Arm. »Ich will eine Muschi«, sagte er.

»Meinetwegen«, sagte sie achselzuckend. Sie ging weiter ins vordere Zimmer, zog ihn mit sich, lächelte und leckte sich über die Oberlippe. Harper folgte ihr faszinisert...

Und da stand der Eismann mit einer Schrotflinte, deren Mündung sich nur wenige Zentimeter vor Harpers Gesicht befand.

»Was soll das?« stieß Harper hervor.

Der Eismann legte die Finger an die Lippen und gab dem Mädchen ein Zeichen. Sie trat zu Harper, machte den Reißverschluß seines Parka auf, zog ihn ihm von den Schultern und klopfte ihn ab. Harper sah ihr einen Moment verwirrt zu, dann sagte er: »Oh. Ihr glaubt...«

Der Eismann fuchtelte mit dem Gewehr vor seinem Kopf, worauf Harper verstummte, sich aber entspannte.

»Hemd«, flüsterte das gelbblonde Mädchen. Sie knöpfte ihm das Hemd auf und zog es ihm aus. Schnürte die Stiefel auf und zog sie ihm aus. Machte den Reißverschluß der Hose auf, zog sie nach unten und streifte sie ihm über die Füße.

»Bleib ruhig da unten«, witzelte Harper.

Der Eismann konnte ein Lächeln nicht unterdrücken. Das Mädchen zog Harper die Unterhosen runter und wieder hoch. Hob das T-Shirt und zog es wieder herunter. »Kann nichts sehen«, meinte sie.

»Okay«, sagte der Eismann. Bei dem Priester hatte es funktioniert. Die Leute *wollen* alles glauben. Er hielt die Schrotflinte auf Harpers Kopf gerichtet. »Nun gut, Russ, wir wollen miteinander reden, aber wir sind nicht sicher, ob du nicht doch eine Abmachung getroffen hast. Wir wollen nur vorsichtig sein. Wir möchten, daß du dich auf die Couch da setzt, und dann wird Ginny dir etwas Klebeband um Hände und Knöchel wickeln.«

»Einen Scheißdreck wird sie.« Harper trug nur Unterwäsche und Socken.

»Ich habe die Waffe, und ich habe Angst«, sagte der Eismann. Er nuschelte es heraus, ließ seine Stimme anschwellen und brechen. »Wenn etwas schiefgeht, lande ich für alle Zeiten im Gefängnis. Du würdest mit dem Gefängnis fertig werden, Russ, aber ich würde dort sterben. Mann, ich habe eine Scheißangst!«

»Du brauchst kein Klebeband«, sagte Harper. Er ging zur Couch und setzte sich. Die Schrotflinte folgte ihm. »Aber gib mir meine Hose.«

»Wir müssen dich fesseln«, beharrte der Eismann. »Ich muß raus und nachsehen, ob jemand mit dir gekommen ist. Du hättest eine Abmachung treffen können.«

»Ich hab' keine Abmachung getroffen.«

»Dann wird das Band nicht schaden, oder?«

Harper sah den Eismann an. Der Lauf der Schrotflinte wankte keinen Millimeter. Schließlich zuckte er die Achseln. »Also gut, du Wichser.«

Schon war das Mädchen mit einer Rolle Klebeband zur Stelle. »Kreuz die Füße«, sagte sie.

»Du wirst mir ein bißchen vorlaut, kleine Fotze«, sagte Harper. Aber er kreuzte die Füße. Binnen einer Minute hatte sie ihn mit dem Klebeband gefesselt.

»Jetzt die Hände«, sagte sie. Harper betrachtete die Waffe, zuckte die Achseln und kreuzte die Hände.

»Auf dem Rücken.«

»Verdammt.«

Als sie ihn gefesselt hatte, stand sie auf und sah den Eismann an. »Fertig«, sagte sie.

»Geh nachsehen«, sagte der Eismann und wies mit dem Kopf zur Tür. »Eine halbe Meile die Straße rauf, in beiden Richtungen.«

»Was...«, begann Harper.

»Klappe halten«, sagte der Eismann.

»Hör mal, du Pisser...«

Der Eismann kam nahe zu ihm und schlug ihn mit dem Kolben des Gewehrs. Der Schlag traf Harper am Ohr und schleuderte ihn von der Couch.

»Du Pis...«, stöhnte Harper. Er bemühte sich aufzustehen. Der Eismann stemmte ihm einen Fuß auf den Kopf und drückte. Harper zappelte, aber der Eismann hielt ihn lächelnd fest. Das Mädchen zog einen Schneeanzug und Stiefel an, lief zur Tür hinaus und startete das Schneemobil. Fünf Minuten später war sie wieder da.

»Niemand da draußen«, sagte sie.

»Ist das Band fest genug?« fragte der Eismann. Er saß auf Harpers Kopf; Harper fluchte erstickt.

»Mehr habe ich nicht, nur noch Papierband«, sagte das Mädchen. Dann strahlte sie. »Wir haben noch Draht, den Rosie als Wäscheleine benutzen wollte.«

»Hol ihn. Und bring noch eine Zange mit.«

Sie banden Harper den biegsamen Stahldraht um die Handgelenke, und das Mädchen drehte ihn fest, bis Harper anfing zu schreien. »Tut scheißweh, was?« sagte sie. Sie drehte noch dreimal und sah Blut.

»Vorsichtig«, sagte der Eismann. »Die Bullen suchen nach Blut. Blut ist ein Beweismittel.«

Sie nickte und wickelte ihm den Draht behutsam bis zu den Knien um die Beine. »Das reicht«, sagte sie.

Der Eismann stand auf. Harper blieb einen Augenblick still liegen, dann versuchte er, sich auf die Knie aufzurichten.

Als er es halb geschafft hatte, trat ihm der Eismann in den Rücken, so daß er nach vorn fiel.

»Wichser…«

»Tut weh, was?«, sagte das gelbblonde Mädchen und kauerte sich neben ihn, damit sie ihm in die Augen sehen konnte. Seine Lider bebten, und er ließ die ersten Anzeichen echter Angst erkennen. Sie griff ihm in die Unterhose. »Weißt du, was ich machen werde?« fragte sie spitzbübisch. »Ich glaube, ich hole ein Messer und schneide dir den Pimmel ab. Wie gefällt dir das?«

Der Eismann, der sich seinen Schneeanzug überstreifte, erklärte: »Wir haben keine Zeit zum Spielen. Weißt du, wie du hinkommst?«

»Wir treffen uns in zehn Minuten«, sagte sie aufgeregt.

»Sei vorsichtig im Dunkeln«, mahnte der Eismann.

Harper bäumte sich auf, schaffte es, sich auf den Rücken zu drehen und versuchte, sich aufzurichten. Er hatte Nasenbluten. Der Eismann bückte sich, ergriff den Draht zwischen Harpers Füßen und schleifte ihn durch das Zimmer, zur Eingangstür und die Verandatreppe hinunter. Das Mädchen nahm das Schneemobil des Eismanns, winkte und fuhr davon. Harpers Kopf schlug auf den Treppenstufen auf, dann zerrte der Eismann ihn durch den Schnee zu Harpers Lastwagen, hob ihn unter Anstrengung auf und warf ihn hinten auf die Pritsche. Er ging noch einmal ins Haus und holte Harpers Kleidung und die Autoschlüssel.

Die Fahrt zur Sandgrube dauerte sieben oder acht Minuten. Der Eismann nahm die rechte Abzweigung direkt zur Grube und fuhr auf das von den Fahrzeugen der Deputies verwüstete Areal, wo sie den jungen Mueller gefunden hatten. Er stieg aus, ging nach hinten, machte die Klappe auf, zerrte Harper nach vorne und ließ ihn auf den Boden fallen.

»Lebst du immer noch?« fragte er, als Harper stöhnte. Die Temperatur lag unter Null; in Unterwäsche würde Harper nicht lange durchhalten. Der Eismann schleifte ihn gerade in die Lichtkegel der Scheinwerfer, als ein Schneemobil sich näherte. Das gelbblonde Mädchen bremste neben dem Lieferwagen und stieg ab.

Harper, der mit blutigem Gesicht auf dem Rücken lag, spie aus und krächzte: »Hast du Jim umgebracht?«

»Klar. Hat Spaß gemacht«, sagte der Eismann. »Aber vorher habe ich ihn gefickt.«

»Hab ich mir gedacht«, sagte Harper. Er bäumte sich noch einmal auf, dann fing er an zu weinen, daß sein ganzer Körper bebte. Der Eismann ging zum Schneemobil zurück, zog die Schneeteller aus der Halterung, schlüpfte hinein und befestigte sie an den Schuhen.

Das Mädchen stand über Harper gebeugt und betrachtete ihn mit den Händen in den Taschen.

»Hast du deine Waffe?« fragte der Eismann.

»Klar.« Sie hatte sie in der Hand gehalten, die sie jetzt aus dem Mantel zog.

»Dann erschieß ihn.«

»Ich?«

Harper versuchte, sich herumzudrehen, schaffte aber nur, daß er kopfunter zu liegen kam. Sie betrachtete fasziniert seinen Hinterkopf.

»Klar. Geht ganz leicht. Hier.« Der Eismann trat von Harper zurück, bückte sich, packte ihn an den Beinen und drehte ihn herum, bis er wieder mit dem Gesicht nach oben lag. Harper versuchte sich aufzurichten, aber der Eismann stellte ihm den Fuß auf die Brust und drückte ihn nach unten.

»Tu's nicht«, stöhnte Harper. Er sah die Waffe in der Hand des Mädchens. »Tu's nicht – der Wichser hat deine Schulfreunde umgebracht.«

»Waren nicht meine Freunde. Außerdem warst du derjenige, der mich unbedingt in den Arsch ficken und mir weh tun mußte. Weißt du das noch, Russ Harper? Ich habe geweint und du hast gelacht!« Sie sah den Eismann an. »Wo soll ich hinschießen?«

»Am besten in den Kopf«, sagte der Eismann.

Sie beugte sich mit der Waffe nach vorne und hielt sie fünfzig Zentimeter von Harpers Stirn entfernt. Der schloß die Augen und kniff sie fest zu. Als sie nicht abdrückte, sagte er: »Hol dich der Teufel.«

Sie drückte immer noch nicht ab, da schlug er die Augen auf. Und in diesem Augenblick drückte sie ab, die Kugel drang in die linke Stirnseite ein. Er stöhnte und zuckte wild.

»Noch mal«, sagte der Eismann. »Mach's noch mal.«

Sie feuerte noch zweimal; eine Kugel drang in Harpers linkes Auge ein, das andere durch den Nasenrücken. Die zweite Kugel tötete ihn. Die dritte feuerte sie nur noch ab, weil es so ein tolles Gefühl war. Die Waffe hatte einen Rückstoß, wie es sein sollte. Sie konnte die Kraft in sich spüren.

»Wie war's?« fragte der Eismann. Harper lag noch im Schnee, aber sein Kopf stand in einem seltsamen Winkel vom Körper ab; im Licht der Scheinwerfer sah das Blut, das an seinem Gesicht herunterlief, rabenschwarz aus.

»Großer Gott... das war heftig«, sagte das blonde Mädchen. Sie kniete sich hin, betrachtete Harpers Gesicht, drückte ihm an die Nase, dann schaute sie zum Eismann auf. »Was jetzt?«

»Jetzt trage ich ihn in den Wald, wo sie ihn nicht gleich finden werden, dann fahre ich den Lastwagen zum Welsh Lake zu den Anglerschuppen und lasse ihn dort stehen. Du holst mich ab.«

»Wenn wir noch einen erwischen, kann ich dann...?«

»Wir werden sehen«, sagte der Eismann und sah auf Harper hinab. »Vielleicht, wenn du brav bist«, sagte er und fing an zu kichern.

22

Am Sonntag schliefen Lucas und Weather lange. Für Weather hieß das bis neun Uhr. Danach stand sie auf und wirbelte durchs Haus, und er gab um zehn Uhr auf und kroch ebenfalls aus dem Bett.

»Viel wird nicht zu tun sein«, sagte sie. »Mieten wir ein paar Ski und machen einen Ausflug.«

»Laß mich vorher in der Stadt nachsehen. Wenn sich nichts tut, können wir heute nachmittag spazierengehen.«

»Gut. Ich geh' dann in den Supermarkt einkaufen. Wir treffen uns zum Mittagessen wieder hier.«

Carr saß allein in seinem Büro. Als Lucas eintrat, sagte er: »Harper ist verschwunden.«

»Verflucht! Wann?«

»Wir haben ihn nicht einmal zu Gesicht bekommen«, sagte Carr. »Jedesmal, wenn wir nachgesehen haben, war niemand zu Hause. Niemand in der Tankstelle. Kein Lieferwagen. Ich habe eine Suchmeldung durchgegeben.«

»Wir hätten einen Weg finden sollen, ihn im Bau zu behalten«, sagte Lucas.

»Ja. Was machen Sie jetzt?«

»Die Zeitungsartikel über den Fall lesen, herumhängen. Warten. Mal sehen, ob mir ein anderer Knopf einfällt, den wir drücken könnten. Nichts von den Schoeneckers?«

»Ich wette, die sind tot«, sagte Carr. Seine Stimme klang tonlos, als wäre es ihm einerlei.

Climpt kam kurz vor Mittag vorbei. »Überhaupt nichts los«, berichtete er. »Ich war noch mal bei den Schoeneckers, dort gibt's auch nichts.«

»Warum hat er den Priester getötet?« fragte Lucas, eher sich selbst als die anderen.

»Keine Ahnung«, erwiderte Climpt.

»Es sind drei oder vier Knoten in dieser Sache«, sagte Lucas. »Wenn wir nur einen davon entwirren könnten, wenn wir die Schoeneckers finden oder Harper kleinkriegen könnten, oder wenn wir herausbekämen, warum Bergen getötet wurde. Wenn wir das Problem mit der Zeit lösen könnten, als die LaCourts ermordet wurden.«

»Oder das Bild«, sagte Climpt. »Haben Sie es noch?«

»Ja.« Lucas zückte die Brieftasche, faltete das Bild auseinander und reichte es Climpt, der es betrachtete.

»Überfordert mich total«, sagte er nach einer Weile. »Da ist überhaupt nichts zu sehen.«

Lucas nahm es zurück, betrachtete es und schüttelte den Kopf. Der erwachsene Mann auf dem Bild hätte jeder x-Beliebige sein können.

Am Nachmittag mieteten Lucas und Weather Langlaufskier und fuhren einen zehn Kilometer langen Rundweg durch den Wald. Am Ende sagte Weather schwer atmend: »Du bist toll in Form.«

»Das ist nicht schwer, wenn man sonst nichts zu tun hat«, sagte er.

Am Montag stand Weather schon vor der Dämmerung auf. Sie sei eben ein Morgenmensch, verkündete sie fröhlich, während Lucas versuchte, weiterzuschlafen. Wie alle Chirurgen. »Wenn man drei oder vier Operationen an einem Tag hat, kann das Krankenhaus sie so in eine Schicht packen. Ein Assistent, ein Anästhesist, eine Schwester. Senkt die Kosten.«

»Klar, dafür sind Chirurgen berühmt«, murmelte Lucas. »Scher dich weg, verdammt.«

»Das hast du letzte Nacht nicht gesagt«, meinte sie. Aber Lucas zog sich die Decke über den Kopf. Sie beugte sich über ihn, zog die Decke herunter, gab ihm einen Kuß auf die Schläfe, zog die Decke wieder hoch und ging summend hinaus.

Fünf Minuten später war sie wieder da und flüsterte: »Bist du wach?«

»Ja.«

»Rusty ist da und bringt mich ins Krankenhaus«, sagte sie. »Ich habe den Wetterbericht angesehen. Aus Südwesten nähert sich wieder ein Sturm, und wir könnten auch betroffen sein. Sie sagen, der Sturm würde heute spät in der Nacht oder am frühen Morgen losbrechen. Ich verschwinde.«

Lucas traf um neun Uhr gähnend und mit vor Kälte gerötetem Gesicht im Gerichtsgebäude ein. Der Himmel war sonnig, aber ein schieferfarbener Wolkenfinger hing im Südwesten wie die Rauchwolke eines fernen Vulkans. Dan Jones, der Zeitungsredakteur, stieg gerade aus seinem Wagen; sie gingen gemeinsam zum Büro des Sheriffs.

»Also Bergen war es nicht?« fragte er.

»Glaube ich nicht. Wir müßten heute etwas aus Milwaukee hören.«

»Wenn er es nicht war, wie lange brauchen Sie noch, bis Sie den Schuldigen überführt haben?« fragte Jones.

»Er wird irgendeinen Fehler machen«, sagte Lucas. Die Worte klangen hohl. »Etwas wird ans Licht kommen. Würde mich überraschen, wenn es länger als eine Woche dauerte.«

»Wird das FBI helfen?«

»Klar. Wir können immer zusätzliche Unterstützung brauchen«, sagte Lucas.

»Mal ganz ehrlich ... nur unter uns.«

Lucas schaute ihn an und sagte: »Wenn mich ein Reporter einmal in die Pfanne haut, rede ich nie wieder mit ihm.«

»Ich haue Sie nicht in die Pfanne«, sagte Jones.

Lucas schaute ihm einen Moment in die Augen, dann nickte er. »Na gut. Das verfluchte FBI könnte keine Coladose in einem Sechserpack Budweiser finden. Sie sind keine schlechten Kerle – jedenfalls die meisten nicht –, aber die meisten sind im Grunde genommen Bürokraten, die eine

Heidenangst haben, daß sie etwas versauen und ein schlechtes Führungszeugnis bekommen. Also tun sie lieber gar nichts. Sie sind erstarrt. Ich habe ein bißchen Computerarbeit vorgeschlagen, die sie erledigen können, und sie sind förmlich darauf geflogen. High-Tech, nichts zu versauen, und man kann dabei im Büro bleiben.«

»Was wird sich ergeben? Wonach suchen Sie?«

»Immer noch unter uns?« fragte Lucas.

»Klar.«

»Ich verstehe nicht, warum Bergen getötet wurde. Er war vom ersten Tag an in die Sache verwickelt, also muß etwas an ihm dran sein. Er wurde gesehen, wie er von den LaCourts weggegangen ist, was er auch zugegeben hat, aber sie können nicht mehr am Leben gewesen sein, als er gegangen ist. Und wenn doch, dann ist etwas völlig durcheinandergeraten. Wir haben die beiden Feuerwehrleute überprüft, die ihn gesehen haben, und beide sind untadelig. Es besteht kein Grund zu der Annahme, daß sie gelogen haben. Etwas ist vermurkst, und wir wissen nicht, was es ist. Wenn ich das herausfinde...« Lucas schüttelte nachdenklich den Kopf.

»Was noch?«

»Das Bild, das ich Ihnen gezeigt habe. Wir glauben, daß der Killer danach gesucht hat, aber es ist nichts darauf zu sehen. Möglicherweise kennt er es noch gar nicht und weiß nicht, daß sein Oberkörper gar nicht darauf ist. Aber das ist unwahrscheinlich, da es sich um ein Polaroidfoto handelte.«

»Sie brauchen einen besseren Abzug als den, den Sie da haben«, sagte Jones.

»Das Original wurde vernichtet. Ebenso der wie-sagt-man-doch-gleich, nicht der Klebeabbruch...«

Jones grinste. »Der Klebeumbruch?«

»Ja, der Umbruch«, sagte Lucas. »Beides wurde vor rund sechs Monaten durch den Reißwolf gejagt und auf die Müllkippe befördert.«

»Was ist mit dem Offsetnegativ?«

»Dem was?«

Carr war unglücklich. »Ich möchte nicht, daß Sie gehen. Hier passiert zuviel«, sagte er. Er saß mit gesenktem Kopf da, über seinen Schreibtisch gebeugt. Ein verwirrter, möglicherweise verzweifelter Mann. In Trauer.

»Ich habe keinen anderen Anhaltspunkt«, sagte Lucas. »Was soll ich machen, noch mehr Schulkinder verhören?«

»Dann fliegen Sie«, schlug Carr vor. »Sie können in eineinhalb Stunden dort sein.«

»Mann, ich hasse Flugzeuge«, sagte Lucas. Er konnte spüren, wie sich sein Magen beim bloßen Gedanken ans Fliegen verkrampfte.

»Wie wäre es mit einem Hubschrauber?« fragte Lacey.

»Ein Hubschrauber? Einen Hubschrauber könnte ich verkraften«, sagte Lucas.

»Wir können in zwanzig Minuten einen am Flughafen haben«, behauptete Lacey.

»Dann los.« Lucas ging zur Tür.

»Ich möchte, daß Sie heute abend wieder hier sind, was auch passiert«, rief Carr ihm nach. »Wir haben Sturmwarnung bekommen.«

Climpt hatte an der Tür gewartet, die Zigarette in der Hand. Lucas warf ihm einen kurzen Blick zu. »Passen Sie auf Weather auf.«

Domeier, der Polizist aus Milwaukee, hatte einen freien Tag. Lucas hinterließ eine Nachricht, und der diensthabende Kommandant versprach, daß jemand versuchen würde, ihn zu erreichen.

Der Grant Airport bestand aus einem einzigen Hangar mit Wellblechhütte am Westende einer kurzen asphaltierten Startbahn. Der Hangar hatte einen Windrichtungsanzeiger auf dem Dach, ein Büro und flugzeugbreite Doppeltore. Der

Verwalter wies Lucas an, seinen Transporter ins Innere zu fahren, wo sich vier kleine Flugzeuge drängten, die nach Maschinenöl und Kerosin rochen.

»Hoser kommt in fünf Minuten. Hab gerade über Funk mit ihm gesprochen«, sagte der Verwalter. Er hieß Bill, ein älterer Mann mit einem dichten Schopf stahlgrauen Haars und so blassen blauen Augen, daß sie fast weiß wirkten. »Er wird direkt hier vor dem Fenster landen.«

»Ist er ein guter Pilot?« Lucas konnte Hubschrauber ertragen, weil sie keine Rollbahnen brauchten. Mit einem Helikopter konnte man leichter landen.

»O ja. Hat in Vietnam fliegen gelernt und ist seither ständig geflogen.« Der Verwalter steckte die Hände in die Overalltaschen, saugte sein Gebiß fest und schaute zum Fenster hinaus. »Möchten Sie einen Kaffee?«

»Eine Tasse wäre nicht schlecht«, sagte Lucas.

»Bedienen Sie sich, drüben neben der Mikrowelle.«

Eine Kanne voll ätzend aussehendem Kaffee stand auf einer Warmhalteplatte neben Pappbechern. Lucas schenkte sich eine Tasse ein, trank einen Schluck und dachte gerade: *widerlich*, als der Verwalter sagte: »Wenn Sie spät zurückkommen, ist hier abgeschlossen. Ich gebe Ihnen einen Schlüssel für das Tor, damit Sie Ihren Wagen rausholen können. Da kommt er schon.«

Der Hubschrauber war weiß, auf der Seite stand in krakeligen Buchstaben HOSER AIR, und er wirbelte einen wahren Schneesturm auf, als er auf dem Vorplatz landete. Lucas nahm den Schlüssel des Verwalters, dann lief er geduckt unter die Rotoren, und der Pilot hielt ihm die Tür auf. Der Pilot trug einen olivfarbenen Helm, eine schwarze Brille und hatte einen struppigen Schnurrbart. Er brüllte über das Dröhnen der Rotoren hinweg: »Haben Sie Schneestiefel?«

»Im Wagen.«

»Sollten Sie lieber holen. Die Heizung funktioniert nicht richtig.«

Sie starteten drei Minuten später, während Lucas die Stiefel anzog. »Was ist denn mit der Heizung?« rief er.

»Weiß ich noch nicht!« rief der Pilot zurück. »Die ganze Mühle ist ein einziger Scheißhaufen.«

»Freut mich zu hören.«

Der Pilot fletschte die unangemessen weißen und ebenmäßigen Zähne. »Kleiner Pilotenwitz«, sagte er.

Eine halbe Stunde nach dem Start bekam der Pilot einen Funkspruch und sagte anschließend: »Da wartet jemand auf Sie. Domeier?«

»Ja, prima.«

Sie landeten auf einem kleinen Flughafen am nördlichen Stadtrand. Der Pilot sagte, er würde bis zehn Uhr warten. »Zieht ein Sturm auf«, sagte er. »Zehn dürfte kein Problem sein, aber wenn Sie bis Mitternacht nicht hier sind, komme ich möglicherweise nicht mehr weg.«

»Ich ruf an«, versprach Lucas, der die Schneestiefel auszog und wieder in seine Schuhe schlüpfte.

»Ich bin hier. Rufen Sie im Pilotencasino an. Da winkt uns jemand, und ich glaube, der meint Sie.«

Domeier, der die Hände in den Taschen hatte und Kaugummi kaute, erwartete ihn am Tor.

»Ich hatte nicht damit gerechnet, Sie zu sehen«, sagte Lucas. »Man hat mir gesagt, Sie hätten frei.«

»Überstunden«, sagte Domeier. »Ich habe eine Tochter an der Northwestern, darum kann ich die Scheißarbeit brauchen. Was machen wir?«

»Wir reden noch einmal mit Bobby McLain«, sagte Lucas. »Über etwas, das man ein Offsetnegativ nennt.«

McLain war zu Hause, in Gesellschaft einer Frau im roten Partykleid. Die Frau saß auf einer Couch und aß Popcorn aus einer Mikrowellentüte. Sie hatte dunkles Haar und verwendete dazu passend zuviel Eyeliner.

»... könnte sein, daß er es noch hat«, sagte McLain. »Aber er wird mich umbringen, wenn ich Sie zu ihm schicke.«

»Bobby, Sie wissen, womit wir es hier zu tun haben«, sagte Lucas. »Sie wissen, was passieren könnte.«

»Herrje...«

»Was könnte denn passieren?« fragte die Frau auf der Couch.

»Mehrere Menschen sind ermordet worden. Wenn Bobby uns nicht hilft, könnte man glauben, daß er ein Komplize ist«, sagte Domeier. Er zuckte die Achseln und sah aus, als täte es ihm leid.

Die Frau klappte einen Moment den Mund auf, dann sah sie Bobby an. »Herrgott noch mal, du nimmst Rücksicht auf Zeke? Der Kerl würde dich ohne mit der Wimper zu zucken ans Messer liefern.«

»Zeke?« sagte Lucas.

»Ja. Er ist Lehrer am Vo-Tech«, sagte die Frau. »Er druckt unsere Sachen.«

»Am Vo-Tech?«

»Klar. Er ist Lehrer dort. Er hat die ganze tolle Ausrüstung. Und wenn wir sie nicht benützen, steht sie die ganze Nacht nutzlos herum.«

»Wer kauft das Papier?« fragte Domeier.

McLains Blick huschte hin und her. »Mmmm. Das ist in seinem Preis inbegriffen.«

»Im Preis inbegriffen? Willst du damit sagen, das Vo-Tech stellt dir dein Druckpapier?«

McLain zuckte die Achseln. »Der Preis stimmt.«

McLain fuhr den kotzgrünen Transporter; Lucas und Domeier folgten ihm durch die Vororte nach Westen. Das Vo-Tech war ein einstöckiges Gebäude aus orangefarbenen Backsteinen umgeben von Parkplätzen. Ein Schwarm von dreißig oder vierzig Krähen hatte sich auf einem Schneewall am Ende des Gebäudes verstreut wie verlorene Kohlestücke.

McLain parkte und ließ sich mit einem elektrischen Lift vom Transporter hinunter. Dieses Mal saß er in einem elektrisch betriebenen Rollstuhl und rollte vor ihnen her, eine Rampe hinauf und dann einen langen Flur entlang, in dem die Spinde der Schüler aufgereiht standen. Zeke saß allein in seinem Klassenzimmer. Als McLain zur Tür hereinrollte, richtete er sich auf und lächelte. Als Lucas und Domeier McLain durch die Tür folgten, verschwand das Lächeln.

»Tut mir leid«, sagte McLain. »Ich hoffe, wir können unsere Geschäftsbeziehung trotzdem aufrechterhalten.«

Domeier sagte: »Polizei, Zeke.«

»Ich... ich brauchte einfach... brauchte...« Zeke winkte ab, da er scheinbar die richtigen Worte nicht finden konnte, dann sagte er: »Geld.«

Sie standen in seinem Büro, einem nüchternen Kabuff mit gelb gestrichenen Betonwänden, einem billigen Schreibtisch und zwei Aktenschränken. Zeke war klein und fast kahl, hatte das Haar lang und kämmte es als pomadisierte Strähne über die Glatze. Er trug eine karierte Jacke, seine Hände zitterten beim Sprechen. »Ich wollte nur... ich... Muß ich mir einen Anwalt nehmen?«

»Sie haben das Recht...«, begann Domeier.

Lucas unterbrach ihn. »Mir sind Ihre Nebengeschäfte scheißegal. Ich habe keine Zeit für Albernheiten. Ich will die Negative, andernfalls legen wir Ihnen Handschellen an und zerren Sie an den Haaren aus der Schule, und dann besorgen wir uns einen Durchsuchungsbefehl und nehmen diese Schule und Ihre Wohnung und alles andere, das wir finden können, auseinander. Wenn Sie mir die verfluchten Negative zeigen, verschwinde ich wieder. Dann können Sie mit Domeier ausmachen, was Sie wollen.«

Zeke schaute Domeier an, und als der Polizist die Augen zum Himmel verdrehte, sagte er: »Ich bewahre die Negative zu Hause auf.«

»Dann gehen wir«, sagte Lucas.

»Was ist mit mir?« fragte McLain.

»Hau ab«, sagte Domeier.

Auf halbem Weg zu seinem Haus fing Zeke, der auf dem Rücksitz von Domeiers Dodge saß, an zu weinen. »Sie werden mich feuern«, schluchzte er. »Und Sie stecken mich ins Gefängnis. Ich werde vergewaltigt werden.«

»Drucken Sie nur für Bobby McLain oder auch für andere?« fragte Domeier und betrachtete ihn im Rückspiegel.

»Er ist der einzige«, sagte Zeke schlotternd.

»Scheiße. Wenn es noch mehr wären und wir ein paar Namen wüßten, könnten wir vielleicht etwas ausarbeiten.«

Das Weinen hörte auf, Zekes Stimme wurde wieder klar. »Zum Beispiel?«

Ein alter schwarzer Labrador mit Triefaugen empfing sie an der Tür.

»Wenn ich ins Gefängnis muß, was wird dann aus Dave?« fragte Zeke Domeier.

Der Hund wedelte mit dem Schwanz, als er seinen Namen hörte. Domeier schüttelte den Kopf und stöhnte: »Mein Gott.«

Der Hund schaute ihnen zu, während sie den Schrank mit den Offsetnegativen durchsuchten. Die Negative waren in großen braunen Umschlägen archiviert, der Titel der jeweiligen Publikation war in eine Ecke gekritzelt. Sie fanden die richtige Ausgabe und das richtige Negativ, und Zeke hielt es ins Licht. »Jawoll, das ist es. Sieht ziemlich scharf aus.«

Sie fuhren zum Vo-Tech zurück. Der Drucker war so groß wie ein Volkswagen, aber der erste Ausdruck war schon nach zehn Minuten fertig. Zeke zog ihn heraus und gab ihn Domeier.

»Besser bekomme ich es nicht hin«, sagte er. »Es ist und bleibt ein Halbton, daher wird es nie so scharf wie eine normale Fotografie.«

Domeier betrachtete es, gab es Lucas und sagte: »Dieselbe Scheiße wie vorher. Sie haben Ihre Zeit vergeudet.«

Der Druck war immer noch schwarzweiß, aber deutlich schärfer als der andere. Lucas legte ihn unter das Licht und betrachtete ihn. Ein Mann mit einer Erektion und ein nackter Junge im Hintergrund. Nichts an den Wänden.

»Die Beine des Mannes sehen komisch aus.« Er zog die zusammengelegte Zeitschriftenseite aus der Tasche. Das Bein war so verwaschen, daß man keine Einzelheiten erkennen konnte. »Liegt das ... was immer es ist ... an dem Foto, oder ist mit dem Bein etwas nicht in Ordnung?«

Zeke brachte eine Fotolupe zum Tisch, legte sie auf den Druck, beugte sich darüber und schob sie weiter. »Ich glaube, das ist das Bein. Sieht aus, als wäre es irgendwie genäht oder so, wie eine Patchworkdecke.«

»Verflucht«, sagte Lucas. »Verflucht! Deshalb will er Weather. Sie muß das Bein behandelt haben.«

»Haben Sie ihn?« fragte Domeier.

»Immerhin eine heiße Spur«, sagte Lucas. »Gibt es hier einen Doc, mit dem ich reden könnte?«

»Klar. Wir können auf dem Weg zum Flughafen beim Gerichtsmediziner reinschauen. Jemand müßte Dienst haben.«

»Kann ich jetzt nach Hause?« fragte Zeke.

»Äh, nein«, sagte Domeier. »Wir beide müssen einen Lastwagen holen.«

»Wozu?«

»Ich werde jeden verdammten Umschlag aus diesem Haus mitnehmen, und wir werden jemanden finden, der die Seiten für uns druckt. Und ich möchte die Namen.«

Lucas rief den Flughafen an und wurde mit dem Piloten im Casino verbunden. »Hat nicht lange gedauert. Ich bin auf dem Weg.«

»Beeilen Sie sich. Der Sturm kommt rasch näher, Mann«, sagte der Pilot. »Ich will so schnell wie möglich hier weg.«

Der stellvertretende Gerichtsmediziner saß in seinem Büro, hatte die Füße auf den Schreibtisch gelegt und las den *National Enquirer*.

Er nickte Domeier zu und schaute Lucas und Zeke desinteressiert an. »Bricht mir das Herz, was die jungen Frauen der königlichen Familie angetan haben«, sagte er. Er knüllte die Zeitung zusammen und warf sie in den Papierkorb. »Was wollen Sie schon wieder, Domeier? Noch mehr Bilder von nackten toten Frauen?«

»Eigentlich möchte ich, daß Sie das Foto meines Freundes ansehen«, sagte Domeier.

Lucas gab dem Arzt den Druck und sagte: »Können Sie mir verraten, was mit dem Bein nicht stimmt?«

Zeke fragte: »Sie haben doch nicht wirklich Bilder von nackten toten Frauen, oder?«

Der Arzt beugte sich murmelnd über das Foto. »Ständig. Wenn Sie welche brauchen, kann ich Ihnen vielleicht einen guten Preis machen.« Nach einer Weile richtete er sich auf und sagte: »Verbrennungen.«

»Was?«

Er schob das Bild über den Tisch zu Lucas. »Ihr Mann hat Verbrennungen gehabt. Das sind Hauttransplantationen.«

23

Lucas versuchte, Carr schon vom Flughafen aus zu sprechen; die Zentrale sagte, sie könne ihn nicht erreichen. Er rief Weather zu Hause an, aber dort war besetzt. Der Pilot lehnte an einem Stuhl und wartete ungeduldig darauf, daß er aufbrechen konnte. Lucas wartete zwei Minuten und versuchte es noch einmal: besetzt.

»Wir müssen los, Mann«, sagte der Pilot. Lucas schaute zum Fenster des Casinos hinaus. Er konnte Flugzeuge sehen, die zehn Meilen außerhalb kreisten. »Sieht ziemlich klar aus.«

»Mann, dieser Sturm kommt angebraust wie ein D-Zug. Wir werden außerdem noch Schnee bekommen.«

»Noch einmal...« Weathers Apparat war immer noch besetzt. Er wählte wieder die Zentrale der Polizei. »Ich bin auf dem Rückweg. Hab etwas herausgefunden. Und wenn der Hubschrauber abstürzen sollte, ein Mann namens Domeier hat das Negativ. Er arbeitet für die Sitte in Milwaukee.«

»Wenn der Hubschrauber abstürzt...«, höhnte der Pilot, als sie das Casino verließen.

»Haben Sie die Heizung repariert?« fragte Lucas.

Sie starteten um sieben Uhr in Milwaukee, fünfzehn Grad unter Null, klarer Himmel. Domeier stand mit Zeke am Tor, bis der Hubschrauber abgehoben hatte. Zeke winkte.

»Bin froh, daß Sie angerufen haben«, sagte der Pilot. Er grinste, schaute aber nicht besonders fröhlich aus. »Ich war ziemlich nervös beim Gedanken, bis zehn warten zu müssen. Der Sturm hat Minneapolis schon erreicht. Der Wetterbericht sagt, sie bekommen sieben bis zehn Zentimeter Schnee pro Stunde, und der Sturm zieht angeblich genau in unsere Richtung.«

»Aber Sie kommen nicht aus Grant«, sagte Lucas.

»Nee, Park Falls. Aber da werden wir ihn auch mitbekommen.«

Die Lichter am Boden sahen in der trockenen Luft klar wie Diamanten aus, eine lange, funkelnde Kette an der Küste des Lake Michigan entlang, dazu die langen, glitzernden Schlangen auf den Interstates. Sie fuhren nach Nordwesten, am matteren Funkeln von Fond du Lac und Oshkosk vorbei, wo vereinzelte Lichter von Häusern die dunkle Fläche des Lake Winnebago begrenzten. Später konnten sie den fernen Lichterschein von Green Bay weit im Osten sehen; im Westen war überhaupt nichts, und Lucas stellte fest, daß die Sterne verschwunden waren und sie jetzt unter einer Wolkendecke dahinflogen.

»Hat's was genützt?« fragte der Pilot.

»Möglich.«

»Wenn Sie den Dreckskerl schnappen, sollten Sie ihn einfach wegpusten. Wäre das beste für uns alle.«

Zwanzig Meilen vor Grant bemerkten sie den ersten Schnee. »Keine Bange«, sagte der Pilot. »Von jetzt an übernimmt die Flugaufsicht.«

Kurze Zeit später landeten sie, und Lucas lief geduckt unter den Rotoren durch und suchte nach dem Schlüssel zum Hangar. Kaum war er drinnen, konnte er hören, wie die Rotoren des Helikopters beschleunigten, einen Augenblick später hob die Maschine ab.

Er fuhr aus dem Hangar, schloß das Tor ab und machte sich auf den Weg in die Stadt. Es schneite verhalten – kleine Flocken, die auf die Windschutzscheibe rieselten –, ausdauernd. Das war kein kleines Schneegestöber, sondern der Auftakt zu etwas Größerem.

Weathers Haus war hell erleuchtet, ein Polizeiwagen stand in der Einfahrt. Lucas öffnete das Garagentor mit der Fernbedienung und fuhr hinein.

Im Haus war es still. »Weather?« Keine Antwort. Sein Magen krampfte sich zusammen, er ging zum vorderen Zimmer. Keine Spur von einem Kampf. »He, Weather?«

Immer noch keine Antwort. Er stellte fest, daß der Vorhang in der Schiebetür klemmte und schaltete das Verandalicht ein. Frische Spuren auf der verschneiten Veranda. Er schob die Tür auf.

Und hörte sie lachen und spürte, wie sich etwas in ihm entspannte. Es ging ihr gut. Er legte die hohlen Hände an den Mund. »Weather?«

»Ja, wir kommen.«

Sie kam auf Skiern am Seeufer entlang; fünfzig Meter hinter ihr folgte der linkische, schweißgebadete Climpt.

»Gene ist noch nie Ski gefahren«, sagte sie lachend. »Ich habe ihn in Verlegenheit gebracht.«

»Nie wieder«, keuchte Climpt, der ihren Spuren folgte. »Ich bin zu alt für so eine Scheiße. Zwischen den Beinen fühlt es sich an, als würde jeden Moment alles abfallen. Herrgott, und ich brauche ein Zigarette.«

Weathers Lächeln erlosch. »Henry Lacey hat angerufen. Er sagte, du hast vielleicht was.«

»Ja. Komm rein und zieh die Skier aus«, sagte Lucas. Er drehte sich wieder zum Haus um, aber vorher bückte er sich und gab ihr einen Kuß auf die Nase.

»Gott, ist das peinlich«, sagte Climpt. »Auf die Nase!«

Lucas schüttelte das Foto aus dem Umschlag auf den Küchentisch, und Weather beugte sich darüber. »Besseres Bild«, sagte sie. Sie betrachtete es, dann blickte sie verwirrt zu Lucas auf. »Und?«

»Sieh dir das Bein des Mannes an. Sieht wie eine Patchworkdecke aus. Man hat mir gesagt, das könnten Hauttransplantationen sein.«

Weather betrachtete das Foto, schaute fassungslos zu Lucas auf, betrachtete das Foto noch einmal und wandte sich dann an Climpt. »Himmel, es ist Duane.«

»Ja – Duane Helper. Der Feuerwehrmann, der Pater Phil gesehen hat. Er war im Feuerwehrhaus... wie hat er das gemacht?«

Carr hatte den Nachmittag in einem Motel verbracht, sah aber immer noch jämmerlich erschöpft aus. Er war unrasiert, das Haar ungekämmt, die Augen geschwollen, als hätte er geweint. Er schaute Weather seltsam an, dann Lucas. »Was haben Sie erfahren?«

Lacey kam in dem Moment herein, als Carr die Frage stellte, und Lucas stieß die Tür hinter ihm zu.

»Ich hab ein besseres Bild«, sagte Lucas und reichte es ihm

über den Schreibtisch hinweg. »Wenn man genau hinsieht – auf dem gedruckten Bild in dem Magazin konnte man es nicht erkennen –, kann man sehen, daß das Bein genäht wurde. Das sind Hauttransplantationen. Weather sagt, es ist Duane Helper.«

»Duane? Wie kann das sein...«

»Wir haben uns unterhalten, Gene und ich, und wir glauben, als allererstes heute morgen sollten wir Dick Westrom festnehmen«, sagte Lucas. »Wir wissen nicht, was er damit zu tun hat, davon abgesehen, daß er Helpers Geschichte bestätigt. Wir heizen ihm ein. Wenn es sein muß, sperren wir ihn ein, bis wir mehr über Helper herausgefunden haben.«

»Warum schnappen wir ihn nicht einfach? Helper?« fragte Carr.

»Wir haben an die Verhandlung gedacht«, sagte Lucas und nickte in Climpts Richtung. Climpt schob eine unangezündete Zigarette im Mund herum. »Helper hat Bergen das Messer und die Waffe untergejubelt. Ein Verteidiger wird sich das zunutze machen – er wird Bergen als den Täter hinstellen. Wir haben nur ein schlechtes Foto; der einzige Zeuge, von dem wir mit Sicherheit wissen, ist Jim Harper, und der ist tot. Nichts über die Schoeneckers?«

»Nein. Harper können wir auch nicht finden«, sagte Lacey. »Die sind wie vom Erdboden verschwunden.«

»Oder sie sind irgendwo da draußen im Schnee und werden von Kojoten angenagt«, sagte Climpt.

»Verdammt.« Lucas kaute nachdenklich an seinem Daumennagel, dann schüttelte er den Kopf und schaute Carr an. »Shelly, ich bin wirklich der Meinung, wir sollten Westrom herholen. Wir müssen rausbekommen, was wirklich passiert ist.«

Carr nickte. »Dann machen wir es. Möchten Sie ihn holen?«

»Das sollten Sie machen«, sagte Lucas. »Wir werden diesen Fall so oder so aufklären. Und da Sie der gewählte Sheriff sind ...«

»Gut.« Carr holte einen Schlüsselring aus der Tasche, zog die unterste Schublade auf und holte das Halfter eines Streifenpolizisten samt Revolver heraus. Er stand auf und legte es an. »Das Ding habe ich seit Monaten nicht mehr in der Hand gehabt. Holen wir ihn.«

Carr, Climpt und Lucas gingen Westrom holen, während Lacey und Weather in Carrs Büro warteten. »Wir bringen ihn vorne rein, damit wir nicht an der Zentrale vorbeimüssen«, sagte Carr zu Lacey, als sie gingen. »Wir möchten die Sache noch geheimhalten. Wir rufen an, bevor wir zurückfahren, damit Sie uns die Tür aufmachen können.«

»Okay. Was ist mit seiner Frau?« fragte Lacey.

Carr schaute Lucas an. »Ich meine, wenn Westrom mit Helper unter einer Decke steckt, dann hängt seine Frau sicher auch irgendwie mit drin. Wenn sie Helper einen Hinweis gibt, sind wir angeschmiert.«

»Und wenn sie nicht mitkommen will?« fragte Carr.

»Dann nehmen wir sie hops. Entschuldigen können wir uns hinterher immer noch.«

Westrom kam in einem blauen Flanellpyjama zur Tür. Er spähte zuerst hinaus, erblickte Carr, runzelte die Stirn und stieß die Sturmtür auf. »Shelly? Was ist los? Es ist doch nichts mit Tommy passiert?«

»Nein, mit Tommy ist nichts passiert«, sagte Carr. Er betrat das Haus, Lucas und Climpt drängten sich ebenfalls hinein. »Wir müssen mit Ihnen reden, Dick«, sagte Carr. »Sie sollten sich lieber anziehen.«

Wenn Westrom etwas mit der Sache zu tun hatte, dachte Lucas, dann verdiente er einen Oscar für schauspielerische Leistungen. Er wurde wütend. »Warum anziehen? Shelly, was geht hier vor?«

Mrs. Westrom, eine kleine Frau mit rosa Plastiklockenwicklern im Haar, kam im Morgenmantel in das Zimmer. »Shelly?«

»Sie sollten sich besser auch anziehen, Janice. Sie müssen mit uns ins Gerichtsgebäude kommen. Dort können wir weiterreden.«

»Und worum geht es?« fragte Westrom.

»Um die Ermordung der LaCourts«, sagte Carr. »Wir haben noch ein paar Fragen.«

Während sich die Westroms anzogen, fragte Carr: »Was meinen Sie?«

»Sie haben keine Ahnung, was los ist«, sagte Lucas. »Wer ist Tommy?«

»Das ist ihr Sohn«, sagte Climpt. »Er besucht das College in Eau Claire.«

Die Westroms verlangten einen Anwalt. Und sie wollten nicht, daß Weather im Zimmer blieb. »Warum ist sie überhaupt dabei?«

»Sie ist auch eine Zeugin«, sagte Carr und schaute Weather an.

»Was den Anwalt betrifft...«

»Nun, wir besorgen Ihnen einen Anwalt, wenn Sie wirklich einen wollen. Aber ehrlich, wenn Sie nichts getan haben, brauchen Sie keinen, außerdem wäre es ziemlich teuer«, sagte Carr. »Sie kennen mich, Dick. Ich würde Sie nicht aus bloßer Effekthascherei in die Pfanne hauen.«

»Wir haben nichts getan«, protestierte Westrom. Seine Frau, die Jeans und ein gelbes Sweatshirt trug, sah zwischen Carr und ihrem Mann hin und her.

»Was ist in der Nacht des Feuers passiert?« fragte Lucas. »Sic haben gekocht, und Duane war auch dort, er hat aus dem Fenster gesehen...«

»Das haben wir schon hundertmal gesagt«, beharrte Westrom. »Jetzt mal ehrlich, was ist passiert?«

Lucas schaute ihn einen Moment an, dann sagte er: »Haben Sie Pater Phils Jeep tatsächlich gesehen? Ich meine ...«

»Ja, ich habe ihn gesehen.«

»... hätten Sie ihn dort identifizieren können, wo Sie sich aufgehalten haben, wenn Helper nicht dagewesen wäre. Hätten Sie sagen können: ›Das ist Pater Bergens Jeep‹?«

Westrom überlegte, dann sagte er: »Hm, nein. Ich meine, ich habe im Vorbeifahren die Lichter gesehen – und Pater Phil hat ja zugegeben, daß er es war.«

»Ganz normale Autoscheinwerfer?« fragte Lucas.

»Ja.«

»Bergen hat einen Schneemobil-Anhänger gezogen«, sagte Lucas plötzlich.

Westrom runzelte die Stirn. »Anhängerlichter habe ich nicht gesehen«, sagte er.

Weather hatte Lucas angesehen, jetzt ergriff sie das Wort. »Dick, wenn Sie gestatten, was haben Sie gemacht, bevor Sie gekocht haben? Einfach nur herumgesessen?«

Lucas schaute zu ihr auf, nickte und lächelte verhalten. Westrom sagte: »Nun, sozusagen. Ich kam an, machte ein Nickerchen, dann kam Duane, und ich ging nach unten ...«

»Wie lange haben Sie geschlafen?« fragte Lucas hellhörig.

»Vielleicht eine Stunde«, sagte Westrom. Er schaute sie alle nacheinander an. »Und?«

»Machen Sie immer ein Nickerchen, wenn Sie Dienst im Feuerwehrhaus haben?«

»Ja.«

»Wie oft? Prozentual gesehen?«

»Nun, das gehört zu meiner Routine. Ich komme um fünf hin und schlafe eine Stunde oder so. Nichts zu tun. Duane ist kein reger Gesprächspartner. Manchmal sehen wir fern.«

»Besitzt Duane ein Schneemobil?«

»Arctic Cat«, sagte Westrom.

Lucas nickte und sah zu Carr. »Das ist es. Wir müssen die Uhrzeiten überprüfen, aber das ist es.«

Carr beugte sich über den Schreibtisch. »Dick, Janice, ich mache Ihnen ungern Umstände, aber es wäre uns lieb, wenn Sie über Nacht hierbleiben würden – zu Ihrem eigenen Schutz. Sie müssen nicht ins Gefängnis – wir könnten ein leeres Büro suchen und Pritschen hineinstellen –, aber wir möchten, daß Sie in Sicherheit sind, bis wir ihn festgenommen haben.«

Westrom sah Lucas an, dann Carr, dann seine Frau. Janice Westrom ergriff zum ersten Mal seit ihrer Ankunft im Gerichtsgebäude das Wort. »Wir tun alles, was Sie wollen, wenn Sie glauben, daß er hinter uns her sein könnte.« Sie schauderte. »Alles, was Sie wollen.«

Als sie fort waren, sagte Lucas: »Möchten Sie meine Zusammenfassung hören?«

»Schießen Sie los«, sagte Carr und lehnte sich zurück. Er sah fast schläfrig aus.

Lucas begann: »Duane Helper findet irgendwie heraus, daß Lisa LaCourt ein Bild von ihm mit dem jungen Harper besitzt. Er hat das Original gesehen und weiß, daß man seine Hauttransplantationen erkennen kann. Aber er weiß nicht, daß die Reproduktion in dem Magazin so schlecht ist, daß die Narben verwaschen sind. Vielleicht weiß er es auch, hat aber Heidenangst, wenn das Bild der Polizei in die Hände fällt, könnten sie sich einen besseren Abzug beschaffen.

Wie dem auch sei, Westrom kommt zur Schicht ins Feuerwehrhaus, geht nach oben und legt sich hin. Helper steigt auf den Schlitten und fährt zu den LaCourts. Irgendwo unterwegs sieht er Bergen, wahrscheinlich, als Bergen die LaCourts verläßt.

Er tötet die LaCourts, sucht nach dem Foto, findet es nicht, zündet das Haus an – Crane hat mir gesagt, er hat den Boiler benützt, um den Ausbruch des Brandes hinauszuzögern – und fährt ins Feuerwehrhaus zurück. Das ist eine Fahrt von drei Minuten, wenn man sich sputet.«

»Verdammt, wir hätten das mit der Verzögerung des Feuers wissen müssen, und daß ein Feuerwehrmann sich mit so etwas auskennt.«

Climpt griff den Faden auf. »Er kommt zurück, parkt den Schlitten, zieht den Schneeanzug aus, weckt Westrom zum Essen...«

Weather: »...er sieht ein Auto vorbeifahren, irgendein Auto, und sagt: ›Da fährt Pater Bergen.‹ Westrom sieht die Lichter, hat keinen Grund anzunehmen, daß es nicht Pater Bergen ist, und bestätigt es daher später...«

»Und das alles verschafft Helper das seiner Meinung nach perfekte Alibi«, fuhr Lucas fort. »Er ist im Feuerwehrhaus und hat einen Zeugen, als der Alarm durchkommt. Er überlegt sich, daß der Priester bei dem Sturm unmöglich genau wissen kann, wie lange er gebraucht hat, um von einem Ort zum anderen zu gelangen, also ist damit jedes kleine Zeitproblem gelöst. Und er hat recht. Es ist nur schiefgegangen, weil Shelly bemerkt hat, daß der Schnee zu hoch auf Frank LaCourts Leichnam liegt, und dann findet Crane den Verzögerungsmechanismus mit dem Boiler.«

Climpt machte weiter: »Er hat Phil getötet, weil Phil darauf bestand, daß die LaCourts noch am Leben waren, als er sich verabschiedete, was ja auch stimmt. Und wenn er recht hatte, dann mußten die Feuerwehrmänner Unrecht haben... und wenn wir uns die Feuerwehrmänner vorgenommen hätten...«

»Trotzdem hätten wir es nicht aufklären können«, sagte Lucas. »Wir brauchten das Bild.«

»Aber wir sind ihm auf die Schliche gekommen«, knurrte Carr. »Wie können wir den Dreckskerl jetzt schnappen?«

24

Duane Helper – der Eismann – saß mit zwei Labortechnikern am Picknicktisch und spielte halbherzig Poker um Zehncentstücke.

»Verflucht, Jerry hatte viermal nacheinander Glück, Duane, du mußt was *unternehmen.*« Der ältere der beiden Labortechniker teilte die Karten aus. Sie wären fast mit dem Haus der LaCourts fertig, sagten sie. Sie hätten es ausgewrungen. Noch zwei Tage, oder drei, und sie wären fertig. Wenn sie fort waren, wenn die Möglichkeit neuer Entwicklungen unwahrscheinlich wurde und die Morde aufhörten, würde das Interesse an dem Fall nachlassen. Er mußte die Schoeneckers erreichen, aber auch darüber hatte er nachgedacht. Bevor die zurückkamen, würden sie mit Sicherheit anrufen. Bergen tot, Harper tot.

Er hatte es geschafft.

Der Eismann lauschte und spielte Karten.

Ein Auto fuhr auf den Parkplatz, Türen wurden zugeschlagen. Climpt kam herein und stampfte sich Schnee von den Stiefeln. Dahinter Davenport, der Bulle aus Minneapolis. Er hatte sich nicht rasiert und sah übernächtigt aus.

Draußen wirbelten Schneeflocken im Licht der Dämmerung um das Feuerwehrhaus. Der Sturm hatte kurz vor Einbruch der Dämmerung richtig losgelegt, Donner grollte über dem Wald, Schnee wurde in Schwaden herumgeweht. Auf den Highways waren fast nur noch Schneepflüge unterwegs.

»Scheußlich da draußen«, sagte Climpt. Sein Gesicht war naß vom Schnee. Er zog die Handschuhe aus und wischte sich mit dem Handrücken über die Brauen. »Soweit ich weiß, gibt es hier Kaffee.«

»Bedienen Sie sich«, sagte der Eismann. Er deutete auf eine überdimensionale Kaffeekanne auf einer Bank hinter den Technikern. »Waren Sie im Haus?«

»Ja. Sie machen Schluß für heute, packen alles zusammen und fahren in die Stadt zurück, bevor der Sturm zu schlimm wird.« Lucas schaute die beiden Techniker an. »Crane sagt, Sie sollen sich auch hinbewegen.«

»Ich führe lieber nach Madison zurück«, sagte der ältere der beiden.

»Ein warmes Plätzchen suchen«, sagte der jüngere. »Noch eine Runde.«

Davenport schälte sich aus dem Parka und wischte Schnee ab. Er nickte dem Eismann zu, ließ sich von Climpt eine Tasse Kaffee geben und setzte sich ans Ende des Picknicktischs.

»Was Neues wegen der Abdrücke?« fragte er.

»Nee. Wir haben fast alles untersucht«, sagte der ältere Techniker. Er teilte drei Karten aus. »Wir haben ein paar hundert Abdrücke weggeschickt, aber verdammt, wir haben zum Beispiel Bergens Abdrücke genommen, nachdem er den Löffel abgegeben hatte, und wir können nicht mal einen von ihm finden. Dabei *wissen* wir, daß er dort war.«

Der jüngere Techniker warf ein: »Der Typ hat eine 44er und ein Maismesser benutzt und beides dagelassen. Wenn es nicht Bergen war, hat er die Griffe abgewischt. Und es war so kalt, er mußte Handschuhe bei sich haben. Wahrscheinlich hat er die einfach angezogen, nachdem er die Kleine abgemurkst hatte.«

Genau, dachte der Eismann. Er saß da und lächelte.

»Ja. Verdammter Mist.« Lucas schaute in die Kaffeetasse, dann trank er daraus.

»Schon das Neueste von der Autopsie an Pater Bergen gehört?« fragte Climpt. Er lehnte sich neben der Kaffeekanne an den Schrank.

»Ich schätze, da hat es einige Probleme gegeben«, sagte der Techniker. Er teilte noch eine Runde Karten aus. »Duane hat ein As und Mist, George hat nur Mist auf der Hand, und ich bin der Damenkönig. Ich bin mit einem Zehner dabei.«

»Sie konnten keine chemischen Spuren von Gelatine in seinem Magen nachweisen. Die Schlaftabletten, die er angeblich zusammen mit dem Fusel genommen hat, waren Gelatinekapseln«, sagte Climpt. »Wir haben aber keine leeren Kapseln im Haus gefunden, also hat er sie entweder das Klo runtergespült, oder jemand hat sie in dem Alkohol aufgelöst und ihn gezwungen, das zu trinken... und nicht an die Kapseln gedacht.«

An die Kapseln hatte der Eismann tatsächlich nicht gedacht. Er hatte sie hier im Feuerwehrhaus runtergespült.

»Und was bedeutet das?« fragte der Techniker. »Hört sich so an, als wäre beides gleichermaßen möglich – entweder Bergen hat sie runtergespült oder jemand anders, aber wir wissen nicht, wer.«

»So ist es«, sagte Climpt.

Der Techniker teilte noch eine Runde Karten aus: »Duane bekommt eine Acht zu seinem As und der Acht, das ergibt ein Paar, George bleibt bei seinem Vierer, und ich könnte ein Straight bekommen. Noch einen Zehner auf die Kreuz-Neun.«

Der zweite Techniker sagte: »Was ist mit diesem Bild? Hat das was gebracht?«

Lucas strahlte. »Ja. Möglicherweise. Die in Milwaukee haben den Kerl aufgespürt, der das Magazin veröffentlicht hat. Er hatte das Seitennegativ noch, davon konnten sie einen besseren Druck machen. Hätte heute hier eintreffen sollen, aber durch den Sturm... morgen müßten wir es allerdings haben.«

Der Eismann saß da und hörte zu wie schon seit Tagen, im einzigen warmen öffentlichen Unterschlupf im Umkreis von Meilen um das Haus der LaCourts herum. Die Polizisten hatten sich von der ersten Nacht an hier eingefunden, weil sie nach einer Unterkunft suchten, wo sie sitzen und sich unterhalten konnten.

»Was entdeckt?« fragte der jüngere Techniker.

»Das wissen wir erst, wenn wir es sehen«, sagte Lucas.

»Wenn Sie Zeit finden, es sich anzusehen«, schnaubte Climpt und vergrub die Nase in der Tasse. Seine Worte hatten einen gewissen Unterton, bei dem die beiden Techniker und der Eismann Lucas anschauten.

Lucas lachte und sagte: »Klar. Verflucht, Gene, Sie sind ja eifersüchtig!«

Climpt wies mit dem Kopf in Lucas' Richtung. »Er trifft sich – und ich drücke mich hier nur sehr dezent aus –, er trifft sich mit einem unserer Doktoren hier.«

»Weiblich, hoffe ich«, sagte der ältere Techniker.

»Daran kann kein Zweifel bestehen«, sagte Climpt. »Würde ich aber selbst gern mal rausfinden.«

»Vorsicht, Gene«, sagte Lucas. Er schaute auf die Uhr. »Wir sollten wahrscheinlich in die Stadt zurückfahren.«

Der Techniker, der immer noch Karten austeilte, gab dem Eismann noch ein As. »Mann, zwei Paare, Asse und Achter«, sagte er. Er drehte seine eigene Karte um. »Gehört dir.«

Als Climpt und Davenport gegangen waren, stand der Eismann auf, schlenderte zum Fenster und sah ihnen nach, wie sie beim Wagen stehenblieben, ein paar Worte wechselten und dann einstiegen. Einen Augenblick später fuhren sie weg.

»Wir sollten wieder zurück«, sagte der ältere Techniker. »Verflucht, noch zwei Tage diese Scheiße, dann dürfen wir wieder heim.«

»Wenn hier überhaupt jemand weg kann«, sagte der andere Mann. Er ging zum Fenster, zog den Vorhang zurück und schaute hinaus. »Herrgott, seht euch nur an, was sich da zusammenbraut.«

Nachdem die Techniker sich verabschiedet hatten, saß der Eismann alleine da und überlegte. *Immer noch Zeit zu fliehen*, sagte eine Stimme in seinem Hinterkopf. Er konnte seinen Koffer packen und bei Einbruch der Dunkelheit reisefertig sein. Bei dem Sturm würde niemand am Feuerwehrhaus vorbeikommen. Er konnte in zwei Stunden in Duluth, in vieren in Kanada sein. Und wenn er erst einmal über die Grenze war, konnte er sich absetzen, nach Nordwesten, Richtung Alaska.

Wenn er nur Weather Karkinnen noch erwischen könnte! Aber dann blieben immer noch die Schoeneckers und Doug und die anderen. Aber die waren Tausende Meilen entfernt. Möglicherweise fand sie niemand mehr. Es könnte funktionieren. Und er wollte Weather. Er konnte sie da draußen spüren; eine feindliche Präsenz. Sie *verdiente* den Tod. *Hau lieber ab*, sagte die Stimme.

Töte sie, dachte der Eismann.

25

Der Mann von der Bundesstaats-Polizei hatte sich in einer Schneeverwehung gegenüber dem Feuerwehrhaus verschanzt. Er trug einen isolierten Wintertarnanzug, den er sich für die Hirschjagd gekauft hatte, Fellstiefel und eine Gesichtsmaske. In der Tasche beim Funkgerät bewahrte er ein Fernglas auf, in einer anderen Tasche eine Thermosflasche voll heißer Schokolade. Er war seit zwei Stunden auf Posten, angemessen warm und hinreichend gemütlich.

Er hatte gesehen, wie Davenport und Climpt ins Feuerwehrhaus gegangen waren, um Helper zu ködern. Als sie eine Minute drinnen waren, kam der FBI-Agent, der schwarze, von hinten gejoggt und verschaffte sich mit einem Schlüssel Zugang zum Fuhrpark. Zwei Minuten später kam er wieder heraus und verschwand im Schnee. Dann kamen Davenport und Climpt, gefolgt von den Technikern aus Madison. Seither nichts mehr. Der Polizist hatte mit einer sofortigen Reaktion gerechnet. Da sie nicht erfolgte, fühlte er sich allmählich etwas schläfrig in seiner Schneeverwehung; der Sturm dämpfte alle Geräusche, bleichte alle Farben aus, vertrieb alle Gerüche. Er schraubte den Deckel der Thermosflasche auf, trank einen Schluck Schokolade, schraubte den Deckel wieder zu. Er verstaute die Flasche gerade wieder in der Tragetasche, als er eine Bewegung sah. Die Tür auf der anderen Seite des Fuhrparks, wo der FBI-Mann hineingegangen war, wurde hochgerollt.

Der Polizist zog das Funkgerät aus der Tasche und hielt es ans Gesicht. »Hier tut sich was«, sagte er. »Haben Sie verstanden?« Das Funkgerät, das das FBI zur Verfügung gestellt hatte, war ihm fremd, alle Geräusche überlagert.

Wir hören Sie, womit fährt er?

»Bleiben Sie dran«, sagte der Polizist. Er studierte die offene Tür durch das Fernglas. Einen Augenblick später kam Helper heraus: mit dem Schneemobil, schaute nach rechts und links und fuhr dann Richtung Highway.

»Mit dem Schlitten«, sagte der Polizist ins Funkgerät. »Er fährt los, den Weg zur 88. Er nähert sich Ihrem Posten... Fährt nicht zu schnell... Moment mal, jetzt beschleunigt er, jetzt gibt er richtig Gas.«

Davenport, hören Sie mit?

»Ja, ich habe es gehört.« Lucas befand sich im Krankenhaus, wo es nach Alkohol und Desinfektionsmitteln und gelegentlich nach rohem Fleisch und Urin roch. »Habt ihr ihn?«

Wir überwachen ihn und er fährt in Ihre Richtung. Der Gesprächspartner war der FBI-Mann, der die Funkgeräte und die Signalgeber besorgt hatte, die an Helpers Schlitten und Lieferwagen befestigt waren. *Er kommt auf uns zu.*

Wir lassen ihn passieren und versuchen dann, uns an ihn ranzuhängen.

»Wir hier sind bereit. Halten Sie uns auf dem laufenden«, sagte Lucas. Er schaute Weather an. »Er kommt.« Lucas zog das Magazin aus seiner 45er und überprüfte es. Climpt, der auf einem Untersuchungshocker saß, hob seine zwölfkalibrige Ithaca hoch und beförderte eine Patrone in die Kammer. »Er müßte in zwanzig Minuten hier sein.«

»Wenn er hierher kommt«, sagte Carr. Der Sheriff hatte die Pistole wieder umgeschnallt, ließ sie aber unberührt im Halfter.

»Ich setze einen Dollar darauf, daß es so ist«, sagte Lucas. Er führte das Magazin wieder in die 45er ein und schlug mit dem Handrücken darauf, damit es einrastete.

»Ihr werdet versuchen, ihn zu töten, richtig?« fragte Weather.

»Wir versuchen nicht, ihn zu töten«, sagte Lucas gelassen. »Aber er muß seinen Zug machen.«

»Ich verstehe nicht, wie ihr es anstellen wollt, ihn nicht zu töten«, sagte Weather. »Wenn er eine Waffe in der Hand hält...«

»Wir warnen ihn. Wenn er beschließt zu kämpfen, was bleibt uns anderes übrig?«

Sie dachte einen Moment nach. »Wenn wir mehr Zeit hätten, würde mir etwas einfallen.«

»Frauen sollten nicht in so was reingezogen werden«, sagte Climpt.

»Klappe, Gene«, sagte sie schroff.

»Immer mit der Ruhe«, meinte Lucas geduldig. Er hielt die 45er hoch und schaltete die Sicherung ein und aus, ein und aus. Als er ihren Gesichtsausdruck sah, sagte er: »Tut mir leid.«

»Ich will mich nicht albern anstellen«, sagte sie. »Besser, er stirbt als jemand anders. Aber dieser Hinterhalt kommt mir so... abgekartet vor.«

»Wir spielen hier nicht Backe-backe-Kuchen«, sagte Climpt.

Der FBI-Mann meldete sich wieder: *Er fährt gerade an uns vorbei... Okay, er ist vorbei, hat uns übersehen. Aber wir können ihm unmöglich auf den Fersen bleiben. Herrgott, dieser Schnee ist die Hölle, als würde man in einen Trichter fahren... Er muß hier unten im Graben vierzig Sachen drauf haben... Blindflug... wir fahren dreißig... Manny, er müßte in fünf Minuten bei Ihnen sein.*

Eine zweite Stimme, der andere FBI-Agent: *Hab ihn im Zielfernrohr... Davenport, wir sind fünf Minuten weiter, er nähert sich immer noch, schätzungsweise zwei Meilen entfernt.*

»Verstanden«, sagte Lucas. Und zu Climpt, Weather und Carr: »Machen Sie sich bereit. Ich rede mit den Zwillingen.« Er lief den Flur entlang und stieß die Doppeltür am Ende des Korridors auf. Zwei Polizisten mit umgeschnallten Pistolen stiegen auf Schneemobile, einer hatte eine Schrotflinte in einem Halfter seitlich am Schlitten festgebunden.

»Haben Sie mitgehört?«

»Verstanden«, sagte einer der Polizisten. Rusty und Dusty. Mit ihren Helmen konnte man sie nicht auseinander halten.

»Na gut. Verstecken Sie sich da hinten hinter den Parkplätzen. Sobald er vom Schlitten steigt, schalten wir Sie ein. Seien Sie auf der Hut, falls etwas passiert. Wir schnappen ihn so oder so.«

»Verstanden.«

Die beiden Männer machten sich auf den Weg, Lucas lief den Korridor zurück, daß seine Schritte laut widerhallten, und machte den Reißverschluß der Jacke über der kugelsicheren Weste zu. Henry Lacey kam ihm entgegen.

»Viel Glück«, sagte er.

Carr legte gerade den Hörer auf, als Lucas zurückkam. »Ich bekomme gerade noch mehr Material über den Dreckskerl rein. Jede Menge aus Duluth. Er hat dort gekündigt, wie er gesagt hatte, aber wenn er nicht gekündigt hätte, dann hätte die Polizei ihn festgenommen, weil er Häuser nach Bränden geplündert hat. Ein paar Fachleute halten es sogar für möglich, daß er einige Brände selbst gelegt hat.«

»Gut. Je mehr wir vorweisen können, desto besser, wenn es zu einer Verhandlung kommt.«

Davenport, Sie haben recht. Er kommt, er ist an uns vorbei, er ist auf der Straße zum Krankenhaus, wir fahren parallel dazu den Highway entlang... Gottverdammt, es ist so schwer, hier draußen etwas zu erkennen.

»Shelly, Sie wissen, wo Sie hinmüssen. Weather, zieh den Mantel an. Und zieh die Gurte fester, verdammt.« Er zog die Gurte der kugelsicheren Weste straff und half ihr in den Parka. »Du weißt ja, was wir vorhaben.«

»Langsam gehen, in meiner Nähe bleiben. Sobald jemand einen Ruf ausstößt, runter auf den Boden. Und unten bleiben.«

»Genau. Und alle kennen die Vorgehensweise, falls er reinkommt.« Lucas sah Climpt und Carr an; Carr schluckte und wischte sich die Nase mit dem Handrücken ab.

»Nervös?« wandte sich Lucas an Weather und versuchte zu lächeln.

»Schon gut.« Sie schluckte. »Lampenfieber.«

Selbst bei Sturm hielten sich zwanzig bis dreißig Menschen im Krankenhaus auf – Schwestern, Pfleger, Hausmeister. Wenn Helper nicht völlig ausgerastet war, würde er keinen Frontalangriff auf das Gebäude versuchen. Und er wußte, daß Weather ein Deputy als Leibwächter zur Verfügung stand. Seine einzige Chance bestand darin, sie mit einem Gewehr zu erschießen oder sich mit einer Pistole oder Schrotflinte an sie ranzuschleichen und sich auf eine Schießerei mit dem Leibwächter einzulassen, wie er es versucht hatte, als er Weather und Bruun in den Hinterhalt lockte. Sie hatten Weathers Jeep in einem ungefähren Kreis von Autos plaziert, sie hatten ihm Verstecke geliefert, die Heckenschützen auf dem Dach erreichen konnten. Sie würden sie ihm gerade lange genug zeigen.

Sobald er eine Waffe zückte, hatten sie ihn.

Noch dreißig Sekunden entfernt.

Hat jemand eine Waffe gesehen?

Konnte nichts sehen, als er vorbeigerast ist. Auf der Maschine hat er zumindest kein Gewehr sehen lassen.

Noch zehn Sekunden entfernt. Gut, jetzt bremst er ab, er bremst ab. Er hat direkt vor der Zufahrt zum Parkplatz gehalten. Davenport, sehen Sie ihn?

Lucas hielt das Funkgerät an den Mund und schaute durch das Fenster des Wartezimmers auf den Parkplatz hinaus. Er sah nur Schwaden von Schneeflocken. »Wir können von hier drinnen kein bißchen erkennen. Der verdammte Schnee!«

Er ist immer noch da, könnt ihr Jungs auf dem Dach was erkennen?

Ich kann ihn sehen; er bewegt sich nicht.

Was macht er?

Einfach nur dasitzen.

»Kommt er rein?« fragte Weather.

»Noch nicht.«

Moment mal, er setzt sich wieder in Bewegung... Er fährt am Parkplatz vorbei, er fährt am Parkplatz vorbei die Straße zum Krankenhaus entlang. Er fährt langsam.

Wohin fährt er?

Er fährt am Krankenhaus vorbei.

Lucas: »Die Jungs auf den Schlitten, er kommt in eure Richtung, bleibt in eurem Versteck.«

Wir sind im Wald oben und können ihn nicht sehen. Wo ist er?

Kommt immer noch in Ihre Richtung.

Sehen ihn nicht.

Er ist auf der Straße bei diesem Gasding, dieser Erdgaspumpe, er fährt gerade vorbei.

Moment mal, jetzt haben wir ihn, er fährt langsam. Was sollen wir tun?

»Bleiben Sie, wo Sie sind, die FBI-Leute sollen ihn weiterverfolgen«, sagte Lucas.

Er fährt vorbei. Mann, hier draußen kann man kaum etwas sehen.

Die Stimme des FBI-Agenten übertönte alle anderen: »Er hat angehalten. Er hat angehalten. Er ist jetzt zweihundert Yards hinter dem Krankenhaus bei dem großen Waldstück.«

»Janes' Waldgelände«, sagte Climpt. »Er will durch den Wald kommen und zur Hintertür bei den Mülltonnen reinschleichen.«

»Die ist immer abgeschlossen«, sagte Weather.

»Vielleicht kennt er einen Weg, um reinzukommen.«

Er rührt sich nicht mehr. Jemand müßte mal nachsehen.

Carr, fünfzehn Meter entfernt, meldete sich über Funk: *Lucas, wenn er sich im Lauf der nächsten Minute nicht bewegt, sollten die Jungs mit den Schlitten mal vorbeifahren. Wenn er einfach nur dasitzt, können sie weiterfahren, wie Ausflügler. Aber wenn er sich in den Wald geschlichen hat, sollten wir es wissen.*

Das FBI meldete sich: Wir müssen was unternehmen: Der Schlitten steht immer noch still.

Lucas hielt das Funkgerät an den Mund. »Die Jungs auf den Schlitten – fahren Sie an ihm vorbei. Verstecken Sie die Waffen in den Anzügen, damit er sie nicht sehen kann. Und seien Sie vorsichtig. Nicht anhalten, einfach weiterfahren. Wenn Sie ihn sehen, winken Sie einfach.«

Lucas drehte sich zu Climpt um. »Wir sollten uns besser an der Hintertür postieren. Wenn er reinkommt, müßten wir eigentlich sehen, ob er bewaffnet ist.«

Die Jungs auf dem Dach – wir müssen Sie möglicherweise anders postieren; kann sein, daß er von hinten kommt. Einer könnte jetzt schon nach hinten gehen und Ausschau halten.

Verstanden.

»Wenn wir sehen, daß er zur Hintertür reinkommt, könnten wir Weather einfach über das Ende des T-Korridors dort laufen lassen«, sagte Climpt. »Er könnte sie von der Tür aus sehen, hätte aber keine Zeit zu handeln. Wenn er in diese Richtung läuft...«

Auf dem Weg zur Rückseite arbeiteten sie eine Vorgehensweise aus. Weather und Carr folgten hastig. Der blasse Henry Lacey stand mit seiner 38er am Tresen der Rezeption. Die Schwestern waren in die Notaufnahme gebracht worden, wo sie sich hinter Betonwänden verschanzen konnten.

Rusty sagte: *Wir sind gerade an seinem Schlitten vorbeigefahren. Er ist nicht da. Sieht so aus, als wäre er in den Wald gegangen. Schneeteller scheint er keine zu tragen. Mal sehen, hm...*

Es herrschte einen Augenblick Stille, dann sagte dieselbe Stimme:

Wir fahren noch mal an ihm vorbei.

»Was machen die denn?« fragte Lucas Climpt. »Sie kehren doch hoffentlich nicht um...?« Er hielt das Funkgerät an den Mund. »Was treiben Sie denn? Auf keinen Fall zurückfahren!«

Fahren gerade zurück.

Ein dumpfes, unvermitteltes Geräusch drang aus dem Funkgerät, ein Geräusch wie ein Husten oder Bellen, dann eine letzte Silbe von dem Deputy, die sich anhörte wie...

Er...

Stille. Eine Sekunde, zwei. Lucas lauschte angestrengt in das Funkgerät. Dann eine anonyme Stimme über Funk vom Dach.

Wir haben Gewehrschüsse gehört! Wir hören Gewehrschüsse aus Janes' Waldgelände! Ach du Scheiße, jemand schießt – jemand schießt.

26

Weather war der Schlüssel, zu diesem Ergebnis war der Eismann gelangt, sobald Davenport und Climpt gegangen waren, aber er konnte nicht gleich loslaufen. Er mußte warten, bis sich die Bullen verzogen hatten.

Er öffnete den grünen Armeespind, zog die oberste Schublade heraus, in der Reinigungswerkzeug, Munition und Ersatzmagazine untergebracht waren, und sah ganz unten nach.

Vier Handfeuerwaffen lagen da, zwei Revolver, zwei Automatik. Nachdem er einen Augenblick nachgedacht hatte, entschied er sich für die Browning Hi Power 9 mm Automatik und eine Colt Python 357er Magnum.

Die Geschosse fühlten sich kalt und seidig an; ausgezeichnete Ware, soviel stand jedenfalls fest. Er lud beide Waffen, steckte dreizehn weitere 9mm-Patronen in ein Ersatzmagazin für die Automatik und nahm noch einen Schnellader mit sechs Schuß für die 357er mit.

Dann sah er fern und hielt dabei die Waffen im Schoß wie Babys aus Stahl. Er saß in seinem Sessel, sah sich Quizsendungen an und wartete, bis die Spannung sich aufbaute. Er konnte sie nicht jagen, er kam im Haus nicht an sie heran. Er konnte nicht einmal sicher sein, ob sie sich überhaupt noch im Haus aufhielt. Er würde noch einmal zum Krankenhaus fahren müssen.

Weather verließ das Krankenhaus für gewöhnlich am Ende der ersten Schicht. Sie wies die neue Schicht noch für ihre Patienten ein. Die neue Schicht der freiwilligen Feuerwehr kam kurz nach fünf. Wenn er es durchziehen wollte, mußte er bis dahin wieder hier sein.

Zwei Stunden Zeit.

Er blickte auf die Waffen in seinem Schoß hinab. Wenn er sich eine in den Mund steckte, würde er nie wieder etwas spüren. So einfach konnte das alles sein. Alle Komplikationen, die ganze Belastung, würden der Vergangenheit angehören.

Und alle Wonnen. Er verdrängte den Gedanken und ließ die Wut in sich einströmen: Sie hatten ihn eingekesselt; schubsten ihn herum. Zwanzig gegen einen, dreißig gegen einen.

Das Adrenalin begann zu strömen. Er konnte spüren, wie sich die Spannung in seiner Brust aufbaute. Er hatte gedacht, es wäre vorbei. Und jetzt das. Er wurde vor Wut ganz zappelig und flüchtete sich in einen Tagtraum: *Er stand im Schnee, in jeder Hand eine Waffe, und schoß auf die schattenhaften Feinde erledigte sie einen nach dem anderen, und das Mündungsfeuer sah wie Strahlen aus, die von seinen Händen ausgingen.*

Das holte ihn in die Wirklichkeit zurück. Der Minutenzeiger rückte weiter, eine winzige Bewegung in der wirklichen Welt, und lenkte seine Aufmerksamkeit auf die Uhrzeit. Vierzehn nach zwei. Er mußte handeln. Er stand von seinem Sessel auf und ließ den Fernseher im leeren Zimmer weiterplärren.

Weather würde nach der Schicht zum Parkplatz gehen, durch das Schneetreiben. Mit einem Leibwächter. An jedem anderen Tag wäre ein Gewehr ideal gewesen. Aber durch den Schnee war ein Zielfernrohr nutzlos: Als würde man in ein Bettlaken sehen.

Er mußte einfach nahe genug ran; dieses Mal mußte er auf Nummer sicher gehen. Nichts Verspieltes. Ein schneller Schuß.

Ein schneller Schuß, und fort.

Die Fahrt zum Krankenhaus war atemberaubend. Er konnte spüren, wie er sich wie ein blaues Licht, eine blaue Kraft, durch den Wirbel des Sturms bewegte, wie der Schnee gegen das Lexan-Helmvisier wirbelte, wie der Schlitten unter ihm vibrierte, über Unebenheiten schnellte, wie ein Lebewesen zuckte. Manchmal konnte er kaum etwas sehen; dann wieder, in geschützten Arealen oder wenn er bremsen mußte, verbreiterte sich sein Gesichtsfeld. Er kam an einem Geländewagen vorbei und sah den Fahrer. Ein Fremder. Der Typ beachtete ihn nicht, obwohl er nur drei Meter entfernt war. Blind?

Er raste weiter, folgte dem Rattenlabyrinth der Fahrspuren parallel zum Highway am Stadtrand entlang. Kam wieder an einem Geländewagen vorbei. Noch ein Fremder, der ihn nicht ansah.

Komisch, daß bei so einem Sturm so viele Geländewagen unterwegs waren, deren Fahrer Schneemobilen keine Beachtung schenkten...

Schneemobilen keine Beachtung schenkten.

Warum schauten sie ihn nicht an? Er hielt vor der Zufahrt zum Krankenhausparkplatz an und dachte darüber nach. Er konnte Weathers Jeep sehen. Mehrere andere Autos in der Nähe; er konnte den Schlitten um die Ecke parken und auf den Parkplatz schleichen.

Warum hatten sie ihn nicht angesehen? Schließlich war er nicht unsichtbar. Wenn man einen Geländewagen fährt und plötzlich kommt ein Schlitten vorbeigerauscht, sieht man ihn an.

Der Eismann fuhr von der Zufahrt zum Krankenhaus ab und weiter. Er mußte darüber nachdenken. Fuhr weiter, zweihundert, dreihundert Meter. Janes' Waldgelände. Er hatte Dick Janes diesen Herbst hier Eichen fällen sehen. Nicht für dieses Jahr, für das nächste.

Der Eismann fuhr vom Weg herunter und steuerte den Schlitten einen kurzen Hang hinauf, wo er tief in den Schnee einsank. Er sprang ab, ging fünfzehn Schritte und kauerte sich neben einen Stapel angesägter Äste.

Kojoten machten das so. Das wußte er, weil er schon welche gejagt hatte. Er hatte einmal einen Kojoten gesehen, der sich drei- oder vierhundert Meter entfernt scheinbar unbekümmert bewegte. Er war seiner frischen Fährte durch das Unterholz eines Erlensumpfs gefolgt, dann einen Hang hinauf, dann zurück... und sah plötzlich seine eigenen Spuren jenseits des Sumpfs und eine Mulde, wo sich der Köter hingelegt und ausgeruht hatte, während er sich durch die Erlen gekämpft hatte. Man mußte die Verfolger täuschen können.

Hinter dem Stapel von Ästen fühlte er sich hinreichend sicher und duckte sich im Schnee. Er war windgeschützt, und die Temperatur stieg mit dem aufziehenden Sturm.

Er wartete zwei Minuten und fragte sich, weshalb. Dann noch eine Minute. Er wollte gerade aufstehen und zum Schlitten zurückgehen, als er Motoren auf dem Weg hörte. Er duckte sich wieder und beobachtete. Zwei Schlitten fuhren langsam vorbei. Viel zu langsam. Viel zu ziellos für Leute, die das Schneemobil nur zur Fortbewegung nutzten, und wenn es Ausflügler waren, wo wollten sie hin? An diesem Weg lag nichts mehr, nur fünfzehn oder zwanzig Meilen Bäume bis zur nächsten Stadt.

Etwas stimmte nicht.

Der Eismann wartete und beobachtete.

Sah sie zurückkommen. Hörte sie vorher, nahm die 357er aus der Tasche.

Er konnte sie deutlich sehen, wenn er zwischen den Lükken der abgesägten Äste hindurchschaute, aber er war für sie, oberhalb von ihnen in den Schnee geduckt, wahrscheinlich unsichtbar. Sie hielten an.

Sie hielten an. Sie wußten es. Sie wußten, wer er war und was er tat.

Die Wut, die er sein Leben lang verspürt hatte, kam wieder hoch. Er überlegte nicht mehr. Der Eismann handelte, und nichts konnte sich ihm in den Weg stellen.

Er richtete sich halb auf und visierte die Brust des ersten Mannes über die Kimme der 357er an.

Er hörte den Schuß nicht, nur die Musik der erlesenen Maschine, spürte den Rückstoß der Waffe.

Der erste Mann stürzte vom Schlitten. Der zweite Mann, der eine schwarze Lexanmaske trug, drehte sich um. Das alles in Zeitlupe: Der zweite Mann drehte sich um, der Lauf der Waffe wurde nach dem ersten Schuß in die Höhe gerissen, er zielte wieder, der zweite Mann zuckte zusammen, er schwankte, fiel aber nicht, eine Hand schnellte in die Höhe, spreizte die Finger, um die Hochgeschwindigkeitsgeschosse der 357er abzuwehren; ein dritter Schuß durchbohrte die Hand und warf den Mann rückwärts vom Schlitten. Der

Eismann feuerte weiter, immer noch kein Laut, ein vierter Schuß, ein fünfter, ein sechster...

Dann spürte er keinen Rückstoß mehr, hörte nur noch den Hammer auf leere Hülsen schlagen, dreimal, viermal, der Zylinder drehte sich.

Klick, klick, klick, klick.

27

Er fährt wieder, er fährt, fährt schnell, was ist passiert, was ist passiert?

Der Funkspruch hallte in dem gekachelten Flur, Carr wiederholte ihn, brüllte: *Was ist passiert, was ist passiert* – und wußte genau, was passiert war. Weather rannte zur Notaufnahme, Lucas zwei Schritte hinter ihr. *Bleibt dran, bleibt dran, wir haben möglicherweise Leute verloren.*

Der Fahrer des Krankenwagens unterhielt sich mit einer Schwester. Weather lief durch die Notaufnahme und rief ihm zu: »Los, los, los, ich komme mit, auf geht's.«

»Wohin...?« Der Fahrer stand mit offenem Mund auf.

Lucas, der keine Ahnung hatte, wo der Krankenwagen stand, schrie: »Los«, und der Fahrer setzte sich in Bewegung, durch den Raum, durch eine doppelte Hartholztür in eine Garage. Der Krankwagen stand in Fahrtrichtung, der Fahrer schlug auf einen handtellergroßen Knopf, worauf die Außentür in die Höhe glitt. Er ging nach links, Lucas nach rechts, beide stiegen ein. Die Hecktür wurde aufgerissen, ein weißgekleideter Pfleger, der einen Parka trug, stieg ein, dann Weather mit ihrer Tasche, dann Climpt mit seiner Schrotflinte.

»Wohin?« brüllte der Fahrer über die Schulter, während er schon Gas gab.

»Einfach die Straße lang, Janes' Waldgelände, liegt direkt an der Straße.«

»Was ist passiert?«

»Möglicherweise wurden Leute angeschossen – Deputies.« Dann murmelte sie, während sie Lucas ansah wie ein Mantra: »Mein Gott, o mein Gott...«

Der Krankenwagen schlängelte sich aus der Garage und fuhr zur Straße. Ein Deputy ohne Hut, ohne Handschuhe und mit wehendem Haar lief vor ihnen her und hielt einen verchromten Revolver fast in Kopfhöhe. Henry Lacey. Sie überholten ihn, spähten nach rechts, in den Graben und die gegenüberliegende Böschung hinauf, Schnee klatschte auf die Windschutzscheibe, die Wischer kämpften dagegen an.

»Da«, sagte Lucas. Die Schneemobile standen dicht nebeneinander, daneben etwas, das wie Baumstämme aussah.

»Bleib hier«, rief Lucas Weather zu.

»Was?«

»Er könnte noch hier in der Nähe sein.«

Der Krankenwagen kam zum Stillstand, Lucas schnellte mit vorgehaltener Waffe zur Tür hinaus und suchte den Rand des Waldstücks nach Bewegungen ab. Er spürte das Gewicht der kugelsicheren Weste, und er wartete auf den Schuß, wartete, sah sich um. Climpt war auch draußen, rechts von ihm, und die Mündung der Schrotflinte blieb auf die Bäume gerichtet.

Nichts. Lucas sprang geduckt über den Straßengraben, Climpt gab ihm Deckung. Die Deputies sahen wie die Opfer einer obskuren Hinrichtung in der Dritten Welt aus; der Schnee und ihre Schneemobilanzüge verliehen ihnen ein schroffes, schwarzweißes Aussehen, wie bei körnigen Zeitungsfotos. Sie lagen unbequem, reglos, verrenkt. In Rustys Gesichtsmaske klaffte ein Einschußloch. Lucas hob die Maske behutsam. Die Kugel war ins linke Auge des Deputy eingedrungen. Er war tot. Dusty lag unnatürlich verkrümmt daneben, Gesicht nach unten, Helm fort, und sein Hinterkopf sah aus, als hätte man mit einer Axt auf ihn eingeschlagen. Dann sah Lucas das Loch im Rücken des Schneeanzugs, noch einen Treffer, und dann einen dritten, tiefer, an der Wirbelsäule. Er wandte sich noch einmal Rusty zu. Weitere Treffer in der Brust, im schwarzen Nylon schwer zu sehen. Dustys Gewehr lag mit der Mündung nach unten im Schnee. Er hatte es aus dem Halter ziehen können, mehr nicht.

Climpt kam auf ihn zu, die Waffe immer noch erhoben. »Aus«, sagte er. Er meinte die Deputies.

»Ja«. Lucas stapfte in den Wald und erblickte die zickzackförmige Spur eines dritten Schneemobils, die bereits vom fallenden Schnee zugedeckt wurde. Außer den Leuten hinter sich konnte er nichts hören. Kein Schneemobil. Nichts.

Er drehte sich um, und da war Weather. Sie ließ ihre Tasche fallen. »Tot«, sagte sie. Sie breitete die Arme aus und sah ihn an. »Sie waren fast noch Kinder.«

Der Fahrer des Krankenwagens und der Pfleger stapften mit einer Bahre durch den Schnee, sahen die Leichen, ließen die Bahre fallen und warteten mit den Händen in den Taschen ab. Henry Lacey, der die Waffe immer noch dicht vor dem Gesicht hielt, kam zu ihnen gelaufen.

»Nein, nein, nein«, sagte er. Und das wiederholte er immerzu, während er sich den Kopf mit einer Hand hielt, als wäre er selbst verwundet worden: »Nein, nein ...«

Carr traf ein, sprang aus dem Wagen. Er betrachtete die Szene und seinen Deputy, der im Kreis herum ging, dabei »Nein, nein«, murmelte und sich den Kopf inzwischen mit beiden Händen hielt, als wollte er verhindern, daß dieser explodierte.

»Wo ist er?« brüllte Carr.

»Fort. Hoffentlich haben die FBI-Leute ihn, denn bei dem Wetter wäre es die Hölle, ihm zu folgen!« brüllte Lucas zurück.

Die FBI-Leute meldeten sich über Funk: *Wir haben ihn noch, er ist ziemlich weit von der Straße entfernt und bewegt sich schnell vorwärts, was geht da vor?*

»Wir haben hier zwei Tote«, rief Lucas zurück. »Wir fahren zum Krankenhaus zurück. Verfolgen Sie ihn weiter, wir sind in zehn Minuten bei Ihnen.«

Lucas und Climpt nahmen Carrs Wagen und fuhren zum Krankenhaus zurück. Lucas zog die kugelsichere Weste aus und Parka und Thermohosen an.

»Rustys Wagen steht hinten, richtig? Mit dem Anhänger für das Schneemobil?«

»Ja.«

»Wir nehmen die Schlitten«, sagte Lucas. »Was wir jetzt brauchen, ist eine anständige Karte.«

Sie fanden eine in der Funkzentrale der Krankenwagen, eine großformatige Karte von Ojibway County. Die FBI-Leute benutzten Karten aus dem Grundbuchamt, die noch besser waren.

Lucas ging ans Funkgerät.

»Haben Sie ihn noch?« fragte er.

Ja. Wir haben ihn. Aber Sie sollten zusehen, daß Sie herkommen, wir können ihn nämlich nicht sehen und haben nur Handfeuerwaffen.

Helper war bereits acht Meilen entfernt und fuhr Richtung Süden.

»Er könnte sich einen abgelegenen Bauernhof aussuchen, schießend eindringen, einen Wagen stehlen«, sagte Climpt.

»Niemand würde es feststellen, bis jemand zufällig an dem Hof vorbeikommt.«

Lucas schüttelte den Kopf. »Er ist zu weit weg. Er weiß schon, wohin er will. Ich denke, er behält den Schlitten, bis er dort angekommen ist.«

»Das Feuerwehrhaus liegt in der Richtung.«

»Dann sollten wir lieber jemanden hinschicken«, sagte

Lucas. »Aber ich kann mir nicht vorstellen, daß er dorthin gehen würde.« Er deutete mit einem Finger auf die Karte und suchte das Straßennetz ab. »Wenn er dorthin wollte, hätte er sogar schon abbiegen müssen. Wenn er die Wege kennt, fühlt er sich auf dem Schlitten wahrscheinlich sicher, zumindest momentan.«

»Dann los.«

Sie nahmen die Karte von der Wand und eilten nach hinten zu Rustys Wagen. Die Schlüssel waren nicht da, wahrscheinlich bei der Leiche. Lucas lief durch das Krankenhaus zurück, an den Gruppen von Schwestern vorbei, die sich langsam zusammenfanden, lief nach draußen und fuhr Carrs Wagen nach hinten. Climpt zog den Anhänger von Rustys Auto, und als Lucas nach hinten kam, klinkte er ihn an den Wagen des Sheriffs an.

Zehn Deputies befanden sich inzwischen am Schauplatz der Schießerei. Die Leichen lagen immer noch im Schnee; Autos hielten auf dem Highway, man konnte die blassen, entsetzten Gesichter der Fahrer durch die Seitenfenster sehen. Carr brüllte mit hochrotem Kopf ins Funkgerät, und Weather stand starr wie eine Salzsäule und sah auf die Leichen hinab.

Lucas und Climpt sprangen über den Straßengraben, kletterten auf die Schlitten und ließen sie an.

»Tötet ihn«, sagte Carr.

Weather hielt Lucas am Arm fest, als sie die Schneemobile auf den Hänger luden. »Kann ich mitkommen?«

»Nein.«

»Ich will aber mitfahren.«

»Nein. Du gehst ins Krankenhaus zurück.«

»Ich will mit«, beharrte sie.

»Nein, und das ist endgültig«, sagte Lucas und stieß sie weg.

Climpt hatte die Schrotflinte gegen eine Mac-16 ausgetauscht und sagte: »Ich fahre«, dann eilte er um das Führerhaus herum. Lucas stieg auf der Beifahrerseite ein; als sie losfuhren, sah er Weather, die wieder zum Sheriff ging.

»Anschnallen und festhalten«, sagte Climpt. »Ich rase.«

Sie fuhren vom Highway auf der County Road AA nach Süden, eine Straße mit gefährlichen spitzen Kurven und einer spiegelglatten, dreiteiligen, zweispurigen Brücke über den Menomin Flowage. Lucas hätte den Lieferwagen schon ein halbes dutzendmal in den Straßengraben befördert, aber Climpt kannte die Straße offenbar in- und auswendig und wußte, wann er bremsen mußte und wann Kurven kamen. Aber der Schnee prasselte gegen die Windschutzscheibe, und der Deputy mußte den abschmierenden Lieferwagen durch Engpässe schleusen, einen Fuß auf der Bremse, einen auf dem Gas.

Lucas blieb über Funkgerät mit dem FBI in Verbindung.

Er befindet sich entweder auf dem Menomin Branch East oder dem Weg nach Morristown, immer noch Richtung Süden.

»Wir kommen zu Ihnen, sind auf der AA und passieren gerade H«, sagte Lucas.

Okay, wir sind etwa vier Meilen entfernt. Herrgott, wir können absolut nichts mehr sehen.

Carr meldete sich: *Wir laden auf und kommen auch in Ihre Richtung. Wenn Sie ihn haben, nageln Sie ihn fest, wir kommen dann und erledigen den Rest.*

Dann wieder die FBI-Leute: *He, er hat angehalten. Eindeutig angehalten, er ist voraus, muß auf der County Y sein, zwei Meilen östlich der AA. Wir sind etwa vier bis fünf Minuten entfernt.*

Lucas erteilte Anweisungen: *Suchen Sie sich ein gutes Plätzchen, wo Sie halten und warten können. Wir kommen alle hin. Wir haben keine Ahnung, was für Waffen er noch bei sich trägt.*

»An dieser Straße gibt es nicht viel«, sagte Climpt, der nachdachte. Er umklammerte das Lenkrad mit weißen Händen, krampfhaft, hatte den Kopf nach vorne gereckt und spähte angestrengt in das Schneetreiben. »Hier jedenfalls nicht. Ich überlege grade. Weitgehend Holz.«

Carr meldete sich: *Weather glaubt, daß er im Haus der Harris' ist. Duane hatte angeblich was mit Rosie Harris. Liegt etwa eine Meile von der AA entfernt an der Y. Müßte auf den Grundbuchkarten eingezeichnet sein.*

»Verflucht«, sagte Lucas. »Weather fährt bei Carr mit.«

Climpt grunzte. »Hätte ich Ihnen gleich sagen können, daß die nicht daheim bleibt.«

»Wird den Arsch abgeschossen kriegen«, murmelte Lucas.

»Acht Tote, von denen wir wissen«, sagte Climpt mit seltsam sanfter Stimme. Ein rotes Stoppschild und eine Brücke schälten sich aus dem Dunkel heraus, und Climpt trat auf die Bremse, verlangsamte und gab wieder Gas. »Wir können Russ Harper und die Schoeneckers nicht finden, und es sollte mich nicht wundern, wenn sie auch nicht mehr am Leben wären. Verflucht, ich habe gedacht, so was würde nur in Städten wie New York oder Los Angeles vorkommen.«

»Kommt überall vor«, meinte Lucas, als sie das Stoppschild passierten.

»Aber das glaubt man nicht, wenn man hier oben lebt«, sagte Climpt. Er sah zum Fenster hinaus. Im Fenster eines Gasthauses am Straßenrand leuchtete eine Reklame für Coors Bier. Drei Menschen, die in den einförmigen Parkas geschlechtslos aussahen, gingen mit Langlaufskiern auf den Schultern zur Tür. »Man glaubt nicht, daß so was überhaupt passieren kann.«

Die FBI-Leute hatten bei einem Farmhaus eine halbe Meile von der Stelle entfernt Stellung bezogen, wo sich ihren Meßinstrumenten zufolge der Signalgeber befinden mußte. Die Sichtweite lag bei zwanzig Schritten und weniger. In nicht einmal einer Stunde würde es dunkel sein. Lucas und Climpt parkten hinter dem Lieferwagen des FBI, stiegen aus und gingen zum Haus. Tolsen empfing sie unter der Tür. »Ich gehe runter und beobachte das Ende der Einfahrt, damit er dort nicht mit einem Auto abhaut.«

»Okay. Aber nicht reingehen.«

Tolsen nickte. »Ich warte auf die Polizisten«, sagte er grimmig. »Sind die beiden Jungs tot?«

Lucas nickte und verzog das Gesicht. »Ja.«

»Scheiße.«

Ein Farmerehepaar saß mit dem erwachsenen Sohn in der Küche, drei blasse Menschen in Flanell; Lansley telefonierte. Er legte auf, als Lucas und Climpt hereinkamen, und sagte: »Wir haben einen Geiselunterhändler, der sich in Washington am Telefon bereithält. Er kann sich melden, falls wir ihn brauchen. Falls es zu einer Geiselnahme kommen sollte.« Er sah ausgelaugt aus.

»Wir müssen schnell etwas unternehmen«, sagte Climpt. »Wenn er da drinnen einen anderen Schlitten hat, oder wenn er mit einem Auto flieht, erwischen wir ihn nie.«

»Was haben wir für einen Plan?« fragte Lansley. »Wo steckt Carr?«

»Die sind zehn oder fünfzehn Minuten hinter uns«, sagte Lucas. »Gehen Sie raus und unterstützen Sie Tolsen. Beobachten Sie nur die Einfahrt, auf gar keinen Fall näher rangehen. Gene und ich fahren mit den Schlitten, bis wir nahe genug sind, dann gehen wir zu Fuß. Er kann uns nicht besser sehen als wir ihn, und wenn wir ihn im Freien erwischen, können wir ihm einen Hinterhalt legen.«

»Haben Sie Schneeteller?«

»Nein. Wir müssen uns durchschlagen, so gut es geht.«

Der Farmer räusperte sich. »Wir haben Schneeteller«, sagte er. Er sah seinen Sohn an. »Frank, sei so gut und hol sie den Leuten.«

Lucas und Climpt luden die Schlitten ab und fuhren damit durch den Hof der Farm. Der Farmer hatte ihnen zu den Schneetellern auch noch einen Kompaß gegeben. Den brauchten sie schon fünfzehn Meter hinter der Scheune. Lucas führte sie schnurgerade nach Westen, über ein ehemaliges Sojabohnenfeld, dessen Stoppeln jetzt unter neunzig Zentimeter Schnee verborgen waren. Der Schnee wurde von zunehmendem Wind gepeitscht und wehte in langen Schwaden über die offenen Felder. Die Welt versank in Halbdunkel.

Lucas hatte sich das Funkgerät um den Hals gehängt und so laut gedreht, daß er die vereinzelten Funksprüche hören konnte: *Keine Bewegung... Nichts... Fünf Minuten entfernt... Holt noch ein paar Schlitten hierher, versucht mal, ob ihr bei Lamey's welche kriegen könnt.*

Ein dunklerer Schatten schälte sich aus dem Schnee heraus. Eine Fichte. Der Farmer hatte gesagt, daß noch eine alte Weißfichte auf dem Feld stand, sechzig Meter vom Windbrecher auf dem Harris-Grundstück entfernt. Lucas deutete darauf, und Climpt hob bestätigend die Hand. Einen Augenblick später ragte der Windbrecher wie ein Vorhang vor ihnen auf, die Blaufichten so dunkel, daß sie fast schwarz wirkten. Climpt steuerte fünfzehn Schritte nach links, als sie darauf zufuhren. Am Rand der Baumgruppe hielten sie an, dann deutete Climpt mit dem Finger und brüllte über den Sturm hinweg: »Wir sind zu weit abgekommen. Ich glaube, wir müssen da durch. Der Windbrecher ist nur etwa drei oder vier Bäume breit, also keine Panik.«

Sie fuhren Richtung Straße zurück, Climpt voraus. Nach dreißig Metern winkte er und stellte den Motor ab. Lucas hielt neben ihm an und zog die langen Trapperschneeteller vom Gepäckträger.

»Verdammte Scheiße«, sagte er.

Im Inneren des Windbrechers ließ der Wind nach, wirbelte aber zwischen den Bäumen dahin und bildete Schneeverwehungen. Sie stapften durch, und plötzlich erschien ein Licht in dem weißen Toben. Fenster. Lucas deutete darauf, und Climpt nickte. Sie wandten sich weiter nach rechts, schritten an den Baumreihen entlang und näherten sich dem doppelt breiten Wohncontainer von hinten. Die Spur eines Schneemobils verlief über den Hof und verschwand hinter der Unterkunft.

»Gehen wir ein bißchen zurück. Obwohl ich nicht glaube, daß sie uns sehen können.«

Sie hielten sich zwischen Bäumen und Haus und bewegten sich zur Vorderseite. Ein Schneemobil parkte neben der Tür. Ein Parkplatz für ein Auto oder einen Lieferwagen war freigeschaufelt worden, aber der Parkplatz war leer.

»Ich beobachte die Rückseite«, sagte Climpt. Er hatte die Mac-16 über die Schulter geschlungen und ließ sie nun in die Hände gleiten.

»Beziehen Sie so Stellung, daß wir einander sehen können«, sagte Lucas. »Wir müssen in Verbindung bleiben.«

Climpt ging den Weg zurück, den sie gekommen waren, blieb stehen, stampfte sich mit den Schneetellern eine Plattform und hockte sich nieder. Er gab Lucas ein Handzeichen und legte das Gewehr zwischen die Knie.

Lucas sprach ins Funkgerät. »Wir sind da. Wir können vorne ein parkendes Schneemobil sehen. Kein anderes Fahrzeug. Die Fenster sind erleuchtet.«

Spuren von Bewohnern?

»Noch nicht. Es sind eine Menge Lichter an.«

Carr meldete: *Wir sind da – wir sehen euch Jungs von der Straße aus.*

Und das FBI: *Bis jetzt ist noch niemand rausgekommen.*

Carr ging zu den Agenten. Deputies sperrten die County Y in beide Richtungen. Andere würden sich zwischen die Bäume schlagen und das leere Hühnerhaus hinter dem Wohnhaus der Harris' beziehen.

Es geht darum, wie lange wir auf ihn warten. Was meinen Sie? fragte Carr.

»Nicht lange«, sagte Lucas in das Funkgerät. »Es ist kein Fahrzeug hier. Ich kann keine frischen Spuren erkennen, aber ich kann auch die andere Seite des Hofs nicht einsehen. Es wäre möglich, daß er den Schlitten abgestellt hat und mit einem anderen geflohen ist, bevor wir überhaupt hiergewesen sind.«

Das FBI hat eine Art Seelenklempner in der Leitung. Der könnte anrufen. Und wir bekommen Tränengas.

»Verhandeln Sie, Shelley. Reden Sie mit dem Unterhändler. Ich bin kein Geiselfachmann. Ich kann dem Kerl von hier nur einen Hinterhalt legen.«

Okay.

Einen Augenblick später meldete sich Carr wieder: *Hier kommt ein Lieferwagen. Bleiben Sie dran.*

Und zwei Minuten später: *Im Wagen waren Rosie und Mark Harris. Sie sagen, ihre Schwester ist da drinnen, Ginny Harris. Sie behaupten, Helper habe was mit ihr, nicht mit Rosie. Sie sagen, es waren keine anderen Fahrzeuge da. Sie haben nur den Lieferwagen und einen Schlitten, und der Schlitten steht hinten auf dem Lieferwagen. Also müssen sie da drinnen sein.*

»Also warten wir?« fragte Lucas.

Nur eine Minute.

Lucas setzte sich in den Schnee und beobachtete die Tür; sein Gesicht war naß von schmelzendem Schnee, Schneeflocken hafteten an seinen Wimpern. Climpt war dreißig Schritte entfernt, ein dunkler Umriß im Schneetreiben, und hatte das Gewehr in den Sturm gerichtet. Er hatte ein Kondom über die Mündung gezogen, damit kein Schnee in den Lauf geraten konnte. Aus der Ferne konnte Lucas die Farbe nicht erkennen, aber im Farmhaus, wo Climpt es übergezogen hatte, hatte er sehen können, daß es leuchtend blau war.

»Haben Sie auch Neonlichter dran?« hatte Lucas gefragt, als sie sich zum Aufbruch rüsteten.

»Brauch keine Neonlichter«, hatte Climpt geantwortet.

»Wenn Sie genau hinsehen, werden Sie feststellen, daß es ein extra großes ist.«

Lucas, wir lassen Rosie anrufen. Wir können sie von hier durchstellen. Wenn Helper antwortet, wird sie nach Ginny fragen. Das ist die jüngere. Sie wird dem Mädchen sagen, es soll zur Tür gehen, wenn Helper etwas vorhat, und einfach rausrennen und die Einfahrt entlanglaufen. Wenn sie draußen ist, nehmen wir die Bude auseinander.

Lucas antwortete nicht gleich. Er saß im Schnee, dachte nach, und schließlich sagte Carr: *Was meinen Sie? Glauben Sie, es könnte funktionieren?*

»Ich weiß nicht«, sagte Lucas.

Haben Sie einen besseren Vorschlag?

»Nein.«

Nach einer noch längeren Pause sagte Carr:

Wir versuchen es.

28

Der Eismann saß auf der Couch, und die Wut über die Ungerechtigkeit erstickte jeden klaren Gedanken. Er hatte nie eine Chance gehabt, schon als Kind nicht. Sie hatten immer auf ihm herumgehackt, ihn gepeinigt, gequält. Und jetzt würden sie ihn jagen wie einen tollwütigen Hund. Ihn töten oder in einen Käfig sperren.

»Wichser«, sagte er und preßte die Knöchel an die Zähne. »Wichser.« Wenn er die Augen zumachte, konnte er milchig weiße Vorhänge sehen, die von großen offenen Fenstern weggeweht wurden, irgendwo in einer Stadt, einer Stadt mit erleuchteten, gelben Gebäuden.

Wenn er die Augen aufmachte, sah er einen schäbigen Patchworkteppich auf dem Boden eines überbreiten Wohnmobils mit Aluminiumwänden. Das gelbblonde Mädchen hatte eine Fertigmahlzeit Schinken mit Käse in die Mikrowelle geschoben, er konnte den schmelzenden billigen Cheddar riechen.

Sie hatten ihm eine Falle gestellt. Sie hatten gewußt, daß er die anderen umgebracht hatte. Das war ihm klar geworden, als er die Deputies zurückkommen sah, das Wissen hatte sich zu Wut gesteigert, und die Waffe war wie von allein in die Höhe geschnellt und losgegangen.

Jetzt mußte er fliehen. Alaska. Der Yukon. In die Berge.

Er hatte alles überlegt. Die Polypen würden jede entlegene Farm und jedes Haus in Ojibway County absuchen. Sie würden automatische Waffen bei sich tragen und kugelsichere Westen anhaben. Wenn er sich versteckte, hätte er keine Chance: Sie würden einfach an jede Tür klopfen, in jedes Zimmer in jedem Haus sehen, bis sie ihn gefunden hatten.

Er würde nicht warten. Der Sturm arbeitete für ihn. Er konnte mit dem Schlitten querfeldein, über das Netz der Menomin-Flowage-Schneemobilwege. Im Flambeau Crossing kannte er einen Mann namens Bloom. Bloom war ein Einsiedler, lebte allein, züchtete Retriever und trainierte Pferde. Er besaß einen fast neuen Geländewagen. Wenn er es bis dahin schaffte – und es war eine lange Fahrt, besonders bei dem Sturm –, konnte er Blooms Lastwagen und Papiere nehmen, auf dem Highway 8 nach Minnesota fahren und dann die Interstate durch Dakota nach Kanada nehmen. Und wenn er den Leichnam des Pferdetrainers in einer Schneeverwehung hinter der Scheune versteckte und soviel Futter daließ, daß die Tiere ruhig blieben, konnte es Tage dauern, bis die Bullen nach Bloom und seinem Lastwagen suchten.

Bis dahin ... Er sprang von der Couch, steckte die Faust in die Hosentasche und überlegte sich im Kopf eine Route. In der kanadischen Wildnis konnte er den Lastwagen irgendwo abstellen, wo man ihn nicht vor dem Frühling finden würde. Dann einen Bus nehmen. Und fort wäre er.

»Scheiße, wo stecken sie?« schrie er das Mädchen an.

»Müßten schon hier sein«, sagte sie ruhig.

Er war darauf angewiesen, daß Rosie und Mark zurückkamen. Er brauchte das Benzin des Lastwagens, wenn er bis Flambeau Crossing kommen wollte.

Das gelbblonde Mädchen hatte Schinken und Käse in die Mikrowelle gestellt, und dann war sie ins Schlafzimmer gegangen und hatte sich umgezogen. Lange Unterhosen, dicke Socken, einen Pullover. Sie holte den Schneeanzug und die Pelzstiefel heraus, begann, ihre Sachen durchzusehen. Nahm Bilder. Bilder von ihrer Mom, ihrem Bruder und ihrer Schwester, fand ein Foto ihres Vaters, das sie, ohne es eines zweiten Blickes zu würdigen, auf den Boden warf. Sie nahm ein kleines goldenes Kruzifix an einer Kette, die zerrissen war. Das alles steckte sie in die Brieftasche. Die Brieftasche selbst konnte sie im Schneeanzug unterbringen.

Helper hatte ihr von den Bullen erzählt. Er hatte keine andere Wahl gehabt. Sie waren ihm auf den Fersen. Sie konnte sein Gefühl des Gefangenseins und seine Wut spüren. Sie hatte ihm über die Schulter gestreichelt, seinen Kopf gehalten, dann hatte sie ihm etwas zu essen angeboten und angefangen zu packen.

Sie hörte die Uhr schlagen, dann das *Ding* der Mikrowelle. Sie trug ihre Sachen in die Küche, ließ alles auf einen Stuhl fallen, holte Schinken und Käse aus dem Herd. Die Verpackung war heiß, sie balancierte sie auf einen Teller. Sie hatte Kaffee aufgesetzt, aber der war noch nicht ganz fertig. Sie wartete noch eine Minute, dann rief sie: »Komm und hol's dir.«

Das hatte ihre Mom vor langer Zeit immer gesagt. Manchmal konnte sie sich nicht einmal mehr an ihr Gesicht erinnern. Aber an die Stimme, eine häufig wimmernde, manchmal aber auch fröhliche Stimme: *Komm und hol's dir.*

Das Telefon läutete, und sie nahm ab, ohne nachzudenken. »Hallo?«

Der Eismann sah sie von der Couch aus an.

Rosie meldete sich mit aufgeregt flüsternder Stimme: »Ginny – schau Duane nicht an, okay? Schau ihn nicht an. Hör einfach nur zu. Duane hat gerade zwei Polizisten und alle anderen getötet. Das ganze Haus ist von Polizisten umstellt. Du mußt rauskommen, damit sie rein und ihn schnappen können. Wenn Duane auf dem Klo ist, wann immer sich eine Möglichkeit bietet, komm einfach zur Tür raus und lauf die Einfahrt entlang. Zieh keinen Mantel an oder so, lauf einfach. Okay? Und jetzt sag etwas wie: ›Wo zum Teufel steckt ihr?‹«

»Wo zum Teufel steckt ihr?« sagte das Mädchen automatisch. Sie drehte sich um und sah Duane an.

»Sag ihm, wir sind noch in der Stadt und wollten wissen, wie die Straßen dort sind. Und jetzt sag etwas über die Straßen.«

»Na ja, die Straßen sind ein Chaos. Es schneit wie verrückt«, sagte das gelbhaarige Mädchen. »Die Einfahrt schneit langsam zu, und vor einer Weile ist ein Schneepflug vorbeigekommen und hat uns zugeschüttet.«

Der Eismann sprang von der Couch auf und flüsterte: »Sag ihr, es ist wichtig, daß sie herkommen. Ich muß das Benzin haben. Sag ihr nicht, daß ich hier bin.«

Sie legte einen Finger auf die Lippen, dann wandte sie sich wieder dem Telefon zu. »Ich brauche euch wirklich hier«, sagte sie.

Rosie schaltete schnell. »Hört er zu?«

»Ja.«

»Okay. Sag ihm, wir kommen so schnell wie möglich hin. Und wenn du eine Möglichkeit bekommst, läufst du weg. Okay?«

»Okay.«

»Gott schütze dich«, sagte Rosie. »Lauf, wenn du kannst, Liebes.«

Das gelbblonde Mädchen nickte. Duane, der die Fäuste in

den Taschen hatte, sah sie durchdringend an. »Klar, mach ich«, sagte sie.

29

Das Schneetreiben wurde dichter, das spärliche Tageslicht erlosch rapide. Climpt war ein regloser Schatten im Schnee. Lucas hatte sich hinter einem Baum verschanzt, wo der Fichtengeruch dem Wind einen köstlichen Beigeschmack verlieh. Und sie warteten.

Fünf Minuten waren verstrichen, seit sich Carr über Funk gemeldet hatte: *Okay, das Mädchen weiß Bescheid, sie wird versuchen zu fliehen. Daß mir niemand feuert!*

Ein Mann ging auf der anderen Seite von Lucas am Waldrand entlang, dann noch einer, beide mit langen Gewehren. Sie ließen sich nieder und beobachteten die Tür.

Das Funkgerät tönte weiter in Lucas' Ohren.

Johnny, bereit?

Bereit.

Ich halte es für unmöglich, daß er an diesem Ende rauskommen könnte – die Sturmfenster sind von außen gesichert.

Kann hier hinten absolut nichts sehen. Wo sind Gene und Lucas?

Lucas: »Ich bin unter den Bäumen, etwa auf Höhe der Eingangstür. Gene behält die Rückseite im Auge.« Ein Schatten huschte hinter den Vorhängen an der Glasscheibe der Eingangstür vorbei und blieb da. Lucas sprach über Funk: »Aufgepaßt. Jemand ist an der Eingangstür.«

Aber niemand, der sich hastig bewegt, dachte er resigniert. Das Mädchen lief nicht weg. Das Verandalicht ging an und warf einen Lichtschein auf den dunklen Hof. Climpt stand auf und drehte sich zu Lucas um. Lucas sagte: »Die

Rückseite beobachten, die Rückseite beobachten, könnte ein Ablenkungsmanöver sein.«

Climpt hob eine Hand, und Lucas wandte sich wieder dem Wohnmobil zu. Ein gleißender Lichtspalt erschien an der Tür, dann kam ein Mann heraus, der ein zappelndes Kind festhielt.

»Nicht schießen, nicht schießen!« schrie Helper. Er drängte sich zur Windfangtür hinaus auf die Betonblockveranda und duckte sich hinter das gelbblonde Mädchen. Er hatte ihr einen Arm um den Hals geschlungen und hielt ihr die andere Hand an den Kopf. »Ich hab eine Waffe an ihrem Ohr. Wenn jemand auf mich schießt, stirbt sie. Ich habe den Finger am Abzug.«

Lucas winkte Climpt zu sich, und Climpt kam halb laufend und halb kriechend durch den Schnee, wobei er sich die Bäume als Abschirmung zum Haus hin zunutze machte. »Was ist da los?« grunzte er.

Helper und das Mädchen, die beide Schneeanzüge trugen, standen im Licht der Veranda. Helper trug einen Helm. »Ich will mit Carr sprechen!« schrie er. »Ich will, daß er hierher kommt.«

Carr über Funk: *Lucas, was meinen Sie?*

Lucas duckte sich hinter einen Baum und sprach so leise er konnte. »Reden Sie mit ihm. Aber lassen Sie sich nicht sehen. Einer der Jungs auf der anderen Seite soll ihm zurufen, daß Sie unterwegs sind. Er kann uns nicht sehen – wir sind nur rund dreißig Schritte entfernt.«

»Ich will mit Carr reden!« brüllte Helper. Er zerrte das Mächen nach links, zu seinem Schneemobil, wobei er sie beinahe von den Füßen riß.

Einige Sekunden später meldete sich eine Stimme vom Wald auf der anderen Seite zu Wort. »Nur die Ruhe, Duane. Shelly ist unterwegs. Er kommt von der Straße her. Nur die Ruhe.«

Helper wirbelte zu der Stimme herum. »Ihr Wichser, der

Hahn ist gespannt – wenn ihr mich erschießt, puste ich ihr Gehirn über den ganzen Scheißhof.«

»Nur die Ruhe.«

Carr sprach über Funk: *Lucas, ich gehe die Einfahrt hinauf. Was soll ich ihm sagen?*

»Fragen Sie ihn, was er will. Wahrscheinlich einen Geländewagen oder so was, eine Fluchtmöglichkeit.«

Was dann?

»Wenn wir keine andere Wahl haben, soll er ihn bekommen. Versuchen Sie, den Wagen gegen das Mädchen einzutauschen. Wenn wir ihn eine Sekunde von dem Mädchen wegbekommen können – Gene hat eine Mac-16 und kann ihn erledigen. Wir brauchen nur eine Sekunde.«

Und wenn er das Mädchen behalten will?

»Dann würde ich sagen, lassen wir sie gehen. Ich glaube nicht, daß er schon hinter die Sache mit dem Signalgeber an seinem Schlitten gekommen ist. Falls das FBI noch einen hat, sollten wir ihn an dem Geländewagen befestigen, wenn er den haben will.«

Das FBI schaltete sich ein: *Wir haben noch einen.*

Carr sagte: *Ich kann das Licht von der Veranda sehen, ich gehe jetzt ein wenig zur Seite.*

Lucas drehte sich zu Climpt um: »Wie gut sind Sie mit diesem Gewehr?«

»Echt gut«, sagte Climpt.

»Wenn er das Mädchen nicht mit der Waffe bedrohen würde, könnten Sie ihm einen Kopfschuß verpassen?«

»Ja.«

»Auch unter Streß?«

»Scheiß auf den Streß. Ohne Streß könnte ich ihm ins eine oder andere Auge schießen, ganz nach Wahl. So müssen Sie sich eben mit irgendeiner Stelle im Gesicht begnügen. Glauben Sie, ich sollte ...«

»Wenn Shelly mit ihm redet, werde ich aufstehen, mich ihm zeigen. Ich werde reden. Sie nehmen seinen Kopf ins

Visier, und falls er seine Waffe auf mich richtet, drücken Sie ab.«

Climpt schaute ihn an und schien sich seiner Sache auf einmal nicht mehr so sicher zu sein. »Ich weiß nicht, Mann. Und wenn das Mädchen immer noch im Weg ist oder...«

»Es wird schwierig, wenn er sie mitnimmt«, sagte Lucas. »Ich würde sagen, die Chancen stehen fifty-fifty, daß er sie tötet, aber selbst wenn er sie irgendwo absetzt, könnte ihr bei dem Sturm etwas passieren. Wenn Sie schießen würden, hätte sie eine bessere Chance.«

Climpt sah ihn einen Moment an, dann nickte er ruckartig. »Okay.«

Lucas erwiderte den Blick und grinste. »Überlegen Sie nicht lange, hm? Tun Sie es einfach. Ich möchte nicht, daß er mir in die Eier schießt oder so was.«

Climpt betrachtete schweigend sein Gewehr.

Lucas rief Carr: »Shelly, wo sind Sie?«

Ich bin fünfzig Meter die Einfahrt runter und sitze im Schnee. Ich werde jetzt mit ihm sprechen.

»Wenn Sie mit ihm reden, werde ich mich auch sehen lassen. Ich rede auch mit ihm.«

Wozu?

»Gene und ich haben uns etwas ausgedacht. Machen Sie sich keine Sorgen, einfach nur...«

Helper brüllte die Einfahrt entlang: »Verdammt noch mal, wo steckt Carr?«

»Duane...«, rief Carr aus der zunehmenden Dunkelheit. »Hier spricht Shelly Carr. Lassen Sie das Mädchen gehen, dann komme ich persönlich zu Ihnen. Ich garantiere Ihnen, daß Ihnen nichts geschehen wird.«

»He, vergessen Sie das!« rief Helper zurück. »Ich will einen Geländewagen hier haben, und zwar in fünf Minuten. Ich möchte, daß er hier abgestellt wird, und ich möchte, daß der Bursche, der ihn herfährt, zu Fuß weggeht. Ich werde ihm nichts tun. Aber ich möchte nicht, daß sonst jemand in der Nähe ist. Ich werde alles vom Haus beobachten. Wenn ich mit dem Mädchen wieder rauskomme, halte ich ihr die Waffe ans Ohr, und wenn jemand bei dem Wagen ist, drücke ich ab.«

Während Helper redete, glitt Lucas langsam nach rechts und stand auf. Carr rief: »Duane, wenn Sie ihr etwas antun, sterben Sie eine Sekunde später.«

Helper lachte, ein unbändiges Geräusch, das sich im Schneetreiben seltsam schrill anhörte. »Sie werden mich sowieso töten, Shelly, verscheißern Sie mich nicht. Wenn Sie mich nicht töten, heben Sie nächstes Jahr Straßengräben aus, statt Sheriff zu sein. Also bringen Sie mir den verfluchten Wagen.«

Helper wich Richtung Haus zurück und zerrte das Mädchen mit sich. Sie hatte kein Wort gesagt, und Lucas konnte sehen, daß ihr Haar im Verandalicht seltsam gelblich schimmerte. Er erinnerte sich an sie, das Mädchen, das ihn auf dem Schulflur beobachtet hatte, das mit dem Sommerkleid und den schmalen Schultern.

»Duane...«, rief Lucas. Er schlurfte nach vorne. Er wußte, er mußte in der Dunkelheit, fern vom Licht, fast unsichtbar sein. »Hier spricht Davenport. Wir haben das FBI hier draußen und jede Menge Polizei. Wir tun Ihnen nichts, Duane, wenn Sie das Mädchen gehen lassen.«

Helper drehte sich um und schaute ihn an. Lucas hob die Hände über den Kopf, spreizte sie mit nach außen gerichteten Handflächen und ging drei Schritte weiter.

»Davenport?«

»Wir werden nicht...«

»Weg von mir, Mann, oder ich schwöre bei Gott, ich puste ihr Gehirn über den ganzen Scheißhof hier, ich... *hauen Sie ab...*« Seine Stimme schwoll beinahe hysterisch an, aber die Waffe wich nicht vom Kopf des Mädchens. Lucas konnte spüren, wie sie ihn ansah, passiv, den Tod vor Augen, hilflos.

»Schon gut, schon gut.« Lucas wich zurück. »Ich gehe, aber denken Sie darüber nach.«

»Sie bekommen den Geländewagen«, rief Carr aus der Dunkelheit. »Der Geländewagen ist schon unterwegs. Duane – um Gottes willen, tun Sie dem Mädchen nichts.«

Helper und das Mächen wichen zur Tür zurück. Das Mädchen griff hinter sich, fand den Türknauf, stieß die Tür auf, und Helper ging hinein, wobei die Pistole mattsilbern im Verandalicht schimmerte.

Haben den Signalgeber am Geländewagen, meldete das FBI.

Und Carr: *Bringen Sie ihn hier rauf. Bringen Sie ihn hier rauf.*

Schon unterwegs.

Carr fragte aufgebracht: *Davenport – verdammt noch mal, was hatten Sie vor?*

»Ich wollte ihn dazu bringen, daß er die Waffe auf mich richtet«, sagte Lucas. »Gene hat mit der Mac-16 seinen Kopf anvisiert. Wenn er die Mündung von dem Mädchen weggenommen hätte, hätten wir ihn gehabt.«

Großer Gott. Wo bleibt dieser Wagen?

Ist unterwegs.

Der Geländewagen bog in die Einfahrt ein und blieb mit auf das Wohnmobil gerichteten Scheinwerfern stehen. Die Wagentür wurde zugeschlagen, ein Geräusch, das vom Schnee gedämpft wurde, dann rollte der Wagen mit eingeschaltetem Fernlicht weiter. Er blieb an der Stelle stehen, die Helper angedeutet hatte, und Shelly kletterte vom Fahrersitz, reckte die Schultern, als wartete er auf die Kugel, und schritt die Einfahrt entlang.

»Idiot«, sagte Climpt hinter Lucas' Ohr.

»Gehört Mut dazu«, sagte Lucas.

»Und wenn wir Helper schnappen, ist die nächste Wahl so gut wie geritzt. Da kommen sie.«

Die Tür ging wieder auf, und Helper kam heraus, wobei er den Arm wieder um den Hals des zappelnden Mädchens geschlungen hatte. Die freie Hand war nackt und hielt den Revolver, den Daumen gekrümmt, wie bei gepanntem Hahn. Das Mädchen trug einen Benzinkanister und etwas, das wie ein Aquariumsschlauch aussah.

»Was machen sie?« fragte Climpt. Er hatte das Gewehr gehoben und folgte Helpers Kopf mit dem Visier.

Helper redete mit ihr.

»Behalten Sie ihn im Visier«, sagte Lucas. Das Mädchen schraubte den Tankdeckel des Geländewagens ab, ließ ihn in den Schnee fallen, steckte den Schlauch in den Tank und schob ihn hinein. Das andere Ende steckte sie in den Benzinkanister, dann drückte sie den schwarzen Ballon am Schlauch.

»Sie pumpen Benzin«, sagte Climpt, und einen Augenblick später mengte sich schwacher Benzingeruch unter den Fichtenduft.

»Er flieht mit dem Schneemobil«, sagte Lucas. »Dafür braucht er das Benzin.«

»Ohne das Mädchen«, murmelte Climpt, der Helper mit dem Gewehr folgte.

Lucas nahm das Funkgerät. »Er zapft Benzin aus dem Wagen. Ich glaube, er will das Schneemobil auftanken und damit fliehen. Gene und ich haben unsere Schlitten weiter hinten stehenlassen, wir sollten sie besser holen.«

Carr meinte: *Einer von Ihnen sollte lieber warten, bis ich jemanden an der Seite des Hauses postiert habe.*

Lucas sagte zu Climpt: »Was ist mit Ihnen? Fangen Sie an zu zittern?«

»Nur ein bißchen«, gab Climpt zu. Er visierte Helper noch einen Augenblick an, dann sagte er: »Fertig?«

»Ja.«

Climpt gab ihm das Gewehr. Lucas richtete die Kimme auf Helpers Helm, wo sich das Ohr befinden müßte. Dort ließ er sie verweilen, und sein Gesichtsfeld schrumpfte auf nichts zusammen. Er konnte den Scheitel des Mädchens nicht sehen, obwohl sich ihr Kopf nur Zentimeter von Helpers Ohr entfernt befinden mußte. Er konnte seine Position nur schätzen.

»Kommen Sie her, sobald Sie hören, wie er den Motor anläßt. Sie können mich bis zum anderen Schlitten mitnehmen«, sagte Lucas unter dem schwarzen Zielfernrohr hervor. Das Zielfernrohr war eiskalt an seiner Wange, aber er zielte unbeirrt auf Helpers Ohr. »Können nicht mehr als ein paar Meter sein.«

Climpt berührte kurz Lucas' Schulter und verschwand im Schnee.

Das Umpumpen des Benzins schien ewig zu dauern, wobei Helper sich nervös an den Geländewagen lehnte, während das Mädchen passiv vor ihm stand und die Pumpe im Auge behielt. Schließlich zog sie den Schlauch aus dem Tank und ließ ihn auf den Boden fallen, worauf sie und Helper sich zum Schneemobil zurücktasteten. Das Mädchen quälte sich mit dem Kanister ab. Zwanzig Liter, dachte Lucas, wahrscheinlich um die dreißig Pfund. Und sie war kein großes Mädchen. Neben Helper wirkte sie ausgesprochen zerbrechlich.

Das Mädchen hievte den Kanister auf den Oberschenkel und kippte ihn, so daß der Auslauf in den Stutzen des Tanks paßte. Wieder schien es ewig zu dauern, den Tank des Schneemobils zu füllen, während Lucas zielte und zielte und es satt hatte, Helper durch das Zielfernrohr zu beobachten.

Das Mädchen sagte etwas zu Helper. Lucas bekam nur ein Wort mit: »Fertig.« Das Mächen warf den Kanister beiseite, und Helper stieß sie auf den Fahrersitz des Schlittens hinauf. Ein Paar Schneeteller waren am Gepäckträger festgeschnallt, Helper setzte sich darauf. Seine Waffe wankte nicht einmal.

»Versuchen Sie nicht, mir zu folgen!« schrie Helper und

schaute linkisch über die Schulter, während das Mädchen das Schneemobil anließ. Sie machten einen Satz nach vorne, blieben stehen, fuhren wieder an. Helper schrie: »Versuchen Sie nicht ...« Der Rest der Worte war nicht zu hören, da sie um das Haus herumfuhren, nach hinten. Der Wald war jetzt fast vollkommen dunkel und still, abgesehen vom Kettensägengedröhn des Schlittens. Lucas stand auf, schaute ihnen nach, hob den Gewehrlauf hoch und folgte dem immer kleiner werdenden Heckscheinwerfer, solange er konnte.

Das Funkgerät knatterte fast ununterbrochen, Stimmen ...

Er flieht hinten raus.

Richtung Flowage.

Kann ihn nicht sehen.

Und das FBI: *Wir haben das Signal, er fährt nach Osten.*

Carr kam die Einfahrt entlanggelaufen. »Lucas, wo zum Teufel ...«

»Hier drüben.« Lucas watete durch den Schnee zur Einfahrt. Drei weitere Deputies kamen aus dem Wald auf sie zu. Carr atmete schwer, hatte die Augen weit aufgerissen.

»Was ...?«

»Gene und ich verfolgen sie mit den Schlitten. Sie folgen mit den Wagen«, sagte Lucas.

»Vergessen Sie nicht, was er mit den beiden anderen gemacht hat. Er hat sie in einen Hinterhalt gelockt«, sagte Carr nervös. »Wenn er auf Sie wartet, können Sie ihn nicht sehen.«

»Das FBI müßte wissen, wenn er anhält«, sagte Lucas. Er stellte fest, daß sie einander anschrien, und sprach leiser weiter. »Außerdem haben wir keine andere Wahl. Ich glaube nicht, daß er das Mädchen bei sich behalten wird – sie würde ihn nur aufhalten. Wenn er sie nicht tötet, müssen wir dort sein und sie holen. Wenn sie auf eigene Faust in der Gegend herumläuft ...«

Climpt brachte den Schlitten unter ihm zum Stehen, Lucas

schwang ein Bein über den Rücksitz und hielt das Gewehr seitlich. »Okay, los, los!« schrie Carr, und Climpt gab Gas, worauf sie zwischen den Bäumen durch zum zweiten Schlitten fuhren. Lucas gab Climpt das Gewehr. Climpt schlang es über die Schulter, während Lucas auf den zweiten Schlitten sprang und diesen anließ.

»Wie wollen Sie es machen?« rief Climpt.

»Sie fahren voraus und bleiben auf seiner Spur. Halten Sie nach dem Mädchen Ausschau, falls er sie schon abgesetzt hat. Wenn Sie seinen Heckscheinwerfer sehen... Scheiße, tun Sie einfach, was Sie für richtig halten. Ich bleibe am Funkgerät. Wenn Sie sehen, daß ich blinke, halten Sie an.«

»Verstanden«, sagte Climpt und brauste los.

Helper hatte vier oder fünf Minuten Vorsprung. Lucas wußte nicht zu sagen, ob er schneller oder langsamer fahren würde. Wahrscheinlich wußte er, wohin er wollte, demzufolge konnte er relativ schnell fahren. Andererseits folgten Lucas und Climpt einfach seiner Spur, was nicht schwer war, trotz des Schnees. Helper mußte selbst navigieren. Selbst wenn er auf den Wegen blieb, inzwischen schneite es so sehr, daß die Wege weiß auf weiß unter der Schneedecke verborgen sein würden. Und das würde ihn bremsen.

Sie fuhren los, Climpt voraus, Lucas hinterher, und schon nach dreißig Sekunden konnten sie das Licht des Hauses nicht mehr sehen. Danach bewegten sie sich nur noch im Lichtkreis ihrer eigenen Scheinwerfer. Wenn Climpt hinter einer Hügelkuppe oder in einer Senke verschwand, verkleinerte sich Lucas' Sichtfeld plötzlich und dehnte sich erneut aus, wenn Climpt wieder in Sicht kam. Wenn Climpt unvermittelt Gas gab, schrumpfte sein Heckscheinwerfer fast zu nichts zusammen. Wenn er bremste, fuhr Lucas fast auf ihn auf. Nach zwei oder drei Minuten fand Lucas die optimale Distanz, rund fünfzehn Meter, und hielt sich daran, während die FBI-Leute ihm Helpers Kursänderungen über Funk durchgaben.

Der Schnee machte die Fahrt zu einem Alptraum; Lucas' Gesicht war ungeschützt, naß, eiskalt, Schnee verkrustete seine Augenbrauen, Wasser lief ihm den Hals hinab.

Er ist im Begriff, die MacBride Road zu überqueren.

Lucas blinkte, fuhr neben Climpt, zog den Handschuh aus, schaute auf die Uhr und merkte sich die Zeit.

»Kennen Sie die MacBride Road?« rief er.

»Klar. Die ist irgendwo vor uns.«

»Die FBI-Leute denken, daß er sie vor etwa fünfundvierzig Sekunden überquert hat. Lassen Sie mich wissen, wann wir sie überqueren, dann können wir schätzen, wie weit wir hinter ihm sind.«

»Klar.«

Sie überquerten sie zwei Minuten und zehn Sekunden nach dem Zeitpunkt, den sich Lucas eingeprägt hatte, also waren sie keine drei Minuten hinter ihm. Und holten offenbar auf.

»Fährt er noch?« fragte er das FBI.

Fährt noch nach Osten.

Carr meldete: *Er wird die Table Bay Road bei Jack's Café überqueren. Vielleicht schaffen wir es, daß wir vor ihm dort sind, dann können wir feststellen, ob er das Mädchen noch bei sich hat.*

Sie fuhren durch flaches Land, folgten aber im allgemeinen Bachläufen und Straßenböschungen, wo sie vor dem Schnee geschützt waren. Zwei oder drei Minuten nachdem sie die MacBride Road überquert hatten, kamen sie auf einen See, wo der Schnee mit ungezügelter Wucht peitschte und Schwaden wie lange, gebauschte Laken ins Licht ihrer Scheinwerfer wehte. Die Sichtweite sank auf unter drei Meter, Climpt bremste fast auf Schrittempo ab. Lucas wischte sich Schnee vom Gesicht und aus den Augen, fuhr weiter und behielt Climpts Heckscheinwerfer im Auge. Wischte, fuhr. Es wurde immer schwerer... Helpers Spur wurde schneller zugeschneit, die Ränder verweht, sie war längst nicht mehr so gut zu erkennen. Vier Minuten später hatten sie den See überquert und befanden sich wieder in relativ geschütztem Gelände.

Wir richten uns bei Jack's ein. Wo ist er? Das war Carr.

Er ist vier Meilen draußen und kommt näher, wird aber langsamer.

Wie läuft es, Lucas?

Lucas, der vor Kälte schlotterte, hob die Hand von der Bremse zum Gesicht: »Wir sind noch auf seiner Spur. Keine Spur von dem Mädchen. Aber es wird immer schlimmer. Möglicherweise können wir ihm bald nicht mehr auf den Fersen bleiben.«

Okay. Ich habe mit Henry gesprochen. Vielleicht müssen wir es hier bei der Table Bay auf eine Konfrontation ankommen lassen.

»Ich frage mich, ob das Mädchen noch bei ihm ist. Ich kann mir nicht vorstellen, daß er sie noch mitschleppt, aber wir haben keine Spuren gesehen, die von ihr stammen könnten.

Das werden wir erst wissen, wenn wir ihn sehen.

Climpt hielt an, lenkte nach rechts, fuhr einen Kreis, hielt wieder an. »Was ist?« rief Lucas, der hinter ihm hielt.

»Die Spur teilt sich. Muß ein anderer Schlitten vorbeigekommen sein. Ich weiß nicht, ob er nach links oder rechts gefahren ist.«

»Wo liegt die Table Bay Road?«

»Rechts.

»Dann ist er dorthin.«

Climpt nickte und fuhr wieder los, aber sie kamen nicht mehr so schnell voran, da Climpt hin und her lenken und die Spuren sondieren mußte. Lucas fuhr ein halbes dutzendmal fast auf ihn auf und mußte hart ausscheren, um einen Zusammenstoß zu vermeiden. Er atmete jetzt heftig, als wäre er weit gelaufen.

Der Eismann raste den Weg entlang, das gelbblonde Mädchen saß hinter ihm, auf den Schneetellern. Sie hatten gerade lange genug angehalten, daß sie die Plätze tauschen konnten, dann brausten sie weiter durch das immer dichtere Schneetreiben, auf einer fast unsichtbaren Route, immer auf der Suche nach dem Weg durch den Wald.

Im Augenblick waren sie sicher, weil der Sturm sie beschützte. Wenn er einfach nach Süden fahren könnte... möglicherweise mußte er das Mädchen abwerfen, aber die war mit Sicherheit zu ersetzen. Alaska, der Yukon, dort gab es Frauen im Überfluß; aber nicht annähernd genügend Männer. Die würden alles tun, was man von ihnen wollte.

Wenn er es nach Süden bis zum Haus des Pferdetrainers schaffen wollte, mußte er auf der Nordseite des Highway rauf und über den Blueberry Lake bis zum Hauptarm des Flowage. Dann konnte er den Whitetail Creek nehmen.

Das FBI meldete: *Er wendet. Er wendet. Er fährt nach Norden, nicht mehr zur Table Bay Road, er nähert sich der Kreuzung von STH 70 und Meteor Drive.*

Und Carr: *Sind schon unterwegs. Wir fahren auch dorthin.*

Lucas gab Climpt ein Blinkzeichen und fuhr neben ihn.

»Sie haben gerade gewendet und fahren jetzt nach Norden... Moment mal.« Er drückte den Sendeknopf. »Wissen Sie, was das für ein Weg ist? Was für ein Schneemobilweg? Ist der auf der Karte eingezeichnet?«

Da unten ist ein Bachbett, Whitetail Run. Wir glauben, das ist er.

»Er befindet sich auf einem Bachbett namens Whitetail Run, Richtung Meteor Drive«, sagte Lucas.

Climpt nickte. »Das kann nicht weit weg sein. Dieser Weg

hier kreuzt es im rechten Winkel – wir werden sehen, wo er abgebogen ist.«

Carr sagte: *Wir kommen zur Brücke am Whitetail. Wir nageln ihn von beiden Seiten fest.*

Eine andere Stimme: *Sie werden die Lichter sehen.*

Wieder Carr: *Ja. Sollen sie eben. Henry und ich haben uns unterhalten. Wir haben beschlossen, ihm zu zeigen, daß es keinen Ausweg für ihn gibt. Wir müssen ihn vor die Wahl stellen, entweder das Mädchen freizulassen und aufzugeben oder zu sterben. Das Mädchen wird sterben, wenn sie bei ihm bleibt. Wenn er sie einfach irgendwo im Schnee aussetzt, ist sie auch tot. Und wenn er anhält und sich ein Auto klaut, kann er sie auch nicht am Leben lassen, damit sie es weitererzählt. Früher oder später wird er sie aussetzen.*

Das FBI: *Wenn ihm klar wird, daß er einen Signalgeber am Schlitten haben muß, könnte er danach suchen, und wir verlieren ihn möglicherweise.*

Carr: *Dieses Mal lassen wir ihn nicht entkommen. Und wenn er trotzdem irgendwie entkommt... verdammt, wir müssen das Risiko eingehen.*

FBI: *Ihre Entscheidung, Sheriff.*

Carr: *Ganz recht. Wie weit draußen ist er?*

FBI: *Halbe Meile. Schätzungsweise vierzig Sekunden.*

Der Eismann brauste durch die Kurve auf den Whitetail und hatte fast die Brücke erreicht, als er die Lichter sah, die durch den Schnee schienen. Er wußte, was es für Lichter waren. Die Bullen, besonders Davenport, waren durch irgendein Karma mit ihm verbunden. Sie fanden ihn immer wieder, obwohl das eigentlich unmöglich sein mußte.

»Nein!« schrie er und trat auf die Bremse. Dort waren Lichter, große, tragbare, leistungsstarke Scheinwerfer, die das Bachbett absuchten. Er hielt an und drehte sich zu dem gelbblonden Mädchen um:

»Das da oben sind die Bullen. Sie spüren uns immer irgendwie auf. Wenn ich Zeit hätte... Ich werde es zu Fuß versuchen müssen. Ich möchte, daß du mit dem Schlitten im Bachbett zurückfährst, einfach nur eine Weile herumkurvst. Wenn sie dich finden, dann sag ihnen, daß ich zu Jack's Café unten am Flowage will. Sag ihnen, du glaubst, daß ich ein Auto organisieren will. Das werden Sie glauben.«

»Ich will mit dir kommen«, sagte sie. »Du bist mein Mann.«

»Das geht jetzt nicht«, sagte er. Er zog den Helm zurück, beugte sich nach vorne und küßte sie auf die Lippen. Ihre Lippen waren steif vor Kälte, ihr Gesicht feucht von Schnee – sie hatte keinen Helm gehabt – und Tränen.

»Ich habe es versucht, aber wir kommen nicht durch«, sagte er. »Du mußt sie von mir ablenken. Aber ich komme zurück. Ich hole dich.«

»Du holst mich?« fragte sie.

»Ich schwöre, daß ich dich hole. Und ich verlasse mich jetzt auf dich. Du bist die einzige Frau, die mich retten kann.«

Sie stand im tiefen Schnee neben dem Schlitten und sah zu, wie er in die Schneeteller schlüpfte. Er hatte seine Pistole in der Hand und den Helm wieder aufgesetzt. Mit dem Schneeanzug sah er fast wie ein Astronaut aus.

»Gib mir fünf Minuten Zeit«, sagte er. »Dann fahr los. Einfach eine Weile herumkurven. Wenn sie dich finden, dann sag ihnen, ich will zu Jack's.«

»Was wirst du tun?«

»Ich halte das erste Auto an, das die Straße entlangkommt, und nehme es mir«, sagte er.

»Herrgott.« Sie schaute ins schwache Licht hinauf, dann legte sie stirnrunzelnd den Kopf schief. »Es kommt jemand.«

»Was?« Der Eismann schaute zur Brücke hinauf.

»Nicht von dort... hinter uns.«

»Wichser«, sagte er. »Geh schon, los.«

Lucas und Climpt fuhren wieder, sahen die Spur vor sich, und ihre ganze Welt bestand nur aus wenigen Lichtern und dem Dröhnen der Schlitten.

Climpts Heckscheinwerfer kam näher, er beugte sich nach links und steuerte den Schlitten durch die Kurve. Lucas folgte ihm, drückte den Knopf des Funkgeräts und versuchte trotz der Unebenheiten zu sprechen. »Wie lange braucht er, um vom Whitetail zur Brücke zu gelangen?«

Etwa zwei Minuten, informierte das FBI.

Lucas gab Climpt ein Blinkzeichen, fuhr neben ihn und rief: »Wir erreichen ihn in etwa einer Minute. Sie werden sich sehen lassen.«

Er hat angehalten.

Wo? Carr.

Zwei- oder dreihundert Meter weit draußen, schätzungsweise. So genau können wir es wirklich nicht sagen.

Kann er unsere Lichter sehen?

Möglich.

»Ich übernehme von hier an die Führung. Ich verlasse mich auf Sie. Sie halten das Gewehr bereit.«

Climpt nickte, griff nach dem Gewehr. Lucas fing an zu zählen, bediente mit der rechten Hand den Gashebel und strich über die Tasche am linken Oberschenkel, wo er die Pistole stecken hatte. Die Tasche war mit einem Klettverschluß zugemacht, also konnte er die Waffe schnell herausziehen, wenn er die Handschuhe ausgezogen hatte ... *tausendsechs, tausendsieben, tausendacht*. Sekunden verstrichen wie ein langsamer Herzschlag.

Eine Stimme über Funk: *Sehen ihn nicht, sehen ihn nicht.*

Lucas bremste, Climpt holte von hinten auf. *Tausendachtunddreißig, tausendneununddreißig ...*

Lucas glitt vorwärts und bemühte sich krampfhaft, etwas zu sehen. Der Lichtstrahl seines Scheinwerfers war abgeschnitten, vom Schnee verkürzt. Wenn er hineinschaute war es, als sähe er in einen Styroporbecher. Sie kamen auf eine

Erhebung, sausten auf der anderen Seite hinunter, und Lucas glich den Ruck mit den Beinen aus – allmählich spürte er die Fahrt in den Schenkeln. *Tausendsechzig*... Lucas drehte das Gas zurück, bremste, bremste...

Da.

Rotes Aufleuchten unmittelbar voraus.

Lucas bremste ruckartig, lehnte sich nach links, bremste seine Geschwindigkeit durch eine Kurve aus, blieb auf dem Schlitten und richtete diesen wieder auf, und sein Scheinwerfer strahlte Helpers Schlitten an... und Helper selbst.

Helper stand im Scheinwerferlicht hinter seinem Schlitten. Climpt war nach rechts gefahren, als Lucas nach links gesteuert hatte, kam nun von der anderen Seite, strahlte Helper ebenfalls an und nagelte ihn in beiden Lichtstrahlen fest. Lucas zog den Handschuh aus, nahm die Pistole...

Helper floh. Er trug Schneeteller und rannte auf die Baumreihe über dem Bachbett zu. Da konnte man nicht mit dem Schlitten rein, zu dicht. Lucas gab Gas, fuhr näher ran, noch näher. Helper, der immer noch den Helm und eine dunkle Gesichtsmaske trug, drehte sich um.

Der Eismann stolperte auf die Baumreihe zu, aber der Lärm der anderen Schneemobile schwoll an; dann flammten die Lichter auf, und plötzlich waren sie da und pflügten durch den tiefen Schnee. Der erste Schlitten steuerte auf ihn zu, während der andere ausscherte.

Er hob die Pistole, feuerte einen Schuß ab, der Schlitten schlingerte, der Fahrer fiel herunter. Der andere Schlitten steuerte hart in die Gegenrichtung, unkontrolliert, und versuchte, dem gestürzten Mann auszuweichen.

Der Eismann lief weiter, lief, sein Atem kratzte im Hals, zerriß ihm die Brust; er rannte blind weiter, ohne Hoffnung, und sah zurück.

Das Mündungsfeuer war wie ein Blitz in der Dunkelheit. Lucas steuerte nach links und fiel vom Schlitten. Er schlug einen Moment fassungslos um sich, richtete sich auf, bekam Schnee in Augen und Mund, prustete, verlagerte zuviel Gewicht auf einen Fuß, brach durch die nächste Schneeschicht, kam auf die Knie, hob die 45er, sah Climpt an sich vorbeiwirbeln.

Helper hatte die Baumreihe erreicht und war kaum noch zu sehen, nicht mehr als eine Andeutung von Bewegung dreißig Meter entfernt.

Lucas feuerte sechs Schuß auf ihn ab, einen nach dem anderen, spürte die Bewegungen auf, feuerte durch Büsche und Gestrüpp, durch Erlenzweige und kleine, kahle Espen. Das Mündungsfeuer blendete ihn nach dem ersten Schuß, danach feuerte er instinktiv dorthin, wo er Helper vermutete. Und wo war Climpt, warum kam er nicht...?

Dann hörte er die Mac-16, zwei Schüsse an der Baumgrenze.

Gewehrfeuer, wir haben Gewehrfeuer. Das FBI.

Und Carr: *Was ist da los, was ist da los?*

Schneeteller. Sie würden Schneeteller brauchen.

Lucas' Schlitten hatte sich in eine Schneeverwehung gebohrt. Er wollte darauf zugehen, dann drehte er sich zu Helpers Schlitten um und sah das gelbblonde Mädchen. Sie lag im Schnee und versuchte aufzustehen. Quälte sich ab. Verletzt?

Lucas drehte sich zu ihr um und drückte den Sendeknopf: »Er ist zu Fuß unterwegs – Richtung Straße – er ist im Wald – wir haben das Mädchen. Sie ist hier – wir sind dicht unterhalb der Brücke im Bachbett. Suchen Sie nach ihm. Wir haben auf ihn geschossen, könnte sein, daß er verletzt ist.«

Ginny Harris kauerte neben Helpers Schneemobil, ihr Haar sah im Licht der anderen Schneemobile goldgelb aus, und sie starrte zu dem Waldstück, wohin Helper geflohen war. Als Lucas sich durch den knietiefen Schnee zu ihr vorarbeitete, blickte sie mit großen Augen zu ihm auf, wie ein gefangener Fuchs.

Das gelbblonde Mächen kauerte neben dem Schlitten, als der Mann vom ersten Schneemobil ein paar Schüsse in den Wald abfeuerte. Er sah bedrohlich aus, ein Mann ganz in Schwarz, große Pistole in der Hand. Dann ertönte ein lautes Knallen von dem Mann auf dem zweiten Schlitten, und eine Flammenzunge deutete auf ihren Mann wie der Finger Gottes.

Der erste Mann sagte etwas zu ihr, aber sie konnte ihn nicht hören. Sie konnte sehen, daß er die Lippen bewegte, dann hob er die Hand. Griff er nach ihr? Zielte er mit der Waffe auf sie? Sie rollte sich weg.

Sie rollte von ihm weg, und er rief: »Alles in Ordnung, in Ordnung«, aber sie rollte einfach weiter und hob die Hand, in der sie etwas hielt, das wie ein winziges, kindliches Chromspielzeug aussah.

Eine 22er, eine Fünfzig-Dollar-Waffe, ein albernes Ding, das fast nichts konnte, außer Menschen töten, die Fehler machten. Er beugte sich nach vorn, streckte die Hand nach ihr aus, griff nach ihr. Er sah die Mündung, und unmittelbar vor dem Lichtblitz verspürte er so etwas wie Verlegenheit, daß er in diese Situation geraten war. Er wollte sich abwenden, aus der Schußlinie gehen. Dann das Mündungsfeuer.

Die Kugel traf ihn im Hals wie ein Faustschlag. Er blieb stehen, ohne recht zu wissen, was vorgefallen war, hörte das Plop-plop anderer Schußwaffen um sich herum, nicht das laute Peng-peng, sondern etwas Leiseres, Entfernteres. Sehr weit entfernt.

Lichtblitze explodierten in der Dunkelheit und streckten das gelbblonde Mädchen nieder, dann fiel Lucas rückwärts in den Schnee. Als er aufschlug, strömte die Luft aus seinen

Lungen. Er versuchte, zu atmen und sich aufzurichten, aber nichts passierte. Es war, als hätte man ihm einen Gummipfropf in die Luftröhre gesteckt. Er strengte sich an: nichts.

Der Schnee fühlte sich wie Sand in seinem Gesicht an; er konnte ihn ganz deutlich spüren, den Schnee. Und im Mund einen kupferartigen, beißenden Geschmack, den Geschmack von Blut. Aber der Rest der Welt, alle Geräusche, Gerüche und Anblicke, befanden sich in einem geistigen Rechteck von der Größe eines Schuhkartons, dessen Seiten jemand zusammendrückte.

Er konnte jemanden rufen hören: »O Gott, auch noch im Hals, ruft die verdammte Ärztin, wo ist die Ärtzin, fährt sie immer noch ...«

Und wenige Sekunden später ein Schatten in seinem Gesichtsfeld, jemand anderes: »Gütiger Himmel, er ist tot, seht euch nur seine Augen an.«

Aber Lucas konnte sehen. Er konnte Zweige mit Schnee darauf sehen, konnte spüren, wie er sich bewegte, konnte feststellen, wie sich sein Sichtfeld veränderte, als jemand ihn aufrichtete, er konnte sehen – nein, hören – wie jemand auf ihn einschrie.

Und die ganze Zeit wurde das Rechteck kleiner, kleiner ...

Er kämpfte eine Zeitlang gegen die schrumpfenden Wände an, aber eine ferne Wärme zog ihn zu sich, und er spürte, wie sein Denken sich ihr zuwandte. Als seine Konzentration nachließ, drängten sich die Wände des Rechtecks zusammen, und nun hatte er ein geistiges Territorium vor sich, das nicht größer als eine Briefmarke war.

Keine Sicht mehr. Kein Gefühl von Schnee auf der Haut. Kein Geschmack von Blut.

Nichts als ein einziges Wort, das weniger ein Geräusch zu sein schien als vielmehr eine getippte Zeile, ein Wort, das aus einer Zeitung ausgeschnitten worden war:

»Messer.«

30

Der Eismann hatte die Baumreihe fast erreicht, als der Schuß in seinen Rücken eindrang, zwischen Wirbelsäule und Schulterblatt. Er fiel nach vorn, dann zerfetzte eine Salve die Espenzweige über ihm. Sein Verstand war klar wie Eis, aber sein Körper fühlte sich an, als stünde er in Flammen.

Eine weitere Salve, die durch die Bäume fetzte, dann noch eine, aber die letzte zielte anderswohin. Der Eismann stand auf und spürte die Schmerzen im Rücken wie einen tausend Pfund schweren Rucksack. Er kämpfte sich tiefer in den Wald, tiefer. Kam nicht weit, mußte sich setzten. Im plötzlichen Überfluß an Licht von hinten konnte er vage die Umrisse der Bäume ringsum erkennen, und er kämpfte sich durch sie hindurch, in einem Winkel Richtung Straße. Hinter ihm füllten sich seine Spuren fast so schnell mit Schnee, wie er die Abdrücke erzeugte.

Dann hatte er das Licht hinter sich gelassen. In der Dunkelheit tastete er sich mit den Händen vorwärts. Die Schmerzen in seinem Rücken breiteten sich aus wie Krebs – in seinen Unterleib, die Beine, sie verwandelten seinen Körper in Blei. Ein Ast schlug ihm gegen den Helm, riß seinen Kopf zurück. Er atmete schwerer, zog den Helm ab, warf ihn weg. Er mußte spüren …

Er blutete. Er konnte spüren, wie ihm das Blut an Bauch und Rücken hinabfloß, warm, klebrig zwischen Hemd und Haut. Er machte noch einen Schritt und ruderte mit den Armen wie ein Blinder; noch einen, ruderte wieder mit den Armen. Ein Ast schlug ihm ins Gesicht, er fluchte, drehte sich, stolperte, fiel. Fluchte, mühte sich wieder auf die Beine, machte wieder drei Schritte, fiel in ein Loch, versuchte aufzustehen.

Schaffte es dieses Mal nicht.

Fühlte sich ganz ruhig.

Lag da und ruhte sich aus; er brauchte nur ein wenig Ruhe, dann konnte er weitergehen.

Yukon. Alaska.

Weather kam herbei, sah Lucas im Schnee, das Blut in seinem Gesicht, schrie: »Nein, o Gott…«

»Er ist getroffen, er ist getroffen!« schrie Climpt.

Er hielt Lucas' Kopf; Henry Lacey stand über Lucas und Climpt, Carr neben dem gelbblonden Mädchen, andere Deputies kamen durch den Schnee näher.

Weather sah wie in Zeitlupe Laceys Zähne im Licht der Schneemobilscheinwerfer funkeln, sah das Gesicht des Mädchens feierlich, rot, kleine Einschußlöcher im Schneeanzug, und sie dachte: *Zu den Engeln gegangen*, und ließ sich neben Lucas auf die Knie sinken.

Lucas schlug um sich, machte die Augen halb auf, aber nur das Weiße war zu sehen. Sie packte seinen Kiefer, fand Blut, legte ihm den Kopf zurück, sah die Einschußwunde, ein kleines Loch, wie von einem Kugelschreiber. Er bekam keine Luft. Sie zog die Handschuhe aus, zwängte die Kiefer auseinander und steckte ihm einen ihrer Handschuhe in den Mund, damit er ihr nicht in die Finger beißen konnte. Dann tastete sie mit den Fingern in seinem Rachen, fand das Hindernis, ein Stück weiches Gewebe, wo alles hätte frei sein müssen.

Ihr Verstand wurde eiskalt, analytisch.

»Messer«, sagte sie zu Lacey.

»Was?« rief Lacey erschrocken. Sie stellte fest, daß er eine Pistole in der Hand hielt.

»Geben Sie mir Ihr verdammtes Messer.«

»Hier, hier.« Climpt hielt ihr ein rotes Taschenmesser hin, ein Schweizer Offiziersmesser, und sie klappte die größere der beiden Klingen auf.

»Drücken Sie seinen Kopf nach unten«, sagte sie zu Climpt. Lacey sank auf die Knie, um ihr zu helfen, während sie sich breitbeinig auf Lucas' Brust setzte. »Legen Sie ihm die Hand auf die Stirn und drücken Sie.«

Sie stieß die Messerspitze unterhalb von Lucas' Adamsapfel in seinen Hals, drehte und zog ... und dann ertönte ein plötzliches, furchterregendes Röcheln, als Luft in seine Lungen strömte. »Halten Sie seinen Kopf unten – halten Sie seinen Kopf unten.«

Sie steckte den Zeigefinger in den Schnitt, krümmte ihn und hielt den Schnitt so offen.

»Bringen wir ihn weg – bringen wir ihn weg!« rief sie und gab seine Brust frei. Lucas schien zu schweben – Männer an jedem Schenkel, zwei andere an den Schultern. »Halten Sie seinen Kopf unten.«

Sie trugen ihn hastig aus dem Wald und zum Wagen des Sheriffs.

Mit jedem linkischen, blutigen Atemzug krächzte Lucas, der die Augen jetzt geschlossen hatte, »Ächchch ... ächch«, wie eine sterbende Krähe.

Eine Sirene, unmittelbar über ihm, auf der Straße. Helper wußte jetzt, daß er im Graben unterhalb der Straße lag. Er mußte nur hinaufklettern und ein Auto anhalten, wenn die Bullen fort waren.

Ein winziges Stück Vernunft kehrte zu ihm zurück: Die Bullen würden nicht weggehen. Jetzt nicht mehr. Jetzt wußten sie, daß er hier war.

Der Eismann lachte. Sie würden ihn finden, sie würden kommen.

Er versuchte, sich umzudrehen, versuchte aufzustehen; er würde hinaufkriechen, die Bullen anhalten. Aufgeben. Wenn er gesund war, konnte er es noch einmal versuchen. Es gab immer die Möglichkeit, aus dem Gefängnis auszubrechen; es gab immer Möglichkeiten.

Aber er konnte nicht aufstehen. Konnte sich nicht bewegen. Sein Verstand war immer noch glasklar und arbeitete famos. Er analysierte das Problem. Er war steif wegen der Wunde, überlegte er. Keine schwere Wunde, nicht tödlich, aber er wurde steif wie ein weidwunder Hirsch.

Wenn man einen Hirsch anschoß und nicht gleich niederstreckte, wartete man eine halbe Stunde oder so und fand ihn unweigerlich irgendwo reglos in der Nähe, bewegungsunfähig.

Wenn er überleben wollte, mußte er aufstehen.

Aber er konnte es nicht.

Er versuchte es ja. Aber es ging einfach nicht.

Sie würden kommen, dachte er. Kommen und ihn holen. Der Weg war nur wenige hundert Meter lang. Sie würden ihn aufspüren, würden ihn finden. Er mußte nur warten.

»Wenn er nicht verletzt ist, dann wäre es Selbstmord, da reinzugehen. Wenn er getroffen wurde, ist er tot. Errichten wir einfach eine Absperrung und warten wir bis zum Morgen«, sagte Carr. Lacey nickte und ging zu einem anderen Deputy, um den Befehl weiterzugeben.

»Ich möchte, daß sich überall drei oder vier Männer zusammentun«, rief Carr ihm nach. »Niemand soll sich allein da draußen aufhalten, okay? Nur für alle Fälle.«

Sie fanden ihn im Straßengraben neben der Straße. Noch am Leben, noch rege.

Der Eismann spürte, wie sie kamen; er hörte sie eigentlich nicht, sondern wußte es einfach. Hob den Kopf; weiter konnte er sich jetzt nicht mehr bewegen. Dennoch: Wenn sie ihn gleich in die Stadt brachten, konnten sie ihn noch retten. Sie konnten ihn noch retten.

»Helft mir«, stöhnte er.

Etwas entfernte sich, kam zurück.

»Hilfe.«

Etwas berührte sein Gesicht; etwas Kälteres als er selbst. Er hob den Kopf, und sie wichen zurück. Und kamen wieder.

Nagten an ihm; ein Fauchen, dann eine rasche Flucht. Und wieder kamen sie zurück.

Kojoten. Vom Geruch des Blutes und dem Schutz der Dunkelheit angelockt.

Sehr hungrig in diesem Jahr.

Hungrig wegen des tiefen Schnees. Das Wild größtenteils tot oder weitergezogen.

Sie kamen näher; er versuchte sich zu bewegen; schaffte es nicht. Versuchte, die Hand zu heben; versuchte, sich wegzurollen; versuchte, das Gesicht zu schützen. Schaffte es nicht.

Verstand klar wie Wasser. Spitze Zähne in seinem Gesicht, die schnappten, rissen, ihn zerfetzten. Er machte den Mund auf, um zu schreien: Zähne an den Lippen.

Neun Deputies hielten sich am Schauplatz auf, vier davon als Wachtposten, falls Helper zurückkehren sollte. Die anderen suchten den Ort des Geschehens nach Blut und Patronenhülsen ab oder sahen einfach nur zu. Das gelbblonde Mädchen war eine Wölbung unter einer blauen Plastikplane. Lacey und Carr standen ein wenig abseits. Carr sprach ins Funkgerät. Als er fertig war, spähte Lacey in die Dunkelheit. »Ich bin immer noch der Meinung, wenn wir langsam gingen...«

»Vergessen Sie es«, sagte Carr. »Wenn er irgendwo da oben liegt, würde er nur noch mehr von uns umlegen. Lassen Sie die Straßen sperren. Davenport hat ein halbes Dutzend Schüsse auf ihn abgegeben, Gene hat den halben Wald abgemäht – ich finde, die Chancen stehen gut, daß er getroffen wurde. Was wir jetzt brauchen...«

»Still«, fauchte Lacey. Er hielt die Hand hoch, drehte sich um und schaute nach Nordosten. Er spähte angestrengt in die Dunkelheit.

»Was?«

»Hat sich wie ein Schrei angehört.«

Sie lauschten gemeinsam einen Moment, hörten das Murmeln der Deputies ringsum, das ferne, gedämpfte Grollen von Lastwagen auf der Straße, und unter alledem das subtile Rauschen des fallenden Schnees.

Nichts, das sich wie ein Schrei eines Mannes anhörte, der bei lebendigem Leibe aufgefressen wurde.

Carr schüttelte den Kopf. »Wahrscheinlich nur der Wind.«

31

Er war auf Schneetellern und arbeitete sich über die Schneeverwehungen auf der Zufahrt zu seiner Blockhütte. Nach der ersten Meile war er schweißgebadet. Er nahm die Mütze ab, steckte sie in die Tasche, machte den Reißverschluß des Parka auf, um sich abzukühlen, und ging weiter.

Die Erlen griffen nach seinen Füßen, hangelten danach. Es waren kleine, buschige Bäume mit daumendicken Stämmen voller Flecken, wie Wildkirschen. An manchen Stellen waren sie nach den vereinzelten Schneefällen begraben. Wenn er über einen zugeschneiten Busch stieg, brachen seine Schneeteller unter ihm ein, als wäre er in ein Loch getreten, was er ja tatsächlich auch getan hatte – eine Schneekuppel, die von den biegsamen Zweigen einer zugeschneiten Erle geschützt wurde. Dann sank er bis zu den Knien ein, manchmal sogar bis zum Schritt, und bemühte sich, wieder hochzukommen.

Während er sich weiterkämpfte, bildete sich ein Eisrand auf seiner Sonnenbrille, und sein Herz schlug wie eine Trommel in der Stille der nördlichen Wälder. Er erklomm den Hang einer kleinen Erhebung; als er die Kuppe erreicht hatte, machte er bergab kehrt und folgte ihr wieder in die Ebene zurück. An der Stelle, wo der Hang in die Ebene überging, ragte eine Gruppe roter Zedern aus dem Schnee auf. Wild hatte zwischen den Zedern gelegen, Haar verloren und den Schnee verfärbt. Überall waren rosa Urinlöcher zu sehen, und Kothaufen, die wie lederfarbene 45er-Patronen aussahen; aber kein Wild. Er mußte mit soviel Getöse durchs Holz gebrochen sein wie eine Lokomotive, daher waren sie schon lange fort. Er verspürte Schuldgefühle. Er sollte kein Wild jagen, nicht diesen Winter. Die Tiere waren schwach genug.

Seine Beine zuckten, zuckten auf den gestärkten weißen Laken, die so weiß die Schnee waren. Der Winter verblaßte.

»Wach auf, du...«

Lucas schlug die Augen auf und stöhnte. Sein Rücken war steif, sein Hals gestreckt und reglos in der Plastikmanschette. »Verdammt, ich war völlig weggetreten«, sagte er. »Wie spät ist es?«

»Vier Uhr«, sagte Weather und lächelte auf ihn hinab. Sie trug ihren Chirurgenkittel. »In einer Stunde wird es dunkel. Wie geht es dir?«

Lucas versuchte probehalber, den Hals zu bewegen. »Tut noch weh, aber nicht mehr so sehr. Fühlt sich mehr wie zugeschnürt an.«

»Das wird noch etwas stärker, wenn es verheilt. Sollte es zu schlimm werden, schneiden wir noch einmal auf und entfernen ein bißchen Narbengewebe.«

»Ich kann mit dem zugeschnürten Gefühl leben«, sagte er.

»Was? Du vertraust mir nicht?« Die 22er Patrone war unterhalb des Kieferknochens eingedrungen, nach oben, parallel zur Zunge, und schließlich im weichen Gewebe an der Rückseite des Halses steckengeblieben. Beim Luftholen hatte er ein Stück loses Gewebe nach unten gesogen, nicht größer als ein Zehncentstück, und wäre beinahe daran erstickt. Weather hatte den Schaden mit einer Stunde Arbeit auf dem Operationstisch im Lincoln Memorial behoben.

»Da vertraut man einmal einer Frau, und gleich bei der ersten Gelegenheit schlitzt sie einem die Kehle auf«, sagte Lucas.

»Also gut, jetzt werde ich dir nichts von den Schoeneckers erzählen.«

»Was?« Er wollte sich aufsetzen, aber sie drückte ihn wieder hinunter. »Haben sie sie gefunden?«

»Beim Camping in Baja. Heute morgen. Sie haben gestern abend eine Benzinkreditkarte benutzt und sind etwa gegen zehn Uhr unserer Zeit aufgespürt worden. Henry Lacey hat angerufen und gesagt, daß die Eltern behaupten, von nichts eine Ahnung zu haben, aber eine der Töchter redet wie ein Wasserfall. Henry fliegt möglicherweise mit zwei anderen Deputies hin und bringt sie her.«

»Wahnsinn. Dann können sie sie ja über die anderen Mitglieder dieses Sex-Rings ausquetschen.«

»Sie? Wirst du nicht mithelfen?«

Lucas schüttelte den Kopf. »Das ist nicht mehr mein Spezialgebiet. Muß mir eine andere Aufgabe suchen. Vielleicht gehe ich nach Minneapolis zurück.«

»Hmpf«, sagte sie.

»Ach, Herrgott noch mal«, stöhnte Lucas, der ihren Stimmungsumschwung spürte. »Ich hatte gehofft, du würdest mir dabei helfen. Du wirst so oder so da sein, okay?«

»Wir müssen miteinander reden«, sagte sie. »Wenn du hier raus bist.«

»Was soll das heißen? Möchtest du nicht da sein?«

»Ich möchte da sein«, gestand sie. »Aber wir müssen trotzdem miteinander reden.«

»Einverstanden.«

Shelly Carr klopfte an die Tür. »Besuchszeit?« Er hielt eine karierte Jägermütze mit Ohrklappen in der Hand.

»Kommen Sie rein«, krächzte Lucas. Carr erkundigte sich nach seinem Befinden, und Lucas erklärte, es gehe ihm gut. »Was Neues von Harper? Weather sagt, Sie haben seinen Lieferwagen gefunden?«

»Ja – draußen an einem See. Dort befindet sich eine große Zahl Anglerschuppen. Jede Menge Leute. Wir glauben, daß er jemanden getroffen hat und sich mitnehmen ließ, damit wir sein Nummernschild nicht durchgeben konnten. Gott allein weiß, wo er jetzt steckt, aber wir suchen weiter nach ihm.«

»Sie sehen ziemlich gut aus«, sagte Lucas.

»Konnte mich ein bißchen ausruhen«, sagte Carr.

»Haben Sie noch mal mit Gene geredet?«

»Ja, er ist immer noch oben in Ihrer Blockhütte«, sagte Carr. »Er sitzt einfach nur da oben und sieht fern und liest. Irgendwie mache ich mir Sorgen.«

»Er braucht professionelle Hilfe, weigert sich aber stur, mit einem Psychiater zu reden«, sagte Weather. »Großer Macho-Typ wie er, auf gar keinen Fall.«

»Ja, nun... ich kann verstehen, wie das ist«, sagte Lucas. »Es ist wie mit der Kirche. Wenn man nicht gläubig ist, nutzt es einem gar nichts, wenn man hingeht. Er muß selbst damit fertigwerden.«

»Die ganze Sache war seltsam«, sagte Carr. »Aber es ging ihm gut, bis zur Beerdigung. Er hätte nicht hingehen sollen, das habe ich ihm gesagt.«

»Vielleicht mußte er es«, sagte Lucas.

»Ja, ich weiß«, sagte Carr zögernd. »Aber sobald er ihr Gesicht gesehen hatte, war es aus. Ich meine, aufgebahrt hat sie wie ein Engel ausgesehen. Sie kennen ja die Geschichte von seiner Tochter.«

»Ja.«

Sie saßen noch einen Augenblick schweigend da, dann sagte Carr: »Ich muß gehen.« Er tätschelte Lucas' Bein. »Erholen Sie sich gut.«

Als er gegangen war, sagte Weather: »Shelly steht politisch nicht schlecht da. Lacey hat dafür gesorgt, daß alle erfahren haben, wie er die Einfahrt raufgegangen ist, um mit Helper zu reden.«

»Das hat auch Mut erfordert«, sagte Lucas.

»Und irgendwie sind die vielen Toten einfach nur… tot. Sieht so aus, als würde kaum jemand groß darüber reden. Dabei ist es nicht einmal eine Woche her.«

»So ist das eben«, sagte Lucas.

»Hast du die Zeitung gesehen?« fragte sie.

»Eine Schwester hat sie heute morgen gebracht, kurz nachdem du gegangen warst«, sagte er.

»Tolles Foto: Shelly mit den Jungs vom FBI, wie sie die Lorbeeren einheimsen«, sagte sie. »Hat mich irgendwie wütend gemacht.«

»Shelly macht nur seine Arbeit«, sagte Lucas nachsichtig. Er klang amüsiert.

»Ich weiß. Wir haben uns übrigens ein wenig über seine Frau unterhalten. Ich habe angedeutet, daß sie beide geschieden wahrscheinlich besser dran wären.«

»Wie hat er reagiert?«

»Er erklärte: ›Scheidung ist eine Sünde.‹«

Nach ein paar Minuten sagte er: »Mach die Tür zu.«

Sie schaute zur Tür, dann stand sie auf, schloß sie zu, setzte sich neben ihn auf das Bett und küßte ihn. Er konnte den Kopf nicht weit drehen, aber er konnte den Arm bewegen und drückte sie, solange und fest er konnte, an sich.

Schließlich befreite sie sich lachend und richtete ihr Haar.

»Verflucht, es fällt schwer, die Situation nicht auszunutzen. Ein Mann in deinem Zustand!«

»He! So schlimme Schmerzen habe ich nicht. Also komm wieder her.« Er wollte nach ihr greifen, aber sie tänzelte weg.

»Ich habe nicht gemeint, daß du angeschossen worden bist. Ich habe gemeint, daß du im Begriff bist, dich in mich zu verlieben.«

»Tatsächlich?«

»Glaub es mir«, sagte sie. Sie kam näher, beugte sich über ihn, küßte ihn zärtlich auf die Stirn. Er wollte wieder nach ihr greifen, und wieder tänzelte sie weg. »Versuch, dich auszuruhen. Du mußt wahrscheinlich ausgeruht sein, wenn du hier rauskommst.«

»Du hast einen Sinn für Humor wie ein Polizist«, sagte Lucas. »Garstig. Und du versteckst dich dahinter. Wie ein Polizist.«

Sie hatte gelächelt, aber jetzt wurde dieses Lächeln dünn, unsicher. »Kann schon sein.«

»Und du hast recht. Ich verliebe mich wirklich in dich. Darüber mußt du dich gar nicht lustig machen.«

Dieses Mal strich sie ihm behutsam über die Nasenspitze und sagte: »Werd gesund.« Sie lächelte, schien aber Tränen in den Augen zu haben und verabschiedete sich hastig.

Lucas döste eine Weile, schaltete den Fernseher ein, schaltete ihn wieder aus und stellte schließlich das Kopfteil des Bettes höher. Er konnte zum Fenster hinaussehen, über die Rasenfläche zur Stadt mit ihren kleinen Häusern, aus deren Kaminen Rauch drang. Nicht viel zu sehen: weißer Schnee, blauer Himmel, kleine Häuschen.

Und es war bitter kalt, sagten alle, die schlimmste Kälte in diesem Winter.

Von hier drinnen sah es gar nicht so schlecht aus. Von hier drinnen sah es sogar ziemlich gut aus. Er lächelte und machte die Augen zu.